U0942610

Yilin Classics

なつめ そうせき

经/典/译/林

わがはいはねこである

我是猫

[日本] 夏目漱石 著

于雷 译

译林出版社

图书在版编目（CIP）数据

我是猫/（日）夏目漱石著；于雷译．—南京：译林出版社，2019.8（2024.7重印）
（经典译林）
ISBN 978-7-5447-7718-6

Ⅰ.①我… Ⅱ.①夏… ②于… Ⅲ.①长篇小说－日本－近代 Ⅳ.①I313.44

中国版本图书馆 CIP 数据核字（2019）第 079318 号

我是猫［日本］夏目漱石 / 著　于　雷 / 译

责任编辑　韩继坤　张紫毫
装帧设计　韦　枫
责任印制　颜　亮

原文出版　日本岩波书店，1962
出版发行　译林出版社
地　　址　南京市湖南路 1 号 A 楼
邮　　箱　yilin@yilin.com
网　　址　www.yilin.com
市场热线　025-86633278
排　　版　南京展望文化发展有限公司
印　　刷　南京爱德印刷有限公司
开　　本　880 毫米 × 1240 毫米　1/32
印　　张　13.375
插　　页　4
版　　次　2019 年 8 月第 1 版
印　　次　2024 年 7 月第 12 次印刷
书　　号　ISBN 978-7-5447-7718-6
定　　价　39.00 元

中译本序

一九〇四年夏天梅雨初晴的一天，一只生下不久的小猫迷路走进夏目漱石的家。翌年一月发表的《我是猫》就是以这只小猫为模特的。漱石大概也没料到这竟成了他的处女作。

一九〇五年，漱石三十八岁。作为初出道的作家来说，可以说是大器晚成。在这之前，他只零碎写过俳句，也没有形成风格。漱石四十九岁病逝，生命不长，创作经历更短，前后不过十年。漱石又是一个很怪僻的人，创作一直处于紧张状态。

一般说，作家写一篇长篇小说之前，要有构思的过程，有的甚至还有个小说提纲，不能什么准备也没有。说来奇特，《我是猫》成为长篇小说，却是另一种情况。

漱石是正冈子规"写生文"的崇拜者。子规死后，《杜鹃》杂志由高滨虚子主持。一九〇四年十二月在《杜鹃》同人组织的"山会"上，他朗读了《我是猫》，颇得好评。《杜鹃》杂志载于新年号，立即引起广泛反响。"在下是猫。还没名没姓。"以演说姿态开始的这句话，后来成为文坛的名句。"我"的原文为"吾辈"，后来成为小说的题名。"吾辈"、"余辈"、"我辈"在初次发表的正文中是混用的，强调用猫的眼睛观察人类和人类社会，带有嘲讽的意味。因为它生来不久就被书生扔掉，冻饿不堪，命运是不幸的。后为长着两撇胡须的教师苦沙弥收养，所见的知识分子也都值得冷嘲热讽。《猫》本来只想发表一期即告结束，但它的成功极大地鼓舞了夏目漱石。他进一步让猫观察下去，二月号《杜鹃》发表了续篇，四月号发表第三篇，一九〇六年八月号完成最后一章节第十一篇。小说在发表过程中就出版了单行本上编，完成时出版了中编和下编。小说的十一篇是在第一篇完成后逐渐构思的，没有严格的情节演进过程，既像抒情的“写生文”，又像结构松散的小说。作者后来说，它“没有题旨，没有结构，像无头无尾的海参似的”。

这是一篇在特殊条件下创作的特殊结构的小说。

极度郁愤是小说形成的条件，也是作家创作的动力。

一九〇三年由英国回到东京后的几年，是漱石一生中精神最紧张、最郁闷的一段时间。

回国后，作家和妻子镜子的关系更恶化了。漱石在夫妻关系上思想陈旧，要求妻子以他为绝对权威。而他的妻子精神却又不正常。结婚第二年镜子曾想投河自杀，漱石作俳句：“病妻室内灯昏暗/苦熬晚暮度秋天。”可以想见，一八八九年的秋季，镜子的精神病已经很严重。漱石留英期间，曾给镜子写信，倾诉自己很孤独，责怪妻子不写信。不久他患了严重的神经衰弱，一时传说他疯了。文部省曾有“夏目漱石精神失常”、护送回国的电文。回国后，漱石常为神经衰弱而苦恼，常常做出越轨的行动。夫妻间的关系也越来越紧张。他无缘无故打几岁的小孩子，一件小事也大发脾气。一次四岁的长女将一枚硬币放在火盆边，漱石头脑里显现出他在伦敦时一枚硬币引起的不快，动手打了女儿。妻子怀疑他有精神病，请医生做过诊断。漱石的急躁、愤怒和越轨，反映了他对镜子的期望破灭。

回国后，漱石在东京帝国大学任讲师，工作亦不顺利。“英国文学概说”前任教授小泉八云深受学生的欢迎，漱石接课后不为学生所容，后讲“文学论”，同样不受欢迎。他情绪低落，经常闷在讲师工作室里，绝少出门。碰上好天气，才在工作室近处的不忍池边度过。他一度想要辞职，所挣的工资也难以支撑沉重的家庭负担。

阴郁、愤懑、神经质等，必然对其处女作产生深刻的影响。漱石后来说：“我对这种神经衰弱和疯狂深表感谢之意。”可见，神经最紧张的日子也是作家走向创作繁荣的时刻。

这绝不意味着《猫》的创作失掉了理性。而是说，《猫》的创作实践确实和作家的精神系统的病狂联系在一起。特别值得注意的,就是作家用猫眼看人生与社会,其中充满离奇的想象。但它不是癫狂的疯人语,而是在精神重压之下的愤懑的倾述,那境界远远高于世上哲理大家。

为了说明这一问题,我们不妨看看漱石的生活与思想经历。作家生于一八六七年,第二年便发生了明治维新,封建幕府垮台,资本主义制度确立起来。父亲是江户(今东京)奉行所直辖的名主,世道虽然变了,但仍拥有权势和财产。母亲是商家的女儿,作为后妻已生育四男一女。漱石初名金之助,不知为什么,父亲就是不喜欢,每晚放在邻家夜店的篮子里,姐姐发现将他抱回家。九个月后送盐原昌之助为养子。盐原也是名主,明治维新废除这官位后,迁居到江户享乐商业区的浅草。九岁时因养父母离婚,漱石重归自家。十四岁时他最恋慕的生母病死。少年学过汉学,后学英语。十七岁离家独立生活,考入大学预备门预科(今东京一高前身)。其间,生父与养父为漱石的户籍问题,争执不下,使他苦恼不堪。后来在小说《道草》中说:“不论从生父看,还是从养父看,他不是人,而是物品。”最终,生父付出赔偿,方告结束。在东京第一高等学校学习期间,与同级的正冈子规相识。一八九〇年进东京帝国大学文科大学英文科,并获文部省贷费生资格。一八九三年毕业后入大学院,却对英国文学产生怀疑,对禅宗发生浓厚兴趣。一八九六年与贵族院书记长女镜子结婚,其间曾先后任四国松山市松山中学、熊本第五高等学校教员。一九〇〇年留学英国。

漱石所经历的是明治维新后很多知识分子共同走过的路,但他有自己的曲折的生活历程,这就使他认识了很多知识分子没有认识到的事物。

一九一一年,夏目漱石在和歌山市发表以《现代日本的开化》为题的演说,认为日本走上资本主义的“开化”,和欧洲是不同的。欧洲的开化是“内发的”,它经由几百年的积累,“如行云流水是自然发展的”。日本的开化却是“外发的”,是“在与外国接触”过程中被迫转化的。文化也是在大受刺激下急剧转变的。因为外来文化消融存在问题,土壤和根底均不相同,从而“失去自己本位的能力”,就必然引起“国民的某种空虚感”,也会出现“不满与不安”，发生“神经衰弱”病症。为了不患“神经衰弱”，“只能向内发的方向发展”，这是“苦恼的真实”。

从上述演说不难看出，漱石对明治维新改革的不彻底性是有清醒的认识的。他在一九〇六年写作的《片断》中也说：“当知道开化的无价值，就是厌世观的开始。”进一步发展，就会成为“真正的厌世文学”。

这里特别引人注意的，是“厌世”的观点。“厌世”、“苦恼”、“郁愤”是漱石常用的词汇，也是他的世界观和创作观。如他说：“不描写烦恼称不上是文学。”他还说：“在现在不得神经衰弱的人，大多数是有钱的鲁钝之徒和没有教养的无良心之徒。”一九〇六年他在致高滨虚子的信里说，他创作《猫》等，即是在“倾诉”自己的郁闷和愤懑。

漱石在留学英国时写作的《片断》里还说：“有钱的人多数干的是无学无知的鄙劣之事……其结果是使没有教养、不足年龄、没有德义的人进入士大夫社会。”作家对资产阶级是厌恶的。在一九〇五年前后，即写作《我是猫》的那个时刻，作家在《片断》中写道：“汝所见者为利害之世。我所立者为理否之世。汝所见者为现象之世。我所视者为实相之世。人爵——天爵。荣枯——正邪。得失——善恶。”

一九〇二年当日本人为日英同盟缔结、日本跻身列强而欢呼时，漱石却以冷淡的面孔对待。他在致中根重一信中说：“今天欧洲文明失败的原因，就是极为悬殊的贫富差别。”这导致“革命的必然性”，“卡尔·马克思的所论”是“理所当然的事”。

日本的矛盾尤使漱石生厌和悲观。《我是猫》所针对的正是明治维新后的“金权社会”的矛盾及维新的不彻底性，即“利害”、“正邪”、“善恶”、“不安”、“空虚”等。作家是明治精神文明的最深刻的揭发者与批判者，他使用的手法是“猫”的嘲讽和评断。其辛辣和深刻性，迅即引起世人的感叹和兴味。

漱石看不到摆脱这一矛盾的出路，无法指明克服维新不彻底性的办法。他只能是郁闷与愤懑而已。他也力图寻找摆脱矛盾的方法，那就是推进“内发的"变化。不过，漱石所说的日本的"内发"，与欧洲也不同。他认为欧洲的文明也是失败的，日本自然不应该再走这条路。日本的另一条路，就是他后来提出的"则天去私"。这是一种东方的宗教观与社会观。在《猫》中，铃木藤十郎的"狂"、甘木医生的"死"和八木独仙的"信"都演绎着"则天去私"的观点。漱石虽然也嘲讽独仙的东方的"自然法"的修养，而最终他也只能在精神信仰上寻求解脱。

漱石信仰的是个人主义。"则天去私"的宗教解脱是和个人主义相结合的。一九一四年，漱石在学习院辅仁会发表题为《我的个人主义》的讲演时说，"权力的威压"、"金钱的诱惑"会导致危险的后果，与人的个性也是矛盾的。一个人首先要"发展个性"、"尊重个性"，"我毫无忌惮地公开说，我是个人主义"。作家认为个人主义以"自己本位"立足，和"国家主义"不是背反的，只是国家间的道义不如个人道义。他主张"以个人幸福为基础的个人主义，其内容当然是个人的自由。但是，各个人享有的自由是顺从国家安危的，就像寒暑表的升降一样"。在这里不难看出漱石的局限性。

上述对夏目漱石在二十世纪初年精神危机状态的了解和对其社会观、世界观的认识，是打开《我是猫》的门户的钥匙。有了这把钥匙，漱石的全部作品都可以打开。

《猫》的译者于雷，是我熟悉的作家、诗人、编审，也是日本文学翻译家。我们在东北解放战争中共同度过了那些值得怀念的战斗时日。现在他要我为《猫》写序，我高兴地答应了他。是为序。

吕元明

译者前言

首先，就书名的译法交代几句。

一九八五年我一动手翻译这部作品，就为小说开头第一句，也便是书名的译法陷于深深的困惑。历来，这本书都是被译为《我是猫》的，然而，我不大赞同。原因有二。一，原书名不单纯是一个普通的判断句，就是说，它的题旨不在于求证“我是猫”，而是面对它眼里的愚蠢人类夸耀：“咱是猫，不是人。”二，尽管自诩为上知天文、下谙地理的圣猫、灵猫、神猫，本应大名鼎鼎，却还没有个名字，这矛盾的讽嘲、幽默的声色，扩散为全书的风格。

问题在于原文的“吾輩”这个词怎么译才好。它是以“我”为核心，但又不同于日文的“私”(わたくし)。原来“吾輩”这个词，源于日本古代老臣在新帝面前的谦称。不亢不卑，却谦中有傲，类似我国古代宦官口里的“咱家”。明治前后，“吾輩”这个词流于市井，类似我国评书中的“在下”，孙悟空口里的“俺老孙”，还有自鸣得意的“咱”，以及“老敝”等等。“敝”，本是谦称，加个“老”字，就不是等闲之辈了。

我曾写信请教过一些日本朋友与国内作家、翻译家、编辑，有的同意用“在下”，有的同意用“咱家”，还有的劝我不要费脑筋耍什么花样，就译成“我是猫”蛮好。于是，我的译文改来改去，忽而“在下”，忽而“咱家”，忽而“小可”，总是举棋未定。直到刘德友先生和冷铁铮先生发表了学术性很强的论文，才胆子壮了，确定用“咱家”。当然，这是根据猫公心态和文章风格而定，并不是说“吾輩”只能译成“咱家”。近读日本一位已故公使留下的一篇与中国要人接触的回忆录，文中也曾以谦虚的口气用过“吾輩”一词，我想，这就不宜译成“咱家”，倒近乎“不才”、“小可”……

至于书名,因为至今日本文学史,甚至《简明不列颠百科全书》都译为《我是猫》,已经深入人心,不便再改,所以,仍依旧译。不过,书名是“我是猫”,文中却译为“咱家是猫”,总有点别扭。但只好权且如此,敬候批评。

《我是猫》,够得上日本的才子书之一,也是世界文学名著之一。

夏目漱石,一生才华横溢,只搞十年创作,却留下了一系列珍品。他的全部作品,大体反映了明治时期知识分子的一颗痛苦而不安的灵魂,反映了他在东方思维和西方文明、在虚幻理想与残酷现实、在迂腐守旧与拜金大潮之间的艰辛求探与惨痛折磨。

作者早期曾提倡写生文,将自然与人生当成一幅写生画来描绘。要求超脱莽莽红尘的污风俗雨,写“无我之境”的真实与美,反对自然主义在阴暗的现实中爬行。因此,他的前期作品固然以现实主义为基调,但浪漫气氛浓烈,绚丽、激情,长于雄辩,妙趣横生。到了中期,尽管曾提倡写超俗空灵的写生文,但写来写去,仍是摆脱不掉人世浓愁,心灵的悲苦凝于笔端,因此,文风趋实,有了新的深度。晚期,对物欲横流、私心膨胀的现实社会厌恶已极,幻想“则天去私”成为人心准则。但那个乌托邦,连他自己也想象不出将是个什么样子。他晚期作品的文字风格,苍凉、凝重,状物喻事精微得出神入化。

每个民族或国家的文学,总体看来,无不是那一民族或国家的气质、性格、智慧与感情的写照,如同烟波浩渺的一川大江,是民族的历史在思考……

《我是猫》,不知可否说是大和民族在明治时期精神反馈的“冥思录”之一。

《猫》所处的时代恰是明治维新以后。一方面,资本主义思潮兴起,人们学习西方,寻找个性,呼唤自由,自我意识和市场观念形成大潮;另一方面,东方固有的价值观、文化观与风尚习俗,包容着陈腐与优异,在抗议中沉没,在沉没中挣扎……

一群穷酸潦倒的知识分子面临新思潮,既顺应,又嘲笑;既贬斥,又无奈,惶惶焉不知所措,只靠插科打诨、玩世不恭来消磨难挨的时光。他们时刻在嘲笑和捉弄别人,却又时刻遭受命运与时代的捉弄与嘲笑。

主人公是猫。以猫的眼睛看世界,这在当时,在创作手法上有一定的突破。今天常有作品以外星人的视角看地球人,同样反映了人间积习没一个超越现实的视角就看不透彻。

猫公很富于哲理,精于辞辩,对人类的弱点讽喻得十分透骨。例如:"世人褒贬,因时因地而不同,像我的眼珠一样变化多端。我的眼珠不过忽大忽小,而人间的评说却在颠倒黑白,颠倒黑白也无妨,因为事物本来就有两面和两头。只要抓住两头,对同一事物翻手为云,覆手为雨,这是人类通权达变的拿手好戏。"他抨击社会,也见地非凡:"……说不定整个社会便是疯人的群体。疯人们聚在一起,互相残杀,互相争吵,互相叫骂,互相角逐。莫非所谓社会,便是全体疯子的集合体,像细胞之于生物一样沉沉浮浮、浮浮沉沉地过活下去?说不定其中有些人略辨是非,通情达理,反而成为障碍,才创造了疯人院,把那些人送了进去,不叫他们再见天日。如此说来,被幽禁在疯人院里的才是正常人,而留在疯人院墙外的倒是些疯子了。说不定当疯人孤立时,到处都把他们看成疯子;但是,当他们成为一个群体,有了力量之后,便成为健全的人了。大疯子滥用金钱与权势,役使众多的小疯子,逞其淫威,还要被夸为杰出的人物,这种事是不鲜其例的,真是把人搞糊涂了。"

猫公博学多识,通晓天地古今,他引证或褒贬了荷马、毕达哥拉斯、笛卡儿、克莱尔、尼采、贝多芬、巴尔扎克、莎士比亚、孔子、老子、宋玉、韩愈、鲍照、晏殊、陶渊明,以及《诗经》、《论语》、《淮南子》、《左传》、《史记》等等数不清的中外名人名言。他还很有点自由平等观念。他说:"既不能零售空气,又不能割据苍天,那么,土地私有,岂不也是不合理吗?"猫公针砭时弊,道出了一串串永远耐人寻味的警句名言，诸如："咱家不清楚使地球旋转的究竟是什么力量，但是知道使社会动转的确实是金钱……连太阳能够平安地从东方升起，又平安地落在西方，也完全托了实业家的福。""官吏本是人民的公仆、代理人，为了办事方便，人民才给了他们一定的权力。但是，他们却摇身一变，认为那权力是自身固有而不容人民置喙。"猫公批评大和魂说："因为是魂，才常常恍恍惚惚。东乡大将有大和魂，鱼贩子阿银有大和魂，骗子、拐子、杀人犯也都有大和魂。'大和魂！'日本人喊罢，像肺病患者似的咳嗽起来，百米之外，吭的一声。"猫公还敢于蔑视权贵，鼓励创新。他描画乌鸦在西乡隆盛的铜像上便溺，把伊藤博文的照片倒贴在墙上。他说："不从胯下倒看莎士比亚，文学就会灭亡……"

猫公喜怒笑骂，皆成文章。悲痛幻化的笑声，最令人难耐。

猫公如此神通广大，才高识卓，又公正锐敏，当然是神猫、奇猫、圣猫了。以他的眼睛看世界，悲痛化为笑声，怎能不尖酸刻薄！当然，他同时又是个俗猫、蠢猫。他自作聪明，假冒圣贤君子，误了不少事，吃了不少苦头，甚至不知水缸会淹死猫，终于丢了性命。

小说尽管以"猫眼看世界"，但写来写去，创作主体还是人类中的一个"我"，或是人类的邻居、地球上的另一个他（猫）。假如以全宇宙中的"我"或永恒中的"他"来观察人类，更不知将写出什么样的奇书了。

小说在结构上也有突破。它以猫的视觉为坐轴，可长可短，忽东忽西，并没有一个有头有尾的故事，也谈不上情节进展的逻辑，读来却也津津有味。日本小说曾有散文化的趋势，某些小说的散文化，是有欠充实的反映。而《猫》在当时，却是一种具有魅力的创新。当然，老实说，作者最初并没有想写这么长。由于首章轰动，编者要他续写，他才铺陈连载，这说明他并没有通篇的完整构思，同时也说明如不是大家手笔，怎么会写得这么左右逢源，随心所欲。

在语言上,《猫》的格调既不全像《旅宿》那么豪放空灵,也不尽是《明暗》那么简练凝重,更有别于《心》和《从此以后》那么柔润细腻。在这里,刚柔兼用,雅俗并举,变化多端,声色俱艳。而且,将江户文学的幽默与风趣,汉学的典实与铿锵,西方文学的酣畅与机智熔为一炉,以至在语言的海洋中任情游弋,出神入化。笔墨忽而精烁隽永,针针见血,富于哲理;忽而九曲十回,浩浩大波,长于思辨。暂且摘引两句景色和人物描写的妙句。例如挖苦苦沙弥平庸的脸说:“假如春风总是吹拂这么一张平滑的脸,料想那春风也太清闲了吧!”写景:“给红松林装点过二三朱红的枫叶已经凋零,宛如逝去的梦。”“这声音毫不留情地震撼着初春恬静的空气,把个风软树静的太平盛世彻底庸俗化了。”有的像讽刺诗,有的像写意画,各得其妙。总之,假如以一颗艺术的心灵去触摸或感受他的作品,自然会体味到语言的色彩、声韵,甚至字字都是个生命体。

窗外正大雪纷飞。东北的雪总是那么魁伟、憨厚,却又沉甸甸、醉醺醺的。但愿这些披甲戴盔的天兵天将,把猫公所诅咒的人间不平通统打杀。笔者将陪同读者,乘上瑞雪的幻舟,遨游一个梦里的清纯世界,何其快哉。

那么,让猫愁猫怨见鬼去吧!

一

咱(zá)家是猫。名字嘛……还没有。

哪里出生？压根儿就搞不清！只恍惚记得好像在一个阴湿的地方咪咪叫。在那儿,咱家第一次看见了人。而且后来听说,他是一名寄人篱下的穷学生,属于人类中最残暴的一伙。相传这名学生常常逮住我们炖肉吃。不过当时,咱家还不懂事。倒也没觉得怎么可怕。只是被他嗖的一下子高高举起,总觉得有点六神无主。

咱家在学生的手心稍微稳住神儿,瞧了一眼学生的脸,这大约便是咱家平生第一次和所谓的“人”打个照面了。当时觉得这家伙可真是个怪物,其印象至今也还记忆犹新。单说那张脸,本应用毫毛来装点,却油光铮亮,活像个茶壶。其后咱家碰上的猫不算少,但是,像他这么不周正的脸,一次也未曾见过。况且,脸心儿鼓得太高,还不时地从一对黑窟窿里咕嘟嘟地喷出烟来。太呛得慌,可真折服了。如今总算明白:原来这是人在吸烟哩。

咱家在这名学生的掌心暂且舒适地趴着。可是,不大工夫,咱家竟异常地快速旋转起来,弄不清是学生在动,还是咱家自己在动,反正迷糊得要命,直恶心。心想:这下子可完蛋喽！又咕咚一声,咱家被摔得两眼直冒金花。

只记得这些。至于后事如何,怎么也想不起来了。

蓦地定睛一看,学生不在,众多的猫哥们儿也一个不见,连咱家的命根子——妈妈也不知去向。并且,这儿和咱家过去待过的地方不同,贼拉拉地亮,几乎不敢睁眼睛。哎哟哟,一切都那么稀奇古怪。咱家试着慢慢往外爬,浑身疼得厉害,原来咱家被一下子从稻草堆上摔到竹林里了。

好不容易爬出竹林,一瞧,对面有个大池塘。咱家蹲在池畔,思量着如何是好,却想不出个好主意。忽然想起:“若是再哭一鼻子,那名学生会不会再来迎接?”于是,咱家咪咪地叫几声试试看,却没有一个人来。转眼间,寒风呼呼地掠过池面,眼看日落西山。肚子饿极了,哭都哭不出声来。没办法,只要能吃,什么都行,咱家决心到有食物的地方走走。

咱家神不知鬼不晓地绕到池塘的右侧。实在太艰苦。咬牙坚持,硬是往上爬。真是大喜,不知不觉已经爬到有人烟的地方。心想,若是爬进去,总会有点办法的。于是,咱家从篱笆墙的窟窿穿过,窜到一户人家的院内。缘分这东西,真是不可思议。假如不是这道篱笆墙出了个洞,说不定咱家早已饿死在路旁了。常言说得好,“前世修来的福”嘛!这墙根上的破洞,至今仍是咱家拜访邻猫小花妹的交通要道。

且说,咱家虽然钻进了院内,却不知下一步该怎么办才好。眨眼工夫,天黑了。肚子饿,身上冷,又下起雨来,情况十万火急。没法子,只得朝着亮堂些、暖和些的地方走去。走啊,走啊……今天回想起来,当时咱家已经钻进那户人家的宅子里了。

在这儿,咱家又有机会与学生以外的人们谋面。首先碰上的是女仆。这位,比刚才见到的那名学生更蛮横,一见面就突然掐住咱家的脖子,将咱家摔出门外。咳,这下子没命喽!两眼一闭,一命交天吧!

然而,饥寒交迫,万般难耐;趁女仆不备,溜进厨房。不大工夫,咱家又被摔了出去。摔出去,就再爬进来;爬进来,又被摔出去。记得周而复始,大约四五个回合。当时咱家恨透了这个丫头。前几天偷了她的秋刀鱼,报了仇,才算出了这口闷气。

当咱家最后一次眼看就要被她摔出手时，这家主人边说边走上前来："何事吵嚷？"女仆倒提着咱家冲着主人说："这只野猫崽子，三番五次摔它出去，可它还是爬进厨房，烦死人啦！"主人捋着鼻下那两撇黑胡，将咱家这副尊容端详了一会儿说："那就把它收留下吧！"说罢，回房去了。

主人似乎是个言谈不多的人，女仆气哼哼地将咱家扔进厨房。于是，咱家便决定以主人之家为己家了。

主人很少和咱家见上一面。职业嘛，据说是教师。他一从学校回来，就一头钻进书房里，几乎从不跨出门槛一步。家人都认为他是个了不起的读书郎。他自己也装得很像刻苦读书的样儿。然而实际上，他并不像家人称道的那么好学。咱家常常蹑手蹑脚溜进他的书房偷偷瞧看，才知道他很贪睡午觉，不时地往刚刚翻过的书面上流口水。他由于害胃病，皮肤有点发黄，呈现出死挺挺的缺乏弹性的病态。可他偏偏又是个饕餮客，撑饱肚子就吃胃肠消化药，吃完药就翻书，读两三页就打盹儿，口水流到书本上，这便是他夜夜雷同的课程表。

咱家虽说是猫，却也经常思考问题。

当教师的真够逍遥自在。咱家若生而为人，非当教师不可。如此昏睡便是工作，猫也干得来的。尽管如此，若叫主人说，似乎再也没有比教师更辛苦的了。每当朋友来访，他总要怨天尤人地牢骚一通。

咱家在此刚刚落脚时，除了主人，都非常讨厌咱家。不论去哪儿，咱家总是被他们一脚踢开，不予理睬。他们是何等地不把咱家放在眼里！只要想想他们至今连个名字都不给起，便可见一斑了。万般无奈，咱家只好尽量争取陪伴在收留我的主人身旁。清晨主人读报时，我定要趴在他的膝盖上；他午睡时，我定要爬上他的后背。这倒不是由于咱家对主人格外钟情，而是因为没人理睬，迫不得已嘛！

其后几经阅历，咱家决定早晨睡在饭桶盖上，夜里睡在暖炉上，晴朗的中午睡在檐廊中。不过,最开心的是夜里钻进这家孩子们的被窝里,和她们一同入梦。所谓“孩子们”,一个五岁,一个三岁。到了晚上,她们俩就住在一个屋,睡在一个铺。咱家总是在她们俩之间找个容身之地,千方百计地挤进去。若是倒霉,碰醒一个孩子,就要惹下一场大祸。两个孩子,尤其那个小的,德行最坏,哪怕是深更半夜,也高声号叫:“猫来啦,猫来啦!”于是,患神经性消化不良的主人一定会被吵醒,从隔壁跑来。真的,前几天他还用格尺狠狠地抽了咱家一顿屁股板子哪!

咱家和人类同居,越观察越不得不断定:他们都是些任性的家伙。尤其和他们同床共枕的孩提之辈,更是岂有此理!他们一高兴,就将咱家倒提起来,或是将布袋套在咱家的头上,时而抛出,时而塞进灶膛。而且,咱家若是稍一还手,他们就全家出动,四处追击,进行迫害。前些天咱家只在席上磨了几下爪,女主人便大发雷霆,从此,轻易不准咱家进客厅了。即使咱家在厨房那间只铺地板的屋子里冻得浑身发抖,他们也全然无动于衷。

咱家十分尊敬斜对过的白猫大嫂。她每次见面都说:“再也没有比人类更不通情达理的喽!”白嫂不久前生了四个白玉似的猫崽儿。听说就在第三天,那家寄居的学生竟把四只猫崽儿拎到房后的池塘,一股脑儿扔进池水之中。白嫂流着泪一五一十地倾诉,然后说:“我们猫族为了捍卫亲子之爱、过上美满的家庭生活,非对人类宣战不可。把他们统统消灭掉!”这番话句句在理。

还有邻家猫杂毛哥说:“人类不懂什么叫所有权。”他越说越气愤。本来,在我们猫类当中,不管是干鱼头还是鲻鱼肚脐,一向是最先发现者享有取而食之的权利。然而,人类却似乎毫无这种观念。我们发现的美味,定要遭到他们的掠夺。他们仗着胳膊粗、力气大,把该由我们享用的食物大模大样地抢走,脸儿不红不白的。

白嫂住在一个军人家里,杂毛哥的主人是个律师。正因为我住在教师家,关于这类事,比起他俩来还算是个乐天派。只要一天天马马虎虎地打发日子就行。人类再怎么有能耐,也不会永远那么红火。唉!还是耐着性子等待猫天下的到来最为上策吧!

既然是任情而思,那就讲讲我家主人由任情而动所致的惨败的故事吧。原来,我家主人没有一点比别人高明的地方,但他却凡事都爱插手。例如写俳句往《杜鹃》①投稿啦,写新诗寄给《明星》②啦,写错乱不堪的英语文章啦;有时醉心于弓箭,学唱谣曲,有时还吱吱嘎嘎地拉小提琴。然而遗憾的是,样样都稀松平常。偏偏他一干起这些事来,尽管害胃病,却也格外着迷,竟然在茅房里唱谣曲,因而邻里们给他起了个绰号——"茅先生"。可他满不介意,一向我行我素,依然反复吟道:"吾乃平家将宗盛③是也。"人们几乎笑出声来,说:"瞧呀,原来是宗盛将军驾到!"

这位主人不知打的什么主意,咱家定居一个月后,正是他发薪水那天,他拎着个大包,慌慌张张地回到家来。你猜他买了些什么?水彩画具、毛笔和图画纸,似乎自今日起,放弃了谣曲和俳句,决心要学绘画了。果然从第二天起,他好长时间都在书房里不睡觉,只顾画画。然而,看他画出的那些玩意儿,谁也鉴别不出究竟画的是些什么。说不定他本人也觉得画得太不成样子,因此有一天,一位搞什么美学的朋友来访,只听他有过下述一番谈吐:

"我怎么也画不好。看别人作画,好像没什么了不起,可是自己一动笔,才痛感此道甚难哪!"

---

① 《杜鹃》:正冈子规一八九七年一月于松山创办的俳句刊物,后由俳人高滨虚子主持。《我是猫》第一章就发表在该刊一九〇五年新年号。

② 《明星》:与谢野铁干一九〇〇年四月创办的诗刊,成为诗歌改革与浪漫主义派的中心阵地。

③ 宗盛(一一四七——一一八五):即平宗盛。日本平安时代武将。

这便是主人的感慨。的确，此话不假。

主人的朋友透过金边眼镜瞧着他的脸说：

“是呀，不可能一开始就画得好嘛。首先，不可能单凭坐在屋子里空想就能够画出画来，从前意大利画家安德利亚①曾说：‘欲作画者，莫过于描绘大自然。天有星辰，地有露华；飞者为禽，奔者为兽；池塘金鱼，枯木寒鸦。大自然乃一巨幅画册也。’怎么样？假如你也想画出像样的画来，画点写生画如何？”

“咦？安德利亚说过这样的话？我还一点都不知道哩！不错，说得对，的确如此！”

主人佩服得五体投地。而他朋友的金边眼镜里，却流露出嘲弄的微笑。

翌日，咱家照例去檐廊美美地睡个午觉。不料，主人破例踱出书房，在咱家身后不知干什么，没完没了。咱家蓦地醒了。为了查清主人在搞什么名堂，眼睛张开一分宽的细缝。嗬！原来他一丝不苟地采纳了安德利亚的建议。见他这般模样，咱家不禁失声大笑。他被朋友奚落一番之后，竟然拿咱家开刀，画起咱家来了。咱家已经睡足，要打呵欠，忍也忍不住。不过，姑念难得主人潜心于握管挥毫，怎能忍心动身？于是，强忍住呵欠，一动不动。眼下他刚刚画出咱家的轮廓，正给面部着色。坦率地说，身为一只猫，咱家并非仪表非凡，不论脊背、毛楂还是脸型，绝不敢奢望压倒群猫。然而，长相再怎么丑陋，想也不至于像主人笔下的那副德行。不说别的，颜色就不对。咱家的毛是像波斯猫，浅灰色带点黄，有一身斑纹似漆的皮肤。这一点，我想，任凭谁看，也是不容置疑的事实。然而，且看主人涂抹的颜色，既不黄，也不黑；不是灰色，也不是褐色。照此说来，该是综合色吧？也不。这种颜

① 安德利亚（一四八六——一五三〇）：意大利佛罗伦萨文艺复兴鼎盛期著名画家，壁画《圣餐图》最享盛誉。

色，只能说不得不算是一种颜色罢了。除此之外，无法评说。更离奇的是竟然没有眼睛。不错，这是一幅睡态写生画嘛，倒也没的可说。然而，连眼睛应该拥有的部位都没有，可就弄不清是睡猫还是瞎猫了。咱家暗自思忖：再怎么学安德利亚，就凭这一手，也是个臭笔！然而，对主人的那股子热忱劲儿，却不能不佩服。咱家本想尽量纹丝不动，可是有尿，早就憋不住了。全身筋肉胀乎乎的，已经到了刻不容缓的地步。不得已，只好失陪。咱家双腿用力朝前一伸，把脖子低低一抻，"啊"地打了一个好大的呵欠。且说这么一来，想文静些也没用了。反正已经打乱主人的构思，索性趁机到房后去方便一下吧！于是，咱家慢条斯理地爬了出去。这时，主人失望夹杂着愤怒，在屋里骂道："混账东西！"

主人有个习惯，骂人时肯定要骂声"混账东西"，因为除此之外他再也不知道还有些什么骂人的脏话，有什么办法！不过，他丝毫也不理解人家一直克制自己的心情，竟然信口骂声"混账东西"，这太不像话。假如平时咱家爬上他的后背，他能有一副好脸子，倒也甘愿忍受这番辱骂。可是，对咱家方便的事，没有一次他能痛痛快快地去做。人家撒尿，也骂声混蛋，嘴有多损！原来人哪，对于自己的能量过于自信，无不妄自尊大。如果没有比人类更强大的动物出现，来收拾他们一通，真不知今后他们的嚣张气焰将发展到何等地步！

假如人类的恣意妄为不过如此，也就忍了吧！然而，关于人类的缺德事，咱家还听到不少不知比这凄惨多少倍的传闻哪。这家房后，有个一丈见方的茶园，虽然不大，却是个幽静宜人的向阳之地。每当这家孩子吵得太凶、难以美美地睡个午觉，或是百无聊赖、心绪不宁时，咱家总是去那里，养吾浩然之气，这已成为惯例。

那是个十月小阳春的晴和之日，下午两点钟左右，咱家用罢午餐，美美地睡了一觉，然后做室外运动，顺脚来到茶园。咱家在树根上一棵棵地嗅着，来到西侧的杉树篱笆墙时，只见一只大黑猫，硬是压倒枯菊而酣然沉睡。他似乎一直没有察觉咱家已经走近；又仿佛已经察觉却满不在乎，依然响着浓重的鼾声，长拖拖地安然入梦。有猫擅自闯进院落，居然还能睡得那么安闲，这不能不使咱家对他的非凡胆量暗暗吃惊。他是一只纯种黑猫。刚刚过午的阳光，将透明的光线洒在他的身上，那晶莹的茸毛之中，仿佛燃起了肉眼看不见的火焰。他有一副魁伟的体魄，块头足足大我一倍，堪称猫中大王。咱家出于赞赏之意、好奇之心，竟然忘乎所以，站在他面前，凝神将他打量。不料，十月静悄悄的风，将从杉树篱笆探出头来的梧桐枝轻轻摇动，两三片叶儿纷纷飘落在枯菊的花丛上。猫大王忽地圆眼怒睁。至今也还记得，他那双眼睛远比世人所珍爱的琥珀更加绚丽多彩。他身不动，膀不摇，发自双眸深处的炯炯目光，全部集中在咱家这窄小的脑门上，说："你他妈的是什么东西！"

身为猫中大王，嘴里还不干不净的！怎奈他语声里充满着力量，狗也会吓破胆的。咱家很有点战战兢兢。如不赔礼，可就小命难保，因而尽力故作镇静，冷冷地回答说：

"咱家是猫。名字嘛……还没有。"

不过此刻，咱家的心房确实比平时跳动得剧烈。

猫大王以极端蔑视的腔调说：

"什么？你是猫？听说你是猫，可真吃惊。你究竟住在哪儿？"他说话简直旁若无人。

"咱家住在这里一位教师的家中。"

"料你也不过如此！有点太瘦了吧？"

大王嘛，说话总要盛气凌人的。听口气，他不像个良家之猫。不过，看他那一身肥膘，倒像吃的是珍馐美味，过的是优裕生活。咱家不得不反问一句：

“请问,你发此狂言,究竟是干什么的?”

他竟傲慢地说:“俺是车夫家的大黑!”

车夫家的大黑,在这一带是家喻户晓的凶猫。不过,正因为他住在车夫家,才光有力气而毫无教养,因此,谁都不和他交往,并且还联成一气对他敬而远之。咱家一听他的名字,真有点替他脸红,并且萌发几丝轻蔑之意。

首先要测验一下他何等无知,对话如下:

“车夫和教师,到底谁了不起?”

“肯定是车夫了不起呀!瞧你家主人,简直瘦得皮包骨啦。”

“大概就因为你是车夫家的猫,才这么健壮哪。看样子,在车夫家口福不浅吧?”

“什么?俺大黑不论到哪个地面上,吃吃喝喝是不犯愁的。尔等之辈也不要只在茶园里转来转去。何不跟上俺大黑?用不上一个月,保你肥嘟噜的,叫人认不出。”

“这个嘛,以后全靠您成全啦!不过,论房子,住在教师家可比住在车夫家宽敞哟!”

“混账!房子再大,能填饱肚子吗?”

他十分恼火。两只像紫竹削成的耳朵不住地扇动着,大摇大摆地走了。

咱家和车夫家的大黑成为知己,就是从这时开始的。

其后,咱家常常和大黑邂逅。每次见面,他都替车夫大肆吹捧。前文提到的“人类的缺德事”,老实说,就是听大黑讲的。

一天,咱家和大黑照例躺在茶园里天南海北地闲聊。他又把自己老掉牙的“光荣史”当成新闻,翻来覆去地大吹大擂。然后,对咱家提出如下质问:

“你小子至今捉了几只老鼠?”

论知识,咱家不是吹,远比大黑开化得多。至于动力气、比胆量,毕竟不是他的对手。咱家虽然心里明白，可叫他这么一问，还真有点臊得慌呢。不过，事实毕竟是事实，不该说谎，咱家便回答说：

“说真的，一直想抓，可还没有动手哩！”

大黑那从鼻尖上兀自翘起的长须哗啦啦地乱颤，哈哈笑起来。

原来大黑由于傲慢，难免有些弱点。只要在他的威风面前表示心悦诚服，喉咙里呼噜噜地打响，表示洗耳恭听，他就成了个最好摆弄的猫。自从和他混熟以来，咱家立刻掌握了这个诀窍。像现在这种场合，倘若硬是为自己辩护，形势将越弄越僵，那可太蠢。莫如索性任他大讲特讲自己的光荣史，暂且敷衍他几句。就是这个主意！于是，咱家用软话挑逗他说：

“老兄德高望重，一定捉过很多老鼠吧？”

果然，他在墙洞中呐喊道：“不算多，总有三四十只吧！”

这便是他得意忘形的回答。他还继续宣称：“有那么一二百只老鼠，俺大黑单枪匹马，保证随时将它消灭光！不过，黄鼠狼那玩意儿，可不好对付哟！我曾一度和黄鼠狼较量，倒血霉啦！”

“咦？是吗？”咱家只好顺风打旗。而大黑却瞪起眼睛说：

“那是去年大扫除的时候，我家主人搬起一袋子石灰，一跨进廊下仓库，好家伙，一只大个的黄鼠狼吓得窜了出来。”

“哦？”咱家装出一副吃惊的样子。

“黄鼠狼这东西，其实只比耗子大不丁点儿。俺断喝一声：你这个畜生！乘胜追击，终于把它赶到脏水沟里去了。”

“干得漂亮！”咱家为他喝彩。

“可是，你听呀！到了紧急关头，那家伙放他妈的毒烟屁！臭不臭？这么说吧，从此以后觅食的时候，一见黄鼠狼就恶心哟！”

说到这里，他仿佛又闻到了去年的狐臊味。伸长前爪，将鼻尖擦了两三下。咱家也多少感到他怪可怜的，想给他打打气。

“不过,老鼠嘛,只要仁兄瞪它一眼,它就小命玩完。您捕鼠可是个大大的名家,就因为净吃老鼠,才胖得那么满面红光的吧?”

这本是奉承大黑,不料效果却适得其反。大黑喟然叹曰:

“唉,思量起来,怪没趣的。再怎么卖力气捉老鼠,能像人那样吃得肥嘟噜的猫,毕竟是举世罕见哟!人们把猫捉的老鼠都抢了去送给警察。警察哪里知道是谁抓的?不是说送一只老鼠五分钱吗?多亏我,我家主人已经赚了差不多一元五角钱呢。可他轻易不给我改善伙食。哎呀呀,人哪,全是些体面的小偷哟!”

咱家一听,就连一向不学无术的大黑都似乎也懂得这么高深的哲理,看样子还满面愠色,脊毛倒竖。由于心头不快,便见机行事,应酬几句,回家去了。

从此,咱家决心不捉老鼠,但也不当大黑的爪牙,未曾为猎取老鼠以外的食物而奔波。与其吃得香,莫如睡得甜。由于住在教师家,猫也似乎沾染了教师的习气,不当心点儿,说不定早早晚晚也要害胃病的。

提起教师,我家主人直到最近,似乎终于醒悟,自己在水彩画方面也没有希望。十二月一日的日记中写了这么一段话:

今天开会,才第一次遇见了××。都说此公放荡不羁,果然一副风月老手风度。与其说此公招女人喜欢才放荡,莫如说他非放荡不可更确切。听说他老婆是个艺妓,叫人羡慕。原来,谩骂风流鬼的人,大多没有风流的资格;自命风流的人,也大多没有资格风流。这号人,本来不是非风流不可,却硬要走这条路,宛如我画水彩画,终于没有希望毕业,却又不顾一切地硬是装作唯我精通的架势。喝喝饭店的酒,或是逛逛艺妓茶馆,就能够成为花柳行家吗?假如这个理论站得住,那么,我也有理由说我能够成为一名出人头地的画家喽!我的水彩画莫如干脆弃笔的好。同样，与其做个糊涂的行家，远不如当一名刚进城的乡巴佬。

这番“行家论”，咱家有点不敢苟同。并且羡慕别人的老婆是艺妓云云，作为一名教师来说，也是碍难出口的卑劣念头。但唯独他对自己水彩画的批判，却很准确。主人尽管有如此自知之明，而孤芳自赏的心理却仍难除却。隔了两天，到了十二月四日，日记中又叙述了如下情节：

昨夜做了个梦：我觉得画水彩画毕竟不成器，便将画弃了。但不知是谁把那幅画镶在漂亮的匾额里，挂在横楣。这一来，连我自己都觉得那幅画变成了佳作。我万分高兴，这太棒了。我呆呆地欣赏，不觉天已破晓。睁眼一看，那幅画粗劣如旧，简直像旭日昭昭，一切都那么明明白白。

主人连在梦中漫步，似乎都对水彩画情意依依，自命不凡。看来，不要说水彩画家，按其气质，就连他所谓的风月老手，也是当不成的。

主人梦见水彩画的第二天，常来的那位戴金边眼镜的美学家，久别之后，又来造访。他刚一落座，劈头便问：

“绘画怎么样？”

主人神色自若地说：“听从您的忠告，正在努力画写生画。的确，一画写生，从前未曾留心的物体形状及其色彩的精微变化，似乎都能辨认得清晰。这令人想到，西方画就因为自古强调写生，才有今日的发展。好一个了不起的安德利亚！”

他若无其事地说着，只字不提日记里的话，却再一次赞佩安德利亚。

美学家边笑边搔头：“老实说，我那是胡说八道。”

“什么?”主人还没有醒悟到他正在受人捉弄。

“什么? 就是你一再推崇的安德利亚的那番话,是我一时胡诌的。不曾想,你竟然那么信以为真。哈哈哈……”

美学家笑得前仰后合。咱家在檐廊下听了这段对话,不能不设想主人今天的日记又将写些什么。

这位美学家竟把信口开河捉弄人当成唯一的乐趣。他丝毫不顾及安德利亚事件会给主人的情绪带来什么样的影响。得意忘形之余,又讲了下述一段故事:

“噢,常常是几句玩笑人们就当真,这能极大地激发起滑稽的美感,很有意思。不久前我对学生说:尼古拉斯·尼克尔贝①忠告吉本②不要用法语写他毕生的巨著《法国革命》③,要用英文出版。那个学生记忆力又非常好,竟在日本文学讨论会上认真地原原本本复述了我的这一段话,多么滑稽。然而,当时的听众大约一百人,竟然无不凝神倾听。

“接下来,还有更逗趣的故事哪。不久前,在一个有某某文学家莅席的会议上,谈起了哈里森④的历史小说《塞奥伐洛》,我评论说:‘这部作品是历史小说中的白眉,尤其女主人公临死那一段,写得真是鬼气森森。’坐在我对面的那位‘万事通’先生说:‘是呀! 是呀! 那一段的确是妙笔生花。’于是,我知道,那位先生和我一样,还未曾读过这篇小说哩!”

患神经性胃炎的主人瞪大了眼睛问道:“你如此妖言惑众,假如对方真的读过,那可怎么得了?”

---

① 尼古拉斯·尼克尔贝(Nicholas Nickleby):英国小说家狄更斯(Charles Dickens,一八一二——一八七〇)一八三四年完成的长篇小说《尼古拉斯·尼克尔贝》中的主人公名字。

② 吉本(Edward Gibbon,一七三七——一七九四):英国历史学家。著《罗马帝国衰亡史》六卷,但未曾著《法国革命》。

③ 《法国革命》:为英国十九世纪的卡莱尔所著。这几句表明胡诌八扯以捉弄人。

④ 弗里德里克·哈里森(一八三一——一九二三):英国法学家、文学家、哲学家。

这番感慨仿佛在说：骗人倒也无妨，只是一旦被剥掉画皮，岂不糟糕？

那位美学家不动声色地说："咳，到时候一口咬定，是和别的书弄混啦，或是胡扯一通，也就完事嘛！"说着，他哈哈大笑。这位美学家别看戴着一副金边眼镜，但其性情，与车夫家的大黑颇有相似之处。

主人吸着"日出"牌香烟，喷吐着烟圈，嘴不说心想："我可没有那么大的胆量。"而美学家那副眼神，似乎在说："所以嘛，你即使画画，也照例完蛋。"他说："不过，笑话归笑话。画画的确不是件容易事。据说，达·芬奇曾经叫他的弟子画寺庙墙上的污痕。真的，假如走进茅房，专心致志地观察漏雨的墙壁，不难画出绝妙的图案画哟！你不妨留点心，画它一幅试试，一定会画出妙趣横生的好画来。"

"又是骗人吧？"

"哪里，这可是千真万确哟！难道这不是精辟的名言吗？达·芬奇会这么说呢。"

"不错，的确很精辟。"

主人已经大半服输。但他似乎还不肯在茅房里画写生画！

车夫家的大黑，后来变成了瘸猫。他那油光锃亮的绒毛也逐渐地褪色，脱落。咱家曾经夸奖过的那一对比琥珀还美的眼睛，已经堆满了眼屎。尤其引人注目的是，他意气消沉，体质羸弱。咱家和他在常去的那个茶园最后见面那天，问他一向可好。他说：

"黄鼠狼的勾魂屁和鱼贩子的大扁担，可把俺坑苦喽。"

给红松林装点过二三朱红的枫叶已经凋零，宛如逝去的梦；在"洗指钵"旁落英缤纷的红白二色山茶花，也已飘零殆尽。两丈多长的檐廊虽然朝南，但冬日的阳光转眼西斜。寒风不起的日子已经不多，而咱家昼寝的时光料也无几了。

主人天天去学校，归来便闷坐书房；一有人来，却依然唠叨："教师当够了，够了……”水彩画已经不大画了，胃药也不见功效，已经不再吃。孩子们还好，天天上幼儿园，一回到家里就唱歌，不时地揪住咱家的尾巴，将咱家倒提起来。

咱家因吃不到美味，没有怎么发胖。不过，还算健康，没有变成瘸猫，一天天地虚掷韶光。

咱家决不捉老鼠。女仆还是那么烦人。依然没有给咱家起上名字。但是，那又何妨。欲望无止境嘛！但愿住在这位教师的家中，以无名一猫而了此平生！

二

新春以来,咱家也有了点名气。别看是猫,却也趾高气扬。可喜,可贺!

元旦清晨,主人收到一张彩绘明信片。这是他的好友某某画家寄来的。上抹朱红,下涂墨绿,中间用蜡笔画着一只动物蹲着。主人在书房里,横过来看,竖过去瞧,口称:“色调妙极啦!”既已赞佩,以为他会就此罢休。不料,他仍然在横看看竖瞧瞧;忽而扭过身去,忽而伸出手来,活像个百岁老翁在看天书;忽而又面对窗棂,将画儿举到鼻尖下观赏。倘若不尽快结束,膝盖就这么乱晃,咱家简直岌岌可危;刚刚晃得轻些,只听他又低声说:“这究竟画了个什么呀?”

主人大概是尽管对那张彩绘明信片的色彩大加赞扬,却还不清楚画面上那只动物是个什么,因此,一直在凝思苦想。难道就那么难懂?咱家斯斯文文地睡眼半睁,不慌不忙地一瞧,半点也不假,正是咱家的画像。画者未必像主人那样硬充什么安德利亚,不愧是一位画家,不论形体或色彩,无不画得端端正正。任何人看,也无疑是一只猫。如果稍有眼力,还会清清楚楚地看得出,画的不仅是猫,而且不是别的猫,正是咱家。连这么点明摆着的小事都不懂,还用得着花费那么多的心血?不禁觉得人啊,真有点可怜。假如可能,我愿意告诉他,画的正是咱家。即使认不出是咱家,至少也要叫他明白,画的是猫。然而,人嘛,毕竟不是天赐灵犀的动物,不懂我们猫族的语言。那就对不起,不理算了。

顺便向读者声明:原来人类有个毛病,动不动就叫喊什么猫呀猫的,平白无故以轻蔑的口吻评论咱家。这很不好。那些教师者流对自己的愚昧无知浑然不觉,却又摆出一副高傲的面孔。他们似乎以为人间的渣滓生了牛马,牛马粪里养出了猫。这在他们来说,也许已经习以为常,然而客观看来,却不是怎么体面的事。就算是猫,也不是那么粗制滥造就能画得像的。冷眼一瞧,似乎千猫一面,没有区别,任何一只猫也毫无独特的个性,然而,请到猫天下去瞧,人世所谓"各有千秋"这句话,在这里也完全适用。不论眼神、鼻型、毛色、步伐,全不相同。从胡须的翘立到耳朵的竖起,乃至尾巴的下垂,方法与姿态无一雷同。美与丑,善与恶,贤与愚,一切的一切,可以说千差万别。然而,尽管存在着那么明显的差异,但据说,人类眼皮只顾往上翻,两眼望苍空。那么,不要说对我们的性格,就连对我们的相貌也始终辨认不清,实在可怜!自古流传这么一句话:"物以类聚。"果然不差。卖年糕的了解卖年糕的,猫了解猫。猫家的事,毕竟非猫不解。不管人类社会怎样发达,仅就这一点来说,是力不从心的。何况,说实话,人类并不像他们自信的那么了不起,这就更难上加难了。更何况我家主人者流,连同情心都没有,哪里还懂得"彼此深刻了解是爱的前提"这些道理?还能指望他什么?他像个品格低劣的牡蛎似的泡在书房里,从不对外界开口,却又装出一副唯我达观的可憎面孔,真有点滑稽。其实,他并不达观,证据如下:

分明是我的肖像摆在他的眼前,他却丝毫认不出,还装模作样、胡诌八扯地说:"今年是日俄战争的第二年,大概画的是一只熊①吧!"

咱家趴在主人的膝盖上眯起眼睛想这些心事,不多时,女仆又送来了第二张彩绘明信片。一瞧,原来是活版印刷品,画着四五只洋猫,排成一大排:

① 熊:日俄战争时,日本人称俄国人"北极熊"。

有的握笔，有的掀书，都在用功。其中一猫离座，在桌角旁“猫呀，猫呀”[①]地连唱带跳西洋舞。画片上端，用日本墨写了“咱家是猫”四个大字。右边还写了一首俳句[②]：“你读书，我跳舞，猫儿之春日日无辛苦。”这是主人的旧日门生寄来的。其中含意，只要是个人都会一目了然。可是，粗心的主人却似乎没懂，歪着头在纳闷儿，自言自语地说：“咦？今年是猫年？”咱家已经这么出名，他似乎还不曾察觉哩。

这时，女仆又送来第三张明信片。这一份不是画片，上写“恭贺新年”；旁书“不揣冒昧，烦请代向贵猫致意”。既然写得这么一清二楚，主人再怎么粗心，似乎也懂了，便哼的一声，瞧瞧我的脸儿。那副眼神似乎与往日不同，对咱家略有崇敬之意。主人一向不被世人瞧在眼里。突然这么露脸，多亏沾了咱家的光。如此说来，他用那副眼神看我，倒也理当如此。

这当儿，门铃丁零零地响了。大概有客人来。每逢客至，总是女仆前去迎接。按老规矩，除非鱼贩子梅公登门，咱家是不必出迎的，因此，仍然泰然自若地蹲在主人的膝盖上。

这时，主人活像看见债主闯进家门似的，满面忧色地向正门望去。他似乎讨厌挽留拜年的客人陪他饮酒。人哪，古怪到如此程度，实在令人遗憾。既然如此，趁早出门不就好了吗？可他又没有那股勇气，越来越暴露出牡蛎的本性。

片刻，女仆前来，报告寒月先生驾到。寒月这个人，大概也是主人的昔日门徒，如今已经出了学门，据说比主人混得阔气多了。不知为什么，他常到主人家来玩，一来就鸣尽心中之不平才走。诸如，似乎有女人对他钟情，又似乎没有；似乎人生很有意义，又似乎很无聊；似乎太悲惨，又似乎很欢快

---

① “猫呀，猫呀”：日本流行歌。“您说我猫呀猫呀的。可是小猫能够穿上木屐，拄着拐杖，披着带条纹的睡衣走来吗？”

② 俳句：日本古典诗，每首十七个音节（五・七・五）。

之类。他偏找我家主人那样的窝囊废,特来倾诉他那些废话。这本来令人费解,而我家那位牡蛎式的主人一听,反倒不时地帮腔,这就更令人好笑。

"好久不见了。说真的,从去年年末以来,一直大忙特忙,几次想来,两只脚却始终没有朝这个方向迈步。"他搓着和服外褂的衣带,说些谜语一般的鬼话。

"都奔什么方向去了?"主人满脸严肃,扯着印有家徽的黑棉袍袖口。这件袍子絮的是棉花,袖子太短,穿在里边的粗布衣袖,左右各露半寸。

"啊,嘿嘿……是到另一个方向去了。"寒月先生笑着说。

主人一瞧,寒月先生今天掉了一颗门牙,便话锋一转,问道:

"你的牙,怎么啦?"

"老实说,是因为在一个地方吃了点蘑菇。"

"吃了什么?"

"唔,吃了点蘑菇。我正用前牙要咬断蘑菇伞,一下子,门牙不见了。"

"吃蘑菇还崩掉了门牙?真像个老头啦?说不定这能写出一首俳句,但是,恋爱可就谈不成喽!"

主人说着,用手心轻轻拍打咱家的头。寒月先生还对咱家大加赞赏:

"啊,还是那只猫吧?肥得多了嘛!瞧这块头,和车夫家的大黑比,也毫不逊色呀!太棒啦。"

"噢,近来长大了不少。"主人洋洋得意,啪啪地敲打咱家的头。被夸奖几句,倒也惬意,但是,脑袋可疼呢。

"前天夜里还举行了一次音乐会呢!"寒月先生又将话茬拉了回来。

"在哪儿?"

"别管在哪儿,您还是不问的好嘛。总之,用三把小提琴和钢琴伴奏,太有趣啦。若是有三把小提琴,即使拉得不好,也还听得下去。两名是女的,我夹在中间,觉得自己拉得也不赖嘛!"

“嗯？且慢。那么，两个女人都是干什么的？”主人不胜艳羡地问道。

别看主人平时绷着一张枯木冷岩般的脸，其实，这位先生绝不是个淡于女色的人。他曾读一部西洋小说，书中有个人物，作者用讽刺的笔法勾画他说：对一切女人无不钟情。据统计，他对十分之七的过路女人都爱得入迷。主人读后，甚至激动地说：“此乃真理也。”

如此色徒，为什么竟然过起牡蛎般的生活？这毕竟是吾侪猫辈难解其奥的。有人说他是由于失恋，有人说他是由于害了胃病，也有人说他是由于缺少金钱，因而腰杆不硬。管他事出何因，反正算不上与明治史有关的人物，也就无所谓了。不过，单说他竟以艳羡的口吻询问寒月先生的女友，这可是千真万确。

寒月先生用筷子夹了一块小拼盘里的鱼糕，津津有味地用前齿咬成两半。我担心他又会崩掉门牙，但这次却安然无恙。

“没什么，两位都是沦落风尘的小姐哟，你不会认识的。”寒月冷冷地说。

“原来——”主人拖着长腔，略去“如此”二字，陷于沉思。

寒月先生也许觉得正是火候，便试探着怂恿道：

“多么好的天气呀！阁下如果有暇，何妨一同出去遛遛。日军已经攻克旅顺，街上可热闹哪！”

主人的神色似乎在说：与其听攻克旅顺的喜讯，莫如听寒月女友的身世。思索多时似乎终于下定决心，毅然起立。

“那就走吧！”

主人照例穿着那件印有家徽的黑棉袍，外加一件棉坎肩。据说这是兄长留给他的遗物。二十年来已经穿旧。结城产的丝绸再怎么结实，怎奈这么年久月深地穿在身上，总是经受不住的。多处棉花已经很薄，迎着阳光，明晃晃地可以看清里面补丁上的针脚。主人的服装，没有年末与岁初之分，也没有便装与礼服之别。离家时，他袖起手来，信步而去。他是没有外衣呢？还是虽有却嫌麻烦，不肯换？咱家不得而知。不过，单就这件事来说，不能认为是由于失恋所致。

二人出门之后，咱家便稍微失敬，将寒月先生吃剩的鱼糕渣全部消受了。

这时，咱家已经不再是只寻常的猫。至少，大有资格和桃川如燕①者流笔下的猫，乃至格雷②笔下偷吃金鱼的那只猫相提并论，根本不把车夫家的大黑之辈放在眼里！纵然舔光盘底，谁也不会说三道四。何况背着别人吃零食这种习惯，并非猫家独创。主人家的女仆，不就常常趁女主人不在，偷了就吃，吃了再偷？岂止女仆，如今，连夫人吹捧受过良好教育的孩子们，也大有这种趋势。那是四五天前，两个女孩早早醒来，趁老夫妻还在梦中，便在餐桌旁相对而坐。她们天天早晨照例将主人的面包分出几份儿，撒上些糖吃。这一天，糖罐正巧就放在餐桌上，甚至还添放只匙子。因为没有人像往常那样给她俩分糖，不多时，那个大个的就从糖罐里舀出一匙糖来，撒在自己的碟里。于是，小的亦步亦趋，用同样方法，将同等数量的白糖倒进自己的碟里。姐妹互相怒视片刻，大个的又舀了满满的一匙，倒进自己的碟里；小的也立刻动匙，舀了和姐姐同样多的白糖。这时，姐姐又舀了一大匙，妹妹不肯示弱，也再舀了一大匙。姐姐又将手伸进糖罐，妹妹又拿起匙来。眼看着一匙又一匙，匙匙不断，终于，二人的碟里堆积如山，罐子里似乎连一匙白糖也不剩了。这时，女主人揉着惺忪的睡眼，从卧房走来。她们好不容易舀出来的白糖才照原来的样子装了回去。由此可见，人类从利己主义出

① 桃川如燕（一八三二——一八九八）：说书先生。本名杉浦要助。明治以前很活跃。著《猫怪传》，号称猫如燕。

② 托马斯·格雷（一七一六——一七七一）：英国诗人。他曾写《对溺死于金鱼钵的爱猫悼歌》。

发所推出的“公道”原则，也许比猫的逻辑优越，但是，论其智慧，却比猫还低劣。不等白糖堆积如山，就赶快舔光它该有多好。但是一如既往，咱家的话她们听不懂，虽然遗憾，也只得蹲在饭桶上默默观赏了。

主人陪同寒月出门之后，究竟去到何处，是怎么去的，不得而知。那天晚上他回来得很迟，翌日早餐，已经九点钟了。咱家照例趴在饭桶上。展眼一瞧，只见主人默默地吃煮年糕哩。吃一块，又一块。年糕虽小，可他一连吃了六七块。他将最后一块剩在碗里，说声“不再吃啦”，便放下筷子。假如别人这么任性，他决不会答应。他极为得意地大摆主人威风，眼看混浊的菜汤里有焦糊的饼渣，竟也泰然自若。

女主人从壁橱里拿出胃药搁在桌上。主人说：

“这药不顶用，我不吃！”

女主人硬是劝说：

“不过，你吃淀粉质，似乎大见功效呀！还是吃了吧！”

主人上来了犟劲儿：

“淀粉也罢，什么也罢，反正是不管用。”

“真没有恒心！”女主人喃喃地说。

“不是我没有恒心，是这药没有效验。”

“那，前些天你不是说‘大见功效，天天都吃’吗？”

“那些天见效，可这一阵子又不见效啦！”回答得很像对诗。

“这样吃吃停停的，再怎么灵验的药，也休想奏效。如果不耐心些，胃病可不像别的症候，不容易好啊！”女主人说着，回头瞧瞧手捧茶盘、一旁等候的女仆。

“这话不假。若是不再少喝一点，就没办法辨别到底是好药还是坏药。”女仆不管三七二十一，为女主人帮腔。

“管它呢。不喝就是不喝。女人懂个屁！住口！”

"不管怎么,也是个女人!"女主人说着,将胃药推到主人面前,大有逼人剖腹之势。主人却一言不发地踱进书房。

女主人和女仆面面相觑,哧哧地笑。这种场合,咱家如果跟进去,爬上主人的膝盖,肯定要倒霉的。咱家便人不知鬼不觉地从院内绕路爬进书房的檐廊。从门缝往里一瞧,主人正打开爱比克泰德①的书在读哩!假如能像通常一样读得明白,还算有点非凡之处。但是,过了五六分钟,他便摔也似的将书本扔在桌上。"一定是这样的收场。"我心里想着,再仔细一瞧,只见他又拿出日记本,写下下述一段话:

与寒月去根津、上野、池端、神田等地散步。池端酒馆门前,有一艺妓身穿花边春装,在玩羽毛毽子。服饰虽美,容颜却极其丑陋,有点像我家的猫。

挑剔丑脸,大可不必偏偏举我为例。咱家如果到剃头棚去刮刮脸,也不比人类逊色。人类竟然如此自负,真没办法。

拐过宝丹药房路口,又来了一名艺妓。这一位身姿袅娜,双肩瘦削,模样十分俊俏。一身淡紫色服装,穿得板板正正,显得雍容大方。她露出洁白的牙齿笑着说:"源哥,昨夜太忙嘛,所以……"她的语声像乌鸦悲啼一般沙哑,使她那难得一见的风韵大为减色。甚至叫人懒得回头瞧瞧她所谓的源哥乃何许人也。我依然袖着手,向官道②走去。而寒月不知怎么,有些意乱神摇。

---

① 爱比克泰德(约五五——?):古罗马斯多葛派哲学家。他的伦理学格言是:"忍受,自制。"

② 官道:由筋违桥(今万世桥)至上野广小路,因将军常从此路去参拜上野神社,故名。

再也没有比人心更难于理解的了。此刻主人的心情,是恼怒?是兴奋?还是正在哲人的遗著中寻找一丝慰藉?鬼才晓得。他是在冷嘲人间?还是巴不得涉足于尘世?是因无聊小事而大动肝火?还是超然度外?简直是莫名其妙。猫族面对这类问题,可就单纯得多。想吃就吃,想睡就睡;恼怒时尽情地发火,流泪时哭它个死去活来,首先,绝不写日记之类没用的玩意儿,因为没有必要写它。像我家主人那样表里不一的人,也许有必要写写日记,让自己见不得人的真情实感在暗室中发泄一通。至于我们猫族,行走、坐卧、拉屎撒尿,无不是真正的日记,没有必要那么煞费心机,掩盖自己的真面目。有写日记的工夫,还不如在檐廊下睡它一大觉哩!

在神田某亭进晚餐,喝了两三杯久未沾唇的"正宗名酒"。因此,今晨胃口绝佳。窃以为夜饮,对于胃病裨益最大。高淀粉酶就是不行。任凭你说出个花来,它也不顶用。反正不顶用就是不顶用。

主人无端地攻击高淀粉酶,好像在跟自己吵架似的。早晨那股肝火,竟在这时露出马脚,说不定人类日记的本色,正寓于其中呢。

前些时听人说,早饭断食,即可医胃,我便免了早餐一试,直落得腹内咕咕叫,却毫无功效。又某人忠告说:必须禁用咸菜。依他说,一切胃病的根源都在于吃咸菜。只要禁用咸菜,胃病就会根除,身体康复是毋庸置疑的。其后,我一周没吃咸菜,但是病情如故,因而,近来又开始吃咸菜了。又请教某某,他说:只有按摩腹部才见功效。但是,通常做法不济事，必须用皆川[①]式的古法按摩一两次，一般的胃病都会根治。安井息轩[②]也十分喜欢这种疗法，据说连坂本龙马[③]那样的豪杰也常去按摩。我便急忙去上根河畔求人试试。但是据说只有按摩骨头才会好，不将五脏六腑翻个个儿，很难根治云云。真够残酷。按摩后，身子像棉花团似的，仿佛患了昏睡症。所以，只按摩一次就告饶，不敢领教了。A君曾说：必须禁用固体食物，从此，天天只喝牛奶度日。那时，腹内哗啦啦地响，好像大河涨水，不得安眠。B君曾说：要用小腹呼吸。只要使内脏运动，胃部功能自然强健，不妨一试。此法我也曾试过，但总觉得肚子里难受得不行。而且，尽管时而忽然想起，要聚精会神地用小腹呼吸，但是过了五六分钟，又忘得一干二净。倘若不想忘记，就总是挂记着小腹，弄得书也读不下，文章也写不成。美学家迷亭见我这般模样，嘲笑地说：你又不是临产的孕男，还是算了吧！于是，近来已经作罢。C先生说：吃荞面条也许会好。于是，我便一碗接一碗地快速吃起清汤荞面条。然而，这使我总是拉肚，毫不见效。多年来为了医治胃病，我讨了一切可能讨到的药方试过，但都是徒劳。只有昨夜与寒月君喝下的三杯绍兴老酒委实奏效。

那么，今后就每天晚上贪它两三杯吧！

这项决定恐怕也不会持久。主人的心，像猫眼珠似的瞬息万变。他不论干什么，都是个没长性的人。而且，他既然在日记里那么担心自己的胃

① 皆川：即皆川淇园（一七三四——一八〇七），江户末期儒学家，京都人，博学多艺，门下三千余人。著《名畴》、《易原》等。

② 安井息轩（一七九九——一八七六）：日本江户末期儒学家，著《管子纂诂》、《论语集说》等。

③ 坂本龙马（一八三五——一八六七）：日本江户末期土佐藩的武士，致力于王政复古，后为刺客所杀。

病，表面上却又打肿脸充胖子，实在可笑。前些天，他的朋友某某学者来访，大发议论说：从某种见地来看，一切疾病，不外乎祖先和个人罪恶的结果。他好像很有研究，是一套条理清晰、逻辑井然的精辟高论。可怜我家主人者流，毕竟不具备反驳此说的头脑与学识。但他似乎觉得自己正害胃病，很遭罪，总得诌上几句，辩解一番，以便保全面子。

“你的说法倒很有趣。不过，那位卡莱尔①也曾害过胃病哟！”这话仿佛在说：既然卡莱尔害胃病，那么，我害胃病自然也很体面。他回答得牛头不对马嘴。于是，那位朋友说：

“虽然卡莱尔也害过胃病，但害过胃病的，未必都能成为卡莱尔。”

由于训斥得不容置辩，主人哑口无言了。他尽管虚荣心那么严重，实际上还是巴不得没有胃病才好。说什么“今夜开始吃夜酒”，真有点滑稽。思量起来，他今早吃了那么多的年糕，说不定正是由于昨夜同寒月君倾杯罄盏的缘故哩！咱家也很想吃年糕了。

咱家虽说是猫，却并不挑食。一来，咱家没有车夫家大黑那么一把子力气，能跑到小巷鱼铺去远征；二来，自然没有资格敢说，能像新开路二弦琴师傅家花猫小姐那么阔气。因此，咱家是一只不大嫌食的猫，既吃小孩吃剩的面包渣，也舔几口糕点的馅。咸菜很难咽，可是为了尝尝，也曾吃过两片咸萝卜。吃罢一想，太棒啦，差不多的东西都能吃。如果这也不爱吃，那也不爱吃，那是任性、摆阔，毕竟不是寄身于教师家的猫辈所该说出口的。据主人说，法国有一个名叫巴尔扎克的小说家，是个极其奢侈的人。当然，并不是说他饮食上怎么奢侈，而是说他身为小说家，写文章却极尽铺张浪费之能事。有一天，他想给自己写的小说中人物起个名字。起了好多，却总是不中

① 托马斯·卡莱尔（一七九五——一八八一）：英国评论家、历史学家。著《法国革命》等。

意。赶巧朋友来玩，便一同出去散步。朋友压根儿不知道是怎么回事就被领走了。而巴尔扎克一直想发现一个自己搜索枯肠也未曾觅得的人物名字。因此，他走在大街上别无他事，一心观看商店门口的招牌。但是，依然找不到称心的人物名字，便领着朋友乱走一气。朋友也就糊里糊涂地跟着他乱走。他们就这样从早到晚，在整个巴黎探险。归途中，巴尔扎克偶然发现一家裁缝铺的招牌，上写店名："玛卡斯"。他拍手叫道：

"就是它！非它莫属！'玛卡斯'，多好的名字啊！'玛卡斯'的前边再加上个'Z'字，就成为无可挑剔的名字了。不加个'Z'字可不行。'Z. 玛卡斯'这名字实在太好。主观编造的名字，尽管想要起得漂亮些，可总是有点做作，没意思。好歹总算有个称心的名字啦。"

他完全忘却朋友在陪他受罪，竟独自欣喜若狂。不过，只是为了给小说中的人物起个名字，便不得不整天在巴黎探险，说起来，未免过于大动干戈。不过，能够奢侈到这种程度，倒也蛮好，只是像我这样有一个牡蛎式主人的小猫，可就无论如何也不敢如此了。不管什么，能填饱肚子就行，这恐怕也是环境造成的吧！因此，如今想吃年糕，绝非贪馋的结果，而是从"能吃便吃"的观点出发。咱家思忖，主人也许会有吃剩的年糕放在厨房里，于是，便向厨房走去。

黏在碗底的还是早晨见过的那块年糕，还是早晨见过的那种色彩。坦率地说，年糕这玩意儿，咱家至今还未曾沾牙哩。展眼一瞧，好像又香又瘆人。咱家搭上前爪，将黏在表面的菜叶挠下来。一瞧，爪上沾了一层年糕的外皮，黏糊糊的，一闻，就像把锅里的饭装进饭桶里时所散发的香气。咱家向四周扫了一眼，吃呢，还是不吃？不知是走运，还是倒霉，连个人影都不见。女仆不论岁末还是新春，总是那么副面孔踢羽毛毽子。小孩在里屋唱着《小兔，小兔，你说什么》。若想吃，趁此刻，如果坐失良机，只好胡混光阴，直到明年也不知道年糕是什么滋味。刹那间，咱家虽说是猫，倒也悟出一条真理:“难得的机缘,会使所有的动物敢于干出他们并非情愿的事来。”

其实,咱家并不那么想吃年糕。相反,越是仔细看它在碗底里的丑样,越觉得瘆人,根本不想吃。这时,假如女仆拉开厨房门,或是听见屋里孩子们的脚步声向这边走来,咱家就会毫不吝惜地放弃那只碗,而且直到明年,再也不想那年糕的事了。然而,一个人也没来。不管怎么迟疑、徘徊,也仍然不见一个人影。这时,心里在催促自己:“还不快吃!”

咱家一边盯住碗底一边想:假如有人来才好呢。可是,终于没人来,也就终于非吃年糕不可了。于是,咱家将全身重量压向碗底,将年糕的一角叼住一寸多长。使出这么大的力气叼住,按理说,差不多的东西都会被咬断的。然而,我大吃一惊。当我以为已经咬断而将要拔出牙来时,却拔也拔不动。本想再咬一下,可牙齿又动弹不得。当我意识到这年糕原来是个妖怪时,已经迟了。宛如陷进泥沼的人越是急着要拔出脚来,却越是陷得更深;越咬,嘴越不中用,牙齿一动不动了。那东西倒是很有嚼头,但却对它奈何不得。美学家迷亭先生曾经评论我家主人“切不断、剁不乱”,此话形容得惟妙惟肖。这年糕也像我家主人一样“切不断”。咬啊,咬啊,就像用三除十,永远也除不尽。正烦闷之时,咱家忽地又遇到了第二条真理:“所有的动物,都能直感地预测吉凶祸福。”

真理已经发现了两条,但因年糕黏住牙,一点也不高兴。牙被年糕牢牢地钳住,就像被揪掉了似的疼。若不快些咬断它逃跑,女仆可就要来了。孩子们的歌声已停,一定是朝厨房奔来。烦躁已极,便将尾巴摇了几圈儿,却不见任何功效。将耳朵竖起再垂下,仍是没用。想来,耳朵和尾巴都与年糕无关,摇尾竖耳,也都枉然,所以干脆作罢算了。急中生智,只好借助前爪之力拂掉年糕。咱家先抬起右爪,在嘴巴周围来回摩挲,可这并不是靠摩挲就能除掉的。接着抬起左爪,以口为中心急剧地画了个圆圈儿。单靠如此咒语,还是摆脱不掉妖怪。心想:最重要的是忍耐,便左右爪交替着伸缩。然而，牙齿依然嵌在年糕里。唉，这太麻烦，干脆双爪一齐来吧！谁知这下，破天荒第一次，两只脚竟然直立起来，总觉得咱家已经不是猫了。

可是，到了这种地步，是不是猫，又有何干？不论如何，不把年糕这个妖怪打倒，决不罢休，便大鼓干劲，两爪在“妖怪”的脸上胡抓乱挠。由于前爪用力过猛，常常失重，险些跌倒。必须用后爪调整姿势，又不能总站在一个地方，只得在厨房里到处转着圈儿跑。就连咱家也能这么灵巧地直立，于是，第三条真理又蓦地闪现在心头：“临危之际，平时做不到的事这时也能做到，此之谓‘天佑’也。”

幸蒙天佑，正在与年糕妖怪决一死战，忽听有脚步声，好像有人从室内走来。这当儿有人来，那还了得！咱家跳得更高，在厨房里绕着圈儿跑。脚步声逐渐近了。啊，遗憾，“天佑”不足，终于被女孩发现，她高声喊：“哎哟，小猫吃年糕，在跳舞哪！”第一个听见这话的是女仆。她扔下羽毛毽子和球拍，叫了一声“哎哟”，便从厨房门跳了进来。女主人穿着带家徽的绉绸和服，说：“哟，这个该死的猫！”主人也从书房走出，喝道：“混账东西！”只有小家伙们喊叫：“好玩呀，好玩！”接着像一声令下似的，齐声咯咯地笑了起来。我恼火、痛苦，可又不能停止蹦蹦跳跳。这回领教了。总算大家都不再笑。可是，就怪那个五岁的小女孩说什么：“妈呀，这猫也太不成体统了。”

于是，势如挽狂澜于既倒，又掀起一阵笑声。

咱家大抵也算见识过人类缺乏同情心的各种行径，但从来没有像此时此刻这样恨在心头。终于，“天佑”不知消逝在何方，咱家只好哑口无言，直到演完一场四条腿爬和翻白眼的丑剧。

主人觉得见死不救，怪可怜的，便命女仆：

“给它扯下年糕来！”

女仆瞧了主人一眼，那眼神在说：“何不叫它再跳一会儿？”

女主人虽然还想瞧瞧猫舞的热闹，但并不忍心叫猫跳死，便没有做声。

“不快扯下来它就完蛋啦。快扯!”

主人又回头扫了一眼女仆。女仆好像做梦吃宴席却半道被惊醒了似的,满脸不快,揪住年糕,用力一拽。咱家虽然不是寒月,可也担心门牙会不会全被崩断。若问疼不疼,这么说吧,已经坚坚实实咬进年糕里的牙齿,竟被那么狠歹歹地一拉,怎能受得住?咱家又体验到第四条真理:“一切安乐,无不来自困苦。”

咱家眼珠一转,四下一瞧,发觉家人都已进内宅去了。

遭此惨败,在家里哪怕被女仆者流瞧上一眼,都觉得怪不好意思。索性去拜访热闹街二弦琴师傅家的花子小姐散散心吧!于是,我从厨房溜到房后。

花子小姐可是个驰名遐迩的猫中美女。不错,咱家是猫;但对于男女之情,却也略知一二。在家里每当见到主人的哭丧脸或是遭到女仆的责骂而心头不快时,定要拜访那位异性好友,向她倾诉衷肠。不知不觉便心怡神爽,一切忧烦劳顿,都一股脑儿抛到九霄云外,仿佛获得了新的生命。说起来,女性的作用可大喽。

咱家从杉树篱笆的空隙中放眼望去,心想:她在家吗?

因为是正月,只见花子小姐戴着新项链,在檐廊下端庄而坐。她那后背丰盈适度的风姿,漂亮得无以言喻,极尽曲线之美;她那尾巴弯弯、两脚盘叠、沉思冥想、微微扇动耳朵的姿态,委实难描难画。尤其她在阳光充足的地方暖煦煦地正襟危坐,尽管身姿显得那么端庄肃穆,但那光滑得赛过天鹅的一身绒毛,反射着春日阳光,令人觉得无风也会自然地颤动。咱家一时看得入迷,好一阵子才清醒过来。

“花子小姐!”咱家边喊边摆动前爪,向她致敬。

“哟,先生!”

她走下檐廊,红项链上的铃铛丁零零地响。啊,一到正月,连铃铛都戴

上啦。声音真好听。咱家正激动,花子小姐来到身旁,将尾巴向左一摇,说:

“哟,先生,新年恭喜!”

我们猫族互相问候时,要将尾巴竖得像一根木棒,再向左方晃一圈。在这条街上,称咱家为“先生”的,只有花子小姐。前文已经声明,咱家还没有个名字,但因住在教师家,总算有个花子小姐表示敬重,口口声声称咱家为“先生”。咱家也被尊一声“先生”,自然心情不坏,便满口答应:

“是,是……也要向你恭喜呀!你打扮得太漂亮啦!”

“噢!去年年底师傅给我买的。漂亮吧?”她将铃铛摇得丁零零直响,叫我瞧。

“的确,声音很美。有生以来还不曾见过这么漂亮的铃铛呢。”

“哟,哪里。谁还不戴一副!”她又丁零零地将铃铛连连摇响。“好听吧?我真开心!”

“看起来,你家师傅非常喜欢你喽!”

将她与自身相比,不禁泛起爱慕之情。天真的花子哧哧地笑着说:

“真的呀!她对我就像亲生女儿一样。”

纵然是猫,也不见得不会笑。人类以为除了他们就再也没有会笑的动物,这就错了。不过,猫笑是将鼻孔弄成三角形,声振喉结而笑,人类自然不懂。

“你家主人到底是干什么的?”

“哟,我家主人?多新鲜!她是一位师傅呀!二弦琴师傅。”

“这,倒是知道的。我是问她的身世如何。大概从前是一位了不起的人物吧?”

“是的。”

等着你的小松树呀……

纸屏后奏起了二弦琴。

“琴声美吧?”花子炫耀地说。

“好像很美,可是咱家听不懂。到底奏的是什么曲子?”

“那支曲子叫什么啦?师傅顶喜欢呢……师傅六十二岁啦,多么硬朗。”

竟然活了六十二岁,不能不说硬朗。咱家便“啊”的一声。这回答是有点含糊其词。但是,既然想不出妙语,也就只好作罢。

“那还不算。她说她从前的身份很高贵。”

“嚯,从前干什么?”

“说是天璋院女道士①的秘书官的妹妹出嫁后的婆婆的外甥的女儿……”

“什么?”

“天璋院女道士的秘书官的妹妹……”

“原来是这样,等等!是天璋院女道士的妹妹……”

“哟,错啦。是天璋院女道士的秘书官的妹妹……”

“好,记下了。是天璋院女道士的……”

“对。”

“秘书官。”

“对。”

“出嫁后……”

“是他妹妹出嫁后。”

“对,对,我错了。是妹妹出嫁的那一家。”

“婆婆的外甥的女儿。”

---

① 天璋院女道士(一八三七——一八八三):名敬子,与鹿儿岛领主同宗的岛津忠刚之女,嫁给德川家第十三代将军德川家定。家定死后出家,佛门名为天璋院。

“噢,是婆婆的外甥的女儿啊。”

“对。知道了吧?”

“唉,这么乱糟糟的,不得要领。归根结底,到底是天璋院道士的什么人?”

“你太糊涂啦!天璋院女道士的秘书官的妹妹出嫁后的婆婆的外甥的女儿,刚才不是说过了吗?”

“这回全懂啦。”

“懂了就好。”

“是啊!”

有什么办法,只好服气。我们有些时候是不得不假充明公的。

屏后的二弦琴声戛然而止,传来了师傅的呼唤声。

“花子,开饭啦!”

花子小姐笑吟吟地说:“噢,师傅叫我,我要回去了。”她丁零零地响一串铃声跑到院前,但又折了回来,担心地问道:

“您面色很不好,怎么啦?”

咱家说不出口是由于吃年糕跳舞,便回答她说:“没什么,只是稍微想点心事就头疼。老实说,以为只要跟你说说话就会好,这才奔你来的。”

“是呀,请多保重。再见!”她似乎很有点惜别之情哩!

于是,咱家吃年糕的霉气不见了,心情快活了。回来时,还想穿过那座茶园,便踏着开始融化的霜花,从建仁寺的颓垣断壁中探出头去一看,又是车夫家的大黑正在枯菊上弓腰打呵欠。如今咱家再也不会一见大黑就吓掉魂了。不过,觉得搭讪起来太絮叨,便假装没看见走过去。但是,按大黑的脾气,若是觉得别人小瞧了他,可绝不会沉默的。

“喂!那个没名的野崽子!近来可够神气的啦!再怎么吃教师爷的饭,也别那么盛气凌人呀。吓唬人多没意思!”

大黑好像还不知道咱家已经赫赫有名。想讲给他听,可他毕竟不是个懂事的家伙,便决定客套几句之后,尽快地溜之大吉。

“噢,是大黑哥呀,恭喜!您还是那么神采奕奕!”

咱家竖起尾巴,向左绕了一圈。大黑只竖起尾巴,却并不还礼。

“恭喜个屁!人家都正月才拜年,你小子可好,不年不节就恭喜恭喜的。当心点儿,看你这个鬼头鬼脑的小样!”

这自然是一句骂人话,可是咱家不懂。

“请问:‘鬼头鬼脑’是什么意思?”

“哼!你小子,挨了骂还有闲心问是什么意思。真够戗!所以说,你是个顺情说好话的混球!”

“顺情说好话?”怪有诗意的。至于含意,可就比“鬼头鬼脑”更令人费解了。本想问问,求他指教。又一想,即使问,也不会得到明确答复的,便无言地相对而立,显得十分尴尬。这时,忽听大黑家的老板娘厉声喝道:

“哟,放在碗架上的鲑鱼不见了。这还了得!又是那个畜生大黑给叼走啦。除了那只恨人的猫还有哪个!等你回来,看我怎么收拾你!”

这声音毫不留情地震撼着初春恬静的空气,把一派风软树静的太平盛世彻底庸俗化了。

大黑一副刁钻的神色,心里在想:“爱发火,就让她发个够吧!”他将方形下巴往前一伸,使个眼风,意思是说:“听见了吧?”

咱家一直与大黑搭讪,没注意别的。这时一瞧,大黑脚下有一块价值二厘三分钱的鲑鱼骨,泥糊糊的。咱家忘了旧恨新仇,不免奉献一句赞歌:“老兄可真是威风不减当年哟!”

仅仅这么一句话,大黑是不会消气的。

“什么?你这个混蛋!仅仅叼一两块鱼骨,就说什么‘不减当年’,像话吗?别门缝里看人——把人瞧扁啦!不是对你吹,老子可是车夫家的大黑!”他用前爪倒挠肩头,权当捋胳膊、挽袖子。

“您是大黑哥,早就领教过。”

“既然领教过,还说什么‘不减当年’,是何道理?”

他一再火上浇油。咱家若是个人,这时一定会被揪住脖领,饱尝一顿痛打。咱家退了一两步,约觉大事不好,偏在这时,又传来了女主人的大嗓门儿。

“敢情是西川先生!喂!既然是西川先生驾到,正有事相求哩。请您立刻给我送来一斤牛肉。喂,明白了吧?把不太硬的牛肉送来一斤。”她订购牛肉的语声,打破了四周的静寂。

“哼!一年一度订购牛肉,还特意那么大喊大叫的,向左邻右舍炫耀一番——‘牛肉一斤哟!’真他妈是个难缠的母夜叉!”

大黑边冷嘲,边四脚叉开。咱家没法搭言,便默默地瞧着。

“才一斤来肉,这不行!也罢,等送来肉的时候,立刻吃掉!”仿佛那一斤牛肉是专为他订购的。

咱家想催促他快些回家,便说:“这回呀,可真正是一顿丰餐喽。妙哇,妙!”

“你懂个屁,少啰嗦!讨厌!”说着,他突然用后爪刨起冰碴往咱家头上扬,吓了咱家一跳。咱家正在抖落身上的泥土,大黑竟从篱下钻了进去,不知去向,大概他是盯上西川家的牛肉了。

回到家里,不知什么工夫客厅里已经春意盎然。就连主人的笑声,听来也十分爽朗。咱家有点奇怪,便从敞着门的檐廊纵身蹿了过去。走近主人身旁一瞧,原来有一位陌生的客人。只见此人留着小分头,梳得整整齐齐,带家徽的布袍外,还罩了一件小仓①布的短褂,是一副十分规矩和纯朴的穷学生风度。主人的手炉旁和涂了“春庆”牌油漆的烟盒并排放着一张名片,

---

① 小仓:日本古时福冈县境内的一个市,产布驰名。

上写:“谨介绍越智东风君,水岛寒月”。由此,咱家知道了客人的名字,也知道了他是寒月先生的朋友。因为半路才听,对宾主对话的来龙去脉不大清楚;但是猜得出,好像与前边介绍过的那位美学家迷亭先生有关。

来客文静地说:“迷亭先生说,一定会妙趣横生,一定要我随他一同前往。所以……”

“什么?你是说你陪他去西餐馆吃午饭妙趣横生吗?”主人说着,斟满了茶,推到客人面前。

“这……所谓妙趣,当时我也不大明白。不过,他那个人嘛,总会搞点什么新花样的……”

“不过,意外得很。”

主人的意思是:“你领教了吧?”

咱家正蹲在主人的膝头,啪的一声被敲了头,有点疼呢。

“又是胡来的恶作剧吧?迷亭爱干那种事。”

主人立刻想起了安德利亚的故事。

“是呢!他说:‘你想吃点什么新花样吗?’”

“吃了什么?”主人问。

“他先看菜谱,胡扯了一通各种菜名。”

“是在叫菜之前?”

“是的。”

“后来呢?”

“后来他回头望着堂倌说:‘怎么?没有新菜肴?’堂倌不服气,问道:‘鸭里脊和牛排,意下如何?’迷亭先生不可一世地说:‘吃那类俗调①,何须来此!’堂倌不解俗调为何意,做了个怪相,不再吭声。”

---

① 俗调:嘲笑庸俗诗句的贬称。

“那是自然。”

“后来，迷亭先生对我说，到了法国或英国，可以大吃而特吃‘天明调’①、‘万叶调’②。可是在日本，老一套！真叫人不想进西餐馆。噢，他可曾去过外国？”

“什么？迷亭君何曾去过外国！若是又有钱，又有闲，几时想去都是可以去的。不过，他大约是把今后想去说成了已经去过，是拿人开心吧？”主人想卖弄一下妙语连珠，带头先笑了。客人却毫无赞许之意。

“是吗？我还以为他什么工夫留过洋，不由得洗耳恭听哪。何况，如您所见，他谈起什么煮蛐蜒呀，炖青蛙呀，简直活灵活现。”

“他是听别人说过吧？扯谎，他可赫赫有名哟！”

“看来真是这样。”客人边说边观赏花瓶里的水仙，面上罩着淡淡的遗憾神色。

主人问道：“那么，他所谓的妙趣，不过如此吧？”

“哪里，这仅仅是个小帽，好戏还在后头哩！”既然主人叮问，东风便又接着说，“后来迷亭先生对我说：‘咱们商量一下，煮蛐蜒啦，炖青蛙啦，再怎么馋，也吃不到嘴里。那就掉点价，吃点橡面坊丸子③如何？’因为他说和我商量，我便随声附和地说：‘那好吧！’”

“哼！橡面坊丸子？绝！”

“是啊，太绝啦！不过，迷亭先生说得太认真，当时我还没有醒悟哩！”客人仿佛在向主人检讨自己的粗心。

“后来怎么样？”主人漫不经心地问。对于客人的致歉他丝毫也没有表

---

① 天明调：天明年间以与谢芜村为中心掀起的俳坛革新，崇尚绘画的浪漫的风格。

② 万叶调：指《万叶集》简洁、雄浑风格。这里均用为玩世不恭的戏言。

③ 橡面坊丸子：橡面坊，指日本派俳人兼记者安藤橡面坊，冈山县人，本名铢三郎，著有《深山柴》。牛肉洋葱丸子的语序稍一变动，与橡面坊丸子谐音，又是迷亭的玩笑。

示同情。

“接着,他喊堂倌:‘喂,拿两份橡面坊丸子来!’堂倌问道:‘是牛肉洋葱丸子吗?’迷亭更加一本正经地订正说:‘不是牛肉洋葱丸子,是橡面坊丸子。’‘嗯?有橡面坊丸子这么一道菜吗?’当时我也觉得有点稀奇。可是迷亭先生却十分沉着,何况又是那么一位西洋通,更何况我当时完全相信他去过外洋,便为他帮腔,告诉堂倌说:‘橡面坊丸子就是橡面坊丸子!’”

“堂倌又怎么样?”

“堂倌嘛,现在想来,可真滑稽,也够可怜的。他寻思了一会儿,说:‘非常对不起,今天不巧,没有橡面坊丸子。若是牛肉洋葱丸子,倒能做出两份。’迷亭非常遗憾地说:‘罢……好不容易跑到这儿来,那就太没意思了。难道不能想想办法弄两盘给我们品尝吗?’他交给堂倌两角银币。堂倌说:‘那就不管怎样,去和值班厨师商量一下吧!’于是,他进屋去了。”

“看来,他非常想吃橡面坊丸子喽。”

“不多时,堂倌走来说:‘还正赶巧。若点这个菜,可以给您做。不过,时间要长一点。’迷亭先生真够沉着,说:‘反正是新正大月,闲着没事儿,那就稍候片刻,吃了再走吧!’他边说边从怀里取出香烟,咕嘟嘟喷起烟雾。没办法,我从怀里掏出《日本新闻》来读。这时堂倌又进屋商量去了。”

“太费周折!”主人往前凑了凑,那股劲头,宛如在读战地通讯。

“后来,堂倌又走了出来,样子很可怜地说:‘近来橡面坊丸子脱销,去过龟屋商店和横滨山下町十五街外国食品店,都没有买到。一时太不凑巧……’迷亭先生瞧着我,一再地说:‘多糟糕!好不容易来的。’我也不该沉默,便帮腔说:‘太遗憾啦!不胜遗憾之至!’”

“诚然。”主人也赞同地说。至于什么叫“诚然”,咱家可就不得而知了。

“这时,堂倌也觉得怪遗憾的,便说:‘改日有了材料,再请各位先生赏光。’迷亭问他想用什么做材料。堂倌哈哈大笑,并不作答。迷亭追问道:

‘材料是日本派[①]的俳句诗人吧?’堂倌说:‘嗳,是的。正因为是那玩意儿,所以,近来去横滨也没有买到,实在对不起。’”

“啊,哈哈……原来谜底在这儿。妙!”主人不由得高声大笑,双膝颤抖。咱家险些摔了下去。可主人还满不在乎的样子。看来,主人是了解到深受安德利亚之灾的不止他一人,所以突然变得开心了。

“后来,我二人走出门去,迷亭先生得意地说:‘怎么样,玩笑开得不坏吧? 橡面坊丸子,这个笑料还有趣吧?’我说:‘佩服得五体投地。’说着,我要告辞。其实,因为早已过了午饭时间,肚子太饿,受不住了。”

“难为你啦!”主人这才表示同情。对此,咱家也并不反对。一时谈话中断,咱家的喉头响声传进主客二人的耳鼓。

东风君咕噜一声将凉茶一饮而尽,郑重地说:

“老实说,今日登门造访,是由于对先生略有所求。”

“噢,有何吩咐?”主人也不甘示弱地装腔作势。

“您知道,我是爱好文学和美术的……”

“好哇!”主人在顺水推舟。

“前几天,一些同行聚首,创立了朗诵会,每月聚会一次,今后还想继续办下去。第一次聚会,已经在去年年末举行过了。”

“请问:所谓朗诵会,听起来仿佛是有节奏地宣读诗文之类。究竟怎样进行?”

“先从古典诗开头,逐渐地,还想朗诵同人作品。”

“提起古典诗,莫非有白乐天的《琵琶行》吗?”

“没有。”

---

① 日本派:俳句诗人正冈子规以《日本》报为阵地革新俳风,提倡写生,被称为“日本派”。子规的门生有橡面坊。

“是与谢芜村[1]的《春风马堤曲》之类吗？”

“不是。”

“那么，朗读些什么？”

“上一次朗诵了近松[2]的殉情之作。”

“近松？是那个唱‘净琉璃’[3]的近松吗？”

没有第二个近松。只要一提起近松，准是那位戏曲家。主人还问，咱家觉得他真愚蠢透顶。可他毫未察觉，还亲昵地抚摸咱家的头哩！反正就是这种世道嘛。有人硬是以为斜眼女人是在对他调情。那么，主人这一星半点的误差，也就不足为怪了。那就任他抚摸去吧。

“是的。”东风君应了一声，便观察主人的面色。

“那么，是由一个人包干朗诵呢？还是定出一些角色？”

“是定出些角色，轮流朗读。我们的宗旨是，必须以同情剧中人物、发挥人物个性为主，并且也讲究手势和身段。要逼真地表现那个时代的人物。不论小姐或小伙计，都要演得像真人上台。”

“那么，这不是和唱戏一样吗？”

“是的。只差不穿戏装，不设布景。”

“恕我失言。能演得好吗？”

“这……我想，第一次是成功了的。”

“那么，你所谓第一次表演的殉情之作……”

---

① 与谢芜村：大阪生人，本姓谷口，江户中期著名俳句诗人兼南画大家。自由诗《春风马堤曲》格调高雅、抒情，受正冈子规推崇。

② 近松门左卫门：日本江户中期古典剧本著名作家。原名杉森信盛，号平安堂、巢林子，越前人。代表作有《国姓爷合战》、《曾根崎殉情》等。

③ 净琉璃：又名“义大夫调”。元禄时期，竹本义大夫将流行各地的曲调集其大成，与近松门左卫门共同创建了“人形净琉璃”这种新型民族戏曲。

“就是船老大载着乘客去芳原[1]……”

“好大的场面呀!”不愧是教师,他微微晃了一下头,从鼻孔里喷出的“日出”牌香烟的烟雾掠过耳际,向脸后袅袅而去。

“不,场面也不太大。登场人物不过是嫖客、船夫、窑姐、女侍、老鸨、总管[2]。”

东风君可是个沉得住气的人。但是,主人听了窑姐二字,不禁面色一沉。他对于女侍、老鸨、总管这些行话,似乎认识模糊,便首先提问:“所谓女侍,指的是娼家婢女吗?”

“还没有仔细研究。不过,女侍,指的是茶馆下女;而老鸨,大概是妓女卧房里的陪姑吧!”东风君刚才还说什么要演得活灵活现,要模仿人物的腔调。可他对什么是女侍、什么是老鸨,好像还不大了解。

“不错,女侍乃寄身于茶馆的红颜,老鸨是起居于娼家的女士。其次,所谓总管,指的是人?还是特定场所?如果是人,是男?还是女?”

“我想,大概指的是男人。”

“掌管什么事呢?”

“这,还缺乏过细的了解。马上调查一下吧!”

我想,照这样问答下去,一定是牛头不对马嘴,便扫了他们一眼。出乎意料,主人竟意外地严肃。

“那么,朗诵者除你而外,还有些什么人?”

“各种人才都有。法学士K君扮窑姐,蓄着小胡,说的都是女人娇滴滴的道白,那才绝哪!而且有一个情节,窑姐要大发脾气……”

“朗诵时也要发脾气吗?”主人担心地问。

---

① 芳原:又称吉原,江户(现东京)的烟花巷。

② 总管:妓院的账房。

“是的。总之,表情很重要。”东风君说。他总是一副文人风度。

“那么,脾气发得逼真吗?”主人问得绝妙。

“首次登台就能演好发脾气,可有点要求过高啊。”东风回敬了绝妙的回答。

“那么,你扮演什么角色?”主人问道。

“我扮演船老大。”

“咦?你扮演船老大?”主人话里话外是说:你能扮演船老大,我就能扮演花街总管。

立刻,东风直言不讳地挑明:

“您是说我不配演船老大吧?”他并没有怎么生气,仍以文静的口吻接着说:“就怪扮演船老大,好容易召开的会,竟虎头蛇尾地告吹。原来,会场隔壁住了四五名女学生。不知她们从哪儿探听到消息,知道当天有文艺朗诵会,就在窗外偷听。我用假嗓扮演船老大,总算定了调,以为这样演准成。正演得起劲儿,唉,大概是身段扭动得过火了吧,一直忍住没笑的女学生们一下子哗然大笑。我又吃惊,又扫兴。台词一打断,就再也接不上了,只好就此散场。”

声称成功的第一次朗诵会竟然如此,那么,想象失败时更将是何等惨状,真叫人忍不住好笑。不知不觉喉头又呼噜噜地作响,主人更加温柔地抚摸咱家的头。嘲弄者却受到被嘲弄者的爱抚,这可是幸运,不过,总有些不够开心。

“这可是大不幸啊!”主人在这新正大月,竟说起丧气话来。

“我们想从第二次起,更奋发图强,把会开得更加盛大,今天正是为了这件事才前来造访。坦率地说,我们想请您也入会,请大力支持……”

“我可无论如何也不会发脾气的呀!”持消极态度的主人立刻谢绝。

“不,您不会发脾气也行嘛!这是赞助者花名册……”说着,他打开紫色包袱皮，小心翼翼地拿出一个小本，展开一页，放在主人面前。“请在这上面签名盖章。”

咱家一瞧，全是当今学者名流的名字，写得端端正正，排列得整整齐齐。

“啊，倒不是不想当个赞助人。只是，不知道负有什么义务？”牡蛎先生显得有些放心不下。

“提起义务嘛，倒也没什么硬性要求。只要签上大名，表示赞助，也就完事。”

“既然如此，我就入会。”主人刚一听说不承担什么义务，立刻变得轻松。那副神色似乎在说：只要不负什么责任，即使造反的联名宣言书也敢签上名字的。何况在那么著名的学者珠联璧合的名单上哪怕只列上自己的名字，这对于还不曾有些殊遇的主人来说，真乃无上光荣。难怪他回答得那么干脆。

“请稍候！”主人说着，进书房去取印章，咱家被咕咚一声摔在地上。

东风迅速将点心盘里的蛋糕抓住，一把塞进嘴里，嚼啊，嚼啊，一时似乎不大好受，这使咱家想起了早晨的年糕事件。

主人从书房取来印章之时，恰是蛋糕在东风君的皮囊里安居之刻。主人似乎并未察觉盘里的蛋糕一点没剩。假如察觉，第一个被怀疑的对象，肯定是咱家喽！

东风先生走后，主人跨进书房，往桌上一看，不知何时，迷亭先生寄来了书信，上写“恭贺新春”四个大字。主人心想：迷亭君居然也变得这么正经。他写信从来没有一封是严肃的。前些时来信甚至写道：

> 其后并无新欢，更无任何丽人投来艳笺，暂且安然度日，敬请释念。

与这类书信相比，刚来的这一封还算体面得多。

本拟趋府拜谒，但因愚弟心境与仁兄之消极情绪大相径庭，弟将极力采取积极方针，迎此千古未有之新春，故终日忙得目眩头晕，尚乞海谅。

主人暗暗同情迷亭先生。是的，他一到正月，定要为四处游乐而奔忙。

昨日聊事偷闲，拟宴东风君品尝“橡面坊丸子”，不巧材料售罄，事与愿违，实属憾甚。

主人默默地微笑，心想：“就要露出本色了。”

明日有纸牌赛，后日有美学学会之新年宴，大后日有鸟部教授欢迎会，大大后日……

“讨厌！”主人跳行往下看。

如上所述，因长期以来连连召开谣曲会、俳句会、短歌会、新体诗会等，日日出席，万般无奈，遂以书代足，且充趋访之礼，尚望莫怪，伏乞海涵。

“无事何须劳足！”主人对信答辩。

此次大驾光临，既是久别重逢，敬请共进晚餐。寒舍虽无珍馐，尚可品尝“橡面坊丸子”，现已开始筹措……

主人有些恼火：迷亭又来兜售"橡面坊丸子"，真真失礼！但他还是读了下去。

但"橡面坊丸子"因近日材料售罄，料想来不及烹调，届时将敬请品尝孔雀舌。

主人觉得这是脚踏两只船。他很想知道下文。

如仁兄所知，孔雀之舌，其重不抵小指之半。为填饱饕餮客仁兄之皮囊……

主人鄙夷地说："扯谎！"

必捕二三十只孔雀。但虽在动物园与浅草花园零星见过孔雀，而在一般鸟店等处却一向难觅，可谓煞费苦心矣。

主人毫无谢意，心中怒道："怪你自找苦吃！"

此孔雀舌珍肴，昔日罗马鼎盛时期曾风靡一时，极其风雅华贵，无不终身垂涎三尺，尚望鉴谅。

"鉴谅什么？混蛋！"主人对此十分冷漠。

直至十六七世纪，欧洲遍地，孔雀已成为宴席不可或缺之珍馐。记得莱斯特伯爵[①]宴请伊丽莎白女王于凯尼尔沃思城堡[②]时，就用过孔雀。著名画家伦勃朗画《宴宾图》时，亦将孔雀开屏置于案头……

主人愤愤地说："既对孔雀菜谱史如此洞晓，又何劳那般奔忙？"

总之，像近日这样宴饮频繁，即使健壮之愚弟，不久亦必胃病如仁兄矣。

主人喃喃道："什么？如同仁兄？别把我当成胃病患者的典型！"

据史家之说，罗马人日宴两三次。倘一日两三餐，尽是酒池肉林之馔，恐怕任何健胃壮士，亦将消化机能失调，如同仁兄……

"又是'如同仁兄'。放肆！"

然而，为使奢侈与卫生两全，他们大力钻研，认为有必要大量摄取美味之同时，必须保持肠胃之常态。于是，悟出一条秘诀……

"啊！"主人顿时意兴盎然。

他们饭后必入浴。然后用一种方法呕尽浴前下肚之全部食物，以清扫胃袋。胃袋既奏清扫之功，尔后就再进餐，饱尝美味之后再度入

① 莱斯特伯爵：英格兰女王伊丽莎白一世的宠臣，很可能是她的情夫。
② 凯尼尔沃思：英格兰沃里克郡沃里克区一教区和城镇。

浴,再尽量呕之。如是,虽贪享美味,却无损于胃。愚以为堪称一举两得。

“是的,肯定一举两得。”主人已经心向往之了。

二十世纪之今日,交通发达,宴饮剧增,这自不必说。值此帝国多事之秋、征俄二载之际,愚自信吾等胜利国民必效罗马人,究其入浴呕吐之术,尔今恰逢其时矣。否则,窃以为虽有幸身为大国之民,不久的将来亦必如同仁兄,沦为胃病患者,思之令人痛心。

“又是‘如同仁兄’,这个家伙,真气人!”

迩来国人精西洋文明者,考证西方之古史传说,发现失传已久之秘方,如用之于日本明治之世,可收防患于未然之功,聊报平素恣意享乐之恩也……

“妙极了!”主人在摇头晃脑。

据此,迩来虽涉猎吉本、蒙森①、史密斯诸家之作,却未见所需之端倪,不胜遗憾之至。但如仁兄所知,愚弟一旦立志,不成功则决不罢休,坚信呕吐妙方,复兴在即。一旦发现,必及时报知,敬请释念。另,前此所述橡面坊丸子以及孔雀舌佳肴,亦必在上述发现事成之后完成。如

① 蒙森(一八一七——一九〇三):德国文学家和历史学家,一九〇二年获诺贝尔文学奖。

此，不仅对愚弟有利，对苦于胃病之仁兄亦将大有裨益。匆匆草笺，不尽欲言。

“哈，到底又被他捉弄了。”主人边笑边说，“只因他写得似乎严肃，这才正经地读完。新正大月，开这份玩笑！这家伙真是个浪荡公子！”

其后四五日风平浪静地过去了。白瓷瓶里的水仙花日渐凋零，而绿萼白梅却在瓶中陆续开放。咱家觉得整天地赏花度日怪闷的。曾去瞧看花子小姐两次，遗憾得很，都没有见到她。起初，还以为她是外出了。第二次去，才知道花子卧病在床。咱家躲在洗手钵①旁蜘蛛抱蛋②的叶荫下，偷听师傅和女仆在纸屏后对话如下：

“小花吃东西了吗？”

“不吃。从早晨到现在滴水未进。现在让她躺在火炉旁暖暖身子哪！”

这哪里是猫，简直拿她当成了人。拿花子和咱家的境遇相比，虽然不无妒意，但是，想到心爱的花子小姐受到如此隆遇，又有些欣慰。

“不吃饭，这可不行，身体一定会搞垮的。”

“是呀，就连我们，一天不吃饭，第二天就干不动活呢。”

听女仆答话的口气，仿佛比起她来，猫是更高级的动物。实际上在这户人家，说不定猫就是比女仆更高贵呢。

“带她去就医了吗？”

“是呀。那位医生可太绝啦！我抱着小花到了诊所，他问：‘是受了风寒吧？’说着就要给我切脉。我说：‘不是我，是她。’我把小花放在腿上。医生却笑眯眯地说：‘猫病，我也看不懂。别理她，就会好的。’这岂不太狠心

---

① 洗手钵：钵中置水，备做洗手用。

② 蜘蛛抱蛋：植物名。

了吗？我生气说：'那就不看也好吧！她可是一只珍贵的猫呀！'我把猫抱在怀里，便匆匆地回来了。”

“可真是的。”

“可真是的”这词儿毕竟不是猫族中听得到的，非“天璋院的什么人的什么人”是说不出来的。高雅得很，令人钦佩。

“说得多么悲悲切切呀！”

“听说小花抽抽搭搭直哭……”

“是呀，一定是受了风寒，嗓子疼啦。一受风，也要咳嗽的……”

难怪是天璋院的什么人的什么人的女仆，真会拍马屁。

“而且近来又流行起什么肺病了。”

“可不，听说近来闹什么肺病啦，黑死病啦，新鲜病越来越多哪。这个时令，可半点也大意不得哟！”

“除了从前幕府时期有过的，当今就没有好玩意儿，所以你也要当心点。”

“可不是么！”女仆十分感动。

“说是受了风寒，可她不大出门呀！”

“哪里，告诉你吧，近来她有了坏朋友啦！”

女仆就像谈起国家机密似的，好不洋洋得意。

“坏朋友？”

“是呀！就是临街教师家那只脏里脏气的公猫呀！”

“所谓教师，就是每天早晨吱哇乱叫的那一位吗？”

“对，就是他。一洗脸就喊叫，活像大鹅快被勒死似的。”

“像大鹅快被勒死”？这可是绝妙的比喻。我家主人有个毛病，每天早晨在卫生间刷牙时，牙刷往喉咙里一捅，就由着性发出怪腔怪调。不高兴时他哇哇地大声叫，高兴时劲头足，更要哇啦哇啦地喊。总之，不论高兴不高兴,都憋口气声势浩大地号叫。据他老婆说,在迁到这儿来以前并没有这个毛病。有一天他忽然号叫起来,直到今天,一向不曾间断过。真是个糟糕的习惯。干么要坚持不懈地干这种勾当呢？我等猫辈怎么也无法想象。这倒也罢了。还说什么“脏里脏气”,嘴也太损了。

咱家竖起耳朵,且听下文。

“那么号叫,真不知念的是什么咒。明治以前,从武士的侍从到纳履仆人,都懂得怎样做才算得体。在我们这个住宅区,没有一个人像他那样洗脸刷牙的。”

“可不是么。”女仆稀里糊涂地赞同,稀里糊涂地唯唯称是。

“猫有了那么个主人,难怪是一只野猫。下次再来,揍他几下子!”

“一定揍他。小花所以害病,没错,肯定完全怪他。一定要给小花报仇!”

竟然遭到如此不白之冤。万万去不得！可不能轻易接近。于是,咱家终于没能拜会花子小姐,便回家去了。

到家一看,主人正在书房里握管沉思。假如将在二弦琴师傅家听到的话据实以告,他一定要恼火的。俗语说:“耳不闻,心不烦。”那就压下不表吧！主人正哼哼呀呀的,硬装神圣大诗人。

这时,声称“刻下繁忙,碍难趋访”的迷亭先生竟飘然而至。

“写新体诗吗？有何佳作,拿来我看!”

“噢,我认为是一篇好文章,正想翻译过来哪。”主人庄重地说。

“文章？谁的文章?”

“不知是谁的呀!”

“无名氏？无名氏的作品也有很好的佳作,可不能小瞧哟！究竟刊在哪儿?”

主人不慌不忙地说:“《第二读本》。”

“《第二读本》?”

“就是说,我要翻译的名作登在《第二读本》里呀!”

“开玩笑!你是打算在紧要关头报孔雀舌的仇吧?”

主人捻着小胡十分稳重地说:“我可和你那种胡吹乱嗙不是一回事。”

“有这么个故事:从前有人见山阳[①]先生,问道:‘先生,近来有何大作?’山阳先生拿出马夫写的讨债单说:‘近来妙文,当首推此篇。’所以我想,说不定你的审美观还很准确呢。哪一篇?念一下,我来评评。”迷亭说得仿佛他就是审美专家似的。

主人以和尚读大灯国师[②]遗训的腔调开始念道:

“巨人,引力……”

“什么?巨人,引力?”

“标题是《巨人引力》。”

“这标题够怪的。我可不懂。”

“意思是说,有个巨人,名叫‘引力’。”

“意思可有点勉强。好在这是标题,就先让你一步吧!接下来快点念正文。你的嗓音很好。听起来蛮有趣的。”

“乱打岔可不行哟!”主人有言在先,便又读了下去。

凯特从窗口向外眺望,小儿在投球玩耍。儿等将球抛向高空。那球愈飞愈高,少顷落了下来。儿等又将球抛了上去。一连三次,每投必落。凯特问:“为什么坠落?为什么不永远上升?”“因有巨人居于地下,”母亲回答说,“他便是巨人‘引力’。他很强大,将万物引向自己身

---

① 山阳:即赖山阳,江户末期思想家。

② 大灯国师:即妙超和尚,日本名僧,临济宗大德寺创始人。

边,也将房屋引向地面,否则,房子就会腾空,小儿也会飞了起来。看见过落叶吧?那也是由于巨人'引力'在召唤。你们的书本掉过吧?那是因为巨人'引力'命令书本掉下去的。皮球一上天,巨人'引力'就呼唤。他一呼唤,皮球就落地。"

"就这些?"

"嗯。多么动听!"

"得!领教啦。出我不意,竟然遭到了对'橡面坊丸子'的报复。"

"不是报复不报复。因为真好,才想翻译过来。贤弟不以为然吗?"主人说着,盯住对方金边眼镜后面的一对眼睛。

"太令人吃惊啦!想不到你竟然有这么两下子。这一回算彻底被你捉弄了。认输,认输。"

迷亭自拉自唱;主人却一直糊涂。

"并没有要你告饶的意思,只是觉得文章有趣,才试译一下罢了。"

"是的,的确有趣,否则就算不上一本书。了不起呀,佩服!"

"何必客气。我近来不再画水彩画了,想写写文章。"

"那可不是远近无别、黑白不分的水彩画所能比拟的哟!不胜佩服!"

"如此过奖,我也就干得起劲儿啦。"主人总是爱闹误会。

这时,寒月先生跨进门来,口称:"上次失礼了!"

"噢,失迎!适才正洗耳恭听盖世名著,以便驱除'橡面坊丸子'的幽灵。"迷亭是在打哑谜。

"啊,是吗?"寒月的应答也是个哑谜。

唯有主人并不那么兴致勃勃。他说:"前些天你所介绍的越智东风君到寒舍来过。"

寒月说:"噢,来过啦?越智东风君是个非常正直的小伙子。不过,有一点古怪。我想一定会给你添麻烦的。可他一定要我把他介绍给您……”

“没什么麻烦的。”

“他到贵府,没有为自己的姓名进行辩解吗?”

“没有。好像没有提起这些呀!”

“是么。他有个习惯,不论去哪儿,都要对新结识的人讲解一番自己的姓氏。”

“讲解什么?”唯恐天下不乱的迷亭先生插嘴说。

“他十分担心把东风二字用拼音方法来读。”

“哎呀呀!”迷亭从金色皱纹皮的烟包中捏出些烟草。

寒月又道:“他说,我首先声明,越智东风不读成‘越智 TOHU’,而是‘越智 KOCHI’。”

“妙!”迷亭几乎把“云井”牌香烟的烟雾深深吸进腹部。

寒月说:“这完全来源于文学热。把东风读成 KOCHI,就成了‘远近’这一成语,而且押上了韵,他非常得意。因此他说:‘如果把东风二字用拼音方法来读,我的一片苦心,就付之东流了。’他就是这样发牢骚呢。”

“这可够古怪的。”迷亭先生乘机又将云雾从肺腑中喷向鼻孔。那缕烟雾半路上徘徊,又被喉咙吸了回去。他握着烟管,吭吭地不住咳嗽。

主人边笑边说:“前些天他来时说,他在朗诵会上扮演船老大,遭到了女学生们的嘲笑。”

迷亭用烟管敲打着膝盖说:“噢,是么……”

咱家觉得危险,便稍微离开主人一些。

迷亭说:“朗诵会么,前几天请他吃‘橡面坊丸子’时,他曾提起过。他说无论如何,第二次集会时也要邀请知名的文人开一个大会。还说届时希望先生务必光临。后来我问他,下次集会还打算演出近松作品中现实题材的剧本吗？他说：‘不，下次要选个更新颖的剧本，叫《金色夜叉》[1]。’我问他扮演什么角色，他说他扮演女主角阿宫。东风扮演阿宫，多有意思！我一定出席，为他喝彩。”

寒月阴阳怪气地笑道：“真有意思！”

主人说：“不过，东风君不论到哪儿总是那么诚恳，毫无轻薄之处，这很好，与迷亭之流大相径庭哟。”

这分明是对安德利亚、孔雀舌以及橡面坊丸子三项仇恨的全面复仇，但迷亭却毫不介意地笑道：

“如我者流，横竖是些‘行德镇的菜板’，八面光[2]嘛！”

“说得不差。”

老实说，主人并不理解“行德镇的菜板”是什么意思。但他不愧为教师，已经惯于蒙混过关。在这紧急关头，他将教坛上的经验运用于社交了。

寒月先生率直地问道：“‘行德镇的菜板’？此话怎讲？”

主人却硬是把“行德镇的菜板”压下不表，望着壁龛说：

“那枝水仙，是我年末从澡塘回来时顺路买下，插在花瓶里的。花期还很长哩。”

迷亭像演杂技似的，在指尖上旋转着烟袋杆，说：

“提起年末来了。去年年末，我真的有过一段非常神奇的经历哪！”

主人觉得“行德镇的菜板”已被抛到九霄云外，这才松了口气。原来迷亭先生所谓的神奇经历，故事如下：

“没错。记得是去年年末二十七日。那位东风君事前通知我：‘将趋府拜访，万望能领教有关文学艺术方面的高论，但愿您能在家。’我从清早就殷

---

① 《金色夜叉》：日本作家尾崎红叶（一八六七——一九〇三）的长篇小说。

② 行德镇的菜板：日本千叶县的行德镇盛产蛤蜊，因此，当地住户的菜板都被蛤蜊壳磨坏。日文中蛤蜊叫做“马鹿贝”，马鹿是蠢的意思，被它磨破的菜板，象征世故。

切恭候，而此公却迟迟未到。午饭后，我正在炉边读巴里·培恩[①]的滑稽小说，住在静冈的家母来信了。

“老人嘛，总拿我当孩子。严寒时节，夜晚不要外出呀！可以洗洗凉水澡，但若不生好火炉，让室内保温，会受风寒的。诸如此类，注意事项多着哪。的确，父母委实高尚，外姓人无论如何也不会说出这番话的。就连我这个粗心汉，此时也深受感动。就凭这封信，我总这么游手好闲，也太不像样子，必须写出伟大的著作，以求光宗耀祖。我希望在老母有生之年，使天下人都知道明治文坛上有我这么一位迷亭先生。

“我又接着读下去，信上还说：‘你们那些人太幸福了。自从和俄国打仗，年轻人都付出了巨大辛苦，为国效力；而你们，即使在这岁末年关，也过得像新正大月似的，玩得很开心。’其实，我哪里像母亲想象中那样玩过呀——再往下看，可就祸不单行了。信中列举我的一些小学同学这次出征，有的阵亡，有的负伤。我一一念那些名字，不知怎么，竟涌起尘世乏味、人生无聊之感。妈妈最后说：‘母已日薄西山，新春杂煮[②]之宴，料也仅此一度了……’

“写得多么悲惨！我心中更加郁闷，巴不得东风君快些光临才好。但东风先生却干等也不来。不久，终于吃晚饭。我想，给家母写封回信吧。于是，只写了十二三行。家母来信，长达六尺以上，而我无论如何也没有那么大的本事，一向写十行左右，肯定搁笔。整天坐着不动，胃口十分不好。忽然想叫东风来时在家等等，我先出去寄信，顺便散步。

“不料，我并没有去富士见町的邮局，竟不知不觉向大坝三号街走去。偏偏那天晚上有点阴天，寒风从护城河扑来，透骨地凉。从神乐坂[③]开来的

---

① 巴里·培恩(一八六五——一九二八)：英国幽默小说家。

② 杂煮：即年糕汤。

③ 神乐坂：东京都地名。古来的繁华地，市庙甚多。

火车哞的一声从坝下驶过。太凄凉。日暮、阵亡、衰老、无常，这许多念头在我头脑中飞驰旋转。常听说有些人上吊，大概就是在这种心情下忽然鬼迷心窍想要寻死的吧！我微微抬起头，往坝上一瞧，不知不觉已经来到了那棵松树下。”

“那棵松树？哪棵？”主人短刃相接。

“上吊那棵松树呀！”迷亭说着一缩脖。

“吊颈松不是在鸿台①吗？”寒月也来推波助澜。

“鸿台那棵是悬钟松，大坝三号街那棵是吊颈松。若问为什么叫吊颈松，自古相传，无论任何人，一来到这棵松树下就想上吊。坝上有几十棵松树。可一旦有人上吊，瞧吧，准是吊在这棵松树上。年年总有两三个人在这儿上吊，而其他松树却怎么也勾不起寻死的念头。但见那棵吊颈松，恰好枝丫伸到大路上。啊，风姿多美！就那么空闲着怪可惜的。很想看看能有人吊死在上面。我四周一瞧，偏偏没有一个人来。没办法，是否我自己去上吊？不，不，我若去上吊，可就没命喽！危险，别去！但是，有个传说：古希腊的宴席上模拟上吊，以助酒兴。那花样是：一人上台，将头部伸进绳套。这时，有人将吊台踢倒。在撤走吊台的同时，给被套住脖子的人松绑，他便跳下台来。假如这事属实，大可不必惊慌，何妨试上一试！我将手搭在松枝上，那松枝乖乖地弯了。弯曲的样子真美。我想象着吊紧脖子以后身子婆娑摇曳的舞姿，不禁欣喜若狂。我一定要上吊！可是又想，如果东风君驾到，空自等候，叫人怪不忍心的。那么，还是先见东风，如约交谈，然后再去上吊吧！于是，我便回家了。”

“这么说，你是捡了条命喽？”主人问。

“有意思！”寒月笑眯眯地说。

---

① 鸿台：又名国府台，位于千叶县市川市西北高地。

“回家一看，东风君没来，却寄来一张明信片，上写：‘今日有事，不能赴约，容后竟日奉陪。’我总算放下心了。喜的是这一来，可以毫无后顾之忧而自缢了。我连忙穿上木屐，疾步返回原处。一瞧……”说着，他朝主人和寒月的脸上煞有介事地瞟了一眼。

“一瞧又怎么样？”主人有些性急起来。

“渐入佳境喽！”寒月搓弄他的外衣衣带说。

“我一瞧呀，已经有人来过，抢先上吊了。你看，只差一步，便铸成终身憾事。而今回头想，当时大概死神附体了吧。若叫詹姆斯[①]等人说，那是由于潜意识中的幽灵冥府与我生存的现实世界按照某种因果关系在交互感应。这岂不是咄咄怪事？”迷亭先生说得非常从容自若。

主人心想，又被他捉弄了。但他一言不发，将糕饼塞了满嘴，不住地嚼着。

寒月先生则将盆里的火灰小心翼翼地摊平，低着头，哧哧地笑。但少顷，他开口了，以极其文静的语声说：

“的确。听来是怪，令人不敢相信会有这样的事。不过，我近来也有过类似的体验，所以，丝毫也不怀疑。”

“咦？你也曾要上吊？”

“哪里，我倒不是要勒脖子。说起来也是去年年末，而且和迷亭先生是同时同刻发生的事，这就愈发奇怪了。”

“真有意思。”迷亭说着，也将团糕塞进嘴里。

寒月说：“那一天，向岛[②]一位朋友家举办年末茶会和演奏会，我也带上小提琴去了。大约有十五六位小姐和夫人出席，是一次极其隆重的盛会。

① 威廉·詹姆斯（一八四二——一九一〇）：美国哲学家、心理学家，实用主义创始人之一。

② 向岛：位于佐贺县西北部东松浦郡肥前町。

万事俱备,可谓近来的一大快事。晚餐已罢,演奏曲终,便天南海北地闲聊起来,时间已经很晚了。我想告辞回家,可是,一位博士夫人来到我身旁,小声问我是否知道 A 姑娘病了。说实话,两三天前我和她见面时,她还像往常一样,没有害过病的征兆。我很吃惊,详细询问了情况,原来自从我和她见面的那天晚上,她突然发烧,不住口地说胡话。如果仅仅如此,倒也没有什么,可是据说,胡话里不时出现我的名字。”

不要说主人,就连迷亭先生也只字不提“艳福不浅”之类的陈词滥调,都在洗耳恭听。

“据说请来了医生,也弄不清是什么病。说什么反正热度太高,伤了脑子。如果安眠药不能如期奏效,那就危险。我一听就讨厌,好像做噩梦魇住了似的,觉得心头郁闷,周围的空气似乎骤然凝成固体,从四面八方压在我的身上。归途中满脑子装的全是这件事,痛苦极了。那位美丽、快活、健康的 A 姑娘哟……”

“对不起,且慢!从开头就听你说 A 姑娘,已经听过两遍啦。老兄,假如没什么不便,请教芳名!”迷亭先生回头瞟了一眼主人,主人便也含糊其词地应了一声。

“不!这样,说不定会给当事人带来麻烦的,还是免了吧!”

“你是想把一切都说得朦朦然胧胧然吗?”

“请不要嘲笑,这可是个非常严肃的故事。总之,一想到那个女人突然害了那种病,委实满腹花飞叶落之叹。我全身的活力好像举行了总罢工,气力顿然消失,踉踉跄跄来到吾妻桥①。倚在栏杆上,俯视桥下,不知是涨潮还是落潮,但见黑色的河水好像凝成一个平面在动荡。这时,从‘花川户’那边跑来一辆人力车,从桥上驰过。我目送车灯。那灯光越来越小,在札幌

① 吾妻桥:东京都隅田川上的桥,连接台东区的浅草与墨田区。

大厦一带不见了。我又向水面望去,这时,只听从远远的上游传来声音,呼唤我的名字。天哪!这个时辰,怎么会有人喊我?是谁呢?我凝神注视着水面,除了一片昏黑,什么也不见。一定是心理作用吧?我想尽快回去。可是,刚迈出一两步,又听到一个微弱的声音,在远方呼唤我。我又停步,侧耳谛听。当第三次呼唤我的名字时,我虽然抓住栏杆,膝头却瑟瑟发抖。那呼唤声不是来自远方,而是发自河底。千真万确,正是A姑娘的声音。我不禁应了一声'嗳'!声音太大,竟在静静的水面上发出回响。我被自己的语声吓住,蓦地向四周仔细一瞧,人儿、狗儿、月儿,都不见了。我被如此良宵迷住,不由得萌发一个念头:想到发出声音的地方去。A姑娘的声音又响彻我的耳鼓,好像在痛哭,好像在倾诉,好像在呼救。这回我回答说:'立刻就去!'我从栏杆上探出半个身子,眺望着漆黑的河水,总觉得有呼唤的声音硬是从浪下传来。'就在这儿的水下!'我边想边跨上栏杆,盯着河水,下了决心:这回再喊,我就跳下去!果然又传来了悲惨的声音,弱如柔丝。说时迟那时快,我纵身一跳,就像一块小石头似的,毫不犹豫地坠落下去了。"

主人眨眼问道:"到底跳下去了吗?"

迷亭先生抓着自己的鼻尖说:"想不到事情发展到如此地步。"

"跳下以后人事不省,顿时如在梦中。过了一会儿睁眼一看,虽然有点凉,但全身没有一处弄湿,也不曾呛过水。可是,我千真万确跳下去了呀!奇怪。正在纳闷儿,又仔细向四周一瞧,不禁大吃一惊。我本心是想跳下水,可是迷失了方向,竟然跳到桥中心。当时真后悔。只因前后颠倒,竟然没能到达声声呼唤的地方。"

寒月哧哧地笑着,照例把外褂衣带当成累赘,不住地搓弄。

"哈哈……真有意思。奇怪的是这段故事和我的一次体验很近似,这又成了詹姆斯的教材了。假如以'人的感应'为题写一篇纪实文章,一定会震惊文坛的。那么,那位姑娘的病怎么样了?"迷亭先生还在刨根问底。

“两三天前我去拜年,一看,她正在门里和女仆打羽毛球哩!由此可见,她的病是痊愈了。”

主人早已是一副沉思的表情,这时终于开口:“我也有过!”他流露出不甘示弱的情绪。“有?有什么?”迷亭眼里哪有我家主人!

“我那件事也发生在去年年末。”

“都发生在去年年末,这么巧合,真出神啦!”寒月先生笑道。他豁牙的齿缝间还沾着豆包渣哩。

“恐怕是同日同刻吧?”迷亭先生又在打岔。

“不,日子不同,大约是二十五日前后。内人说:‘今年不要压岁钱,但是,请我去看摄津大椽[①]表演的木偶戏吧!’带她去,倒也无妨。便问她今天演的是哪一出戏。内人查看了一下报纸说,演的是《鳗谷》[②]。我不想看这出戏,那天就没去。第二天,内人又拿来报纸说:‘今天唱《堀川》[③],可以看了吧?’我说《堀川》是三弦戏,只是热闹,没有内容,算啦!内人满脸不高兴地走开。第三天,内人说:‘今天唱《三十三间堂》[④],我一定要看摄津唱的这出戏!不知你是否连《三十三间堂》也不爱看?不过,既然是请我看戏,就陪我一同去,总还可以吧?’这简直是刀下逼供。我说:‘你既然那么想去,那就去吧。不过,都说这是绝代名戏,一定座满,纵使横冲直撞,也很难挤得进去的。想去那种场所,首先要和茶馆联系,定好个座位,这才是正常手续。不履行这道手续,做出越轨的事来就不好。实在抱歉,今天算了吧!’说罢,内人目光恶狠狠地瞪着我,带着哭腔说:‘我一个女人家,哪里懂得那么复杂的手续。不过,邻居大原的妈妈、铃木家的君代都没有办什么手续,也都舒

---

① 摄津大椽:本名二见金助,艺名南部大夫,明治三十五年小松亲王赐名摄津大椽。

② 《鳗谷》:即净琉璃《樱锷恨鲛鞘》,叙述娼妓阿妻与鳗谷八郎兵卫的恋爱悲剧。

③ 《堀川》:净琉璃,歌咏阿俊与传兵卫殉情。

④ 《三十三间堂》:古典人形净琉璃的剧目之一。

舒服服地听完戏回来啦。就算你是个教师呗，也大可不必要那么烦琐的手续才看戏吧！你也太过分了。'我告饶说：'既然如此，不去也得去呀。吃过晚饭，乘电车去吧！'这一来，内人立刻情绪高涨，说：'要去，四点以前必须到，那么磨磨蹭蹭的可受不了！'我追问一句：'为什么一定要四点钟到？'内人照搬铃木夫人的话说：'若不提前些入场找座，就会进不去门的。''那么，过了四点就不行吧？'我又叮问一句。'是呀，就是不行嘛！'她回答说。说着说着，唉，怪的是这时，竟突然打起哆嗦来。"

"是夫人吗？"寒月问。

"哪里，她活蹦乱跳的。是我呀。不知怎么，只觉得像气球开了口子似的，身体一下子萎缩，立刻两眼漆黑，不会动弹了。"

"这是急病！"迷亭先生加了一句小批。

"啊，糟糕！内人一年才提这么一次要求，无论如何也要使她如愿以偿的。平时对她只有斥责与冷落，叫她操持家务，照料孩子，却从未报偿她抱帚执炊之劳。今天幸而有暇，囊中尚有四五枚铜板，满可以带她去的。内人不是要去吗？我也很想带她去，一定要带她去！可是，我这么冷得打颤，两眼发迷，不但上不了电车，连穿鞋的地方也走不到。啊，太惨啦！想着想着，竟越发打起冷战来，眼前更黑。如果快些请医生来瞧看，吃点药，四点钟以前定会药到病除的吧。于是，我和内人商量，去请甘木医学士。可他赶巧昨夜在大学值班，还没有回来。他的家人回话说：甘木先生两点钟一到家，就告诉他去诊病。真糟！这时倘若喝点杏仁茶，四点钟以前肯定会好的。可是，倒霉的时候喝口凉水都塞牙。本来盼着有幸欣赏一次内人喜盈盈的笑脸，也好开开心，谁料这希望也一下子落空。她怒气冲冲地问我到底能不能去，我说去，一定去！四点钟以前这病一定会好，放心好了。你最好快些洗脸，换衣服，等着我。我嘴上这么说，心里却满是惆怅，冷战越打越凶，眼前更加漆黑。假如四点钟以前不能除病践约，内人是个心路窄的女人，说不定会出什么事的。竟然弄成了这种惨局,真不知如何是好。为防万一,应该趁现在晓以盛极必衰之理、生久必亡之道,告诫她要有精神准备,一旦出事,且莫惊慌失措。这难道不是丈夫对妻子应尽的义务吗?我便慌忙把内人叫到书房,问她:'你虽然是个女子,但是总该知道西方有一句谚语吧!Many a slip, twit the cup and the lip.[①]''那种横行文字哪个才懂?你明知我不懂英文,却偏拿英文来耍笑我。好哇!反正我不会英文。你既然那么喜爱英文,为什么不讨个教会学校毕业的小妞做老婆?再也没有像你那么冷酷的人了。'她异常地气势汹汹,将我精心设计的计划拦腰斩断。不过,在诸公面前,也该辩白几句。我说英文,绝非恶意,完全出于怜爱妻子的一片真情。可是内人竟然理解为另一种含意,真叫我啼笑皆非。而且,我一直打冷战,两眼发黑,脑子也有点乱。真是祸不单行。一时性急,竟过早地对她灌输'盛极必衰、生久必亡'之理,以至忘记了她不懂英文,便信口说句英语。思量起来,这全怪我,完全是一次失误。由于此番败局,我冷战越打越凶,眼前越来越发黑。内人已经奉命去洗澡间光着上半身化妆,从衣柜里拿出衣服换上。她是整装以待,那神情在说:'随时可以动身的。'我心急如焚。甘木君早些来就好啦。一看表,已经三点钟。距四点还有一个小时。内人拉开书房的外门,见面就说:'该走了吧!'夸奖自己的老婆,也许令人好笑,不过,我从来没有觉得妻子像这么漂亮过。她上身裸着,用肥皂擦洗过的皮肤柔润发光,与黑绸小褂交互辉映;由于用肥皂揉搓和盼望听摄津大椽唱戏这两条原因,光辉发自有形无形的两个方面,但见她的面上艳彩如霞。我想,无论如何也要满足她的希望;就横下心来去一趟吧!我刚吸了一支烟,难得甘木医生驾到,真是一顺百顺。我介绍了病情,甘木医生就瞧我的舌头,握

---

① 源于古希腊传说。此句可译为"唇与杯距离虽短,但其间却有种种失败",意喻人间福祸难卜。

我的手,敲前胸,搓后背,翻眼皮,摸头骨,沉思片刻。我问是否十分危险。医生镇静地说:‘哪里,没什么要紧。’内人问:‘出一趟门,不至于有问题吧?’‘是啊,’医生又在沉思,‘只要心情好……’我说:‘难受啊!’‘那么,暂且给你开点镇静剂和汤药。’‘咦? 怎么,弄不好,会有危险的吧?’他说:‘不,绝对用不着担心,神经不要过于紧张。’医生走了。三点半钟,打发女仆去取药。女仆遵夫人命飞奔而去,疾驰而归。归来时恰是四点差十五分。还有十五分钟哪。本已平安无事,可是我突然又恶心起来。内人将汤药斟在碗里,放在我的面前。我本想端起碗来喝下去,可是胃里咕的一声,有个东西在呐喊。不得已,我又放下碗。内人逼我快些喝。是呀,不快些喝,快些动身,那就太不够意思了。我决心一倾而尽,又将药碗送到唇边,而胃里却又咕咕地叫,死死拦住我不叫走。我刚想喝,又放下。就这样,不知不觉客室里的挂钟当当敲了四下。啊,四点了,再也磨蹭不得。我又端起碗。真出奇,老弟! 真正出奇的顶数这件事了吧。随着时钟敲响四下,已经丝毫不再想吐,那汤药顺顺当当地喝下去了。到了四点十分,这才了解甘木先生确系名医。喝过药,后背不发冷了,两眼也不发黑了,简直像在梦中。原以为会使我久久不能外出的大病,竟在瞬息间痊愈,多么叫人高兴!”

“那么后来,偕夫人去歌舞剧院了吧?”迷亭不知趣地问道。

“想去,可是已经过了四点钟。内人说进不去门啦,没办法,只好作罢。假如甘木医生再早来十五分钟,我也就做了这个人情,贤妻也会心满意足的。可是只差十五分钟,实在是一件憾事。回想起来,现在还觉得当时的处境真真急死个人。”

主人说罢,流露出一副总算尽了义务的神情。不,说不定以为这下子在二位面前露脸了呢。

寒月先生依然露着豁牙乱齿,笑着说:“那太遗憾了。”

迷亭先生却假装正经,自言自语地说:“妻子有你这样一位体贴的丈夫,实在幸福。”

这时,门后传来了女主人故意清嗓的咳嗽声。

咱家老老实实,依次听了三人谈话,觉得既没有什么好笑,也没有什么可悲。看起来,人哪,为了消磨时间,硬是鼓唇摇舌,笑那些并不可笑、乐那些并不可乐的事,此外便一无所长。

关于主人的任性与狭隘,咱家早有耳闻。但是,只因他素日不多开口,有些方面还未必了解。正是那未必了解之处,才使人略萌敬畏之念。可是刚才听完他的谈吐,却忽地又想予以轻蔑。他为什么不能只默默地倾听二人的谈话,而偏偏不甘示弱、丑态毕露地胡说八道呢?结果,又得到了什么。难道爱比克泰德在书本里写过,叫他这么干?一言以蔽之,不论是主人、寒月还是迷亭,都是些太平盛世的逸民。尽管他们像没用的丝瓜随风摇曳,却又装作超然物外的样子。其实,他们既有俗念,又有贪欲。即使在日常谈笑中,也隐约可见其争胜之意、夺魁之心。进而言之,他们自己与其平时所痛骂的俗骨凡胎,原是一丘之貉。这在猫眼里,真是可悲极了。只是他们的举止言行,并不像通常的半吊子那样墨守成规、令人生厌,还算聊有可取之处吧!

想到这里,顿觉三人的对话毫无情趣,不如去瞧一下花子小姐。于是,我来到二弦琴师傅家的门口。门前悬挂的松枝和稻草绳都已撤去,已经是正月初十了。暖煦煦的太阳从万里无云的高空普照四海。那不足三十三平方米的庭院,比元旦曙光临门时显得更加生气盎然。檐廊下摆了一张坐垫,却不见人影。连那纸屏也紧紧地闭着,说不定琴师洗澡去了。其实,琴师在与不在,那又何干!咱家挂记的是花子小姐的贵恙好些没有。院子里静悄悄无人。咱家就用这双泥脚登上檐廊,在坐垫上一躺,真舒服。终于忘却探问花子小姐这件事,昏沉沉,酣然入梦了。

突然纸屏后有人说话:

“辛苦啦。做成了吗?”这是琴师的声音,说明她并没有外出。

“是的,回来迟了。我到了那家婚丧用品商店,他们说赶巧刚刚做成。”

“在哪儿?给我瞧瞧。啊,做得真棒!这一来,小花总可以升天了。金漆的面不会脱落吧?”

“是的,我叮问过啦,他们说用的是上等材料,它比死人的灵牌还耐用,说‘猫誉女居士之灵位’中的‘誉’字,还是简化些好看,所以,改了笔画。”

“啊唷,那就赶快供在佛坛前,烧香吧!”

花子小姐怎么啦?总觉得情形有点不大对,我便从坐垫上站起身来。只听“当”的一声,琴师念道:“南无猫誉女居士,南无阿弥陀佛,南无阿弥陀佛……”

“你也烧一炷香吧!”

“当,南无猫誉女居士,南无阿弥陀佛,南无阿弥陀佛……”

这是女仆的声音。我顿时不寒而栗,站在垫子上,像一座木雕,眼珠都不敢转。

“真是遗憾!起初大概是稍微受了点风寒。”

“甘木医生若是给一点药吃也许会好的。”

“就怪那个甘木医生不好,他太看不起小花啦。”

“不该怪罪别人,这也是命中注定呀!”

看来,为花子也请甘木医生给诊过病的。

“归根结底,我认为就怪临街教师家的那只野猫,死皮赖脸地勾引她。”

“是的。那个畜生是小花的仇敌!”

咱家本想辩白几句,但又以为这时应该克制,便咽了口唾沫听了下去。

“人世上真是万般不由人哪!像小花这样俊俏的猫竟然夭折,而那只丑陋的野猫却还健在,继续胡闹……”

“可不是嘛。像小花这样可爱的猫,即使敲锣打鼓,再也找不到第二位哟！”

瞧，不说“第二只猫”，却说“第二位”。照女仆的看法，似乎猫和人是同宗。说到这呀，女仆的面相还真和猫脸像得很哩。

“如果可能，真想找个替身替小花去死……”

“若是教师家的野猫丧命，你老人家可就如愿以偿啦。”

她如愿以偿，咱家可受不住。死亡究竟是怎么回事，咱家还未曾体验，爱不爱死也就无从说起。不过，前些天太冷，咱家钻进了灭火罐[①]，女仆不知咱家在里边，给扣上了罐盖。当时那个难受劲儿哟！如今只要想想都感到可怕。据白嫂介绍，再延迟一会儿，可就没命了。替花子小姐去死，咱家自然没有二话。但是，如果不活遭那份罪就死不成，不论替谁去死也不干！

“不过，花子小姐虽说是猫，师傅却拿她像亲生女儿一样，给她念了经，取了法名，花子小姐也该死而瞑目了。”

“可不是么，真是一只幸运的猫。若说有什么不足，只是给猫儿念的经太短。”

“我也觉得太短，就问月桂寺的和尚，他却说：‘恰到好处。怎么，一只猫嘛，念这些，足够送她上西天了。’”

“呀，那只野猫呢……”

咱家一再声明，至今还没个名字。可那女仆，一再叫“野猫、野猫”的，真是个冒失鬼！

“他呀，罪孽深重！不论多么灵验的经文，也不可能将他超度喽。”

后来不知又被她叫了几百次“野猫”。咱家不想再听二人喋喋不休的对话，便离开坐垫，从檐廊蹿了下去。这时，我的八万八千八百八十根头发全都倒竖起来，浑身打颤。从此以后，再也未曾去二弦琴师傅家。如今，大

① 灭火罐：日本家庭用完炭火，将未燃尽的炭装进一个罐子，扣上盖，待炭火灭后再用。

概轮到琴师自己接受月桂寺和尚那敷衍塞责的超度了吧?

近来,咱家连出门的勇气都没有,总觉得人世间令人感到厌倦,已经变成怠惰不亚于主人的懒猫了。

主人一直闷坐书房,人们都说他这是由于失恋。咱家也觉得不无道理。

仍然不曾捕鼠。一时女仆甚至对咱家下了逐客令,但因主人了解咱家不是一只凡猫,咱家才依然优哉游哉,在这个家庭里虚度晨昏。就此,要对主人重谢深恩,并且毫无犹豫地对他的一双慧眼深表敬佩。对于女仆的不识猫才,甚至进行虐待,咱家也并不恼恨。假如今天又有个左甚五郎①,将咱家的肖像雕刻在门楼的立柱上,或者有个日本的斯坦仑②,高高兴兴将咱家的风姿描在画布上,那些有眼无珠的家伙们才会因自己的昏庸而感到羞愧的吧!

---

① 左甚五郎:德川时代的木刻名家。

② 斯坦仑(一八五九——一九二三):法国画家。

三

花子小姐已经永别,大黑哥又不予理睬,咱家不免有些寂寥之感。幸而咱家在人类中交上了朋友,倒也不觉得怎么烦闷。前些天有人致书主人,要求把咱家的玉照寄去,近来又有人指名给咱家寄来了冈山名产黄米面包子。随着日益取得人们的同情,咱家已经逐渐忘却自己是一只猫,不知不觉,似乎与猫远而与人近了。因此,想纠集猫族和两条腿的活人决一死战的念头已经荡然无存,甚至进化得常常以为咱家也是人类中的一分子,真是前途无量。

不过,这并不意味着咱家胆敢蔑视同胞,而是大势所趋,才在性情相投之处觅一栖身之地罢了。如果指责咱家是什么变节、轻薄或背叛,那可有点吃不消,倒是那些为此摇唇鼓舌、借以骂人的人,才多半是些冥顽不灵、心胸狭隘的家伙。

咱家既已摆脱了猫性,就不该满脑子都是花子小姐和大黑哥,很想站在与人平等的地位去评价人们的思想与言行,这并不过分吧!只是主人竟把见多识广的咱家仍然看成普通那些披毛带甲的猫,连一句客气话都不说,就把黄米面包子像自己的东西似的吃个精光,不胜遗憾。看样子,还没有给咱家拍张玉照寄走。说起来,咱家对此不大满意。但是,主人有主人的逻辑,咱家有咱家的理由,见地自然不同,也就莫可奈何了。

咱家由于处处装人，对于已经隔绝的猫胞动态，无论如何也难能描绘。那就作罢！仅就迷亭、寒月诸公评述一番吧！

这一日，是个晴朗的星期天。主人徐步走出书斋，把笔墨和稿纸放在咱家的身边，便趴在床上，口中念念有词。大概这怪腔怪调，便是撰写初稿的序章吧！留神一看，不大工夫，主人以浓墨重笔写了"香一炷"①三个字，天哪！这是诗呢？还是俳句？对于主人来说，能写出这三个字来未免过于风雅。说时迟，那时快，他又撇开"香一炷"三个字，另起一行，挥毫写道："早就想写篇天然居士②的故事。"写到这儿又陡然停笔，一动不动，他擎着笔歪着脖，似乎想不出什么佳句，便舔了舔笔尖，弄得嘴唇乌黑。只见他在句末画了个小小的圆圈，圈里点了两点，算是安上了眼睛；正中画了个双孔大张的鼻子，又笔直地拉横，画了个一字形的嘴。这既算不得文章，也算不得俳句。主人自己也觉得不顺眼，便慌忙涂了。主人又另起一行。他似乎盲目地认为：只要另起一行，就会成为诗、赞、语、录。少许，他以文白夹杂的文体大笔一挥，一气呵成，写道："天然居士者，探空间、读《论语》、吃烤芋、流鼻涕之人士也。"这文章总有些不伦不类。接着，他又无所顾忌地朗读，破例地哈哈大笑，连喊"有意思"。但又说："'流鼻涕'这词儿太尖刻，去掉！"于是，他在这个词上画了一杠。本来画一条线就足够，可他却一连画了两条，三条，形成漂亮的并列横线，而且画得已经越界，侵入另一行，他也不管。直到画了八条并列横线，还没有想出下一句来，这才投笔捻须。他气势汹汹，把胡子忽上忽下狠狠地捻，仿佛要从胡须里捻出文章来给大家瞧。

这时，女主人从饭厅走来，一屁股坐在主人面前，喊道：

"喂，你听！"

---

① 香一炷：取自晚唐诗人司空图诗句"清香一炷知师意"。

② 天然居士：日本圆觉寺的今北洪川和尚赠给夏目漱石的亡友半山保三郎的居士号。

“什么事?”主人的声音好像水里敲铜锣,瓮声瓮气的。

如此回答,妻子似乎不对心思,便又重复一句:

“哎,你听我说呀!”

“干吗?”

这时主人正将大拇指和二拇指伸进鼻孔,嗖的一下子拔掉一根鼻毛。

“这个月,钱有点不够用呢……”

“不会不够用。医生的药费已经付过,书费上个月不也还清了吗?本月必有节余。”主人说着,泰然自若地将拔掉的鼻毛当成天下奇观来欣赏。

“可是,你不吃米饭,却吃面包,又蘸果酱……”

“一共吃了几盒果酱?”

“这个月买了八盒呢。”

“八盒?没吃那么多呀!”

“不仅仅你,孩子们也吃。”

“再怎么吃,不过五六元钱罢了。”

主人无动于衷,将鼻毛细心地竖立在稿纸上。由于沾了鼻涕,那鼻毛像针似的站得笔直。主人有了意外的发现,心情激动起来,噗地吹了口气。但由于鼻涕太黏,那鼻毛竟动也不动。“真顽固!”主人拼命地吹,而女主人却怒气满面地说:

“不光果酱,还有许多非买不可的东西哪!”

“也许。”主人又将手指插进鼻孔,嗖嗖地拔毛。有红的,有黑的,五彩缤纷之中,竟有一根是纯白色。主人惊喜若狂,差点眼珠子都要鼓冒了。他将鼻毛夹在指缝中,伸到女主人眼前。

“哎哟,讨厌!”女主人哭丧着脸,将主人的手推开。

主人颇有感触地说:“瞧啊,这鼻毛中的白发!”

连来者不善的女主人都被逗笑了,她回到饭厅,不再谈经济问题……

主人用鼻毛赶走了女主人，看样子总算稳下心来。他边思索，边拔鼻毛，边写作；可是干着急，笔尖却动也不动。

"'烤白薯'？画蛇添足，割爱吧！"终于把这一句勾掉。"'香一炷'？太突然，见鬼去吧！"他毫不留情地进行笔诛墨伐，只剩下了一句："天然居士，探空间、读《论语》者也。"这样似乎又有些简单。唉，伤脑筋！不写文章，只写一篇"铭"吧！他大笔一挥使出力气，横三竖四地画了一气。别说，还真像一株低劣的南画风格的兰草哩！刚才费了吃奶劲写成的墨迹，竟然删得一字不剩。他又把稿纸翻到背面，一连写了些莫名其妙的字句："生于空间，探索空间，死于空间。空也，间也。呜呼！天然居士！"

这时，又是那位迷亭先生驾到。他大概以他人之家为己家，不用请便大摇大摆地闯进屋去，而且，有时甚至从后门飘然而至。他这个人，自从呱呱坠地，什么忧虑、客气、顾忌、辛苦等等，一概抛到九霄云外去了。

"又在写《巨人引力》？"迷亭不等落座，劈头便问。

主人虚张声势地说："是的。不过，并不是一直在写《巨人引力》，现在正撰写天然居士的墓志铭哪。"

"天然居士？和偶然童子一样，都是戒名吧？"迷亭照例信口开河。

"还有叫做偶然居士的吗？"

"哪里。怎么会呢。不过，料想会有这类名字的。"

"我不知道偶然童子是何许人。不过，天然居士，你是认识的。"

"到底是谁，竟然装模作样地起了个天然居士的名字？"

"就是那位曾吕崎呗！毕业后入了研究院，研究的课题是'空间论'。因为用功过度，患腹膜炎死了。说起来，曾吕崎还是我的知心朋友哩！"

"是知心朋友也好嘛，我绝不说个不字。不过，使曾吕崎变成了天然居士，这究竟是谁干的？"

"我呀！是我给他起的名字，因为和尚们习惯起的戒名，再也没有那么俗气的了。”主人似乎在炫耀他所起的这个名字多么文雅。

迷亭先生却笑着说：“那就给我看看你写的墓志铭吧！”说着拿起原稿，高声朗读：

“噫嘻！生于空间，探索空间，亡于空间。空也，间也，呜呼！天然居士！”

读罢又说：“的确，写得好。与‘天然居士’这个名字很相称。”

主人眉开眼笑地说：“不坏吧？”

“应该把这个墓志铭刻在腌菜缸的压缸石上，再像‘试力石’一样扔到佛殿的房后去，高雅得实在是好！天然居士也该得道成仙了。”

“我也正是这个主意呢。”主人回答得十分虔诚。然而他又说：“暂且失陪，去去就来，你逗猫玩玩吧！”

不待迷亭答话，主人早已一阵风似的去了。

想不到咱家奉命陪伴迷亭先生。总不该板着面孔的，便笑容可掬地咪咪叫，跳上他的膝头。谁知迷亭先生竟粗暴地揪住咱家的颈毛，将咱家提起，悬在空中。“嗬，好肥呀！”他说，“后腿这么肥嘟噜的，可就捉不成耗子了。”

似乎捉弄我一个还不够，他又和隔壁的女主人攀谈起来：“这猫会捉耗子吗？”

“哪里会捉耗子，倒是会吃年糕跳舞呢。”万不曾想，这娘们儿揭了我的短。我虽然表演的是空中倒立，可也怪不好意思的。然而，迷亭先生仍是不肯放手。

“的确。看这猫脸儿，就带有会跳舞的貌相。嫂夫人！对这副猫脸可不能含糊，很像从前通俗小说里描写的猫怪哪！”迷亭先生胡诌八扯，不停地和女主人搭讪。女主人怪为难地放下针线，便来到客厅。

“叫您久等，他快回来了吧？”女主人说着，重新斟了一杯茶送到迷亭面前。

“仁兄到哪儿去了?”

“他这个人,不论去哪儿,从来都不临走前告知一声,所以,不得而知呀!大概找医生去了吧!”

“是甘木先生?甘木先生被这样的病人缠住,真是活受罪!”

“嗯。”女主人不知怎样回答才好,只得虚应一声,而迷亭先生却根本没理会,又问:

“仁兄近况如何?胃病好些吗?”

“是好,是坏,压根儿不知道。任凭他找甘木先生瞧病,像他那样光吃果酱,胃病怎么会好呢?”

女主人竟把适才的满腹牢骚暗对迷亭发泄。

“他那么爱吃果酱吗?简直像个孩子!”

“不仅仅吃果酱,近来还胡乱吃起萝卜泥,说什么是治胃病的良药,因而……”

“多新鲜!”迷亭惊叹道。

“听说他是在报纸上读了一条消息,说什么萝卜里面含有淀粉酶。”

“怪不得!他是想借以弥补贪吃果酱的损失啊!亏他想得出。哈哈……”迷亭听了女主人的控诉,不禁眉飞色舞。

“近来他还叫孩子们也吃哪……”

“是果酱吗?”

“哪里,是萝卜泥呀!他说:‘宝宝,爸爸给你好东西吃,来呀!’我还以为他是突然喜欢起孩子了呢,谁知他净干那种蠢事!两三天前,他抱起二丫到衣柜上……”

“什么意图?”迷亭不论听说什么,总要追问一下什么意图。

“哪里有什么意图。仅仅是为了欣赏女儿从高处蹦下来。小女孩不过三四岁，怎么会那么撒野？”

“是么，毫无意图！不过，他是个心眼儿不坏的好人呢。”

“倘若心眼儿又坏，可就无法忍受了！”女主人怒气不休地说。

“唉，何必发那些牢骚！只要长此以往，样样不缺，一天天地打发日子，也就够福气的了。像苦沙弥等人，既不吃喝嫖赌，又不讲究穿戴，省吃俭用，简直天生是过日子的人。”迷亭兴冲冲地进行着不合身份的说教。

“但是，您大错而特错了……”

“难道他背地里还有什么见不得人的事吗？这可是个含糊不得的世道哟！”

“他倒没有别的，只是胡乱买些根本不看的书。如果量力而行，倒也没什么。可他，想起来就去丸善书店，一拿就是几大本，到了月末就装糊涂。去年年底，月月拖欠书款，弄得非常拮据呢。”

“咳！书嘛，他要买多少就买多少，没关系！如果来人讨账，就说：‘马上付钱，马上付钱！’他自然会走开的。”

“话是这么说，可不能长久拖欠下去呀！”女主人惨然地说。

“那就讲清道理，削减他的书费嘛！”

“哎呀呀，即使说，他也根本不听。近来又说：‘你他妈哪里像个学者的妻子！一点也不了解书籍的价值。从前罗马有这么个故事，为了开导你，讲给你听！’”

“这可有点意思。什么故事呀！”迷亭很感兴趣。与其说他是由于对女主人的同情，毋宁说是由于好奇心的驱使。

“据说古罗马有个皇帝名叫圾垃鞋……”

“‘圾垃鞋’？叫这么个名字。多新鲜。”

“外国人的名字太难懂，我可记不住。据说他是第七世皇帝……”

“是吗？第七世皇帝叫圾垃鞋？妙极啦。噢，那个七世皇帝圾垃鞋怎么样了?”

“哟,连您也这么取笑我,真就无地自容啦。您如果知道,就告诉我不行吗? 坏!”女主人抢白了迷亭几句。

“取笑你? 我可不干那种缺德事。只不过听说什么圾垃鞋皇帝,觉得怪新鲜罢了……噢,等等,是说罗马的七世皇帝吧? 这个么……记不太准确,不过,大概指的是塔奎·杰·普劳德吧? 啊,是谁都无妨,那个皇帝怎么啦?”

“据说,一个女人[①]拿九本书去见皇帝,问他买不买。皇帝问她要多少钱,她要了很高的价码。皇帝说太贵,能不能少算点儿? 那女人突然从九本书里抽出三本,扔到火里烧掉。”

“真可惜!”

“据说那三本书里记载着预言什么的,人世上罕见。”

“嗬!”

“皇帝以为九本书只剩了六本,准能便宜些,便问了价钱。可是,还是那个价,一分钱也不让。皇帝说,这就太不讲理喽! 可那女人又抽出三本书扔进火里烧掉了。皇帝还有点恋恋不舍,问那女人,剩下的三本书要多少钱。那女人还是要九本书的价钱。九本变成六本,六本变成三本,可是价码照旧不变,一分钱不少。如果再讲价,那女人说不定会把剩下的三本书也扔进火堆里呢。终于,皇帝花了大价钱,把幸免付炬的三本书买下……丈夫问我:‘怎么样? 这个故事。多少懂了点书籍的贵重吧?’他得意洋洋,可我觉得有什么贵重? 真叫人纳闷儿。”

女主人说罢片面之词,便催促迷亭答话。好一个精明的迷亭先生也有些穷于应付了。他从和服长袖里掏出手帕来逗弄咱家。

① 一个女人:指在丘马山洞里的女巫西比拉。

“不过，嫂夫人，”他忽而好像想起什么似的，高声说，“就因为他那样胡乱地买书，胡乱地往肚子里硬塞，人们才称他一声学者。近来我看一本文学刊物，还登了一篇评论苦沙弥兄的文章哪！”

“真的？写了些什么？”女主人转身问道。她这么关心对丈夫的评价，可见，毕竟是夫妻嘛。

“哎呀呀，只写了二三行，说苦沙弥老兄的文章‘犹如行云流水’。”

“只这些？”女主人美滋滋的。

“还有什么‘忽生忽灭，灭则永逝忘返’。”

女主人懵头懵脑地问：“夸奖他吗？”

语声里流露着担心。

“噢，大概是夸奖吧！”迷亭若无其事地将手帕垂落在咱家的眼前。

女主人说：“书籍本是谋生的工具，怕是少不得的。不过，他也太犟啦。”

迷亭心想，女主人竟从另一条路冲杀过来了，便不即不离地绝妙回答：

“犟倒是犟一点儿。做学问的人毕竟都是那个样子嘛。”这既像为嫂夫人帮腔，又像为苦沙弥开脱。

“前些天从学校回来，说是立刻还要出门，换衣服太麻烦。我的好兄弟！他连外套也不脱，坐在饭桌旁就吃饭。他把饭菜放在火炉架上，我捧着个饭盆坐在一旁，看他那副可笑的样子……”

“很有点新式‘验明首级’①的味道呢！不过，那正是苦沙弥兄独有的特色呀……总而言之，他并非‘俗调’。”迷亭恭维得令人作呕。

“俗调不俗调的，女人可不懂。不过，再怎么说，他也太胡来了。”

---

① 验明首级：日本古时杀了敌方将领时，必由一人端盘，面对主子，验明首级。这里拿女主人端饭盆坐在苦沙弥身前的情景比附验明正身。

“可,总比俗调好哟。”

迷亭的过分偏袒,使女主人话锋一转,以不满的口吻问起俗调的定义:

“人们常说俗调俗调的,可什么叫俗调啊?”

“俗调么,就是……是啊,不大好说……”

“既然那么模糊不清,就算是俗调,也没什么不好吧?”她以女人特有的逻辑步步逼近。

“并非模糊不清,而是了若指掌,只是不大好解释罢了。”

“大概是把自己讨厌的现象都叫俗调吧?”女主人不知不觉地一语道破。既然弄到这种地步,迷亭先生也就不得不对俗调作些交代了。

“嫂夫人!所谓俗调嘛,大概指的是那样一些家伙:一见‘二八佳人’、‘二九佳人’便不言不语,在相思中,辗转反侧;一到‘是日也,天朗气清’,准要‘携箪酒,墨堤①嬉游’。”

“有这样的人吗?”女主人对此外行,只好不轻不重地问了一句;但终于甘拜下风:“那么乱糟糟的,我可不懂!”

“好比在曲亭马琴②的脖子上安了彭登尼斯上尉③的脑袋,再用欧洲的空气泡上一二年。”

“这样就会成为俗调吗?”

迷亭笑而不答。后来说:“哪要费那么大的手脚!只要把中学生和‘白木屋’④老板加起来,再用二除,就会得出俗调的结论,标准的俗调!”

“是呀!”女主人歪头沉思,一副不解的神色。

---

① 墨堤:东京都墨田区隅田川大堤之别称。

② 曲亭马琴:江户末期作家。本名解,姓泷泽,号曲亭。双目失明后,用二十八年写成《南总里见八犬传》。

③ 彭登尼斯:英国小说家萨克雷(一八一一——一八六三)同名小说中的主人公,是一个俗不可耐的人物。

④ 白木屋:东京的一家店号,规模较大。

“你还没走?”不知什么工夫主人回来了,坐在迷亭身旁。

“‘还没走’？话说得多么刻薄！你不是说‘马上回来’,叫我等候吗?”

“他凡事都是这一套!”女主人回头瞧瞧迷亭说。

“你不在家这工夫,关于你的奇闻逸事,我可点滴不漏,都听说了。”

“反正女人多嘴是要不得的！假如人也像这只猫那样保持沉默,该有多好啊!”主人摩挲着咱家的头说。

“听说你给孩子们吃萝卜泥?”

“嗯。”主人笑着说,“别看是孩子,如今的孩子们可真乖。自从给她们吃了萝卜泥,如果问她:‘好宝宝,哪儿辣?’她准把舌头伸出来。多新鲜!”

“简直像教小狗练功,太残酷。可,寒月兄总该到了呀!”

主人吃惊地问道:“寒月也来吗?”

“来呀。我寄给他一张明信片,邀他下午一点钟到你家。”

“你这个人,也不问一声人家是否方便就自作主张,叫寒月来干什么?”

“唉,今日之约,可不是我的主意,是寒月本人的要求。这位先生据说将在物理学会发表演说,需要练一练,叫我听一遍。我说正好,叫苦沙弥兄也听一听吧。因此,才邀他到你家来的。怎么？你是个闲人,这样不是正合适吗？他这个人没说的,听听也好嘛!”迷亭是在自拉自唱。

主人似乎有点恼恨迷亭独断独行,便说:

“物理学的讲演,我不懂!”

“不过,这可不像镀镁玻璃管之类那么枯燥乏味哟！是个超凡脱俗的题目——《关于吊颈的力学》,因此,值得一听啊!”

“你是上过吊的人,听听也好。可我……”

“总不至于做出这样的结论吧——‘连看戏都打冷战的人不许听’!”迷亭照例说着俏皮话。

女主人边咯咯地笑,边回头瞧瞧丈夫,到隔壁去了。

主人一言不发,抚摸咱家的头。只有这时的抚摸,才无限温存。

后来,大约不出七分钟,寒月先生果然如约出席。因为晚上要去讲演,他破例穿起漂亮的服装,刚刚浆洗过的雪白衬领峭然耸立,为他的男子气概平添两成风采。他从容致意说:

"来迟了……"

"我俩已经等候多时。请您快开始,嗯?老兄!"

迷亭说罢,看了看主人。主人无奈,只好含糊地应了一声:"嗯!"而寒月却慢条斯理地说:

"给我斟一杯茶吧!"

"啊,动真格的啦?接下来该要求我们鼓掌的吧?"迷亭在独自起哄。

寒月先生从内衣袋里掏出草稿,缓缓说开了头:

"这是演习,希望毫不客气地多多批评!"

接着,一场雄辩的预演开始了。

"对罪犯处以绞刑,这主要是在盎格鲁-撒克逊民族中施行的一种刑罚。远溯上古,吊颈,主要用以自杀。据说犹太人的习惯是投石击毙罪犯。查《旧约全书》,所谓'吊颈'的准确原意是:将人的尸体吊起来,喂野兽或食肉的飞禽。按希罗多德①的学说,犹太人在离开埃及之前,最忌讳夜里暴尸。而埃及人,据说罪犯被斩首之后,只将其躯体钉在十字架上,夜里则暴尸于野。至于波斯人……"

"寒月兄,这与'吊颈'一题似乎越来越远。无妨吗?"迷亭插了一句。

"立刻转入正题,请再耐心些……且说,若问波斯人如何?大约他们也是动用磔刑的。然而,是活活地钉在十字架上,还是死后再钉,这一点,不得

① 希罗多德:公元前五世纪古希腊历史学家,著有有关希腊波斯战争史的《历史》一书,名气很大,被称为"历史之父"。

而知了……"

"那些事,不知就不知!"主人闷倦地打起呵欠。

"还有许多事想讲,不过,各位要厌烦的,所以……"

"要厌烦的,不如'会厌烦的'听起来顺耳。是吧? 苦沙弥兄!"迷亭又在吹毛求疵。苦沙弥带搭不理地说:

"随他由着性说去吧!"

"那么,马上书归正传,听我道来。"

"听我'道来'? 这是说书先生的行话呀! 但愿演说家还是用文雅些的语言。"迷亭又在插科打诨。

"如果'听我道来'这话太俗,那可怎么说才好呢?"寒月先生问道,语声中夹杂着怒气。

"迷亭君,不知你是在听呢,还是打哈哈凑趣? 寒月,随便他起哄,快些讲下去才是。"

主人是想尽快地跨过这一难关。

"惆怅久,恰似慢慢道来庭中柳。"[①]迷亭依然说些俏皮话,寒月也忍不住扑哧一声笑了。

"据我调查结果,真正处刑时动用绞刑,见于《奥德赛》第二十二卷,就是忒勒马科斯[②]绞死珀涅罗珀[③]的十二名宫女那一段,我本想用希腊语朗诵原文,但是难免有卖弄学识之嫌,因此作罢。请读四百六十五行至四百七十三行,自有分晓。"

"希腊语云云,还是免了吧。否则,等于对别人炫耀:看,我的希腊语多棒! 是吧? 苦沙弥兄。"

---

① 江户中期俳人大岛的俳句:"惆怅久,恰似归来时刻庭中柳。"此处系依此仿制。

② 忒勒马科斯:奥德修斯的儿子。

③ 珀涅罗珀:希腊神话中的英雄,《奥德赛》的主人公奥德修斯的妻子。

“这一点，我也赞成。还是免去那些炫耀之词，显得又文雅又好。”主人不知不觉袒护了迷亭，因为他二人都一句也看不懂希腊文。

“那么，今晚就把那两三句略去，听我继续道来……噢，不，听我继续演讲。

“这种绞刑，今天想象，其执行方法有二：一，大概那位忒勒马科斯借助欧迈俄斯和菲力西亚斯的一臂之力，将绞绳的一端系在柱子上，然后处处打结，留出活扣，把宫女的脑袋一个个套进去，将绞绳的另一端狠狠地一拉，人就腾空了。”

“就是说，把宫女吊起来，像西方的浆洗房晾衬衫似的。这，没错吧？”

“正是。再说第二，玩的是这么个花样：如上所述，将绞绳的一端系在柱子上，而另一端就高高吊在天棚上。然后从高处吊起的那条绳上放下几条绳来，系好绳套，套在宫女的脖子上。只待一声令下，将宫女们脚下的凳子一撤。”

“打个比方说吧，那情景就像酒馆的草绳门帘，上端吊着些彩色灯泡。如此设想，八九不离十吧？”

“彩色灯泡？不曾见过，因此，无可奉告。假如真有这种灯泡，料想倒也相似……且说，下面将给大家举证说明：从力学观点来看，第一种方法毕竟是站不住脚的。”

“真有意思！”迷亭说罢，主人也表示赞同：“嗯，有意思！”

“首先，假定宫女们被等距离地吊了起来，并且假定套在距地面最近的两名宫女脖子上的绳索是水平状的，那么，把 a_1、a_2 以至 a_6 看成是绞绳构成的地平线，把 T_1、T_2 以至 T_6 看成各绳段的受力点，把 $T_7 = X$ 看成绞绳最低部分的受力；要知道，w 自然是宫女们的体重。怎么样，明白吗？”

迷亭和主人你瞧我，我瞧你，说：“大致明白了。”但是，“大致”这个字眼儿，因是二人信口编造，说不定换个人就用不上。

“却说，各位也都清楚，据多角形的平均性原理，可成立十二个如下的方程式：$T_1\cos a_1 = T_2\cos a_2$…… （1）$T_2\cos a_2 = T_3\cos a_3$……（2）……”

“方程式嘛，讲得够多了吧？”主人毫不客气地说。

“其实，这个公式，正是我演说中的灵魂。”寒月似乎非常遗憾。

“那么，灵魂部分就改日领教吧？”看样子，迷亭也有点敬谢不敏了。

“假如删掉这一部分，苦心钻研的力学，可就全部告吹。”

“唉，何须多虑，刷刷往下删就是嘛。”主人无动于衷地说。

“那就遵命，硬着头皮删掉。”

“这就对喽！”主人竟在不适宜的时刻啪啪鼓起掌来。

“接下来话题转到英国方面进行论述。在《贝奥武甫》[①]这部史诗里见有‘绞首台’一词，可见从这个时代起就动用了绞刑。据布拉克斯顿[②]的说法，被处以绞刑的罪犯，万一由于绞绳的缘故未能致死，便须再一次受同样的绞刑。怪的是在《农夫皮尔斯》[③]这部著作里却有这么一句：‘纵使恶棍，也绝无被二度绞首之理。’虽然二者是非难辨，但从中可以了解：弄不好，一绞而未绝命的受刑者，通常是不乏其例的。有这么个故事：公元一七八六年，曾将菲茨杰拉德这个臭名远扬的恶棍推上了绞刑台。但是，那是神奇的一刹那。他第一次两脚刚刚离开台阶，绞绳竟然断了。又吊第二次。但是这一次因绞绳太长，双脚着地，又没有致死，后来在看客们的帮助下，才送他上了西天。”

“哎呀呀！”一到这种节骨眼儿，迷亭就来了兴头。

“真是个该死不死的！”主人也活跃起来。

“妙趣还在后头哪。一吊起脖子，个头就会抻长一寸上下。这确实是医

---

① 《贝奥武甫》：盎格鲁—撒克逊民族史诗，流传于七八世纪之交，十世纪出现手抄本。

② 布拉克斯顿（一七二三——一七八〇）：英国法学家。

③ 《农夫皮尔斯》：英国中世纪诗人威廉·兰格伦之巨著。

生亲自量过的,没错!”

“这可是新技术! 怎么样? 苦沙弥兄如果报名上吊,脖子抻出一寸来,背不住会成为中等身材呢!”迷亭瞧了主人一眼,不料主人竟信以为真,问道:

“把身体抻长一寸来的人还能起死回生,有这样的事吗?”

“这,肯定是不行。一吊起来,脊骨就硬是被拉长。干脆说吧,不是身材长高,而是脊骨抻断喽。”

主人绝望地说:“既然如此,那就算了!”

演说的下一部分还很长,本该对绞首的生理作用也进行论述,但因迷亭胡乱插言,说些不着边际的奇谈怪论,而且主人又不时毫无顾忌地打呵欠,寒月遂中止演讲,回家去了。至于当天晚上寒月先生采取了何等姿态、何等辩术,因是远方发生的故事,咱家不得而知。

其后两三日,平安无事地度过。一天下午两点,又是那位迷亭先生,照例像一位游仙似的飘然而至。他刚刚落座,突然说:

“老兄! 越智东风君的高轮事件,你听说了吗?”看他那架势,简直像报告攻克旅顺的号外新闻。

“不知道,因为最近没见面。”主人一如往常,愁眉苦脸的。

“今天,我就是为了报告东风君惨败的故事,才百忙之中专程来访的哟!”

“又说那些玄话,你呀,真是个不正经的家伙。”

“哈哈哈……与其说‘不正经’,莫如说‘没正经’,二者不分,可与本人的声誉有关哟!”

“都一样!”主人佯做不知,愈发像天然居士重生。

“据说不久前的一个星期天,东风君去过高轮的泉岳寺。那么冷,不该去的。不说别的,这个季节去泉岳寺,岂不像个对城市陌生的乡巴佬吗?”

“那就随东风的便喽。你无权阻止他。”

“是的。的确没有权利。关于权利,见它的鬼去吧!不过,那个寺院里不是有个热闹场所叫做‘烈士遗物保管会’吗?知道吧?”

“嗯,这……”

“不知道?那么,你去过泉岳寺吧?”

“没有!”

“没去过?这就怪了。难怪你极力为东风君辩护。江户人,却不知道泉岳寺,太丢人啦!”

“不知道也照样当教师嘛。”主人愈发像个天然居士了。

“那,有你的,且说东风君钻进那个展览会瞧热闹,据说来了一对德国夫妻。起初,好像是用日语对东风君问了些什么。不过,这位东风先生像往常一样,总是忍不住要说几句德语吧?嘿!他哇啦哇啦说了两三句,不料说得意外地好。事后想来,这恰恰种下了祸根。”

“后来怎么样?”主人终于上了圈套。

“那德国人看见大鹰源吾①的漆金印盒,想问一下,是否能够卖给他。当时东风君的回答真是太妙了。他说,日本全是清廉的君子,毕竟不会卖的。直到这时,他很活跃。那德国人觉得好不容易见了个体面的翻译家,便不断地问。”

“问什么?”

“可这,倘若知道,还不必担心呢。那德国人说话像放机关枪似的,突突突乱问一气,简直不知所云。偶尔也听懂一半句。不过,问的是鹰嘴钩子和大木槌,东风先生没学过这两个名词,不知应该怎样翻译,这下子糟了。”

---

① 大鹰源吾:实为大高源吾(一六七二——一七〇三)之误。日本赤穗浪人之一。因迷亭信口乱说,说错了一个字。

“的确。”主人联想到自己当教师的经历,深表同情。

“可是,一些闲散人好奇地向这儿聚拢,终于围住东风和一对德国人瞧热闹。东风满脸通红,慌了神儿。和刚开幕时的派头相反,落得一副狼狈相。”

“到底怎么样了?”

“最后,东风一看吃不消,便用日语说了句‘贼见’,匆匆而去。德国人问道:‘贼见,多么古怪的词儿呀!莫非贵国是把再见说成贼见吗?’人们说:‘哪里,仍然是说再见。只因谈话对象是西洋人,为与西方发音调和一下,才念成了贼见。’东风君身处困境也不忘调和,实在令人钦佩。”

“关于‘贼见’,就此打住。可那西洋人又怎么样了?”

“据说那西洋人一时怔住,目瞪口呆。哈,多滑稽!”

“没什么滑稽的。你为此而特地来报信,这倒是很滑稽呢。”

主人将烟灰磕进火盆里。这时,门铃儿凄厉地作响。

“对不起!”是女人尖细的声音。迷亭和主人不由得面面相觑,默默无语。

主人家竟有女客造访,这可新鲜!展眼一瞧,一位尖嗓子女客穿着双层绉绸的和服,底襟拖在床席上走进屋来。年约四十出头。已经秃顶,发际却有一排发帘,活像一道大坝似的高高耸立,至少有半个脸那么长直对青天。眼睛的倾斜度很像劈山路的峭壁,直线上吊,左右对称。直线也者,喻其细于巨鲸也。独有鼻子大得出奇,好像把别人的鼻子偷来硬安在自己的脸心;又好像在不到十平米的小庭院,竟搬来了靖国神社的石头灯笼,尽管唯我独尊,却总有点魂不附体。那是一只所谓的鹰钩鼻。顶端兀自高耸,半路上自己也觉得这样太过分,又谦虚起来;到了鼻尖,再也不像顶端那么气派,开始下垂,窥视鼻下的嘴唇。只因拥有如此显赫的鼻子,这女人说话时,不能不令人以为她不是口里在发音,而是鼻孔在宣讲。咱家为了向这只伟大的鼻

子致敬,从此称她为“鼻子夫人”。鼻子夫人叙罢初见之礼,仔细打量一番室内说:

“多漂亮的宅子呀!”

主人吱吱地吸烟,心里却在嘀咕:“扯谎!”

迷亭则望着天棚说:“老兄,那是雨漏,还是木板的花纹?多美的图案啊!”他是在暗暗地催促主人说话。

“当然是下雨漏的。”主人说罢,迷亭装模作样地说:“好哇!”而鼻子夫人则在心里怒道:“真是些不懂交际的人!”一时三人鼎坐,悄然无声。

“有事请教,特来拜访。”鼻子夫人重又引起话题。

“噢!”主人的反应极其冷淡,鼻子夫人觉得不能这样僵下去,便说:

“说实话,我家不远,就是对面巷角那栋房子。”

“就是那个带有仓库的大洋房吗?怪不得,门牌上写的是金田哪。”

主人似乎终于知道了金田的洋房和仓库。然而,对金田夫人的敬意,却依然寥寥。

“说真格的,有处房子要出租,想来和您商量一下,但因公司里太忙……”鼻子夫人的眼神在说:“这副药应该灵吧?”

然而,主人却一向无动于衷。他认为一个初次见面的女子,适才的措词过于油腔滑调,因而早已耿耿于怀。

“提起公司来嘛,不止是一个,而是挎两三个公司的衔哪,并且,都是董事……谅你一定知晓。”夫人的神色似乎说:“这么指点,还不对我鼻子夫人毕恭毕敬?”

原来我家主人,倘若一说是博士或大学教授,他会佩服得五体投地。奇怪的是对实业家们的尊敬度却极低。他确信中学教师远比实业家们伟大。退一步说,即使不那么确信,就凭他那副死板的性格,毕竟不可能获得实业家和财主们的恩赐,因而绝望。不论对方多么有权有势也罢,什么样的百万富翁也罢,既然断定没有希望承蒙荫庇,那么,对于他们的利或害,自然极其冷漠。因此,对学者圈外的事,他都表现得极其迂腐。尤其对实业界,连何地、何人、从事何种事业,他都一概不知。即使知道,也引不起敬畏之念。

至于鼻子夫人,做梦也想不到,茫茫大地竟有如此怪人同在一道阳光下生存。而她,过去和世上的人接触得多,只要说声是金田夫人,无不立即另眼相待。不论出席什么样的会议,也不论在多么高贵的人们面前,"金田夫人"这块招牌都很吃得开。何况眼前这个闷坐斗室的老夫子?按她预料,只要说一声家住对面巷角那处公馆,不等问干吗,老夫子早就该胆战心惊了。

"你认识金田这个人吗?"主人漫不经心地问迷亭,迷亭却一本正经地回答:

"认识。金田是我伯父的朋友。伯父前些天还参加游园会了呢。"

"咦?你的伯父?是谁?"

"牧山男爵嘛!"迷亭的话越来越严肃。主人本想说点什么,可是不等他开口,鼻子夫人却转脸看迷亭。迷亭身穿大岛绸的衣裳,外加一件早年进口的印度花布衫,默默地端然而坐。

"哎呀呀,原来你是牧山先生的……什么来着?我可一点都不知道,太失礼了。我家那口子常常不住嘴地叨念'一向承蒙牧山先生的关照'呢。"她突然变得满口敬语,甚至躬身施礼了。

"啊?哪里!哈、哈……"迷亭大笑起来。

主人愣住,默默地瞧着二人。

"真的。连小女的婚事也要求牧山先生多多费心哪……"

"咦,是吗?"听到这里,连迷亭先生也感到过于离奇,发出了惊叹之声。

"说真的,四面八方,纷纷求婚。不过,由于我家是有身份的人,不三不四的不能许给,所以……"

"说得对。"迷亭这才放下心来。

“想就这件事请教，才特来拜访呢。”鼻子夫人望着主人，语声又变得高傲起来。

“听说有个叫水岛寒月的男人多次前来贵府，他到底是怎么样个人呢？”

“您问起寒月，有何贵干呀？”主人厌恶地说。迷亭先生却机警地问道：

“还是与你家小姐的婚事有关，想了解一下寒月兄的平素为人吧？”

“如能就此领教，那就再好不过了……”

“那么，您是说要把你家小姐嫁给寒月吗？”主人问。

“还谈不上嫁给他。”鼻子夫人出其不意地挫败了主人。她接着说：

“除了寒月，说亲的人多得很哩。即使寒月先生不肯俯就，也不发愁的。”

“既然如此，关于寒月兄的情况就不必打听喽！”主人也急躁起来。

“但是也没有必要替他隐瞒吧？”鼻子夫人摆出一副争吵的架势。

迷亭坐在二人中间，手拿银杆烟袋，宛如摔跤裁判员手里的指挥扇，心里在喊：“动手啊，摔呀……”

“请问，寒月君可曾表示过一定要娶你家小姐？”主人迎头轰她一炮。

“要娶，倒是没有说过……”

“是猜想他有意要娶吗？”主人似乎明白过来，这个女人非用炮轰不可。

“事情还没有进行到那种地步……不过，寒月先生未必不高兴吧！”千钧一发之际，鼻子夫人倒咬一口。

“寒月君爱上你家小姐，可有事实？”主人气势汹汹，奉劝她从速招来。说罢，把头往椅背上一靠。

“嗯，十有八九吧！”

主人这一炮毫未奏效。而迷亭一直装成裁判员的样子，观赏得蛮有兴致，似乎又被鼻子夫人的这句话勾起了好奇心，便放下烟袋，探出身子说：

“寒月兄给令爱写过情书吗？痛快！到了新年，又平添了一份趣闻，会成为绝妙谈话资料的哟！”他边说边独自欣喜。

“不是情书，可比情书还火热哪。您二位不是都知道吗？”鼻子夫人风趣地奚落两句。

“你知道吗？”主人以狐仙附体似的表情问迷亭。迷亭蒙头转向地说：

“不知道。知道的，唯有老兄吧？”鸡毛蒜皮小事，迷亭倒谦虚起来。

只有鼻子夫人才洋洋得意：

“哪里，那是二位都清楚的事哟！”

“咦？”二人都愣住了。

“二位如果都已忘记，我就说说吧！去年年底，向岛阿部先生的府上举办音乐会，寒月先生不是也曾赴会吗？那天晚上回来的时候，吾妻桥上不是出了点事吗……至于详情细节，我是不会讲的。若讲，说不定会给本人带来麻烦。有这些证据，我认为已经足够了。不知二位意下如何？”

鼻子夫人将戴着钻石戒指的手指排放在膝上，调整了一下落座的姿势。她那伟大的鼻子更加大放异彩，不论迷亭还是主人，都渺小得视而不见了。

不要说主人，就连善于逢场作戏的迷亭先生面对这突然袭击，也表现得失魂落魄，顿时茫然，活像疟疾刚刚发作，呆呆地坐在那里。待惊风骇雨稍歇，逐渐恢复常态，一种滑稽感又涌上心头。

“哈哈哈……”

二人不约而同地笑得前仰后合。那位鼻子夫人有点出乎意料，怒视二人，心想：这种节骨眼上还笑，太不礼貌了。

“那是你家小姐吗？的确，好嘛，您说得都对呀。喂，苦沙弥兄！寒月君肯定是爱上金田小姐了，这事瞒也瞒不住，还是如实说了的好。”

“噢！”主人只哼了一声。

“真是瞒也瞒不住呀！已经证据在握嘛！”鼻子夫人又得意忘形了。

"事到如今,有什么办法。无论如何也得把有关寒月君的恋爱事实交代一番,供做参考吧!喂,苦沙弥君,你可是主人,光是那么笑嘻嘻的也无济于事嘛!'秘密'这东西可真厉害,再怎么遮掩,也说不定会从什么地方暴露的哟……不过,说离奇,也真离奇。金田夫人,您怎么探听到了这个消息?真叫人吃惊。"迷亭先生独自喋喋不休。

"我呀,办事可百分之百地有把握哟!"鼻子夫人趾高气扬起来。

"简直太无懈可击了,你究竟是听谁说的?"

"房后那个车夫的老婆。"

"就是有一只大黑猫的那个车夫家吗?"主人瞪起眼来问。

"嗳,为了了解寒月先生,我花了一大笔钱呢。每次寒月先生到这儿来,我想知道他说了些什么,就委托车夫老婆事后一一向我报告。"

"好厉害哟!"主人大声说。

"哎呀呀,至于您干了什么,说了什么,我可一概不关心,我只是查访寒月先生的消息。"

"不管你是查访寒月先生还是别人,反正车夫老婆从来就是个'万人嫌'!"主人独自恼火起来。

"不过,到你家篱笆墙下站站,难道这不是人家的自由吗?如果怕偷听,那就小声些说,或是搬到宽宅大第去住,岂不平安无事了吗?"鼻子夫人一点都不脸红。

"不单是车夫家,还从热闹街的二弦琴师傅那儿探听了好多信息哪。"

"关于寒月吗?"

"不仅仅是寒月。"话说得怪吓人。她以为主人一定会慌神儿,可他却骂道:

"那个琴师硬摆臭架子,只把自己当成个人,混账王八蛋!"

"恕我冒昧,她可是个女人哟!'王八蛋'?不免张冠李戴了吧!"

这句话的措词使她越发暴露出原形。这一来，好像她就是为了吵架才登门的。即使处于这种局面，迷亭先生到底不含糊，他对这场谈判听得津津有味儿，活像铁拐李看斗鸡，泰然自若。

主人意识到交口对骂，他可不是鼻子夫人的对手，便不得不暂时沉默。但他终于想出了好点子：

“你口口声声说寒月先生似乎主动追求你家小姐，但据我所知，有些出入。是吧？迷亭君！”主人在向迷亭呼救。

“嗳，按那时候的传说，当初你家小姐玉体欠安……好像说过梦话……”

“什么？没有的事！”金田夫人干脆否认。

“不过，寒月确实说是听××博士夫人说的呀。”

“那是我的计策，是我托她试试寒月的心。”

“那位妇人答应了吗？”

“是的。虽说答应了，也不能叫她白干。左一样右一样，送给她好多礼物哪！”

“您是否下定了决心，如不把寒月的情况刨根问底地查个水落石出，就决不肯走？”迷亭有些怏怏不快，一反常态，话说得十分粗鲁，“好吧，苦沙弥兄，说说也没什么害处。你就说说吧！噢，金田夫人，不论是我，还是苦沙弥兄，凡是有关寒月的事，只要无妨，都会讲的……对呀，最好请您按顺序一一提问。”

鼻子夫人总算点头，开始提问。虽曾一时语言粗暴，现在面对迷亭，又变得恭谨如初。

“听说寒月先生是个理学士，可究竟他学的专业是什么？”

“在一个大学的研究院研究地球磁力。”主人认真地回答。

不幸的是，鼻子夫人对于这话一窍不通，虽然“啊”的一声，却仍然大惑

不解,便又问:

“研究这个,就能当上博士吗?”

“您是说,您的女儿非博士不嫁吗?”主人不悦,反问了一句。

“是的。若是个寻常的学士,那还不要多少有多少?”鼻子夫人面色不红不白地说。

“寒月能否当上博士,我们也无法保证。所以,请问下一个问题吧!”主人望着迷亭,越来越不高兴;而迷亭也有些神色不快。

“近来寒月先生还在研究地球什么的吗?”

“两三天前,他在理学协会讲演了关于吊颈力学的科研成果。”主人漫不经心地说。

“哎哟,讨厌!什么吊颈不吊颈的!这人可太怪了。研究上吊呀什么的,恐怕无论如何也当不上博士的吧?”

“若是他自己上吊,那就希望不大。不过,研究吊颈的力学,不一定当不上博士。”

“是吗?”鼻子夫人又对主人察言观色。可悲的是,她不懂什么是力学,因此放心不下。

大概觉得连这么点常识也要请教,这会伤了她金田夫人的面子,便靠观察主人的脸色摸底;偏偏主人的表情竟扑朔迷离。

“除此之外,莫非他没有研究点什么好懂的学问吗?”

“是啊,前个时期他曾经写过一篇论文:《栗子的安定性以及天体运行》。”

“栗子也是大学里要学的课程吗?”

“这,我也是个外行,不大清楚。不过,既然寒月研究它,可见有值得研究的价值嘛。”

迷亭在假装正经地要笑鼻子夫人。鼻子夫人意识到进行学术性对话,

她不是对手,于是自甘放弃,调转话头说:

"谈点别的吧!听说今年正月,寒月先生吃蘑菇崩掉了两颗门牙。是吗?"

"是的,豁牙的地方塞满了年糕哪。"

迷亭立刻手舞足蹈起来,心想:"这下子她可掉进内行人的手心了。"

"这人,岂不有欠风雅吗?怎么,为什么不用牙签呢?"

"下次见面,对他提醒一下吧。"主人咯咯地笑了起来。

"吃蘑菇还崩掉了牙,可见牙齿不太结实。是吧?"

"不能说结实。是吧?迷亭君!"

"不算结实。但也怪撩人的。后来,他一直不肯填充。这才妙哩!那儿仍然是年糕的安乐窝,真乃一大奇观。"

"他是因为没有钱补牙才留下那个窟窿呢?还是由于喜欢这样?"

"反正他不会总这么自甘'缺个门牙'的。请放心。"迷亭的情绪逐渐恢复平静。可是鼻子夫人又提出新问题。

"假如府上有他的翰墨书笺之类,很想拜读一二。"

主人从书房里拿来三四十张明信片,说:

"明信片倒是很多,请过目。"

"用不着看那么多。只要看看其中两三张……"

"喂喂,我给您挑几张好的。"迷亭挑出一张明信片说:"这张,哇——蛮有意思吧?"

"啊!还有画哪,太有才啦!好哇,让我瞧瞧!"

她刚一上眼:"哟,烦人,画的是山狸子呀!画什么不好,干吗偏画山狸子?"忽而又赞许地说:"可他居然画得叫人能够认得出是山狸子,了不起!"

"请念念文字。"主人边笑边说。

鼻子夫人用女仆读报的腔调念道:

“除夕之夜，山狸举办游园会，翩翩起舞，歌唱道：‘来吧！除夕之夜不会有人上山哟！嘿唷嗬，嘭嚓嘭！’”

“这还像话吗？岂不是捉弄人？”鼻子夫人大为不悦。

“这位仙女，您喜欢吗？”迷亭又抽出一张。但见画的是一名仙女穿着霓裳羽衣，奏着琵琶。

“这位仙女的鼻子似乎小了一点儿。”鼻子夫人说。

“哪里，很正常嘛。不谈鼻子，还是把上面的题字念一下吧！”

画面上有这么几句：

从前某地有位天文学家。一夜，他依例登上高台，凝神仰观天象。这时，天空闪现一位美丽仙女，奏起举世罕闻的优美音乐。天文学家竟忘记了寒风刺骨，听得入迷。翌日清晨，只见那位天文学家的尸体落了一层白霜。一位专爱扯谎的老头说，这是个真实的故事。

“什么玩意儿！一点意思都没有。就这样，还想当理学博士？够格吗？还不如读一段《文艺俱乐部》有趣呢！”寒月先生被狠狠地攻击了一番。

迷亭又拣出三张明信片，半开玩笑地说：

“这几张如何？”

有一张是铅印，印了一只帆船，照例在画下胡乱写道：

昨夜泊于船上的二八佳人，说她没有一个亲人，哭得像孤岛上的小鸟，像惊梦的小鸟。说她的爹娘乘船时葬身于浪下。

“好,是个动人的故事。难道不是很值得吟咏吗?”

“值得吟咏?”

“是呀。可以用三弦琴伴奏而歌唱的呀!”

“用三弦琴伴奏,那可就够上讲究了。再看这一张怎么样?”

迷亭又信手拈来一张。

“免了吧!拜读这几张足够了。已经了解清楚,此人并不那么胡闹。”她独自下了结论。

至此,鼻子夫人似乎结束了对寒月先生一般性的审查,便大胆要求说:“今天太打扰了。关于我来过这件事,希望二位对寒月先生保密。行吗?”

可见她的方针是:对于寒月,要一切都查个水落石出。而有关自己,却丝毫也不许对寒月透露。迷亭和主人都带搭不理地应了一声:“嗯。”

“容后致谢吧!”鼻子夫人加重语气,边说边站起身来。

二人送客后落座,迷亭说:“她是个什么东西!”主人也说:“是个什么东西!”双方几乎同时发问。忽听女主人在内室似乎忍俊不禁,哈哈大笑起来。迷亭高声喊道:

“嫂夫人,嫂夫人!‘俗调’的活标本来过喽。俗到那种程度,还很吃得开哪。好吧,不必客气,尽情地笑吧!”

“最不顺眼的是那张脸。”主人满腹牢骚,恶狠狠地说。迷亭立刻接起话茬补充道:

“鼻子盘踞中央,神气十足!”

“而且是带弯的。”

“有点水蛇腰。水蛇腰的鼻子,真是一绝!”迷亭忍不住大笑。

“那张脸,克丈夫!”主人依然愤愤不安。

“那副面相嘛,十九世纪没卖出去,二十世纪又赶上滞销。”迷亭总是怪话连篇。这时,女主人从内室走来。到底是女人,她提出警告说:

“坏话说得太多,车夫老婆还会去告密的哟!”

“有人告密才好哩,叫她认识一下自己。”

“不过,私下贬斥别人的相貌,那可太下流。任何人也不高兴有那么一只鼻子的。何况人家是个女人。你们的嘴也太刻薄了。”她在为鼻子夫人的鼻子辩护,同时,也是间接为自己的长相辩护。

“有什么刻薄的!那种人算不上女人,是个蠢货!是吧?迷亭君。”

“也许是个蠢货,不过,很不简单。我俩不是被她好一顿捉弄吗?”

“究竟她把教师看成了什么?”

“看成和后屋的车夫差不多。若想得到那种人的尊敬,只有当博士。一般来说,没能当上博士,这就怪你自己不争气了。嗯?嫂夫人,是吧?”迷亭边说边回头瞧瞧女主人。

“还博士呢,他毕竟当不上的哟!”连妻子都不理睬主人了。

“别看我这样,说不定眼下就能当上博士哩,可别小瞧!尔等之辈未必知道,古时候有个人叫埃斯库罗斯①,九十四岁才完成了巨著;索福克勒斯②的杰作问世,震惊天下时,几乎是百岁高龄。西摩尼得斯③八十岁写出了美妙的诗篇,我嘛……”

“真糊涂!像你这样害胃病的人能够活得那么久吗?”妻子已经把主人的寿命断定了。

“放肆!你去问问甘木医生!原来就怪你让我穿这身皱皱巴巴的黑布长袍和补丁摞补丁的破衣烂裳,才被那种女人耍笑了一通呢。从明天起要穿迷亭穿的那样衣服,给我拿出来!”

“‘给我拿出来’?哪里有那么漂亮的衣服呀?金田太太对迷亭先生客

---

① 埃斯库罗斯:古希腊三大悲剧家之一。代表作为《被缚的普罗米修斯》。

② 索福克勒斯:古希腊三大悲剧家之一。相传写了一百三十部悲剧和笑剧。

③ 西摩尼得斯:古希腊抒情诗人。

客气气，是从她听了迷亭伯父的名字以后，怪罪不得衣服的。”女主人巧妙地开脱了自己的罪责。

提到迷亭的伯父，主人好像突然想起了什么，问道：

“你还有一位伯父？头一回听说。你可一向不曾透露呀！真的有个伯父吗？”

“哼，我那位伯父么，他呀，是个老顽固，因为他也从十九世纪一直活到今天。”他看了看主人及其妻子。

“啊，哈哈，净逗乐子。他在哪儿住？”

“住在静冈。他的生活可不寻常。头顶挽了个发髻，令人肃然起敬。叫他戴帽子嘛，他却夸海口：‘我老汉活了这么大岁数，还不曾冷到要戴帽子的程度。’告诉他天太冷，再多睡一会儿吧，他却说：‘人，睡上四个小时就足够，睡四小时以上，那是浪费！’于是，他早晨黑乎乎的就起床。而且他说：‘我之所以把睡眠时间缩短为四个小时，是由于长年锻炼的结果。’他吹嘘自己年轻时候总是贪睡，近来才进入了随遇而安的佳境，十分快活。他已经是六十七岁的人，当然睡不着，谈不上什么锻炼不锻炼。可他本人却以为完全是自己苦修苦练的结果。另外，他外出的时候，一定要带一把铁扇。”

“拿它干什么？”主人问。迷亭却脸朝着女主人说：

“谁知道他要干什么，可就是要拿。也许他是当做文明杖用吧。不过，不久前还闹出了笑话。”

“咦？”女主人不敢多嘴，生怕打岔。

“今年春天突然来了一封信，叫我把圆顶礼帽和燕尾服火速寄去。我有点吃惊，写信问他，他回信说，是他老人家自己穿。他下令说：速速寄来，要赶得上二十三日在静冈举行的祝捷大会。可笑的是命令之中还有这么一段：给我买一顶尺寸合适的帽子，西装也要估计一下尺寸，到大丸和服店去订做……”

“近来,大丸和服店也做起西装了吗?”

“不是的,老兄,是和白木西服店弄混了。”

“叫人估计尺寸去做,这不是有点难为人吗?”

“这正是伯父的个性!”

“你怎么办啦?”

“没办法,就估量着做一身寄去了。”

“你太胡闹啦。那么,来得及吗?”

“啊,好歹总算平安无事。后来看家乡的报纸有消息说:当天牧山翁破例地身穿燕尾服,手拿一把铁扇……”

“可见他说什么也不肯离开那把铁扇啊。”

“嗯,等他归西天时,那把铁扇一定给他放进棺材里。”

“尽管是估计,可是帽子和衣服还都穿得合体,总算好嘛!”

“您大错而特错了。我本来也认为一切顺利,完事大吉。但是不久,收到一个小包,还以为是送给我的礼品哪。打开一看,原来是大礼帽,还附了一封信,说:‘烦请特制之礼帽,因尺寸稍大,差你前去帽铺,予以缩小。改制用款,将如数汇去。’”

“真够迂腐的了。”主人发现天下竟还有比自己更加迂腐的人,显得十分惬意。隔了一会儿问:

“后来怎么样?”

“怎么样?没办法,只好归我把它戴上!”

主人笑嘻嘻地说:“就是那一顶?”

“那位是男爵吗?”女主人好奇地问。

“谁?”

“你那位手拿铁扇的伯父呀!”

“哪里!他是汉学家。自幼在孔庙里潜心于朱子学什么学的,即使在灯光下,也还毕恭毕敬地头顶一个发髻呢。真没办法。”说着,他胡乱地来回搓自己的下巴。

“可你刚才好像对那个女人提起过牧山男爵呀!”主人说。

“您是说过的呀。我在茶室里也听见了。”只有这一点,妻子赞同主人。

“是吗? 哈哈哈……”难怪迷亭先生大笑起来,“那是扯谎。若是有个男爵的伯父,如今我怎么也弄个局长当当喽。”他说得倒很坦率。

“我就觉得奇怪嘛。”主人的神色中,既有欣喜,又有担心。女主人佩服得五体投地,说:

“哎哟哟,撒这种谎,装得那么像,说明您是个吹牛大王!”

“比起我来,那个女人更高明。”

“您也不甘示弱哇!”

“不过,嫂夫人! 我吹牛,只是吹牛而已;而那个女人吹牛,却是句句有鬼,谎中有诈,性质恶劣。假如不把魑魅魍魉与天赋幽默区别开来,可真就到了那种地步:连喜剧之神都不得不慨叹世人的有眼无珠了。”

“难说呀!”主人耷拉着脑袋说。

“还不是一回事!”女主人边笑边说。

咱家一向不曾去过对面那条小巷,当然没见过拐角处的金田老板是一副什么德行。今天才第一次听说。主人家从未谈起过实业家。就连咱家这个在主人家混饭吃的猫,也不仅与实业家不沾一点边儿,甚至十分冷淡。然而,适才鼻子夫人突然来访,咱家也曾暗地里领略了夫人的谈吐,想象着她家小姐的美貌,并对她家的富贵与权势浮想联翩,咱家虽然是猫,也不肯躺在檐廊下优哉游哉了。何况咱家对寒月君极为同情。对方竟把博士的太太、车夫的老婆,甚至琴师、天璋院公主都已收买,神不知鬼不觉地,连崩掉门牙都被侦察个一清二楚,而寒月君却笑嘻嘻地只顾担心外褂上的衣带,纵然是个刚出校的理学士,也未免太窝囊了。

可话又说回来，对手是个脸心安了一只伟大鼻子的女人家，不是随便什么人都能接近的。关于这场风波，应该说主人漠不关心，何况他穷得叮当响。至于迷亭，虽然不缺钱花，但他既然是那么一位“偶然童子”，支援寒月的可能性也很小吧！看起来，最可怜见的，只有讲“吊颈学”的那位寒月先生了。如果咱家不豁上去，潜入敌阵，侦察敌情，那就太不公平了。

咱家虽然是猫，却寄居于学者之府，尽管这位学者不过是个把爱比克泰德的大作翻一翻便摔在桌上而无心阅读的货色，但咱家毕竟与世上的痴猫、蠢猫气质不同，冒这么一点风险，尽一点侠义之情，尾巴尖里还是素有储备的。倒不是咱家对寒月先生承恩图报，也不是为个人逞虐肆狂。往大点说，此乃将“讲公道、爱中庸”之天意化为现实，实为一伟大壮举也。想那金田太太，既然未经本人同意，便把什么“吾妻桥事件”到处宣扬；既然派些走狗到别人窗下窃听情报，又洋洋得意地四处炫耀；既然利用车夫、马弁、无赖、落魄书生、产婆、佣婆、妖婆、傻婆、按摩婆，置滥用国家有用之材于不顾，那么，猫儿我，也不免计上心头。

幸而天气很好。虽然冰霜消融，行路艰难，但是为了卫道，咱家万死不辞。纵然脚心粘泥，在走廊留下梅花爪印，顶多不过给女仆添点麻烦，就咱家来说，谈不上痛苦。等不到明天，立刻出发！下定勇往直前的伟大决心，蹿到厨房。这时心想：且慢，咱家作为一只猫，不仅已达进化之顶峰，而且论智力发达，也绝不亚于初中三年级的学生！可悲的是喉咙永远是猫的结构，不会说人语。好吧，纵使一顺百顺地钻进金田府，彻底查清敌情，也不可能告诉当事人寒月先生，又没办法对主人或迷亭先生说。既然不会说，那就如同土里埋着金刚钻，虽有骄阳高照，却不能发光；纵然有千条妙计，也无用武之地。咱家认为自己是在干一件蠢事，不如罢休，于是，便在门槛上蹲下。

然而，雄心壮志，半途而废，犹如渴望骤雨来临，却见乌云从头上掠过，直向邻土散去，不免令人惋惜。而且，假如由于自己非礼，自然另当别论；如果是为了正义与人道，就该永远向前，甚至不惜付出生命，这才是见义勇为的男儿本色。至于白白受累，白白脏了手脚等等，对于猫来说，算不了什么！只因是猫，才没有本事以三寸不烂之舌，与寒月、迷亭、苦沙弥诸公交流思想。但是，正因为是猫，偷渡潜行的功夫才胜于几位仁兄。能他人之所不能，这本身就是一大快事。哪怕只有咱家一位了解金田家的内幕，也总比举世不晓令人高兴。咱家虽然不能把真相传播出去，但是叫金田家知道事情已经败露，这就够开心的。这么开心的事接踵而至，由不得不去，咱家终于登程了。

来到对面小巷一瞧，果然，那幢洋楼盘踞在巷角，俨然一副领主的架势。料想这家主人也和这幢洋房一样，是一副傲慢的嘴脸吧！进得门来，将全楼打量一番，但见那个二层楼房索然兀立，除了吓唬人，毫无用处。迷亭之所谓“俗调”，原来如此。

进门向右拐，穿过花园，转到厨房门口。

厨房果然很大，的确比苦沙弥家的厨房大上十倍，井然有序，绚丽多彩。比起不久前报纸上详细介绍过的大隈伯爵[①]府上的厨房也毫不逊色。“好一个标准厨房！”咱家心里想着，便钻了进去。一瞧，那个车夫老婆正站在六七平方米夯实的水泥地上，和金田家的厨子、车夫不住嘴地谈论些什么。咱家怕被人发现，便藏在水桶里。只听厨子说：

“听说那个教师还不知我家老爷的名字？”

“怎么会不知道呢？这一带不知金田公馆的人，除非是个没长眼睛、没长耳朵的残废！”拉包车的车夫说。

“没法说呀，提起那个教员，除了书本，什么不懂，是个怪物。哪怕他稍微了解一点金田老爷的身份，说不定要吓一跳哩。他是个完蛋货！连自己

---

① 大隈伯爵（一八三八——一九二二）：大隈重信，日本明治、大正年间政治家。

的孩子都不知道几岁。”车夫老婆说。

“连金田老爷都不怕？真是个难缠的糊涂虫！没关系，咱们大伙吓唬他一下吧？”

“那太好了。他净说些刻薄词儿，什么金田夫人的鼻子太大啦，金田夫人的脸不顺眼啦……他自己那副尊容活像个丑八怪！可还硬觉得自己蛮有人样儿呢。真要命！”

“不仅是脸，你瞧他腰里别条毛巾上澡塘子那副架势，多傲慢，自以为没有人比他更伟大了。”可见苦沙弥连在厨子当中都没有一点儿人缘。

只听车夫又说：“索性人马齐奔他家墙下，臭骂他一顿！”

“这一来，他一定告饶！”

“但是，如果我们被他发现，那就扫兴了。刚才金田太太不是吩咐过吗？只给他听见叫骂声，干扰他读书，尽可能叫他干着急上火。”

“明白。”这表示车夫老婆可以担负三分之一破口大骂的任务。

好哇，这帮家伙要去捉弄苦沙弥先生了。咱家边想，边从三人身旁嗖地蹿进室内。

猫脚似有若无，不论走到任何地方，从未发出过笨重的脚步声，宛如腾云驾雾，水里敲磬，洞中抚琴；又如“尝遍人间甘辛味，言外冷暖我自知①”。不论“俗调”的洋楼，还是标准的厨房，也不论是车夫老婆、包车夫、厨子、伙夫，还是小姐、丫环，甚至鼻子夫人和老爷，我想见谁就见谁，想听什么就听什么，伸伸舌头，摇摇尾巴，胡子一扎撒，飘飘然归去来也。咱家擅于此道，在整个日本国也名列前茅。连自己都怀疑，咱家大概是继承了旧小说里描写的猫怪的血统吧！传说癞蛤蟆头上藏有夜明珠。而咱家，不要说天地神佛、生爱死恋，就连嘲弄天下的祖传妙药，也无不囊括于尾巴尖上。咱家神

---

① 冷暖我自知：语出宋朝道元著《景德传灯录》。其他字句，系猫公杜撰。

不知鬼不觉地在金田府的走廊里横行,那比金刚力士踏烂一堆凉粉还要容易。这时,连咱家自己都对本身的力量由衷地钦佩。当咱家意识到这多亏平素所珍爱的尾巴时,心想:对它可慢待不得的,理当顶礼膜拜咱家那尊敬的尾巴大仙,祝它猫运长久。

咱家略微低头看去,却总是找不准方向。必须望着尾巴行三拜之礼。为了望见尾巴,当咱家回身时,尾巴也随之而转;扭过头来,想要迎头赶上时,尾巴也保持原有的距离跑到前面。果然厉害!天地玄黄,无不囊括于三寸之尾。确是灵物,咱家毕竟不是它的对手。追逐尾巴七圈零半,力竭身虚,这才作罢。眼前有点天旋地转,一时不知身在何处。但是,区区小事,何足挂齿,便又到处乱闯。

忽听纸屏后鼻子夫人在说话。关键时刻!咱家立刻站住,竖起两耳,凝神倾听。只听鼻子夫人照例尖声尖气地说:

"一个穷教员,还很神气哩!"

"哼!是个神气的家伙!为了给他点教训,先收拾他一通!那个学校里有咱们的同乡。"

"都有谁?"

"有津木乒助,福地细螺。可以托他们去挖苦那个穷教员一通!"

咱家不知金田老兄家乡何处,只觉得那里的人尽是些怪里怪气的名字,有点吃惊。只听金田老板继续问道:

"那个家伙是英语教师吗?"

"噢,据车夫老婆说,他专教英语入门课本什么的。"

"反正不回(会)是个正派的教员!"

"不回是……"把"会"说成"回",少不得又叫咱家拍案叫绝了。

鼻子夫人说:"近来我遇见乒助,他说:'我校有个奇怪的家伙。学生问:“老师,番茶[1]用英语怎么说?”他一本正经地回答说:“番茶就是 savage tea(蕃人之茶。——译者)。”’这已经在教员当中成为笑柄。他说:‘有了这么个教员,搞得众人不安。’他指的大概就是那个家伙吧!”

“肯定是他。面相就带出他会说出那种蠢话来。还留了一大把胡子。”

“混账东西!”

留胡子就混账?那么,我们猫族可就没有一只是好种了。

“还有那个叫什么迷亭还是‘酩酊’的家伙,准是个发疯的贱痞!说什么伯父是牧山男爵。看他那副德行!我就认为他不可能有个男爵伯父嘛。”

“不管那个野种说什么话你都信,可恶!”

“骂我可恶?你这不是欺人太甚吗?”鼻子夫人觉得非常遗憾。

奇怪的是关于寒月,他们却只字不提。是在咱家潜入之前早已结束了那篇《评论记》呢,还是他已经落选,不值一提了呢?这一点令人忧心,却又毫无办法,伫立片刻,只听隔着走廊那个房间的铃声响起。哈哈,那里也出事了。“赶快!”咱家抬腿直奔那厢去了。

来到一看,一个女人在独自高声讲些什么,声音很像鼻子夫人。据此推测,大概她便是府上小姐、胆敢使寒月君投河未遂的那位女主角吧!惜乎,隔着一层纸屏,未得一睹芳姿,因而说不准她的脸心是否也供奉一只硕大的鼻子。不过,听她说话的腔调和盛气凌人的鼻息,综合起来观察,绝不会是一只貌不压众的蒜头鼻子。那女子喋喋不休,对方的语声却一点儿也听不到,大概这就是人们常说的“打电话”吧!

“是大和茶馆[2]吗?明天,我去看戏。给我预订三排座……听见了吗……明白啦……什么?没明白?唉,真讨厌。叫你订一张三排……什

① 番茶:即粗茶,教师误译为蕃人之茶,出了笑话。

② 大和茶馆:是家戏园子里的茶馆。

么……订不成？怎么会订不成？要订……嘿嘿嘿，是开玩笑？……有什么玩笑好开……干吗拿人开心！你究竟是谁？是长吉？长吉之流懂个屁！去叫老板娘来接电话……什么？你一切事都能办……你太冒失。你知道我是哪一位吗？是金田小姐哟！嘿嘿……说什么洞晓一切？你这人真浑……一提金田……什么？'多蒙惠顾，谢谢！'……谢我什么？不爱听……哎哟，又笑起来了。你简直是混蛋加三级……怎么？我说的不对？……若是过于欺负人，我可要挂断电话哟！放明白点儿，你不怕吗？……你不说，谁知道……你倒是快说呀……"

大概是长吉挂断了电话，压根儿听不见回音。小姐发起脾气来，把电话铃按得叮当作响，脚下又惊动了哈巴狗，突然汪汪地叫起来，咱家明白，这可大意不得，便嗖地蹿出走廊，钻到地板下边。

这当儿，走廊上传出越来越近的脚步声和开门声。是谁呢？仔细一听，来人说：

"小姐！老爷和太太有请。"好像是丫环的声音。

"不知道！"小姐给丫环吃了第一颗枪子儿。

"老爷和太太说有点事，叫我来请小姐去。"

"讨厌！不是说过我不知道吗？"丫环又吃了第二颗枪子儿。

"听说是关于水岛寒月有点事……"丫环一机灵，想使小姐消消气。

"什么寒月、冷月的，烦死人啦。那张脸，像个窝囊废发傻似的。"这第三颗枪子儿，竟给还没出门的可怜的寒月兄消受了。

"哎哟！你什么工夫梳起西式发型了？"

"今天。"丫环松了口气，尽可能简明地回小姐的话。

"真狂！一个臭丫头！"又从另一个角度给丫环吃了第四颗枪子儿。

"并且，你还戴上了新衬领？"

"是的。前些天小姐赏给了我。可是，我觉得太漂亮，不好意思戴，就放在箱子里。因为旧衬领全都穿脏，我这才找出来换上。”

“我什么时候给过你那个衬领？”

“今年正月，您去‘白木屋’商号买来的，是茶绿色，还印着角力的图案。您说：‘嫌它太素气，送给你吧！’就是那条衬领。”

“哎哟，烦人！你戴，太合身，恨死人啦！”

“不敢当！”

“不是夸你，是恨你呀！”

“是的。”

“那么合身的东西，为什么不吱一声就收下？”

“咦？”

“你用，那么合适；我用，也不至于出洋相吧！”

“肯定合适。”

“明明知道我用合适，你为什么不声不响地收下，而且悄悄地戴上？坏！”

子弹一连串地扫射。

刚才，咱家正在静观局势发展之时，老爷却从对面屋里大声呼喊小姐：

“富子！富子！”

小姐不得已，应了一声，便走出电话室。

比咱家大一丁点儿的哈巴狗，眼睛跟嘴都挤在脸心。它也跟着小姐出去了。咱家照例蹑手蹑脚，又从厨房蹿到大街，匆匆回到主人家。这次探险，初步获得一百二十分的成功。

回家一看，因为是从漂亮的公馆突然回到肮脏的寒舍，那心情，宛如从阳光明媚的秀丽山峰突然掉进漆黑的洞窟。探险过程中，由于精神紧张，对于金田公馆的室内装饰以及窗帘款式等等毫未留神，但却感到咱家的住处太糟，并且对所谓“俗调”的金田公馆反倒有些留恋。咱家觉得比起教师来,还是实业家了不起。自己也感到这念头有些反常,便按惯例竖起尾巴,向它求教。于是,尾巴尖里发出神谕说:“言之有理!”

咱家走进室内,惊人的是迷亭先生还没走,烟头都插在火炉里,弄得像个马蜂窝似的。他盘腿大坐,正大说大讲。不知什么工夫,寒月先生也来了。主人曲肱为枕,凝眸注视着天棚漏雨的地方。这里依然是又一幅太平盛世的逸民欢聚图。

“寒月君!连说胡话都叨咕你的那个女人,从前你保密,现在总可以公开了吧?”迷亭打趣地说。

“如果只关系到我个人,说了也无妨。但是,这会给对方带来麻烦的。”

“还说不得?”

“况且和××博士夫人已经有言在先。”

“是绝不泄密的约定吧?”

“是的。”寒月照例搓弄自己和服的衣带。那条衣带是商品中少见的一种紫色。

“这衣带的色彩,有点像‘天保调’①呀!”主人边睡边说。主人对于“金田事件”并不关心。

“是的,毕竟不是当今日俄战争年代的货嘛!扎这条带子,不戴上武士头盔,穿上葵记纹章②的开缝战袍,可就不成格局了。当年织田信长③入赘时,据说头上梳了个圆筒竹刷式的发型,系的确实就是这样的带子。”迷亭的话依然又臭又长。

---

① 天保调:天保是江户末期年号(一八三〇——一八四三),那一时期的俳风低俗,与“俗调”大意相仿。

② 葵记纹章:德川幕府的纹章,三枚带茎的葵花叶绣成金字塔形。

③ 织田信长(一五三四——一五八二):日本战国末期武将,尾张人,曾统一大半国土,后被明智光秀所杀。

“实际上,这条带子是我爷爷征伐长州时用过的。”寒月说得像真事儿一样。

“是时候了。捐给博物馆如何？您可是‘吊颈力学’的演说家、理学士水岛寒月先生哟！如果打扮得像个过时的封建武将,那可有伤大雅呀!”

“本应遵旨照办,怎奈认为我扎这条带子最合适的人,也大有人在嘛……”

“是谁？说这种不着调的话!”主人边翻身边厉声喝道。

“你不认识,所以……”

“不认识有什么关系,到底是谁呀?”

“某某女士。”

“哈哈哈,太浪漫啦！我猜猜吧？大概又是从隅田川水下喊你名字的那个女子吧？贤弟何不穿上那件长褂,再一次去跳水装死?”迷亭从旁插了一句带刺儿的话。

“嘿嘿……她已经不在水下喊我,而在西方的清净世界……”

“未必怎么清净吧！她有一只狰狞的鼻子哟!”

“嗯?”寒月面带疑云。

“对面巷子的那位大鼻子女人适才闯来啦。当时我俩可真吓了一跳。是吧？苦沙弥兄!”

“嗯。”主人边躺着喝茶边说。

“大鼻子？是谁呀!”

“就是你那位永恒相爱的小姐的令堂大人!”

“咦?”

“金田老婆来了解你的情况啦!”主人严肃地解释。

咱家偷偷地对寒月察言观色,看他是惊,是喜,还是羞怯。而他,竟处之泰然,照例不慌不忙地说:

“反正是劝我娶她家的小姐呗!”说着,又搓起紫色的衣带。

“但是,贤弟错了。小姐的令堂大人是个伟大鼻子的拥有者……”

迷亭刚刚说了半句,主人竟转移话题:

“喂,告诉你,我早就对那个鼻子夫人构思一首新体长调俳句!”

女主人在隔壁房间里哧哧地笑。

“真够悠闲！想好了没有?”

“想好了一点儿。第一句是‘脸上祭雄鼻’[①]。”

“接下来……”

“鼻前供神酒。”

“下一句?”

“只想到这些。”

“有意思!”寒月笑嘻嘻的。

迷亭立刻来词儿:“接上‘双孔冥幽幽’,如何?”

寒月说:“再接上‘洞深毛何有’,也未尝不可吧!”

他们正胡言乱语,各显其能,在墙根附近的马路上有四五个人七吵八闹地喊着:

“卖今户窑的狗獾子[②]喽!”

主人和迷亭都一惊,透过墙缝向院外望去,只听人们哈哈大笑,脚步声向远方散去。

“今户窑的狗獾子是什么意思?”迷亭奇怪地问主人。

“谁知道呢!”主人回答说。

“倒很新奇呀!”寒月评论道。

---

① 祭雄鼻:原文与浴佛谐音。

② 今户窑:东京今户町有窑,烧各种瓷器,象征丑女人的狗獾子瓷器很有名。

迷亭好像想起了什么,蓦地站起身来,像演说似的说:

“敝人年来从美学见地对鼻子进行过研究。现略抒管见,有劳二位侧耳静听。”

由于来势迅猛,主人默默地望着迷亭。

寒月先生低声说:“一定洗耳恭听!”

“经多方面考察,鼻子的起源很不清楚。第一个问号是:假如它是实用的器官,只要有两个鼻孔也就足够了,无须在脸心傲然耸立。然而,正如诸公所见,为什么这鼻子竟然愈来愈高起来了呢?”说着,他捏起自己的鼻子给二人看。

主人并不恭维,说:“并没有翘得太高呀!”

“反正也没有凹下去吧!假如和只有一对窟窿混同起来,说不定会产生误解的。因此,首先提请注意……且说,按敝人拙见,鼻子的发达是擤鼻涕这一细小动作的结果。年深月久,才呈现出如此鲜明的形象。”

“真是货真价实的拙见!”主人又加了一句批语。

“众所周知,擤鼻涕时,定要捏住鼻子,于是,鼻子被捏的局部受到刺激。按进化论的基本原理,这被捏的鼻子局部,经刺激的结果,要比其他部位格外发达,皮肤自然坚固,肌肉也逐渐硬化,终于凝而为骨。”

“这可有点……肌肉怎么会那么轻易就一下子变成了骨头呢?”

寒月因为是个理学士,便提出抗议。而迷亭却不予理睬,继续论述:

“噢,您有疑问,这也难怪。不过事实胜于雄辩,确有这样的骨头,有什么办法!鼻骨已经形成,然而,鼻涕还是要流的。鼻涕一流,非擤不成。由于这种影响,鼻骨的左右两侧被刮薄,变得又细又高,鼓了起来……这后果委实神奇,宛如滴水能穿石,佛顶自闪光,异香天来,恶臭畅流,于是,鼻梁变得又高又硬!”

“可你的鼻子却依然又肥又软呀?”

“关于演说人鼻子的局部构造，为了回避自我辩护之嫌，有意识地避而不谈。下面特向二位介绍金田小姐的令堂大人，她的鼻子最发达，最伟大，堪称天下奇宝。”

寒月不禁喊道：“对呀，对呀！”

“不过，事物一走极端，尽管依然不失其壮观，但总有些令人不敢接近。她的鼻梁是够雄伟的，然而，稍有险峻之感。古人苏格拉底、戈德史密斯①或是萨克雷②等人的鼻子，从构造来说，不能说无可挑剔。然而，正是那些有瑕可指之处，才格外招人喜欢。所谓‘鼻不在高，奇者为贵’，大约就是这个道理。俗语也说：‘舍其名而求其实。’我认为，从美学价值来说，敝人的鼻子最标准。”

寒月和主人嘿嘿地笑，迷亭也开心地笑了。

“却说，书中道罢……”迷亭接着说。

“先生！‘道罢’有点像说书人的用语，太俗气，请您免了吧！”寒月是在趁机报前仇。

“那就卸了妆，重新出场……嗯，以下想就鼻子与脸庞的比例略进一言。假如孤立地单谈鼻子，那位令堂大人长了那么一只鼻子，走遍天下也毫无愧色；纵使在鞍马山③开个展览会，也很可能获得头等奖。可悲的是，她的鼻子并不理睬口、眼等其他部位，是随心所欲长出来的。恺撒的鼻子无疑是非凡的。然而，如果用剪子将恺撒的鼻子剪掉，安在贵府的猫脸上，那将成何体统！打个比方吧，在猫额那个小小的地盘上巍然耸立个英雄的鼻塔，这宛如棋盘上摆了个奈良寺的大佛像，比例极其失调，我想，定会丧失其美学价

---

① 戈德史密斯（约一七三〇——一七七四）：英国小说家、诗人、剧作家。

② 萨克雷：英国作家，善于讽刺。长篇小说《名利场》、《彭登尼斯》，都尖锐讽刺了贵族阶级的腐朽。

③ 鞍马山：位于京都市左京区鞍马山背后，自古以来的繁华街。

值的。金田夫人的鼻峰和恺撒同样,一定是英姿飒爽、拔地而起!然而,环绕在鼻峰周围的面部却将如何?当然,不至于像贵府的猫脸那么面目可憎,但也会像患癫痫症的丑妇,眉横八字,细眼高吊,这是事实。列位,这怎能不令人喟然叹曰'有其面,必有其鼻'呢?"

当迷亭的话稍一中断时,忽听房后有人说:"还在谈鼻子哪,多么顽固呀!"

"是车夫老婆!"主人通知迷亭。迷亭却又开始演讲。

"在意料不到的背阴处,发现新的异性旁听者,这是演说家的崇高荣誉。尤其莺声燕语,给枯燥的讲坛平添一丝风韵,真是梦想不到的福气。本应尽力讲得通俗些,以期不负佳人淑女的光顾;但因下文涉及力学问题,自然,女士小姐们说不定会听不懂的。那就请多多包涵了。"

寒月听到"力学"一词,又哧哧地笑起来。

"我想证明的是:这张脸和这只鼻子终究势不两立,违背了蔡辛的黄金律①。可以严格地用力学公式来给列位演算一遍。请允许我首先以 H 代表鼻高;以 A 代表鼻与脸平面交叉的角度;W,自然代表鼻子的重量。怎么样,大致懂吧?"

"懂个屁!"主人说。

"寒月兄呢?"

"我也敬谢不敏哟!"

"这太惨了。苦沙弥还情有可原,而你,是个理学士嘛。这条公式是我这场演说中的灵魂,如果删掉,讲过的就全都毫无意义了……啊,没办法,略去公式,只谈结论吧!"

---

① 蔡辛(一八一〇——一八七六):德国美学家,著有《有关人体均衡的新研究》。黄金律,即黄金分割学说。

“有结论吗?”主人惊讶地问。

“当然有的。没有结论的演说,犹如没有水果的西餐……好吧,二位仔细听着!下文就是结论了。且说,上述公式,如果参照魏尔啸[①]、魏斯曼[②]诸家的学说,当然不能否认鼻子是先天的形体遗传。而伴同其形体所产生的精神现象,纵然已有有力学说,认为是后天之物,并非遗传,但是不可否认,在某种程度上要受遗传影响,这是必然的结果。因此,如上所述,有了个与其体态并不和谐的特大鼻子的女人,可想而知,她生下的孩子,鼻子也会与众不同。寒月君还年轻,也许不认为金田小姐的鼻子构造有什么异常之处;但是,这种性质的遗传潜伏期很长,一旦气候突变,就会迅猛发展,说不定刹那间膨胀起来,鼻子像她的高堂老母一般大呢。因此,这门亲事,按我迷亭的学术性论证,莫如趁早断念,才能保你平安。这一点,不仅这家主人,就连睡在那边的猫怪大仙,也不会反对的吧!”

主人翻身坐起,非常热情地强调说:

“那是自然。那种娘们的女儿,谁要?寒月,要不得的。”

咱家为了聊表赞同之意,也喵喵地叫了两声。寒月并不疾言厉色地说:

“既然两位老兄有如此高见,我死了这条心也未尝不可。只是如果女方一气之下,害起病来,我可罪过呀……”

“哈哈,可谓‘艳罪’[③]不浅喽!”

唯有主人小题大做,气哼哼地说:

“谁能那么糊涂!那个骚货,她的女儿肯定不是个好玩意儿!初来乍到,就给我难堪!傲慢的东西!”

---

① 魏尔啸(一八二一——一九〇二):又译微耳和,德国病理学家,细胞病理学说的创立者。

② 魏斯曼(一八三四——一九一四):德国生物学家,遗传学奠基人之一。

③ 艳罪:原文发音与“冤罪”(即冤枉)音同。

这时,三四个人又在墙根下发出哈哈大笑声。一个说:“真是个狂妄的蠢货!”另一个说:“幻想住个大房子吧!”有一个大声说:“可怜,再怎么神气,也‘在家是老虎,出门是豆腐’!”

主人跑到檐廊下,不甘示弱地吼叫说:

“别吵啦,干吗偏到我家墙根来?”

“啊,哈哈……野蛮人,野蛮人……”墙下人破口大骂。

主人雷霆大发,操起手杖便向马路奔去。迷亭拍手称快:“好热闹!干哪,干!”寒月却搓弄那条衣带,笑眯眯的。咱家跟在主人身后,穿过墙豁,来到马路上。

大路上连个人影都没有。只见主人正拄着手杖,茫然伫立,活像被哪路狐仙迷住了似的。

四

照例潜入金田公馆。

“照例”二字，无需赘言，无非表明已经到了“多次平方”的程度。干过一次，还想再干；干过两次，就想干第三次；这种好奇心不只是人类独有，必须认定，即使猫，也是带着这一心理特权而降临于世的。我们也和人类一样，反复干过三次以上的事情，就冠之以惯用的词儿，肯定这种行为是生活与进化所必需。假如有人怀疑我为什么这么不住脚地往金田家跑，那么，咱家要反问一句：为什么人们从口里吸进烟雾，又从鼻腔里喷出？人类既然毫不羞耻、肆无忌惮地吞吐这种既非充饥也不补血的玩意儿，就请别那么厉声责怪咱家出入于金田家。金田家便是咱家的一支香烟！

“潜入”这个词有语病，听起来好像小偷、奸夫似的难听，咱家去金田公馆，虽然没有受到邀请，但也绝不是为了偷点鲣鱼干，或者跟那只鼻眼抽风似的聚在脸心的母哈巴狗幽会。怎么？当侦探？天大的笑话！若问咱家世界上干哪一行的最下贱，咱家说：莫过于侦探和放印子钱的了！不错，为了寒月，咱家萌起了违犯猫规的侠义之心，曾一度偷偷去侦察金田家的情报。但只这么一次，其后绝未再干那种有辱于猫族良心的卑鄙勾当。也许有人问：既然如此，又为什么用“潜入”这一不实之词？说起来，还怪有风趣的哩！

原来,按咱家的看法,太空为覆万象而升腾,大地为载万物而凝结。不论什么样的犟眼子,也不会否定这一事实的。且说,为了开天辟地,人类究竟花费了多大力气?岂不点滴之功也不曾有过吗?并非亲手创造,却又将其据为己有,这是没有道理的吧!据为己有,倒也无妨,又有什么理由禁止外人出入?他们自作聪明,在这茫茫大地上,竟然筑起围墙,竖起木桩,画地为界,据为某某所有。这宛如以绳断天,呈请备案说:这一段是我的天,那一段是他的天。假如可以将土地切成小块按亩论价地拍卖,那么,我们呼吸的空气,也就可以切成一尺见方的小块而进行拍卖了。假如既不能零售空气,又不能割据苍天,那么,土地私有,岂不也是不合理的吗?正因为咱家具有如此观点,奉行如此信条,便想去哪儿就去哪儿。当然,不想去的地方是不肯去的。而心向往之的地方,管它东西南北,无不大摇大摆,从从容容地前去走走。如金田者流,何必客气!然而可悲的是,猫族的实力毕竟抵不过人类。既然生存在这个尘世上,甚至还有“强权即是公理”这样的格言,那么,猫言猫语,再怎么有理,也是吃不开的。硬要吃得开,就会像车夫家的大黑,怕是要冷不防挨鱼贩子的一顿扁担。真理在咱家手里,而权力却握在别人的手心。这时,只有两条路:或委曲求全,唯命是从;或背着权贵的耳目,我行我素。若问咱家么,当然,要选择后者。然而,由于不得不防挨扁担,也就不得不“潜”而“入”之。因此,咱家潜入金田公馆。

随着潜入次数的增多,咱家尽管没有当密探的意思,但是,金田府上的全貌却不期而然地映入咱家不屑一顾的眼帘,刻在咱家不愿记忆的脑海,这就莫可奈何了。诸如鼻子夫人,每当洗脸时,总是专心致志地擦她的鼻子;富子小姐则贪婪地吃安倍川汤圆;还有金田老板——此人和太太不同,是个塌鼻子。不单是鼻子,整个脸都是扁的,令人疑心:是否小时候打架,被孩子王掐住脖子狠狠地往墙上撞,直到四十年后的今天,依然标志着那次战果。

那是一张平坦的脸,自然极其安稳,毫无险象。但是总觉得缺少点变化；不论怎样暴怒，依然一副平滑的脸。就是这位金田老板，他吃金枪鱼的生鱼片时，总是啪啪地拍打自己的秃头。他不仅脸是扁的，而且个子也矮。不管什么场合，总戴一顶高帽，穿一双高齿木屐。车夫觉得滑稽，将此情此景说给了寄食门下的学生，学生赞赏地说："不错，你的观察力很敏锐……"诸如此类，不胜枚举。

近来咱家从厨房旁穿过院子，在假山后向前方瞭望。如果发现房门紧闭，静悄无声，便慢慢地爬将进去；如果人声嘈杂，或有被客厅里的人发现的危险，便绕到水池东畔，从茅房一旁神不知鬼不觉地蹿到檐廊。咱家没干过坏事，用不着躲躲闪闪或是怕人，但是，如果在那里撞上所谓人这种莽撞的家伙，可就只好认倒霉了。假如世上的人都是大盗熊坂长范①者流，那么，不论是怎样德高望重的君子，也会采取我这种态度的。金田老板乃一堂堂实业家，不必担心他会像熊坂长范那样，抡起五尺三寸的大刀。但是据我所知，他有个毛病：拿人不当人。既然拿人不当人，自然拿猫不当猫。由此可见，身为猫者，不论怎么德高望重，在这个公馆里也绝不可掉以轻心。然而，正是"不可掉以轻心"这一点，咱家很感兴趣。所以如此频繁地出入于金田家，说不定纯粹是为了想冒这份风险哩！这一点，请容咱家三思，待将猫的思维细致剖析后，再向列位一夸海口。

不知今天情况如何。咱家在那假山的草坪上，下巴贴地，朝前瞭望，只见三十多平方米的客厅，迎着三月阳春，窗门大开。室内金田夫妇正和一位客人谈得起劲儿。偏偏鼻子夫人的鼻子正隔着池塘，冲着咱家的额头横眉怒目。咱家被鼻子盯住，有生以来还是第一次。金田先生正转过脸去面对着客人。那张扁脸被遮住一半，看也看不见，以致鼻子的下落不明。不过，只因花白胡须在咱家看得见的方位蓬乱丛生，不费劲儿，就可以得出结论：

---

① 熊坂长范：传说为平安末期的江洋大盗。

胡须的上端应该有两个窟窿才对。我不免聊做遐思异想:假如春风总是吹拂这么一张平滑的脸,料想那春风也太清闲了吧!

三人之中,顶数来客的面相最平庸。只因平庸,也就没有什么值得介绍的。提起平庸,倒也不是坏事;但如过于平庸,以至登平凡之堂,入庸俗之室[①],何其惨然之至!注定要有这么一副无聊尊容而降临于明治盛世的那位来客,究竟是何许人也?如不照例钻进檐廊的地板下领教一下他们的谈话,是不会清楚的。

“……因此,内人曾特意到那个家伙的家里去了解过情况……”金田老板依然语气粗野。虽然粗野,却不凶恶,言谈也和他的面孔同样地庞大而又平庸。

“是的,他教过水岛先生……是的,好主意……是的。”

那个满嘴“是的”的人,便是来宾。

“不过,还没弄出个头绪。”

“噢,问苦沙弥呀,难怪弄不出头绪。从前他和我住在一个公寓,他就是那么个蒸不熟煮不烂的家伙,您受委屈了吧?”客人瞧着鼻子夫人说。

“还问委屈不委屈,唉,我长这么大还没在别人家受过这么大的冷落呢!”鼻子夫人照例呼哧呼哧地大喘粗气。

“说过不三不四的话吧?他早就是一副顽固的性情。只看他当教员,十年如一日地专讲英语入门课本,也就可见一斑!”客人随声附和,话语十分得体。

“是呀,简直不像话!内人一问他什么,他就横扒拉竖挡地穷对付……”

---

① 《论语·先进篇》中说:“子曰:由子升堂矣,未入于室也。”意为子路的学问虽高,但还不到家。这里套用其句而反其意。

“这太岂有此理了！本来嘛，人一有点学问，往往产生傲气；再加上贫穷，就有了狂气……唉，世上刁棍可多着呢！他们不想想自己不干活，硬是对财主们破口大骂，仿佛别人的财产是从他们手里夺了去似的，多新鲜哪。哈哈哈……”客人显得非常开心。

“唉，简直是荒谬绝伦！所以如此，全怪他没见过世面，太任性。为了稍微教训一下，觉得应该给他点苦头吃，所以，轻轻治了他一下……”

“言之有理。他们大概知道厉害了吧？这也完全是为了他们好嘛！”客人不等领教是怎么治的，先就表示了拥护。

“不过，铃木兄！他是个多么顽固的家伙啊！听说他到学校，竟然不理福地和津木。你以为他是谨小慎微默不作声吗？不，据说最近他竟拎着手杖，追赶毫无过错的舍下学生。三十多岁的人不要脸，唉，这不是干出那种蠢事来了吗？简直是不往正道上走。有点疯啦！”

“咦？怎么又胡闹起来了呢……”连这位精明的来宾都给搞糊涂了。

“咳！仅仅因为舍下的学生从他面前走过时说点什么。于是他便突然拎起手杖光着脚板追了出来。即使偷偷叨咕几句，可他不是个孩子吗？你是个满脸胡须的大人，还是个教师哪！”

“对呀！还是个教师哪！”客人说罢，金田老板又重复了一句。

既然是个教师，不论受到多大的侮辱，也应该像个木雕似的乖乖忍受，这便是三人不约而同的一致观点。

“而且那个名叫迷亭的，是个非常狂妄的家伙。他没有正经，胡吹乱嗙。我还是第一次碰上这么个怪物哪！”

“啊，迷亭？看来，他依然在吹大牛呀？夫人也是在苦沙弥家见他的吗？叫他缠住可吃不消。他也是从前和我一同起伙的伙伴。他总爱捉弄人，我常和他干架。”

“像他那路货，换谁也要恼火的。有时候撒个谎，倒也情有可原。比如碍于情面啦,不得不迎合几句啦,这种场合,任凭谁也会说点违心话的。可那家伙,本来只要不吭声就会平安无事,可他偏要胡诌八扯,岂不太难缠了吗?我真不明白,他图的是什么,那么胡扯大谎,很会瞪眼说谎,可以说活灵活现啊!"

"说得太对了。撒谎成了他的嗜好,难缠哪!"

"你听呀,我特意去认真了解水岛先生的情况,可是这也被他搅得一团糟。我又是气,又是恨……可是,人情毕竟还是人情。既然到别人家去了解情况,如果对这份人情假装不懂,那是说不过去的。所以,其后我打发车夫送去一箱啤酒。可是,你猜怎么着?他说:'我没有理由接受这份礼品,拿回去!'车夫说:'别这样,一份心意嘛,还是请收下吧!'他却说:'真讨厌!我天天吃果子酱,可从来没喝过啤酒那种苦水子!'说罢,转身进屋了。你瞧,多么不讲理,岂不太没规矩了吗?"

"这太过分!"客人这时才从心里觉得过分了。

"因此,今天特邀你来,"只听金田老板停了一会儿说,"那些混账东西,本来暗中捉弄他们一番也就算了,可是,倒惹出来点麻烦……"说着,金田老板像吃金枪鱼生鱼片时一样,啪啪地拍打自己的秃头。

当然,咱家因为在檐廊的地板下,他到底真的拍了秃头没有,按理说是看不见的。但是近来,他那拍打秃头的声音已经听得耳熟。如同尼姑擅长辨别木鱼声,咱家虽然委身于地板之下,只要听清那种声音,立刻就会鉴别出:那是金田老板在拍打秃头。

"因此,才有劳于您哪……"

"只要我力所能及,一切都请不客气地吩咐……不管怎么说,我这一次能转到东京工作,全是您煞费苦心的结果呀!"于是,客人高高兴兴地答应了。

听口气,这位客人也是金田老板栽培的人。噢,事情越来越要热闹喽!

咱家只因今天天气很好,本不想来,却又来了。万万想不到会有这么好的材料到手,这真是“出门打草,搂了个兔子”!

咱家想知道金田老板对来客何事相求,便在檐廊地板下洗耳恭听。

“苦沙弥这个怪物,不知为什么给水岛出谋划策,挑唆他不要娶金田小姐……是吧? 鼻子!”

“岂止挑唆! 他说:‘天下哪里有这样的混蛋,要娶那个家伙的女儿! 寒月兄,娶她可绝对不行哟!’”

“‘那个家伙’? 真真无礼! 说那种浑话了吗?”

“岂止说过! 车夫老婆一五一十来报过信啦。”

“铃木君,怎么样? 你都听见了。很要费些手脚的。”

“糟糕! 这种事情和别的不同,外人是不该插嘴的。苦沙弥就算糊涂,这点道理也总该明白的呀! 到底这是怎么搞的?”

“那么……你既然学生时期曾和苦沙弥住在一起,不管现在怎样,从前总还相处得亲密无间,所以才拜托你。你见了他,要彻底晓以利弊。行吗? 也许他会发火,但,那是他的过错。只要他乖着点儿,会充分考虑他的个人利益。可以不再去惹他生气。但是,他魔高一尺,我们道高一丈。就是说,再那么顽固到底,吃亏的只有他自己。”

“是的,您说得千真万确,顽固反抗,吃亏的只有他自己,没有任何好处。我好好劝说劝说他吧!”

“其次,我家小姐求婚的人多得很,不一定非嫁给水岛先生不可。不过,逐渐了解,此人似乎学识和品格还都不错;如果他用用功,不久能考上博士,或许有成亲的希望也未可知。这番心意,可以自然些透露给他才好。”

“把这番话一说,对他也是鼓励,会用起功来的。好吧!”

“其次,真也怪……我认为这与水岛的身份不符,但是,他却口口声声称苦沙弥为老师。苦沙弥说的话,他好像差不多都听,这很麻烦,唉,倒不是我女儿非水岛不嫁，所以，不管苦沙弥说些什么，捣些什么鬼，对于我方来说，全不在乎……”

“只是水岛先生怪可怜的。”鼻子夫人插嘴说。

“水岛这个人我还没有见过。反正如能和我家结亲，这是他一辈子的福气，他本人自然不会反对的吧！”

“嗳，水岛先生巴不得要娶，可是苦沙弥呀，迷亭呀，这些怪物总是说三道四嘛。”

“这就不对了。这不是受过一定教育的人干得出的。等我到苦沙弥家去好好和他谈谈。”

“啊，那就给你添麻烦，求你费心啦。还有，实际上水岛的情况苦沙弥最了解。上次内人前去，由于出现了刚才说过的那些乱事，没能很好地打听。所以，希望你这一次去，能把他的德才各方面情况都仔细了解一下。”

“知道啦！今天是星期六，我如果回头就去，他大概已经回到家里。不知他近来住在哪儿？”

“从门前往右拐，走到头再往左走一百多米，有一道眼看要倒的黑墙，就是那一家。”鼻子夫人说。

“这么说，就在附近嘛！很简单，临走时去一趟看看。这有什么，看看门牌就大致清楚了。”

“门牌号可时有时无啊。大概是用饭粒把名片粘在门上的，一下雨，就浇掉，晴天再粘上。所以，靠门牌是没把握的！他何必找那些麻烦，干脆钉个木牌有多好！真是，处处表现得阴阳怪气的。”

“真叫人吃惊！不过，问一下有一面黑墙要倒的那家，就会清楚的吧？”

“对，这条街上没有第二家那么脏，很容易找得到的。啊，对呀，对呀，如果这样还找不到，倒有个好主意，只要寻找房顶长草的那家，就保险没错。”

“真是个特征鲜明的人家。啊，哈哈……”

咱家若不趁铃木光临之前返回，事情就会有些不妙。既然听了这么多的话，应该说足够了。咱家顺着檐廊的地板下往前走，从茅房绕到西边，再从假山后来到大路上，疾步跑回房顶长草的那户人家，若无其事地转到檐廊。

只见主人在檐廊下铺了块白毛毯，趴在上面，让春天的明媚阳光晒他的脊背。阳光意外地公平，对于房顶上以乱草为记的破屋，也像对金田公馆的客厅一样照耀得暖煦煦的。遗憾的是唯有那张毛毯毫无春意。那张毛毯，本来厂家是想织成白色，洋货庄也当做白色出售，而且主人也是照白色订购的。怎奈，那已经是十二三年前的事。白色的年代早已逝去，如今，恰值深灰色变色时期。这条毛毯能否长寿，度过这一历史时期，直到变成暗黑色的年月，这就难说了。即使现在，那毛毯已经百孔千疮；横纹竖线，历历可数，称之为毛毯，已经名不副实。莫如去掉个“毛”字，干脆叫“毯子”，倒也恰如其分。不过，照主人的意思，既然用了一年、二年、五年、十年，那就只得用上一辈子，太能凑合了。

且说，如上所述，主人趴在那张颇有来历的毛毯上，你猜他在干什么？原来他下颏前探，双手托腮，右手指缝间夹着香烟，如此而已。当然，他那头皮铺天盖地的脑袋里，说不定正有宇宙间的最高真理如同火轮般在飞旋，但从表面上却做梦也看不出。

香烟的火头已经渐渐逼近烟嘴儿，一寸多长的烟灰像根棍儿似的，噗的一声落在毯子上，主人却理也不理，死死盯住烟缕的去向。烟缕在春风里忽高忽低，画出了重重流动的烟环，落在妻子洗后披散着的深紫色的发根上……哎呀呀，本应表一表女主人的故事，竟然忘了。

女主人屁股对着丈夫……哎呀呀，她是个没规矩的婆娘？说起来，倒也没什么不规矩的地方。规矩不规矩，看谁解释，怎么说怎么有理。主人毫不介意地双手托腮，贴近妻子的屁股，而妻子也毫不介意地将庄严的屁股耸立于丈夫的脸旁。不过如此,有什么规矩不规矩的！这一对结婚还不到一年,就已经摆脱繁文缛节和陈规旧习的羁绊,成为超然物外的夫妻……

且说,这位屁股对准丈夫的妻子,今天不知哪股风,趁天气晴朗,用海藻和生鸡蛋,将一尺多长黑油油的乌发好一顿搓洗,炫耀地将毫不拳曲的青丝从肩头披散到后背,不声不响地一心缝制婴儿的坎肩。其实,她是为了晾干头发才拿着薄呢坐垫和针线盒来到檐廊,又将屁股毕恭毕敬地对准了丈夫。不,也许是丈夫约莫妻子的贵臀所在,主动将脸儿凑近了的。

那么刚才提过的香烟云雾,竟在浓密而松软的乌发上飘呀飘呀,好像不寻常的太阳游丝在放射着光焰。对此,主人凝神地注视着。然而,烟云本就在一处停留,按其性质,必然不断地向高处袅袅升腾。假如主人想饱览青烟与乌丝缠绵不已的壮观,就必须转动眼珠。主人首先从妻子的腰部开始观察,目前沿着脊背,从肩头落在脖颈,越过脖颈,逐渐抵达头顶。这时,主人不禁大吃一惊,原来与他订下白头偕老之盟的妻子天盖的正中间儿竟有好大一块圆圆的秃疮,而且那块秃疮反射着和煦的阳光,此刻正洋洋得意。竟在无意之中得来如此意外的大发现。这时主人眼里,惶惑之中流露出惊讶,哪管光线强烈,硬是瞪大了瞳孔呆呆地盯住不放。

他发现这块秃疮,首先在脑海里闪现的是他家祖传那盏神灯的灯碗,在佛坛上不知摆了多少辈子。他全家信奉真宗①。按老规矩,要把不合身份的大把钱破费在佛坛上。主要还记得,小时候他家仓房里供着一个黑乎乎的贴金大佛龛,佛龛里总是吊着一个黄铜的灯碗,灯碗里大白天也燃起朦胧的灯火。那里四周昏暗,唯有这只灯碗比较鲜明地闪着亮光,因此,他幼小时不知看过多少遍。现在,这印象是因被妻子的秃疮唤醒,才蓦然地闪现了！

---

① 真宗:日本佛教的一个派别。

回忆中的神灯不到一分钟便熄灭。这时主人又想起了观音菩萨的神鸽。观音菩萨的神鸽与女主人的秃疮大概毫无瓜葛。但是,在主人的头脑里,二者之间却出现了密不可分的联想。那也是小时候,他每逢去浅草,一定要给神鸽买豆吃。大豆每盘两个铜板,装在红色瓦缶里。那个瓦缶,不论色调还是大小,都和女主人的秃疮十分相似。

“真的太像了。”主人仿佛吃惊地说。

“什么?”女主人依然背着脸问。

“什么? 你头顶上有一大块秃疮呀! 知道吗?”

“知道。”女主人回答说,手里依然忙着针线,丝毫不怕暴露缺点,真是个坦荡的模范妻子。

“是出嫁时就有,还是婚后新长的?”主人问道。他嘴上不说心里却在想:如果是婚前就有,自然是受骗了。

“记不得是几时才有。秃不秃的,随便它长什么样嘛!”她可倒想得开。

“随便? 那可是你的脑袋呀!”主人微微动了点肝火。

“正因为是我自己的脑袋,才随它的便呢。”她嘴上这么说,但毕竟显得沉不住气,右手搭在头上,画着圆圈搓弄那块秃疮。“哎呀,长得这么大啦! 哪曾想长这么大呢。”

由此可见,她总算认识到,按年龄来说,这块秃疮的确长得过大了些。

“女人一挽发髻,那个地方就被吊了起来,搁谁也要秃的。”她又为自己分辩了几句。

“若是都这么快就秃下去,一到四十岁,就非成了个秃子不可。那一定是病,说不定会传染,趁早请甘木医生瞧瞧。”主人边说边不停地将自己的头顶摸来摸去。

“净挑别人的毛病。你自己不是鼻孔里生了白发吗? 秃疮若是传染,白发也会传染的呀!”女主人愤愤地说。

“鼻孔里的白发看不见，所以无害；而头顶，尤其年轻女人的头顶，秃成那种样子，真难看。那是残疾呀！”

“既然是残疾，为什么娶我？是你自己爱上才把我娶到家，如今又说什么‘残疾’……”

“因为不了解呀！直到今天一直不了解。还很神气呢。那么，为什么出嫁时不让我看看头顶？”

“胡说！哪里有那种蠢货，等脑袋检查合格了才嫁？”

“有秃疮也将就了吧，可你身材特别地矮，看着太不顺眼！”

“身材不是一眼就可以看清的吗？你当初不是明知我身材矮也心甘情愿娶我到家的吗？”

“同意倒是同意了的。不过，满以为还会长高些，因此才娶的呀！”

“你欺人太甚！都二十岁了，还能长高？”女主人将婴儿坎肩一撇，扭过头来面对着主人。看那架势，倘若再话不投机，她不会善罢甘休的。

“哪里有那样的规定，人到二十，就不许再长高？我还以为你过门之后，吃些补品，会长高一点呢。”主人以严肃的神色，谈出怪诞的哲理。

这时，门铃大噪，有人叫门。是铃木先生查访以乱草为记的屋顶，终于找到了苦沙弥先生的“卧龙窟”。

女主人想改日再和他理论，慌忙挟起针线和婴儿坎肩躲进饭厅。

主人也卷起鼠皮色毛毯，将它扔进书房。少顷，主人看过女仆拿来的名片，略有惊色。他口里吩咐让客，却手拿名片走进了厕所。他为什么突然上厕所？简直是不得其解。他又为什么将铃木藤十郎的名片拿到厕所去？这更难于解释。反正倒霉的是奉陪去粪坑的名片。

女仆在壁橱前摆好花洋布的坐垫，说了声“您请”便告退。接着，铃木先生将室内巡视一番。但见壁橱里挂着一幅假冒木庵①的画轴《花开万国春》，一个京都产的廉价青瓷瓶里插着春分前后开放的樱花。他一一点检之后，偶然不知什么工夫，一只猫往女仆让客的那张坐垫上一看，居然旁若无人地端端落座。不消说，那猫正是如此道来的咱家！这时，铃木先生的心海中刹那间掀起了几乎形之于色的波澜。这个坐垫毫无疑问，是给铃木先生铺的。给自己铺的坐垫，自己还没有坐下，竟有个莫名其妙的动物毫不客气地盘而踞之，这是破坏了铃木内心平静的第一个因素。假如这张坐垫无人落座，闲在那里，一任春风拂荡，那么，铃木先生为了略表谦逊之意，说不定会在主人让座之前暂且在坚硬的床席上屈尊稍坐。然而，在迟早属于自己的坐垫上连个招呼都不打便落座的，是谁？如果是人，或许可以忍让，至于猫嘛，真真岂有此理。这使铃木先生更加不快，是破坏了他内心平静的第二个因素。最后，那猫的表情更惹他生气。不仅没有一点抱歉的样子，反而傲然蹲在无权占据的坐垫上，两只令人生厌的圆眼不住地眨巴，盯住铃木先生的脸，似乎在问："你是什么人？"这是破坏了他内心平静的第三个因素。

既然有这么多的不平，理该将咱家掐住脖根子拖下去。但是铃木先生却默默地瞧着。堂堂的人类一分子，岂能被猫吓得不敢动手？若问他为什么不速速惩治猫，以泄心中不平，我看，完全是出于维护本人体面的自尊心。如果诉之于武力，哪怕三尺孩童也能轻易地叫我上天入地。但从以体面为重这一角度出发，铃木藤十郎尽管是金田老板的心腹，对于我这个镇守在二尺见方坐垫上的猫仙，也还是奈何不得的。再怎么是个背人耳目的地方，倘若和猫争夺席位，也多少有损于人类的尊严。如果认真地和猫争个曲直是非，总是有失大丈夫气，显得滑稽。为了避免丢这份名誉，他只得受点委屈

① 木庵(一六一一——一六八四)：中国明代僧人，一六五五年赴日，开创黄檗山万福寺。善书画。

了。然而,正因为受了点委屈,他对猫的憎恶也正比例地增加。铃木一再哭丧着脸瞧着我;而我,却很有兴趣欣赏铃木先生那张气愤的脸,便抑制着滑稽感,尽量装作若无其事。

就在咱家和铃木先生表演这幕哑剧的当儿,主人整理一下衣服从厕所里出来,"噢!"的一声打个招呼便坐下,但手里的那张名片已经荡然无存。可见他是对铃木藤十郎的尊姓大名宣判了无期徒刑,将它押进粪坑里了。没容咱家想想这张名片多么倒霉,主人骂道:"这个畜生!"他揪住咱家脖后的毛,摔到檐廊去。

"喂,铺上它!稀客呀!几时到东京来的?"主人说着,对老朋友劝坐。铃木将坐垫翻了过来,然后坐下。

"一直忙乱,也没有打个招呼。老实说,最近我已经调回东京的总公司了。"

"那,太好了。很久不见啦。自从你下乡,这还是第一次见面吧?"

"噢,将近十年啦。唉,其后常常到东京来,但是,一直公务繁忙,始终没来拜访,不要见怪。公司的工作和老兄的职业不同,忙得很哪!"

"十年当中,你变化很大呀!"主人上下打量着铃木先生。铃木君梳的是漂亮的分发;穿的是英国产的毛料西装;系的是华丽的领带;胸前挂一条光闪闪的金链。这风度,无论如何也叫人不敢相信他就是苦沙弥当年的旧友。

"就连这个,也非戴上不可呢!"

铃木频频引导主人欣赏他的项链。

"这是纯金的吗?"主人问得十分冒昧。

"是十八 K 金的呀!"铃木先生笑着回答说,"你也很见老啊!真的,应该有孩子啦。一个?"

"不!"

“两个?”

“不!”

“还多?那么,三个?”

“嗳,三个。不知以后还会有多少!”

“还是那么爱逗乐子。最大的几岁?不小了吧?”

“噢,我也搞不清几岁,约莫六七岁吧!”

“哈哈……当教师的可真逍遥自在。我也当个教师就好了。”

“你当当看吧,不出三天就会厌烦的。”

“是吗?不是说,高尚、快活、清闲,爱学什么就学什么吗?这不是很好吗?当个实业家也不坏,但是,如我者流就吃不开。若当,非当个大个的不可。当个小的,不得不到处进行无聊的逢迎,或是接过并非情愿的酒杯。”

“我从在校时期就非常讨厌实业家。只要给钱,他们什么事都干得出。借用一句古话:‘市井小人嘛’!”主人竟当着实业家的面指桑骂槐。

“是吗?话也不能说得那么绝。有些地方,是有点卑贱。总而言之,如果不下定‘人为财死’的决心,是干不来这一行的。不过,这钱嘛,可不是好惹的。刚才我还在一位实业家那里听说,要想发财,必须实行‘三绝战术’——绝义、绝情、绝廉耻。多有意思!哈哈……”

“是哪个混蛋说的?”

“那不是个混蛋。是个非常精明强干的人,在产业界颇有名气,你不知道?就住在前面那条胡同。”

“是金田?他算什么东西!”

“好大的火气呀!唉,这算得了什么,不过是开个玩笑,打个比方,意思是连这‘三绝’都做不到,就甭想赚钱!像你那么认真分析,可就糟了。”

“‘三绝战术’?开开玩笑也好嘛!可他老婆的鼻子算什么玩意儿!你既然去过,总该见到过那只鼻子吧。”

“金田太太呀，那可是个非常开通的人哟！”

“鼻子！我指的是她的大鼻子！不久前我给她的鼻子写了一首俳句呢。”

“什么？什么是俳句？”

“连俳句都不懂？你对世面也太无知了。”

“啊，像我这样的忙人，对文学之类毕竟是外行呀！何况从前我就不大喜欢它。”

“你知道查理曼大帝①的鼻子长得什么样吗？”

“哈哈……真是填饱肚子没事儿干！我不知道！”

“威灵顿②的部下给威灵顿起了个‘鼻子’的绰号，你知道吧？”

“你单注意鼻子，这是怎么啦？有什么了不起，管它是圆的还是尖的。”

“绝非如此；你知道帕斯卡③吗？”

“又是‘你知道吗？’简直像来受考似的。帕斯卡又怎么啦？”

“帕斯卡这样说。”

“说什么？”

“假如克娄巴特拉女王④的鼻子稍微短一点儿，就会给世界外观带来巨大的变化。”

“是吗！”

“因此，像你那样擅自菲薄鼻子，可不行哟！”

“啊，好吧，今后要重视起来。这且不提。我这次来，是和你有点事的。

---

① 查理曼大帝（七六八——八一四）：法兰克王国加洛林王朝国王。

② 威灵顿（一七六九——一八五二）：英国元帅，在反对拿破仑的战争中，以指挥滑铁卢战役闻名。后历任首相、外交大臣等。

③ 帕斯卡（一六二三——一六六二）：法国数学家、物理学家、哲学家、散文家。

④ 克娄巴特拉女王（前六十九——前三十）：埃及托勒密王朝的末代女王，以美貌著称。

那个，听说原来是你教过的，叫做水岛……水岛……唉，一时想不起。噢，听说常到你这儿来。”

“是寒月吗？”

“对呀，对呀，是寒月。我就是为了解他的情况才来的。”

“是为了一桩婚事吧？”

“噢，贴点边儿。我今天到金田那里……”

“前些天‘鼻子’已经亲自出马了。”

“是呀，金田太太也是这么说的。她想向苦沙弥先生虚心请教，可是一来，赶巧迷亭也在，听说他七三八四的，以致弄不出个青红皂白。”

“就怪她带来那么大个鼻子。”

“唉，她可没有怪罪你呀！她说，上次只因迷亭在场，不便过细地打听，觉得遗憾，托我再来一次详细问问。我还从来没有帮过这种忙。假如男女双方不嫌弃，我从中成全一下，倒也绝不是件坏事。因此，我才前来造访。”

“辛苦啦！”主人冷冷地回答。但他听了“男女双方”这个词儿，不知怎么，心里竟为之一动，那心情宛如溽暑的盛夏之夜，一缕清风袭进了袖口。本来主人是以粗俗、固执和无聊等材料合制而成的，可话又说回来，他与冷酷无情的文明产物不能同日而语。要知他是何许人也，只须看他无端恼火、怒气冲天的样子，便可领略其个中奥蕴。前些天他之所以和鼻子吵架，是因为对那只鼻子看不惯，对于鼻子夫人的女儿却没有得罪什么。他由于讨厌实业家，因而无疑也要讨厌实业家一分子的金田，但这与金田小姐本人，完全是井水不犯河水的。他和金田小姐毫无恩恩怨怨，寒月又是爱得胜于手足的门生。果然如铃木先生所说，男女双方有情有意，即使间接破坏，也绝非君子之所为——苦沙弥先生依然自封为君子——假如男女双方相爱……不过，问题就出在这儿。对于这次事件，若想端正态度，首先必须从弄清真相入手。

“喂,那个姑娘愿意嫁给寒月吗?至于金田和鼻子,管他去呢。姑娘本人的心意如何呀?”

“这个嘛……怎么说呢……据说……哎,大概愿意吧!”铃木先生的回答有些暧昧。本来他是来了解寒月先生的情况,能够复命也就完事大吉。至于小姐的心愿他还不曾问过。因此,他尽管八面玲珑,也表现出一副狼狈相。

“‘大概’?这太含糊其词!”主人凡事如不正面猛攻,就不会善罢甘休。

“不,这是我的话有语病。小姐确实有意。唉,是真的呀……嗯?太太对我说过的。据说她也常常骂几声寒月呢。”

“那个姑娘?”

“嗯。”

“岂有此理,还骂人!这不是最清楚地表明,她对寒月没有意思吗?”

“说到点子上啦!世上就是这么蹊跷,有些人对自己喜欢的人骂得更凶呢。”

“哪里有这样的糊涂虫?”

主人虽然听了这番对世态人情洞察入微的话,却依然丝毫也不开窍。

“世上那种糊涂虫多得很,有什么办法。刚刚金田太太也是这么解释:‘小姐时常骂寒月先生是个稀里糊涂的窝囊废,这正说明小姐心里一定是非常思念着寒月呀!’”

主人听了这番离奇的解释,感到十分意外,便瞪起眼睛,并不搭话,像卦摊上的算命先生似的,盯住铃木的脸。铃木心想:这个家伙!看样子,弄不好我会白跑腿的。有了这样的预感,他才调转话头,指向连主人也不难做出判断的话茬。

“你想想就会明白。小姐有那么多的财产,那么一副俊俏的模样,走到天边,也能嫁个不错的人家。就说寒月吧也许很了不起,但是提起身份……

不，说身份，这有点冒失，是说从财产方面来看，这个嘛，任凭谁也会觉得他二人并不般配。尽管如此，二位老人仍是费尽心机，为了这事，特地派我来走一趟，这不说明小姐对寒月有意吗?”铃木编了个很中听的理由进行辩解。

这下子主人似乎恍然大悟，铃木总算稳下心来，但他明白在这关键时刻如果徘徊不前，仍有遭到奇袭的危险，莫如加速步伐，尽快地完成使命，才是万全之策。

“这件事嘛，正像我刚才说过的。对方表示，什么金钱、财产的，一概不要，但求寒月能够取得个资格。——所谓资格，学衔吧！——倒不是说小姐端架子，只有当上博士才肯嫁。请不要误会。上次金田太太来，只因迷亭兄在场，净说些奇谈怪论……噢，这不怪你呀。太太还夸你是个真诚坦率的好人哪！那一次全怪迷亭……再者，人家说，寒月如果成了博士，女方在社会上也就脸上有光，格外体面。怎么样？短期内水岛君不好提出博士论文，争取授博士学位吗？……唉，如果只有金田一家，什么博士、学士的，都不需要，只因有个社会嘛，就不那么简单喽!”

听他这么说，又觉得对方要求有个博士学位也不无道理。既然觉得不无道理，就会同意依照铃木君委托的意思办。那么，主人是死是活，但听铃木先生的发落了。果然，主人是个单纯而又坦率的人。

“那么，下次寒月来，我劝他写一篇博士论文吧！不过，寒月到底想不想娶金田小姐，必须首先盘问清楚。”

“盘问清楚？你若是态度那么生硬，是办不好事情的。还是在平常谈话时，有意无意地试探一下，才是捷径。”

“试探一下?”

“嗳！说是‘试探’也许有点语病。咳，不用试探，谈话当中自然会搞清楚的。”

“你也许清楚，可我，不问个水落石出是不会清楚的。”

“不清楚嘛，也没什么。但是，像迷亭那样乱打岔，破坏人家谈话可不好。这档子事，即使不去成全，也要尊重男女双方的意愿。下次寒月来，尽可能别去干扰。不，这不是说你，是说迷亭。他若是一搭话，就无论如何也没有希望了。”

他正在给主人找个替死鬼，大骂迷亭，正像俗话说的：“说神就来鬼。”迷亭先生照例驾着轻风从后门飘然而至。

“啊，稀客！若像我这样的熟客，苦沙弥总是要慢待的，不像话！看样子，苦沙弥家只能十年登一次门。这份点心不是比往日高级吗？”说着，迷亭把从藤田点心铺买来的羊羹大把地往嘴里塞。

铃木先生尴尴尬尬，主人笑笑嘻嘻，迷亭却嘴里嚼得咯咯吱吱。咱家从檐廊欣赏这一瞬间的光景，觉得完全可以构成一幕哑剧。如果说禅门的无言问答是以心传心，那么，这一幕无言哑剧也分明是在互递心灵中的信息。剧极短，却也极其精彩。

“我还以为你这辈子将暴尸异乡哩，可不知什么工夫又回来了。还是盼着多活嘛！说不定会很走运呢。”

迷亭对铃木说话也像对主人一样，根本不懂什么叫客气。尽管从前是一个盆里盛饭的老朋友，既然十年没见，总会有点拘束的。可是，独有迷亭先生没有这种表现。这是伟大呢，还是愚蠢？咱家可就敬谢不敏了。

“说得多么可怜！可我还不至于那么没出息。”铃木的回答不痛不痒；但总有些心神不安，神经质地搓弄着那条金链。

“喂，你坐过电车吗？”主人突然对铃木提了个离奇的问题。

“看来，我今天是为接受诸位的嘲弄而来呀。我再怎么土里土气，可在市内电车公司还有六十张股票呢。”

“那可小瞧不得！我有八百八十八张半的股票，遗憾的是全被虫子蛀了，如今只剩下半张。假如你更早些到东京来，趁虫子没蛀的工夫，可以送给你十张嘛。可惜哟!”

“还是那么刻薄。不过笑谈归笑谈。手里有那种股票是不会吃亏的,股票年年涨价的呀。”

“对呀！即使半个股,过了一千年,也会盖上三座仓房的。你我干这一行都是无懈可击的当代才子嘛。不过,谈起这些,苦沙弥之流就可怜了。你说‘股’,他说不定以为是骨头的‘骨’——‘肉’的老大哥哪。”

说着,他又吃起羊羹。但见主人也在迷亭食欲的影响下,不由得将手伸向点心盘。看来,世界上万事争先的人,都享有供他人效仿的权利。

“股票的事,管它呢。我真想让曾吕崎坐坐电车,哪怕只一次。”主人怅惘地望着在羊羹上留下的齿痕迹。

“曾吕崎若是坐电车,一定回回坐到品川下车。莫如还当他的天然居士,将法号刻在压咸菜缸的石头上,倒也安全。”

“提起曾吕崎来,听说他死啦。真可怜！他非常聪明,太可惜了。”

铃木说罢,迷亭立刻接过去说:

“虽然聪明,但是烧饭技术却最低劣。轮到他做饭的时候,我总是到校外去弄点荞面条凑合着吃。”

“真的,曾吕崎做的饭又糊又夹生,我也吃不下。况且不炒菜,光是给你吃生拌豆腐,冰凉,怎么吃得下?”铃木也从记忆的深谷中唤醒十年前的旧怨。

“苦沙弥从那时起就和曾吕崎成为密友,天天晚上一同出去喝小豆汤,这才落下了病根,如今成了慢性胃炎,在遭罪哪。说实在的,苦沙弥过多地吃了小豆汤,按理说,要比曾吕崎早死才是啊!”

“岂有此理！我吃小豆汤算得了什么。就不想想你自己,美其名曰运动,天天晚上拿着竹刀到校后墓地去敲打石碑。不是被和尚发现,还挨了一顿训吗?”主人也不甘示弱,揭了迷亭的短。

“啊，哈哈……对呀，对呀！和尚说：‘你敲死人的头，会妨害他们安眠的。住手吧！’不过，我用的是竹刀，而这位铃木将军却是赤膊上阵。他与石碑角力，推倒了大大小小三座石碑呢。”

“那时，和尚的火气可真吓人，非叫我给原样扶起不可。我说，等我雇几个人来吧！他说：‘不许雇人！你为了表示忏悔，必须亲自把石碑扶起，否则，就是有拂佛旨。’”

“那时候，你的风采也不见了。上身穿件白细布衬衫，下身扎了个丁字形兜裆布，站在雨后的水坑里吭吭唧唧……”

“你还装模作样地给我画什么素描，真不像话！我这个人轻易不大发脾气。可那时心想：这太失礼了。你当时说过的那一套遁词我至今没忘，不知你可还记得？”

“十年前说过的话，谁还能记得？不过，还记得那座石碑刻的字是：‘归泉院佛殿黄鹤大居士，永安五年正月。’那座石碑古色古香的呀。我搬家的时候甚至想去盗走它哪！真是一座按照美学原理修筑的顶拱式石碑！”迷亭又在卖弄他那似是而非的美学。

“那些事算了。问的是你讲过的那套遁词。你当时不动声色地说：‘我是搞美学专业，所以，必须把天地间一切有趣的事物尽可能地全都描述下来，以供将来参考。我是个忠于学业的人，可怜呀，可悲呀等等徇于私情的话，都不应出自像我这样学业忠实信徒之口。’我心想，此人太不通情理，便用泥乎乎的脏手把你的写生册扯碎了。”

“就是从这时起，我那前途无量的绘画天才遭到摧残，一蹶不振。是被你断送了才华的，我和你有仇。”

“别埋汰人啦！倒是我觉得你可恨呢。”

“迷亭从那时候起就爱吹牛。”主人吃光了羊羹，又插言道，“约定的事，他一向不履行，而且一责怪他，他决不认错，胡诌八扯地支吾搪塞。当寺院里紫薇花开放时，迷亭说，他要在紫薇花飘零以前，写出一部有关美学理论的著作。我说：‘办不到，你不会写成的。’迷亭说：‘别看我这个样，但人不可貌相，我可是个硬汉子，若不相信，打个赌！’我信以为真，便打赌谁输谁请客，到神田区去吃西餐。我虽然料到他一定写不出什么著作才打赌，但是内心里还是十五个吊桶打水七上八下，因为我怀里并不拥有一顿西餐的钱。不过，此公丝毫也没有动笔的意思。过了七天，二十天，一篇也没写。紫薇花逐渐飘零，终于连一朵残红都不见。可他仍未动笔。我心想：这顿西餐算是吃定了，便催他践约。不料他竟装疯卖傻地不理那个茬！”

“又胡编了些什么理由？”铃木先生火上浇油地说。

“哼，真是个厚颜无耻的家伙！他还嘴硬哪，说：‘我没别的能耐，若论下决心嘛，可不比你老兄差哟！’”

“一页也没写吗？”现在迷亭先生自己竟也提出了质问。

“那还用说！当时你还说哪：‘就意志而言，我对任何人也当仁不让。然而遗憾的是，拿记忆来说，我比别人坏上一倍。我想写美学原理的意志很坚定，可这意志对你发表后的第二天就已经忘得一干二净。因此，没能在紫薇花飘零以前完成我的著作，这是记忆力的罪孽，而不是意志的过错。既然不是意志的过错，也就没有什么理由请你吃西餐了。’瞧，还很硬气哪！”

“是啊。迷亭兄最突出的本色得到了充分发挥，这很有意思！”铃木先生不知为什么兴致颇浓，语气和迷亭不在时迥然不同，这也许是聪明人的本色吧！

“有什么意思？”主人眼看就要大发雷霆。

“那件事，抱歉得很喽。所以嘛，为了立功赎罪，我不是天南海北地寻找孔雀舌吗？请您息怒，等好消息吧！不过，提起著作嘛，我今天可带来个特大奇闻哪！”

“你这个家伙，每次来都说有奇闻。别上当！”

“不过,今日奇闻可是真的喽!货真价实,不折不扣。你知道吧?寒月君动笔写博士论文了。寒月这个人既然那么大肆夸耀自己满腹经纶,怎么会花费冤枉力气,写什么博士论文呢?看起来,他依然春心未泯。多么滑稽!喂,你一定要通知鼻子夫人,说不定他正在做橡树果博士的美梦哪!”

铃木听人提起寒月,用下颏和眉眼暗示主人:可别说呀,不许说!而主人干脆没懂。刚才他与铃木见面时,听了铃木的说教,一时觉得金田小姐怪可怜的。可是刚才听迷亭一口一个“鼻子”,又想起了前几天和“鼻子”吵嘴的事,就觉得“鼻子”又好笑,又招人烦。然而,他说寒月着手写博士论文,这可是传来个头条新闻。只有这条新闻确如迷亭自诩,是近来的一则特大奇闻!岂止是奇闻,而且是鼓舞人心的喜讯!主人认为娶不娶金田,先不去管它,反正寒月能当上博士是件好事。他觉得像自己这样刻废了的木雕,即使白扔在佛像店的旮旯,依然是白楂,受到烟熏火燎,直到被虫子蛀空,也毫不足惜,但寒月却是一件工艺精美的雕塑佛像,还是尽快泥金涂彩的好。

“真的开始写论文了吗?”主人把铃木的暗示抛到九霄云外,热情地问道。

“你这个人,总是不相信别人的话……当然,他是写橡树果,还是论吊颈力学,这还不大清楚。总之,这是寒月的事,一定会使‘鼻子’大吃一惊的。”

铃木则刚才每当听迷亭不客气地口口声声叫“鼻子”、“鼻子”的,就显得局促不安。而迷亭却毫未察觉,表现得心安理得。

“其后我继续研究鼻子。最近在《项狄传》[①]这本小说里发现了有关鼻子的论述。假如金田太太的鼻子被斯特恩瞧见,一定会成为创作的优质素材吧!遗憾哪!既然鼻子有充分资格名垂千古,竟然如此怀才不遇而被埋没终身,真令人不胜惋惜呀!等她下次再来,为供美学参考,给她画一幅素

---

① 《项狄传》:英国作家劳伦斯·斯特恩(一七一三——一七六八)所著的小说。

描吧!”迷亭依然在信口开河。

“不过,听说那位姑娘要嫁给寒月呀。”主人把从铃木口里听来的话照样学说一遍。铃木频频给主人使眼风,意思是这下子可要惹出麻烦喽,而主人却像个绝缘体,干脆不通电。

“多新鲜!那种人生下的闺女还会谈恋爱?不过,大概没什么了不起,无非是‘鼻恋’而已吧。”

“鼻恋就鼻恋,只要寒月肯要就好。”

“肯要就好?前几天你不是大力反对吗?今天怎么又这般地软化了?”

“不是软化,我决不软化!不过……”

“不过,有点被同化了吧?喂,铃木!你也算忝为末流实业家之一,为供参考,谨进一言。话说那位金田某某,想让他的女儿高攀天下闻名的秀才水岛寒月,当上夫人,这简直是癞蛤蟆要升天!我们做朋友的,自然不能坐视不管;即使你这位实业家,也不会反对这个意思吧?”

“依然精力充沛呀。好嘛!老兄和十年前一点都没变样,了不起!”铃木逆来顺受,想敷衍过去。

“既蒙过奖,夸我了不起,那就把我的渊博知识再讲一点儿,也好让您开开眼界。古时候希腊人非常重视体育,所有竞技项目都设有重奖,力求奖励之策。然而,怪的是唯独对学者的知识却毫无褒奖的记录,实际上,至今也还是一个极大的谜。”

“的确有点奇怪!”不论说什么,铃木只管随声附和。

“然而,终于两三天前研究美学时,不料发现了其中的原因。于是,多年的疑团,一旦冰释,犹如茅塞顿开,恍然大悟,到了欢天喜地的妙境。”

迷亭的话过于夸张,就连擅于此道的铃木先生也流露出甘拜下风的神色。主人料到一场雄辩又将开始了,便低着头,用象牙筷子砰砰地敲打点心碟。

只有迷亭洋洋得意，继续夸夸其谈。

“那么请问，这位辨明矛盾现象、解我千载之谜、从黑暗深渊中拯救我们的，是谁？他是号称人类文化史上的头一名学者、希腊哲学家、逍遥派始祖亚里士多德。他说过：‘喂，不要敲点心碟，必须洗耳恭听！’他们希腊人竞技中所获的奖品，远比他们表演的技艺要贵重；因此，奖品才成其为表彰和鼓励的手段。然而，轮到学识，情况如何呢？假如想送点什么奖励学识，那就必须授以远比学识价值更昂贵的奖品才是。

“然而，世上可曾有比学识更贵重的珍宝？毋须说，不会有的。如果授以劣品，那只会有辱于学识的尊严。当时，人们宁愿堆积万两金箱如奥林匹克山那般高，倾尽克罗伊斯[①]之富，也要对学识付以可观的奖赏。但是，他们想来想去，认清任凭什么也不能与学识媲美。其后嘛，干脆什么也不给了。

“由此可见，金钱比不上学识是不难理解的了！且说，我们既然信服了这条真理，那就不妨在眼前的事实上应用一番。金田算个什么东西！难道不是个见钱眼开的家伙吗？打个精辟的比喻，他不过是一张流通券罢了。小姐既然是流通券的女儿，顶多不过是一张邮票！反过来，看看寒月情况如何。感谢上帝，他毕业于最高学府，名列榜首。至今也毫不懈怠地扎着祖上征讨长州时系过战袍的衣带，日以继夜研究橡树果的硬度。而且他并不满足现状，不是即将发表压倒开尔文[②]的高论吗？他虽然偶尔过吾妻桥时，曾误演投河的丑剧，但这是热血青年常有的冲动性行为，丝毫无损于他的学者身份。若以迷亭一流的比拟评价寒月，他正是一个流动图书馆，是用知识铸成的二十八厘米的大炮弹。这颗大炮弹一旦时机成熟，将在学术界爆

① 克罗伊斯：小亚细亚西部古奴隶制国家吕底亚的麦牟纳德王朝最后的国王，在征希腊时成为巨富。

② 开尔文（一八二四——一九〇七）：英国物理学家，即威廉·汤姆生。

炸……假如叫它爆炸……总会爆炸的吧!"

说到这里,他自诩为"迷亭一流"的比拟并不那么得心应手,正像俗语说的,稍有虎头蛇尾之嫌。然而,他却又说:

"邮票嘛,纵有千万张,也炸它个粉碎。因此对于寒月来说,那么不般配的女人要不得的。我不同意!这就像百兽之中最聪明的大象要和最贪婪的猪崽结婚似的。是吧!苦沙弥兄!"

迷亭大胆说罢,主人却仍是无言地敲起点心碟。铃木先生有点招架不住,无言以对,说:"不至于这样吧?"

刚来时他说过不少迷亭的坏话。如果这时再说些不三不四的,像主人那种冒失鬼,不知会揭他些什么老底呢。还是尽可能好自为之吧!避开迷亭的锋芒,平安地渡过险关,这才是上策。铃木先生是个聪明人。他认为当今世界,应尽力避免不必要的反抗;而无益的争辩,则是封建时期的残余。人生的奋斗目标不在于唇舌,而在于实践。假如事情能够如愿以偿地顺利进展,也就成了人生目的。若是没有劬劳,没有忧心和争论,事情却又顺利进展,那更是极乐主义地完成了人生目的。铃木毕业后,就靠这极乐主义取得了成功,挎上了金表,接受了金田夫妻的委托;又靠这极乐主义巧妙而圆满地说服了苦沙弥。那件事,十有八九马到成功。然而这时,偏偏跳出来个流浪汉迷亭,令人疑心他是否不服常规约束、具有不同于平常人的特异心理功能。由于来得唐突,铃木君有点心慌意乱了。发明乐天精神的是明治绅士,实践乐天精神的是铃木藤十郎,而如今使乐天精神陷于困境的,也正是铃木藤十郎。

"因为你一无所知,才装模作样地说:'不至于这样吧!'你破例地寡言少语,摆出一副斯文的架势。不过,假如阁下前些天见过鼻子夫人驾到的场面,再怎么想给实业家捧臭脚,也肯定会泄气的。是吧?苦沙弥兄!你不是大战一场了吗?"

“尽管如此，我可比你的名声好听些哟！”苦沙弥说。

“啊，哈哈……真是个过于自信的家伙！否则，既然被师生嘲笑为‘野蛮人’，怎么还会有脸在学校进进出出呢？我的倔强劲儿绝不比别人差，但是那么厚颜无耻，还是做不来的。所以，不胜钦佩之至呀！”

“学生和老师有几句飞短流长，有什么可怕！法国人圣佩韦①是冠古绝今的评论家。但他在巴黎大学讲课时却很不受欢迎。听说他为了对付学生的进攻，外出时袖藏匕首，作为防身武器。布吕纳介②也在巴黎大学，他攻击左拉的小说时……”

“可你压根儿不是大学教授呀！顶多是个教英语入门的老师罢了。这样引用世界文豪的例子，好像‘小泥鳅愣充大鲸鱼’，说那种话，更要遭人耻笑的。”

“住口！圣佩韦和我，同样都是学者。”

“噢，好大的学问呀！不过，走路时袖里藏剑可不安全，还是不要模仿的好。如果大学教授袖里藏剑，那么，教英语入门的中学教师，只配带一把小刀喽。话是这么说，带凶器还是危险的，莫如到摊床去买个孩子们玩的气枪背上走路倒还好些，怪招人喜欢的。是吧？铃木兄！”

铃木终于觉得谈话已经离开了“金田事件”这个主题，这才松了一口气。

“你还是那么天真活泼。十载别离，一旦相逢，仿佛从狭隘的小巷来到了辽阔的原野。我和同学们谈话，一点儿也含糊不得。不论说些什么，都必须提防着点儿。担心呀，紧张呀，真是苦恼哟！言者无罪，这再好不过了。并且，从前学生时期与学友交谈，最是无拘无束，太好了。啊，今天巧遇迷亭

---

① 圣佩韦（一八〇四——一八六九）：法国文学评论家、诗人。

② 布吕纳介：法国文学批评家、文学史家，著有《法国戏剧的诸时期》、《法国文学简史》、《巴尔扎克》等。

君,真快活。我有点事,就此告辞。"

铃木要走,迷亭说:"我也走。我必须立刻到表演矫风会去一趟,陪你走一段路吧!"

"那太好了。好久没见,就一同散散步吧!"

于是,二人携手去了。

五

若将一天二十四小时所发生的事点滴不漏地记叙、一字不缺地阅读，恐怕至少也要二十四个小时吧。咱家再怎么提倡“写生文”①，也不得不坦率地承认：这毕竟不是猫家敢奢望的事！因而，尽管我家主人整天无时不在卖弄值得精雕细刻的奇谈怪行，但咱家却没有本事和毅力一一向读者报告。这很遗憾。纵然遗憾，却也莫可奈何。

铃木和迷亭君走后，犹如冬夜里寒风乍息，银雪纷扬，这里十分静悄。主人照例钻进书房，孩子们去一个十二平米的小屋并枕而眠。

隔一道两米多长纸壁的坐北朝南的房间里，女主人正躺着给虚年三岁的绵子喂奶。樱花时节的云雾天很短，转眼红日西沉，连房前行人低齿木屐的脚步声都清晰地响彻客室，邻街公寓里笛声断续，时而轻轻搔动昏昏欲睡的耳鼓，室外大概已经暮色苍茫了！晚餐只喝了半碗汤，吃了点蛤蜊肉，现在肚子已经空了。无论如何，也需要休息的。

恍惚听说，世人有写所谓《猫恋》这种诙谐性俳句与和歌的兴趣。还听说，早春时节有些夜晚，街里的猫胞们狂热地奔走，直噪得人们魂梦不安。

---

① 写生文：俳歌作家正冈子规（一八六七——一九〇二）首倡，诗以写生画的手法如实地描绘自然和人生，夏目漱石又将此运用到散文之中。

可咱家,还不曾发生过如此心理变化。说起来,爱情本是宇宙间的活力。就此道而言,上自天神宙斯,下至土里啾鸣的蚯蚓、蝼蛄,无不为之心神憔悴,此乃万物之常情。那么,吾侪猫辈,一旦春心萌动,流露出不羁之情,也就不算什么非非之想了。回首往事,咱家也曾苦恋过小花妹子。"三绝主义"的创始人金田老板的千金,就是那位大吃甜汤圆的富子小姐,也有过思恋寒月的艳闻。因此,普天下的雄猫雌猫,在那一刻千金的春宵里情意绵绵、如痴若狂,咱家从不把这些视为自寻烦恼而予以轻蔑。怎奈,纵然勾引咱家,也并不动情,有什么办法!按目前状况,只求休息。这么困倦,怎么能谈情说爱?咱家慢腾腾地转到孩子的被边,美美地睡了……

忽然睁眼一看,不知什么工夫,主人已经从书房来到卧室;又不知什么工夫,已经钻进妻子身旁的被窝里。按主人的习惯,临睡时定要从书房带来几本横写的洋文书。但是,躺下以后从未连续读上几页,有时拿来放在枕旁,干脆连碰也不碰一下。既然连一行都不看,似乎就没有必要特意带来!然而,这正是主人之所以为主人的独特之处。哪管妻子怎么嘲笑,怎么叫他不要带书,他也决不肯改变。他每晚照例不辞千辛万苦地把书运到卧房,有时贪心不足,竟然抱来三四册,前些天,甚至将韦伯斯特①主编的大辞典也抱来。说起来,这是主人的嗜好。正如阔家公子,不听龙文堂茶壶的松涛声②便难得安眠,同样,主人不把书本放在枕边,便不能入梦。如此看来,对于主人来说,书本不是为了供人阅读,而是催人入睡的工具,是活版铅印的催眠剂。

今夜也会带来点什么书的吧?展眼一瞧,果然,有一册红皮薄本书半开着躺在挨着主人胡须尖端的位置上。主人左手的拇指依然夹在书页间,没

---

① 韦伯斯特(一七五八——一八四五):美国语法、辞书学家,以各种韦氏辞书而闻名。

② 龙文堂茶壶的松涛声:日本江户末期至明治初期有一著名铁匠,他制的茶壶水沸时,声如松涛。

有抽出来。由此可见,他今夜似乎破天荒读了五六行。与红皮书并列的那块镍金怀表,闪射着有负于春色的寒光。

妻子将吃奶婴儿推出一尺多远,张着嘴,打着鼾,撇开了枕头。若问人世上顶数什么最难看,我想,再也没有比张嘴睡觉更不成体统的了。我们猫,论辈儿也不会有这么丢丑的事。本来,口乃发声器官,鼻为吞吐空气之工具。不错,到了北方,你瞧,人们都很懒,尽可能不开口。这样撙节的结果,甚至用鼻子说话,吭吭哧哧的。但是,鼻孔紧闭,用嘴来代替鼻子呼吸,这要比用鼻子说话更不像样子。不说别的,倘若天棚掉下老鼠粪来,岂不危险!

孩子们如何呢?上眼一瞧,她们也睡了。其丑态不亚于老娘。姐姐敦子伸出右手,搭在妹妹的耳朵上,似乎在宣布:“姐姐的权力如此如此!”妹妹澄子为了报仇,将一只脚压在姐姐的肚皮上,傲慢地仰脸睡了。双方委实都比刚睡下时做了九十度的移位。而且,双方都维持这种别扭的姿态,毫无怨言乖乖地甜睡了。

春宵的灯火,的确异乎寻常。在这天真烂漫却又极不雅观的光景里,青光幽幽,仿佛一再告诫人们:要珍惜如此良夜。咱家想知道已经是什么时辰,便将室内巡视了一番。四邻悄然,听得见的,只有壁钟的滴答声,女主人的鼾声,以及远处女仆的咬牙声。这名女仆,别人说她咬牙,她却一向矢口否认,硬是犟嘴说:“我有生以来,直到今天,从来不曾咬牙。”她决不说一句“今后改正”,或是“抱歉得很”,一味地声明没那么回事。的确,熟睡中的事嘛,本人肯定不会知道的。但是,有些时候,你不知道,事实也依然存在,这就麻烦了。世上竟有这样的人,一面干着坏事,一面却自命为十足的君子。这种人由于自信无罪,倒也天真可取。然而,不论怎么天真,他人遭受的灾难总不会因而减少。这些士绅淑女和那名女仆都是一路货色。

夜已深沉。有人在厨房的套窗上砰砰敲了两下。咦?这个时候怎么会有人来？十有八九是那些老鼠。假如是老鼠，咱家已经决心不捉，随便它们闹腾去吧。

又砰砰敲了两下。总有点不像是老鼠。就算是老鼠，它也一定是个谨小慎微的家伙。主人家的老鼠，全都像主人任教那所学校的学生，不论白天黑夜，一心操练行凶撒野，仿佛把惊破可怜的主人的幽梦奉为天职。它们绝不会像叩窗人那么客气的。确实不是老鼠。比起前些时闯进主人卧房、咬罢主人的塌鼻尖后高歌凯旋的那只老鼠来，它显得过于胆怯。绝不是老鼠！这时，忽听“吱”的一声，将雨板自下而上地揭开。同时，传来了将格子门尽量轻轻地沿着槽沟滑动的声音。这愈发说明它不是老鼠。是人！如此更深，并不叫门，却撬门压锁而入，这肯定不会是迷亭先生和铃木君，说不定是久闻大名的梁上君子！愈是君子，我愈想快些瞻仰其尊容。这时，那君子似乎高抬泥足，跨进厨门，已经迈了两步。当数到他迈第三步时，大约是摔在地窖盖上，咕咚一声，响彻静夜。咱家后背毫毛倒竖，好像用刷子逆向梳了一把似的。片刻，脚步声停了。一看女主人，依然张着嘴，尽情吞吐着太平空气。主人大概梦见了他的拇指夹在红色的书本里了吧！霎时，厨房传来了擦火柴的声音。别看是君子，似乎没长我这么一双夜眼，人地两生，料他行动很是不便的。

这时，咱家蹲下来想：那君子将从厨房奔向饭厅呢？还是向左转，穿过堂门，再奔向书房……但听脚步声伴着推门声响过了檐廊。君子距书房更近了。其后便杳无声息。

才想到，应该趁这工夫快些叫起主人夫妇。但是，怎样才能唤醒他们呢？想起的净是些笨法子，像水车似的，在脑海中骨碌碌地转，却想不出一个好主意来。咱家想，不妨咬住被角晃动，便试了两三次，但毫未奏效。又想，不妨用冰凉的鼻尖去蹭主人的两腮，便将鼻子凑近主人的脸。但主人仍在梦中，用力把手一伸刚好打在咱家的鼻尖上，仿佛骂了句：“滚！”将咱家推开了。鼻子嘛,对于猫来说,也是个重要部位。痛杀我也。别无他策,便喵喵地叫了两声,想唤起他们。但,不知怎么,偏在这时喉咙里像卡住个东西似的,发不出声来。好歹喊出一声沉闷的低音,但立刻吓了咱家一跳。不等主人醒来,君子的脚步声响了。沙,沙……沿着外廊走近了。到底来了!这下子可一切都完了。咱家不免在纸格门和柳条包之间暂且藏身,以窥虚实。

君子的脚步声响到卧室门前,戛然而止。咱家屏住气息,全神贯注地看他下一步还想干些什么。事后想来,咱家当时大有“全神贯注”的气概。假如扑鼠时使上这么一股子劲儿,定会马到成功的。多亏梁上君子,使咱家顿开茅塞,真是千载难逢,幸甚,幸甚!

忽然屋门第三道格纸好像雨点打湿了似的,中心部位变了颜色。透过薄纸,但见一点淡红,越来越浓。终于纸破了,露出一条血红的舌头。少顷,舌头消失在夜色中,代替它的却是一只晶亮的东西出现在洞眼的外侧。无疑,这便是梁上君子的眼睛。怪的是那只眼睛并不瞧着室内的任何物品,似乎一直盯在咱家藏在柳条包后的身上。虽然被盯得不到一分钟,但觉得再这样被他盯下去,是会减少寿命的。忍无可忍,决心从柳条包后蹿出,可就在这时,卧室的门哗的一声开了,恭候多时的梁上君子终于出场。

按照叙述的程序,咱家本可以光荣地将这位不速之客、梁上君子向列位介绍一番;但是首先,愿略抒管见,以供三思。

古代之神,被奉为全智全能。尤其耶稣,直到二十世纪的今天,依然披着全智全能的面纱。然而,凡夫俗子心目中的全智全能,有时也可以解释为无智无能。这分明是个逆说。而开天辟地以来道破这一逆说者,恐怕独有咱家这只猫了!想到这里,咱家也有了虚荣心,自己也觉得咱家并不单纯是一只猫,必须就此阐明理由,将“猫也不可小瞧”这一观念,灌输到高傲人类的头脑中去!

据说天地万物,无不上帝创造。可见,人也是上帝创造的喽!如今所谓《圣经》也是这么明文记载的。且说,关于人,连人类自身积数千年观察之经验,都感到玄妙和不可思议,同时,愈来愈倾向于承认上帝的全智全能,这是事实。说来无他,只因人海茫茫,而面孔相同者却举世无双。脸形自然有矩可循,尺寸也大体相仿。换句话说,人们都是用同样的材料制成的;尽管用的是同样材料,却无一人相貌雷同。真棒!只用那么简单的材料,竟然设计出那么千差万别的面孔来,这不能不佩服造物主的绝技。如不具有极为丰富和独特的想象力,就不可能创造得那么变化无穷。一代画家,耗尽毕生精力探求不同的面孔,也顶多画成十二三幅罢了。依此推论,上帝一手承包创造人类的重任,怎不令人叹服其技艺卓绝!这毕竟是尘寰中无缘目睹的绝技,因而称之为"全能"也无妨吧!在这一点,人类似乎对于上帝万分地诚惶诚恐。的确,从人类的观察角度来说,对上帝诚惶诚恐,本也无可厚非。然而,站在猫的立场来看,同是这件事,却可以做出不同的解释:这恰恰证明了上帝的无能。我想,上帝即使并不那么完全无能,也总可以断定,他绝没有比人类更大的本事!传说上帝按人数创造了众多面孔,当初他到底是胸有成竹地造得千差万别,还是本想不管大郎、二郎都造它个千人一面,而实际操作起来,却总是不顺手,造一个,坏一个,因此才陷于如此纷杂的境地?这一点,岂不尚且未知吗?人类的面部构造,难道不是既可以看成上帝绝技的丰碑,也可以断为上帝惨败的劣迹吗?说是"全能"当然可以;但是,评为"无能",又何尝不可!因为人类的两只眼睛并列在一个平面上,不能同时顾盼左右,所以,只有事物的片面映入眼帘,够可怜的了。如果换个立场就会清楚,这么简单的事实,本是人类生活中日以继夜、层出不穷的;然而,当事者却头昏眼花,慑于神威,因而难得清醒。如果说富于变化的创造极其困难,那么,彻头彻尾地仿制,分毫不差,又谈何容易!假如要求拉斐尔画两幅毫无二致的圣母像,这等于逼他画两幅迥然有别的马利亚像,恐怕拉斐尔要为难的吧！不，也许画两幅完全雷同的景物反而困难。要求弘法大师①用昨天的笔法再写空海二字，这也许比要求他换一种字体来写更难。人类使用的国语，完全是靠模仿的办法传世。人们向妈妈、乳母或其他人学习日常会话时，除了重复耳闻的话语，别无他望。只得竭尽全力进行模仿。如此建立在模仿基础上的国语，过了十年、二十年，发音自然会产生变化，这就证明人类是不具备彻底的模仿力。纯粹的模仿，竟是如此地极度困难。那么，假如上帝能把人类造得毫无区别，全像一个模子铸成的小乌龟，那就愈发证明上帝万能；同时，像今天这样，竟将胡捏乱造的面孔暴露于光天化日之下，怪态百出，令人眼花缭乱，这反而构成了断定上帝无能的证据。

咱家竟然忘记了有什么必要如此大发议论！不过，“忘本”，连在人类当中都已经是家常便饭，猫也自然难免，那就请大人不见小人怪吧！总之，当咱家瞥见梁上君子拉开卧房的格子门、突然闪现在门槛时，上述感慨便自然地油然而兴。“为什么？”既蒙下问，只得从头思量。唔——理由如下：

平时咱家就怀疑上帝造人的作品，也许其成功之处，恰是无能的结果。然而，当咱家看到梁上君子悠然出现在眼前时，但见他的面部特征，完全足以推翻咱家的立论。其特征倒也无他，是这样一个事实：他的眉眼和我们那位亲爱的美男子水岛寒月先生简直像一个模子刻出来的。咱家并非在贼盗当中多有知己，这不须啰嗦。但平日根据贼盗的残暴行径加以想象，倒也不是未曾在心中勾画过他们的脸谱：一定是鼻翅儿向左右一伸，长着两只一分钱铜板那么大的小眼睛，剃了个光头……这是咱家凭空捏造的。但是，亲眼所见和心头所想，却有霄壤之别。可见，想象是绝不可胡来的。

这位君子，身材修长，浅黑色的一字眉，是个气宇轩昂、仪表堂堂的贼。大约二十六七岁，连年龄也是抄袭寒月的。既然上帝拥有如此绝技，制造出

---

① 弘法大师（七七四——八三五）：日本真言宗始祖空海的谥号。

这么相似的两个人来，那就不该把上帝视为无能了。不，老实说，由于这两个人太相似，几乎令人吃惊：是否寒月神经失常，深更半夜跑了出来。只因盗贼的鼻下没蓄浅黑色胡须，这才意识到，此公必是另外一位。寒月是个堂堂正正的美男子，是上帝的精制品，足以使迷亭称之为“流动邮票”的金田小姐销魂。但是，从长相看来，这位梁上君子对于女人的魅力，也丝毫不亚于寒月。假如金田小姐只对寒月的眼波与嘴角迷恋，却不以同样的热量对这位盗贼倾心，那就太不公道。公道不公道，暂且不提，反正不合逻辑。像金田小姐那么既有才华又很机灵的女子，如此区区小事，即使不向别人请教，也肯定会一清二楚的！可见，假如差遣这名盗贼代替寒月出场，金田小姐也肯定会献出全部的爱而收琴瑟谐鸣之美的。万一寒月先生被迷亭等人说服，破坏了一桩千古良缘，只要这位盗贼健在，小姐也就不必发愁了。咱家对未来的事态发展预测至此，才算对富子小姐放下心来。这位梁上君子能够俯仰于天地之间，是使富子小姐生活幸福的一大前提。

梁上君子腋下挟着个什么东西。一瞧，原来是刚才主人撇在书房里的旧毯子。他身穿蓝地花格布的短褂，臀部扎了一条博多产的青灰色绢带，双膝下裸露着苍白的两条腿，一只脚跨进室内。

主人一直做梦，大拇指被红书咬住了。这时，他扑通一声翻了个身，高声大喊：“寒月！”盗贼惊得毯子落地，忙将跨进的那只脚收回，纸屏上映出两条长腿微微颤动。主人哼了一声，口里嘟嘟囔囔，一把推开那本红皮书，像得了疥疮似的，咔哧咔哧地搔他那漆黑的胳膊。后来又安静下来，撇开枕头睡熟了。可见，他呼喊寒月，完全是下意识的梦话。

君子在长廊下站了一会儿，观察室内的动静，当他看清夫妻二人都已酣睡之后，又将一只脚跨上室内的床席。这回连呼喊寒月的声音都没有。隔了一会儿，另一只脚也跨了进去。春宵的一盏青灯，将二十平米的房间照得通亮，却被君子的身影截然劈成两半。那影子从柳条包旁越过咱家的头顶，直到半面墙壁，挡得一片昏黑。咱家扭头一看，刚好在墙壁的三分之二那么高的地方，那位君子的面影在隐隐约约地晃动。就算是个美男子，假如只看他们的影子，简直像个芋头精似的，样子可真好笑。君子将女主人的睡脸从上至下偷偷瞧了一眼，不知怎么，眉开眼笑了。连这笑容都是从寒月的脸上扒下来的，咱家十分吃惊。

女主人的枕旁，十分珍爱地放着一个用钉子钉成的四寸宽、一尺五六寸长的箱子，里面装的是家住肥前国[①]唐津市的多多良三平君前些日子归省时带回来的土产山药。竟用山药装点着绣枕入梦，真乃史无先例的奇闻。然而，女主人可是个连炖菜用的上等白糖也往衣橱里放的女人，头脑中缺乏"适材适所"这种观念。在她看来，别说是山药，说不定把咸萝卜放在卧室里也满不在乎。然而，君子不是神仙，不可能知道夫人是这么个女人，她既然如此贴身珍藏，断定那是一件贵重物品，这是不无道理的。君子举起箱来一掂量，不出所料，很有分量，于是，显得十分惬意。咱家心想，他到底偷起山药了，而且，一想到这么一位美男子偷山药，就不禁感到滑稽。但是胡乱出声是危险的，只得忍住不笑。

片刻，君子小心翼翼地开始用毛毯包起山药，又扫了一眼周围，看有什么绑绳没有，赶巧有主人熟睡时解下的一条绉绸腰带，君子便用这条腰带将山药箱捆得结结实实，轻飘飘地扛了起来。这副嘴脸女人可不大喜欢。然后，君子又把孩子的两件外罩坎肩塞进女人的紧腿线裤里，弄得线裤的腿部圆鼓鼓的，简直像黑眉锦蛇吞了青蛙一般。不，说不定要用"锦蛇临盆"这四个字才能形容得准确无误呢！总之，成了个怪物。如果不信，请您一试便知。君子将主人的线裤一圈又一圈地缠在脖子上。我心想，他下一步偷什么？只见他又把主人的丝绸上衣当做大包袱皮摊开，将女主人的腰带、男主

---

① 肥前国：日本古国名，一部分在今之佐贺县，一部分在今之长崎县。

人的短褂和背心等其他所有零碎全都整整齐齐地叠好包了起来。对于他那熟练、灵巧的动作，咱家十分钦佩。然后他用女主人和服上的装饰衣带和整幅布的和服腰带接成一条绳，绑紧这个大包，用一只手拎着。“还有什么可拿的？”他又四下张望，但见主人头上有一包“朝日”牌香烟，也随手扔进和服袖里。他又从烟盒里抽出一支烟来，就着灯火燃着，美美地狠吸一口。喷吐的烟雾，在玻璃灯罩外缭绕。不待烟消，君子的脚步声已经沿着外廊愈去愈远。终于听不见了。这时，主人夫妇仍在酣睡。人哪，竟然意外地麻痹大意。

咱家还是需要暂时休息。如此喋喋不休，身子委实受不住，于是酣然大睡。醒来时，只见三月天晴空万里，主人夫妇正在后院便门与巡警谈话。

“那么，是从这儿进院，溜进卧室的吧！您二位是睡在梦中，压根儿没察觉吧？”

“是的。”主人似乎有点不好意思。

“那么，作案时间是几点？”巡警的问话简直是岂有此理。假如知道作案时间，还不至于失盗了呢。主人夫妇没有意识到这一层，竟然为了回答巡警的质问，在不住地商量：

“那是几点？”

“这个……”妻子在沉思。她似乎以为一沉思，就会想得起来似的。

“你昨晚是几点钟躺下的？”

“我睡得比你晚。”

“是啊，我是在你之前躺下的。”

“是几点钟醒的呢？”

“七点半吧？”

“那么，贼闯进来是几点钟呢？”

“总该半夜了吧？”

“谁不知道是半夜？问你几点钟？”

“准确时间不仔细回想一下是不清楚的。”

妻子似乎还要想下去。但是，巡警不过是走走形式，问问而已，至于那贼几时闯入，压根儿就无关痛痒。哪怕撒个谎，只要信口回答一句，也就罢了。而主人夫妇却在没头没脑地互相问答，巡警似乎有些不耐烦，说：

“那么，是被盗时间不明？”

主人以老一套的腔调答道：“噢，是呀！”

巡警没有一丝笑容，说：

“那么，请你交一份失盗申诉书。上写：‘明治三十八年某月某日，闭门就寝后，盗贼择下某某套窗，闯进某某室内，盗走某某物品。以上属实，特此申诉。’这不是一份报告，是申诉，最好不写收信单位名。”

“被盗物品一一列举吗？”

“嗯。短褂几件，价值几何，按这样的格式作表呈报。噢，进屋看看也无济于事，已经是失盗之后了嘛！”巡警说得怪轻松，转身走了。

主人将笔墨砚池拿到室中心，唤来妻子，几乎用吵架似的大嗓门儿说：

“立刻写失盗申诉书。你把被盗物品一件件地快说！喂，说呀！”

“哟，烦人！还赚了个‘快说’，你这么盛气凌人，谁还肯说？”女主人只把细带子缠在腰上，系也没系，便一屁股坐下。

“瞧你像什么样子！活像遇了个卖不出去的窑姐！为什么不把腰带子扎好再出来？”

“你若嫌这样难看，就给我买一条带子来！什么窑姐不窑姐的，既然失盗，有什么办法！”

“连宽幅腰带也被偷了去？可恶的东西！那就从腰带开始写吧！什么样的腰带？”

“什么样的？还能有多少条？就是那条黑缎子面、绸子里的呗！”

“好,黑缎面绸子里腰带一条！值多少钱?”

“六元左右吧!”

“扎这么贵的带子,太狂！今后要扎一元五角钱上下的!”

“哪有那么便宜的带子！就说你不是个通情达理的人嘛。不管老婆穿得怎么邋遢,你只要把自己打扮得好些就行。”

“唉,算啦！还丢了什么?”

“缎子褂。那是河野婶送的遗物,同样也是缎子,和今天的缎子可大不相同哟。”

“没工夫听你分辩！值多少钱?”

“十五元!”

“穿十五元的和服外褂,太不合身份!”

“这有什么,又不是要你花钱!”

“其次是什么?”

“黑布袜子一双。”

“是你的吗?”

“是你的呀,买价两角七分。”

“其次?”

“山药一箱。”

“连山药也偷去了？他是想煮了吃？还是熬汤喝?”

“谁知他想怎么吃,你到贼家去问一问吧!”

“报多少钱?”

“山药价钱我可不清楚。”

“那就写上十二元五角上下吧。”

“这不是胡诌吗？就算是从唐津刨来的,山药若值十二元五角,那还了得?”

“你不是说不知道吗?”

“是不知道,不过,若说十二元五角,那太过分了。”

“不知道价钱,可又说十二元五角太过分,这是怎么回事?简直不合逻辑。因此,才把你叫做奥坦钦·巴列奥略[1]呢。”

“叫我什么?”

“奥坦钦·巴列奥略。”

“是什么意思?”

“管它是什么意思。其次,你的衣服怎么一件也没有提?”

“其次,爱是什么我不管。快告诉我‘奥坦钦·巴列奥略’是什么意思?”

“哪里有什么意思好讲!”

“告诉我有什么不好?你欺人太甚!一定以为我不懂英语,就张口骂人。”

“少说蠢话,快些接着往下说!不迅速交上申诉书,失盗的物品就找不回来啦。”

“反正立刻申诉也来不及。比这更急的是告诉我奥坦钦·巴列奥略是什么意思。”

“这娘们儿可真讨厌!不是告诉你什么意思也没有吗?”

“那么,失盗物品也只有这些。”

“真是胡搅蛮缠!随你的便好了。我不再写什么申诉了。”

“我也不再告诉你失盗件数。申诉书是你自己要写的。你不写,与我何干!”

---

① 奥坦钦·巴列奥略:本来是君士坦丁·巴列奥略(一四〇四——一四五三),东罗马最后一个皇帝。文中故意将君士坦丁念成奥坦钦,这是江户语“糊涂虫”的意思,即昏君。

“那就算了！”

主人照例忽地站起，走进书房。妻子进了客厅，在针线盒前落座。大约十分钟，二人都什么也不做，只是呆呆地瞪着纸屏出神。

这时，寄来山药的多多良三平朝气蓬勃地推开大门，走进屋来。多多良三平原是这家主人的门生。如今，法政大学毕业，在某公司的矿山部供职。这位也是实业家的苗子，是铃木藤十郎的后进力量。三平君由于从前的老关系，常常来旧日恩师的草庐造访。碰上星期日，就玩上一整天再回去。他和这一家人相处是毋须客气的。

“师母，多好的天气呀！”他在女主人面前，支起腿坐着，好像是一口唐津口音。

“噢，是多多良君！”

“老师出门了吗？”

“没有，在书房。”

“师母！老师这么过度用功，会伤身子的呀！好容易赶上个星期天，师母！”

“跟我说也没用，去对老师当面说说吧！”

“不过……”刚说到这，三平将室内扫了一眼，说：“今天连小公主们都不见了？”

话音的一半是说给师母听的。刚说到这，敦子和澄子从隔壁跑了出来。

“多多良哥！今天带来饭卷了吗？”这是姐姐敦子想起前些天的约定，一见三平的面就讨起债来。多多良搔着头皮坦白说：

“记得清清楚楚，下次一定带来！不过，今天忘了。”

“不行！”姐姐一说，妹妹也立刻照着学：“不行！”

女主人渐渐心情好些，有了一点笑容。

“我没带来饭卷，可是送来过山药吧？小公主尝过了吗？”

“山药是什么?”姐姐一问,妹妹这回也照样学着说:“山药,是什么呀?”

“还没吃?快叫妈妈煮呀!唐津山药不同于东京的山药,可甜哪!”

三平夸完了故乡,女主人这才想了起来。

“多多良君,上次蒙你关心,送了那么多山药,谢谢!”

“怎么样?尝过了吗?我订做了个木箱,牢牢地包装,免得山药折断。大概还保持原来那么长吧?”

“不过,您好不容易送给的山药,昨天夜里失盗了。”

“贼?混账东西!竟有人那么喜欢山药?”三平大吃一惊。

“妈妈,昨天晚上进小偷了吗?”姐姐问。

“嗯。”女主人轻声回答。

“小偷来……小偷来……来的时候是一张什么样的脸?”这是妹妹在问。

对于这奇怪的发问,女主人也不知怎样回答才好。她说:

“进门时是一张吓人的脸。”说着,看了看多多良。

“吓人的脸,是不是像三平哥那样的脸儿?”姐姐毫不客气地反问道。

“不像话!失礼!”

“哈哈哈……我的脸那么吓人吗?糟了!”三平说着,搔起头来。

多多良三平的脑后有一块直径一寸上下的秃疮。一个月前出现的。虽然找医生治过,但是很难治愈。第一个发现这块秃疮的是姐姐敦子。

“哎呀,三平哥的脑袋和妈妈的脑袋一样地发亮!”

“不是叫你们住口吗?”

“妈妈,昨晚那个贼,脑袋也发亮吗?”这是妹妹提问。女主人和三平都不由得失声大笑。孩子们太闹,说个话什么的都不便。

“喂,喂,你们到院子里去玩一会儿,妈妈这就给你们好点心吃。”女主人好歹把孩子们撵了出去,便认真地问:“三平先生,您的脑袋怎么啦?”

“被虫子咬的，不容易好。师母也是?”

“乱弹琴，哪里是虫子咬的！女人嘛，发髻往下坠的地方都会稍稍见秃的。”

“秃，就是有细菌呀。”

“我这可不是细菌。”

“那就是师母的固执了。”

“不管怎么说，反正不是细菌。可，英文把秃头叫做什么?”

“据说把头叫做‘包尔德’。”

“不，不是这么说。还有个更长的名字吧?”

“问问苦沙弥老师，立刻就会清楚的。”

“你的老师说什么也不告诉我，所以才问你哪!”

“我除了‘包尔德’，再就不知道。很长？怎么说的?”

“叫‘奥坦钦·巴列奥略’，大概‘奥坦钦’说的是秃，以下说的是头吧。”

“也许是这样。我立刻到老师书房去查查韦氏大辞典。不过，老师也够怪的了。这么好的天气，竟闷在家里。师母，这样下去。胃病可不会好啊！还是劝劝他到上野等地去观赏樱花吧!”

“你领他去吧！因为你的老师决不肯听女人的话。”

“近来还吃果子酱吗?”

“是的。老样子。”

“不久前老师还对我发牢骚哪。‘老婆总是说我果子酱吃得太贪了，愁人。可我没想要吃那么多呀！是不是计算失误?’我就说：‘那一定是令爱和太太合伙吃掉了……’”

“你这个讨人嫌的多多良！干什么要那么说呀?”

“可，就连师母，看样子也像是吃过的呀!”

“看样子怎么能看得出?”

“是看不出……不过,难道师母一点儿也没吃?”

“吃倒是吃了一点点。吃点又有何不可?自己家的东西嘛。”

“哈哈……不出所料……不过,说正经的,失盗,可是意外之灾呀!只偷走了山药吗?”

“若是只偷了山药,那就不发愁了。平时穿的衣服都被偷走啦。”

“岂不有了燃眉之急?又要借钱了吧?这个猫,如果是条狗就好了……真遗憾。师母,一定要养一条肥狗……猫可没有用哟,光知道吃……这猫也捉过几只耗子吗?”

“一只耗子也没有捉过,真是个又懒又不知耻的猫!”

“啊,那可就毫无用处了。赶快扔掉!要不,我就拿走烀肉吃吧?”

“哟,多多良先生还吃猫?”

“吃过呀。猫肉可香哪。”

“真是英雄气概十足!”

咱家也曾听过这样的传说:在下等门生当中,有些野蛮人吃猫肉。但是,连素蒙关顾的多多良君竟也是一丘之貉,这是咱家迄今做梦都不曾料到的。何况,此公已不再是寄人篱下的穷学生。虽然出校时日尚浅,却是一名堂堂的法学士,在六井物产公司供职,那么,令人惊讶的程度,就更非同小可了。

“逢人要防贼。”这句格言已经由寒月二世——梁上君子的实践证实了。而“逢人要防吃猫鬼”这句话则是多亏多多良君才使我首次悟出的真理。“阅历深处见精明。”精明,固然可喜,但是,危险也逐日增多,自然就一天比一天含糊不得。人,不论变得狡猾、卑鄙,还是披上表里不一的伪装,无不是精明的结果。精明,又是年高的罪过。所谓“老奸巨猾”,说的就是这个道理。像我等猫辈,说不定趁今日在多多良君的热锅里陪伴着葱花一同升天,倒为上策。我想着想着,在墙角缩成一团。而适才和妻子吵架、一度回到书房的主人,听见多多良的语声,又徐步踱进客厅。

“老师,听说失盗啦？真愚蠢!”多多良迎头就是一棒。

“闯来的贼才愚蠢哪!”主人任何时候都以圣贤自居。

“偷的愚蠢,被偷的也并不聪明。”

“还是顶数无物可失的多多良这号人最聪明吧?”妻子这回助了丈夫一臂之力。

“不过,最愚蠢的还是这只猫。真是的,这猫安的什么心？不捉耗子,贼来也装不知道……老师,把这只猫给我好不好？留在家里也毫无用途。”

“给你也行。做什么用?”

“烀肉吃!”

主人听了这句恶狠狠的话,立刻隐隐作呕,流露出胃病患者的病态笑容,但却并未作任何明确答复,多多良也就没有表示一定要吃,这在咱家来说,真是万幸。隔了一会儿,主人话锋一转,说:

“猫嘛,不去谈他。可衣物失盗,冷得受不住呢。”主人显得十分沮丧。

的确,怎么能不冷？以前,主人身穿两件棉衣,而今天只穿了件夹褂和半截袖的衬衫,从清早就一动不动,一直闷坐斗室,本已不足的血液全力支持他的胃,至于手脚,可就滴血不进了。

“老师！教师嘛,毕竟是当不得的呀！稍一失盗,立刻就混不下去,莫如重打主意,当个实业家不好吗?”

“老师讨厌实业家,即使说那番话也等于白说。”女主人从旁插嘴回答多多良。当然,女主人是巴不得丈夫成为实业家的。

“老师,您毕业几年了?”

“今年是第九个年头吧。”女主人说罢,回头瞅了丈夫一眼,丈夫未加可否。

“已经九年,还不长薪水。怎么干,人家也不说个好。真是‘郎君独寂寞’[①]啊!”多多良将中学时期背熟的一句诗朗诵给女主人听,女主人却不懂,因此默不作声。

“教员嘛,自然不爱当;实业家嘛,更不想干。”主人好像心里在盘算到底想干什么呢。

“老师讨厌一切,所以……”妻子说。

“不讨厌的只有师母吗?”多多良开了个不合身份的玩笑。

“最讨厌!”主人的回答极其干脆。

妻子转过脸去,沉默片刻,又扭过头来,望着丈夫的脸,想彻底治服主人,便说:

“恐怕你连喘气都厌烦了吧?”

“倒也不怎么稀罕。”主人回答得意外从容,妻子也就束手无策了。

“老师,您不如轻松些,散散步。不然,会搞坏身体的……并且,您当个实业家吧!赚钱,实在是轻而易举的事。”

“可你并没有赚到几个钱呀。”

“这,老师,我去年刚刚进了公司嘛。即使这样,也比老师有一点储蓄。”

“储多少?”女主人热心地问道。

“已经有五十块了。”

“究竟你月薪多少?”女主人又问。

“三十块。每月在公司存款五块。准备一旦有事时花用。师母,您也用零钱买点环城路电车股票吧?从现在起,只要三四个月,就能翻一番。稍有一点钱,很快就可以增到两倍,三倍。”

---

① 鲍照诗《咏史》:君平独寂寞,身世两相弃……

“若有那么多钱，即使失盗，也不至于犯愁了。”

“因此，最好当个实业家。假如老师是学法律的，在公司或银行里做事，如今每月会有三四百元的收入。太可惜了……老师，您认识工学士铃木藤十郎吗？”

“嗯，昨天来过。”

“是吗？前些天在一次酒席上相逢。提起老师来，他说：‘原来你曾经是苦沙弥兄的门生？从前我也曾和苦沙弥兄在小石川寺一同起过伙。下次你去，给我捎好，就说我不久要去拜访他。’”

“听说他最近到东京来啦？”

“是的。以前他一直在九州煤矿，近来调到东京。混得很好。他拿我也当成朋友谈心……老师，您猜他每月挣多少钱？”

“不知道。”

“月薪二百五十元。年中年末还分红，平均起来要挣四五百元哪。像他那号人都拿这么多的钱，可老师是教英语入门课本的专家，却混得‘十载一狐裘’①，太傻喽！”

“是太傻！”

即使像主人这样超然物外的人，其金钱观念也与普通人毫无二致。不，说不定正因为穷困潦倒，对于金钱倍加渴求呢。

多多良为实业家的利益大肆吹捧了一通，再也没什么好讲，便说：

“师母！有个叫水岛寒月的人到老师这儿来过吗？”

“嗯，常来的。”

“是个什么样的人物？”

“听说是个很有学问的人。”

---

① 《礼记·檀弓篇》：晏子一狐裘三十年。

“是个美男子吗?”

“嘿嘿……和您仿佛吧?”

“是吗,和我仿佛?”多多良的态度很严肃。

“你怎么知道寒月这个名字的?”主人问道。

“不久前有人托我了解一下。可寒月是个值得了解的人物吗?”多多良不等问个究竟,早已摆出一副凌驾于寒月之上的派头。

“此人远远比你了不起!”

“是吗,比我还了不起?”多多良一不笑,二不恼,这是他的特色。

“近日能当上博士吗?”

“据说目前正写论文哪。”

“又是个傻子。写什么博士论文!我还以为是个值得一提的人物哩。”

“你依然是所见不凡呀!”女主人边笑边说。

“有人说什么:只要当上博士,哪家姑娘就嫁他等等。岂有此理!为了讨老婆才当博士?我告诉他说,有姑娘与其嫁给那号人,还不如嫁给我更好些呢。”

“对谁说的?”

“对求我了解一下水岛寒月的那个人。”

“是铃木吧?”

“哪里,这种话,还不能对他明讲,因为他是我的上司嘛!”

“多多良原来是背后的本事呀!到我家来,神气十足;可是一到铃木面前,立刻就变成了小不点儿吧?”

“是的,否则,就岌岌可危喽!”

“多多良!散步去吧?”突然,主人开口说。他一直只穿着一件夹袱,太冷了。他想,稍微活动一下也许会暖和些,于是,便破天荒第一次提出了这么个建议。逢场作戏的多多良自然不会犹豫。

“走吧！去上野？还是去芋坂吃饭团？老师！你吃过那里的饭团吗？师母！你去一次，吃点尝尝。又柔软，又便宜，还给酒喝。”在多多良照例语无伦次地胡诌八扯过程中，主人已经戴上了帽子，去换鞋。

咱家还要休息一会儿。至于主人和多多良在上野公园干些什么，在芋坂吃了几盘饭团，这类逸闻，咱家既无侦察的必要，又无跟踪的勇气，便一概略去，要趁机休养了。休养乃苍天赋予万物的应有权利。大凡世上负有生息义务而蠢动者，为了尽其职责，必须得到休养。假如真有神仙说：“尔等乃为劳动而活，非为昏睡而生。”那么，我将回敬曰：“所言甚是。我为劳动而生存，故要求为劳动而休息。”即使像主人那样牢骚满腹的倔巴头，不也在星期天之外常常自己安排时间休息吗？像咱家如此多愁善感、日夜劳神，纵然是猫，也需要比主人更多的休息，那是理所当然。只是适才多多良君辱骂咱家是个除了偷懒便无所事事的废物，这叫咱家心神不安。总之，万象奴役下的俗子凡夫，除了寻求感官刺激便无所作为；因此，他们评价他人时，也就形骸之外，概不涉及，令人生厌。他们似乎认为，除非头拱地、背朝天，出上一身大汗，否则便算不上劳动。但是，据说达摩和尚清心打坐，直至两脚溃烂，即使常春藤从石缝中爬来，将大师的眼睛和嘴封闭得动也不动，也不能说他是睡了，或是死了。他的大脑还在不停地活动，还在思索大道恢恢、“廓然无圣”①的玄奥禅机。据闻儒家也有静坐功夫之说。但也并非深居斗室，修炼安闲与跪坐的本事，而是心中活力炽烈得远远胜于常人。只因外观上貌似极其沉静与端庄，天下的泥胎凡眼才把这知识巨匠视为昏睡假死的庸人，以至发出不应有的诽谤，说是什么废物、饭桶等等。这类凡人，都是生就一双只见其貌而不识其心的瞎窟窿。而且，多多良三平者流，正是这类人中的头等货色，因此，他把我这猫看成干屎渣也就不足为奇了。可恨的是，就连略

① 见《碧岩录》，达摩答梁武帝，意为无圣无凡，一切无差别。

知古今诗文、稍识事理真相的主人，竟然也不问青红皂白就赞同浅薄的多多良三平，这就等于对多多良“锅煮活猫”的倡议并不想阻拦。

然而，退一步想，人们这样蔑视咱家，倒也不无道理。所谓“大声不入于里耳”①，“阳春白雪，曲高和寡”②，这些比喻，古已有之嘛。硬叫除了形体之外一切都视而不见的人瞻仰咱家灵魂的光辉，犹如逼秃子挽发，命金枪鱼演说，要电车脱轨，劝主人辞职，叫三平不想赚钱，毕竟是强人所难罢了。

然而，纵使猫，也是社会动物。既然是社会动物，不管怎么自命清高，也要在某种程度上与社会协调些。主人、太太以及女仆、三平之流并不公正地评价咱家，这固然遗憾，但也只得权当莫可奈何而作罢。假如由于人类的愚昧无知，盲目乱干，一旦扒了咱家的皮，卖给做三弦琴的；剁了咱家的肉，做多多良的盘中餐，那么，事情可就严重了。

吾乃奉天命而临凡，凭脑力而远筹，冠古绝今之猫也。身子骨可十分宝贵。古语说：“千金之子，坐不垂堂。”③好高骛远，则徒招风险，不仅危及自身，也深拂天意。即使猛虎，若被关进动物园，也只好与猪猡结邻而居；即使鸿雁，若被猎夫活捉，也只好与鸡雏共俎而亡。咱家既与庸人混在一起，便不得不退而化之成为庸猫；既是庸猫，便不能不捕鼠……终于决定要捕鼠了。

听说日本和俄国早就开始了一场大战。咱家是日本猫，自然偏袒日本。恨不能组织一支猫兵混成旅，去挠死那些俄国兵。既然是这么精力充沛的猫，捉那么一两只老鼠嘛，只要想捉，闭上眼睛也不费吹灰之力便可以捉住的。从前有人问一位著名的法师：“怎样才能达到悟境？”据说法师颇有风趣地回答说：“要像猫扑鼠那样。”意思是说，只要像猫扑鼠那样全神贯注，

---

① 见《庄子・天地篇》。

② 见《宋玉对楚王问》。

③ 见《史记》袁盎传。

什么样的老鼠也爪下难逃。虽有“女子无才便是德”的谚语，却还没有“猫不扑鼠便是德”的格言。由此可见，咱家不论怎么贤明，也没有理由不会扑鼠，更没有理由捉不到老鼠。之所以至今没有捉到，是因为没想捉呀！

像昨天一样，春日西沉了。阵阵晚风，吹来了落英缤纷，从厨房门的破洞中飞进，漂在桶里的水面上，被厨房昏黄的油灯照得白花花的。咱家决心今夜立下赫赫战功，叫合家老少大吃一惊。有必要先巡视战场，熟悉地形。战线当然不要拉得太长，这个没铺地板的厨房屋地，如若铺席子，大约可铺四张。在一张草席那么大的地方，中间隔开，一半是水池，一半用来和饭馆、菜店伙计们谈生意。炉灶豪华得与贫家厨房很不相称，紫铜水壶锃亮。右边至板壁之间留有二尺地盘，是咱家放蛤蜊壳的地方。挨近饭厅的六尺之地放一柜橱，装些碗呀，盘呀，钵呀的，把个小小厨房弄得更加窄小。柜橱紧挨着一个和它一般高的简陋的横格架子，架下口朝上放着一个研钵，钵里有个小桶，桶底儿正对着咱家。这里并排挂着萝卜泥擦板和研钵杵，一旁却有个灭火罐孤零零地悄然而立。熏得漆黑的椽子在交叉处的正中，悬了根铁链吊钩，挂着一个平底大竹筐，那筐不时地任风摇曳，落落大方地晃动着。干吗吊起一个竹筐呢？刚刚来到这家时，对此一窍不通。自从我知道这是为了使猫爪够不着，才特意把食物放在这里，不禁痛感人类是多么心术不端啊！

现在开始制订作战计划。若问在哪里与老鼠作战，自然要在老鼠出洞的地方。不论地形怎么于我有利，如果总是单方面死守，那就不成其为战争。因此，有必要研究一下老鼠出洞的路线。咱家站在厨房的正中四下察看，心情很有点像东乡大将①。

---

① 东乡大将：即东乡平八郎（一八四七——一九三四），鹿儿岛生人，日俄战争中任日本联合舰队司令官，甲午战争中任“浪速”号舰长，后升元帅。

女仆刚去浴池，还没有回来。孩子们睡得正熟。主人在芋坂吃罢饭团回来，依旧闷坐书房。太太嘛，不知她在干什么，大概在打瞌睡，梦见了山药吧？不时有人力车从门前跑过，然后更加冷清。不论是咱家的决心、气概，还是厨房的气氛，八方萧索，无不给人以悲壮之感，总觉得自己就是猫中的东乡大将。置身于这种境界，必然会恐怖之中夹杂着愉悦之情，这是人同此心的。不过，咱家发现愉悦的深处，也还存在一大隐忧。

与鼠作战，本是计划中事，不论来多少只老鼠也并不可怕。然而，如果老鼠的来路不清，那就十分被动。综合周密观察后所取得的资料，老鼠出洞有三条路线。第一，如果是地沟里的老鼠，一定是顺着下水道到水池，再转到炉灶的后面。这时，我就藏在灭火罐后断它的退路。其次，老鼠也许向地沟进军，从已放掉洗澡水的浴盆的白灰洞里钻进去，绕过澡塘，出其不意地闯进厨房。如果是这样，那就在锅盖上安营扎寨，老鼠一出现在眼前，立刻居高临下，出击捉拿。再次，我又巡视了一周，发现柜橱右下角被咬成个月牙形的洞，咱家疑心这是否便于老鼠出入。咱家凑近鼻子一闻，有老鼠身上的味儿。假如老鼠从这儿冲上来，咱家便靠柱子掩护，放它过去，再从旁突然给它一爪。

假如从天棚来呢？仰脸一看上面被油烟熏得漆黑，在灯光照耀下，宛如地狱倒悬。按咱家这点本事，是上不去、下不来的。谅它老鼠也不可能从那么高的地方跳下，那么，这条线路就暂且撤防。但仍有三面受敌的危险。假如鼠兵从一个方向攻来，咱家闭上一只眼睛也能把它们击败。若是两路进攻，也有自信想办法打败它们。但是，假如三路围攻，不管怎么指望咱家生来就该捕鼠，也束手无策了。既然如此，何不向车夫家的大黑求援？但这有碍于自己的颜面。如何是好呢……绞尽脑汁，也想不出一条妙计。

这当儿，最能稳定心潮的捷径，便是认定这样的事不会发生；或者把无能为力的事情都权当不曾发生过。且请举目尘寰：昨天娶到家的新娘，说不定今天就会谢世。然而,新郎却满心吉祥如意,什么花好月圆呀,天长地久呀,面上岂不毫无忧色吗?面无忧色,并不等于不值得担心,而是因为再怎么担心,也莫可奈何。咱家也可以毫无根据地断言:三面夹攻的事绝不会有,这无非由于认定不会有,对于稳定心绪便当些罢了。万物都需要安心。咱家也盼着安心。因此,认定三面来攻之事绝不会发生。

尽管如此,还是有点放心不下,这是怎么回事?左思右想才通。原来三个方案,选择哪一个才是上策?对于这个问题,苦于得不出了若指掌的结论,因而烦恼。鼠兵如从壁橱攻来,咱家自有对策;如从澡塘攻来,咱家自有计谋;如从水池进军,咱家也稳操胜券。但是,一定要在三者之中确定一条战线,可就非常犹豫了。据说当年东乡大将,对于俄国的波罗的海舰队究竟会穿过对马海峡后出现在轻津海峡,还是远远绕过宗谷海峡,心里非常不踏实。今天我按自己的处境设身处地地想,对于他当时左右为难的心情不难理解。咱家不仅整个看来和东乡阁下相似,而且在这特殊遭遇下,也与东乡阁下同样地用心良苦。

咱家正在专心致志地思索策略,突然那扇破格子门被拉开,闪现女仆的一张脸。说她只露出一张脸来,并非说她没有手脚,而是因为其他部位用夜眼看不清,唯有那张脸儿光彩照人,鲜明地映入咱家的眼帘。女仆的红脸蛋比平日更加鲜艳。她是沐浴后归来,顺手早早把厨房门关了,大概是从昨夜那件事吸取了教训。

忽听书房里主人在喊,叫把手杖放在他的枕旁。真不明白,为什么要把手杖点缀在枕旁呢?谅他总不至于异想天开,扮演易水壮士倾听横笛悲歌吧!昨日山药,今日手杖,不知明天又将是什么。

夜色未浓,老鼠还毫无声响。大战之前,咱家要休息一会儿。

这家厨房,没有气窗,却在相当于门楣的地方凿了个一尺来宽的洞,以便冬夏通风,并代替气窗。风儿携着无情飞去的早樱落花,忽地钻进洞内。

这风声使咱家一怔。睁眼一看,不知什么工夫已经洒下朦胧月色,炉灶的身影斜映在地板盖上。咱家担心是否睡过了头,抖动了两三下耳朵,观察家里的动静,只听唯有那架挂钟和昨夜一样在滴答作响。该是老鼠出洞的时辰了吧！会从哪儿出来呢?

壁橱里有了咯吱吱的响声,似乎用爪捺住碟子边,正偷吃碟心里的食物。将从这里出来呀！咱家蹲在洞旁守候,但它一直不肯出来。碟子里的响声很快就息了。现在好像又在咬一个大碗,不时地响起沉重的声音;而且就在靠近柜门的地方,距咱家的鼻尖不足三寸。虽然不时听到老鼠出出溜溜走近洞口的脚步声,但是退得远远的,一只也不肯露头。只隔一层柜门,敌人正在那里逞凶施威,咱家却不得不呆呆地守在洞口,真叫人难耐。老鼠在旅顺产的碗里召开盛大的舞会哩。女仆若能干脆把柜门开条缝,让咱家钻进去,那有多好！真是个糊涂的乡下女人。

现在,炉灶的背后,属于咱家的蛤蜊壳嘎巴巴地响。敌人竟然蹿到这儿来了。咱家蹑手蹑脚地走近,只见两个水桶之间闪出了一条尾巴,随后便钻进水池下边去了。过了一会儿,澡塘里的漱口盂当的一声撞在铜制洗脸盆上。我想敌人一定就在身后。咱家扭头的工夫,但见一个差不多五寸长的家伙啪的一声撞掉牙粉,逃到外廊去了。“哪里逃走!”咱家紧跟着追了出去,但它早已杳无踪影。实际上,捕鼠远比想象中的要难。咱家说不定先天缺乏捕鼠的本事哩。

咱家转到浴池时,鼠兵从壁橱逃掉;在壁橱站岗,鼠兵就从水池下蹿出;在厨房中心安营,鼠兵便三面一齐稳步骚动。说它们狂妄,还是说它们胆怯？反正它们不是君子的敌手。咱家十五六次东奔西跑,伤气劳神,但是一次也没有成功。可怜！与此小人为敌,任凭是怎么威风凛凛的东乡大将,也将无计可施。一开始,既有勇气,也有杀敌观念,甚至还有所谓悲壮的崇高美感,而终于感到麻烦、懊丧、困倦和疲乏,便一直蹲在厨房中心,一动不动。

虽然不动,却装作眼观八方,以为小人之敌,成不了大患。认为是敌对目标,却意外的全是些胆小鬼,这使战争的光荣感突然消逝,剩下的只有厌恶。厌恶得过度,便意气消沉;消沉的结果,便放任自流,反正干不出带劲儿的事来;轻蔑之极,又使咱家昏昏欲睡。经过上述历程,终于困倦。咱家睡了。即使在前线,休息也是必需的。

檐下亮板横着开了个气窗,从那儿又飞来一束飘零的落英。咱家刚刚觉得寒风扑面,竟从橱门蹦出一个枪子儿似的小东西,来不及躲避,它已经一阵风似的扑了过来,咬住咱家的左耳。又刚刚觉得一个黑影蹿到咱家的身后,不容思索,它已经吊在咱家的尾巴上。这是瞬息间发生的事。咱家盲目而本能地纵身一跳,将全身之力集中于毛孔,想抖掉这两个怪物。咬住咱家耳朵的那家伙身子失去平衡,长拖拖地悬在咱家的脸上,它那胶管似的柔软尾巴尖,出乎意料,竟然插进咱家的嘴里。真是天赐良机!要咬烂它,咬住不放,左右摇晃,不料只剩尾巴尖留在咱家的门牙缝里,而那家伙的身子已经摔在旧报纸糊的墙壁上,又被弹到地窖盖上。它刚要站起,咱家立刻扑了过去。但是,像踢了个球似的,那家伙竟掠过咱家的鼻尖,跳到架子边儿上,屈膝蹲着。它从架子上对咱家俯视,咱家从地板上向它仰望。相距五尺。这当儿,月光如练,悬在空中,斜着洒进屋来。咱家将力气全用在前爪,勉强可以跳到架上。但是,只是前爪顺利地搭在架子边,后腿却悬在空中乱蹬;而刚才咬住咱家尾巴的那个黑不溜秋的东西还在咬着,仿佛死也不肯松口。大事不好!替换一下前爪,想抓得更牢些。但是,每当换爪时,由于尾巴上的重载,前爪反而倒退,若是再滑两三分,就非摔下不可。

愈发地岌岌可危了!只听咱家搔架子板的声音咯吱吱地响。不好了!咱家倒换左脚的工夫,由于没有抓牢,只右爪搭在架子上,全身悬空起来。体重加上尾巴上的分量,使咱家的身子吊着,滴溜溜地旋转。架子上那个一直凝视着咱家的小怪物,料到机会已到,像抛下块石头似的,从架上直向咱家的前额跳来。咱家的前爪失去了最后的一丝依靠，于是，三个扭成一团，笔直地穿过月光而坠落了。并且，放在架子下一层上的研钵以及研钵里的小桶和果子酱的空瓶，也联成一气，会同下边的灭火罐一道飞降；一半栽进水缸里，一半摔在地板上，无不发出深夜罕闻的訇然巨响，使垂死挣扎的咱家，也胆战心寒了。

“有贼!”主人亮开公鸭嗓喊叫，从卧房跑了出来。但见他一手提灯，一手持杖，睡眼蒙眬中发出主人特有的炯炯光芒。

咱家在蛤蜊壳旁静静地蹲着。两个怪物已经从架上消踪敛迹。主人心烦，本来没人，却怒气冲冲地问道：

“怎么回事？是谁搞得声音那么大?”

月儿栽西，银光如练，但已瘦削，宛如半裁信纸。

六

如此溽暑，纵然是猫也受不住的。听说英国有个叫什么西德尼[1]的，他叫苦说："恨不能剥了皮、挖了肉，只剩骨头透透凉。"其实，即使不只剩骨头也行，总觉得哪怕把咱家这身浅灰色带花纹的皮毛拆洗一下，或是暂且送进当铺也好嘛。

在人类眼里，也许以为我们猫一年到头总是一副脸色，春夏秋冬同是一张皮，过着最简陋、最平静、最不需金钱的生活。不过，纵然是猫，也大体知冷知热。倒不是不想偶尔去洗洗澡。可是，怎奈这身皮毛一旦用水来洗，想晒干可就不容易，这才忍受着一身的汗腥味儿，长这么大，还没进过澡堂子的门。

有时，不是不想扇扇扇子，可是握不住扇把，有什么办法！想起这些，觉得人类可太铺张浪费。本来应该生吃的东西，偏要特意地煮呀，烧呀，添醋加酱的，甘愿费些手脚，这才皆大欢喜。

衣着也是如此。对于生来就有许多缺陷的人类来说，要求他们像猫那样一年四季不换装，也许有点过分。但是，他们又何必非把那些乱糟糟的玩意儿都套在身上度日不可呢？至于他们靠羊的搭救，受蚕的照拂，甚至承蒙

---

① 西德尼（一七七一——一八四五）：英国牧师、作家。

棉田之恩等等，几乎可以断言：这种奢侈，正是无能的结果。

衣食嘛，姑且睁一眼闭一眼，高高手过去算啦。然而，就连那些与生存毫无直接利害关系的问题，也硬是照上述那么干，这就令猫费解了。首先，头发是自然长起的，所以，咱家认为任其生长，大约是最简便而又对本人最有利的办法；但是，人类却枉费心机，以梳成千奇百怪的发式而洋洋得意。有一种发式，人们自称为光头。任凭你什么时候看见，脑袋总是青青的。天一热，就在头上撑起伞来；天冷，就缠上头巾。既然如此，又何必把头皮刮得发白？岂非莫名其妙？这还不算，还有人用个无聊的玩意儿，像根锯条似的，叫做“梳子”，把头发左右两分，美滋滋的。如不等分，则三七两开，在天灵盖上人为地划出两个区域。有人还让这条分界线穿过发旋，一直通过脑后，活像一张伪造的芭蕉叶。其次，还有人把头顶剃得溜平，左右两侧陡然直下；因为圆圆的头上好像扣上个方盘，只能看成是一幅花匠栽植的杉木篱笆的写生画。另外，听说还有留五分发①、三分发、一分发的。到头来，说不定会流行起更新的样式，往脑瓜骨里倒剃一分至三分哩。总而言之，人们那么呕尽心血，真不知想干什么。不说别的，本来有四只脚，却只用两只，这就是浪费！用四只脚走路多么方便！人们却总是将将就就地只用两只脚，而另两只则像送礼的两条鳕鱼干似的，空自悬着，太没趣儿了。

由此可见，人类比起猫来更是优哉游哉。他们太闷得慌，才想出这些主意来开心的。可笑的是，这帮闲人一见面就大肆声张：“忙得很呀，忙得很呀！”看脸色，真的像是很忙。这些鼠肚鸡肠的家伙，弄不好，令人担心会不会忙杀的。有的人见了咱家，常说什么：“像猫那样，多么快活啊！”想快活就快活呗，谁也没求你们那么蝇营狗苟的呀！他们自找麻烦，几乎穷于应付，却又喊叫“苦啊，苦啊”。这好比自己燃起熊熊烈火，却又喊叫“热呀，热

① 五分发：头发留下五分那么长。

呀”。即使猫，待发明二十多种发式的那一天，也就不可能这样逍遥自在了，若想自在，就该像咱家这样，夏天也始终只穿一件毛衣……可，话是这么说，是有点热。毛衣度夏，的确太热了。

这么热，咱家的拿手好戏午睡也睡不成了。

没有点什么新闻吗？咱家怠于观察人世久矣。本想今天久违之后再去领略一番人们想入非非、奔波劳碌的样子，偏偏主人在睡眠这一点上，性情与咱家酷似。他贪于午睡不比咱家差，尤其放暑假以后，有点人样的事他一点都不做，所以，再怎么观察，也总要扫兴的。这时节，假如迷亭来，主人那消化不良影响下的皮肤也会有几分反应，一时会远离猫性的。正盼着迷亭先生现在来有多好，不知何人在澡塘里哗哗浇水。不仅浇水的声音，还不时地传来高声的插话。“噢，很好！”“太舒服啦！”“再来一勺！”等等，声音响彻全宅。来到主人家，能够这么粗声大气、不管不顾的，没有别人，肯定是迷亭。

他终于来临。今日这个半天又好混了。正想着，迷亭先生已经擦完了汗，伸进了袖，照例大摇大摆地走进客厅。

“嫂夫人！苦沙弥兄干什么哪？”他边大声呼喊，边把帽子扔到床席上。

女主人在隔壁，伏在针线盒旁睡得正香，忽听哇啦啦一阵吵嚷，几乎震破耳鼓。她大吃一惊，硬是睁大了惺忪的睡眼，来到客室。一瞧，原来是迷亭穿着萨摩产的上等麻布衫占据着上座，不停地摇着小扇。

“噢，您来啦！”女主人说着，觉得有点尴尬，就说：“我一点儿都不知道呢。”她并不擦流到鼻尖上的汗珠便寒暄起来。

“没什么，我刚来一会儿。适才在澡塘里求女仆给浇点冷水，好歹算保住命啦……天太热呀！”

“这两三天，纹丝不动还冒汗呢。是太热了……可，您好吗？”女主人依然不擦鼻尖上的汗。

“噢,谢谢。热个一星半点儿,身子倒不会出什么毛病。不过,热到这种程度可是例外。总是四肢无力呀。”

“我一向没睡过午觉。可,这么热……”

“睡了吧？好哇！若是白天晚上都能睡,那可再好不过了。”

迷亭照例信口开河。可他又觉得不够劲儿,便说:

“像我这号人就不困,体质决定嘛。我每次来都看见苦沙弥兄酣睡,真叫人羡慕呀！当然,这么热,胃病患者是熬不住的。即使健康人,像今儿个这样天气,单是肩膀上扛着个脑袋都累得慌呢。可是,话又说回来,既然长了这么个脑袋,就不好把它拧掉呀!”迷亭不知不觉苦于无法处理人头了。“像嫂夫人,头上还顶着个东西,是要坐不住的。光是那个发髻的分量,就叫人直想躺下睡呢。”

女主人以为迷亭之所以知道她一直在贪睡,就因为发髻给露了马脚,便说:“嘿嘿……嘴太刻薄!”一边摆弄她的发髻。

迷亭可不在乎这些。

“嫂夫人！我昨天在房顶上进行过煎鸡蛋的试验哩!”说得够离奇的。

“怎样煎?”

“我看房瓦被阳光烤得很烫,觉得白白浪费掉太可惜,就把牛油溶解,又打了鸡蛋。”

“我的妈!”

“不过,太阳光并不那么理想。连个半熟也煎不成。我从房顶下来,正在看报,有客人来,就把房瓦煎鸡蛋的事给忘了。今天早晨忽然想起,心想煎得差不多了吧？上房一看……”

“怎么样?”

“哪里半熟,全都流了。”

“哎呀呀!”女主人皱起眉头,感慨不已。

“不过,三伏天那么凉爽,从现在起又这么热,岂不怪哉?”

“可不是嘛。前些天光穿单衣还觉得冷呢。从前天起突然就热起来了。”

“正是螃蟹横行的时候嘛。今年的天气简直是开倒车。说不定是在预言:‘倒行逆施,其无止境乎?’”

“你说什么?”

“噢,没什么。是说气候这么反常,倒像赫拉克利斯①的牛呢。”

迷亭得意忘形,越说越离奇。果然奏效,嫂夫人莫名其妙了。只因刚被“倒行逆施”那句话弄得尴尬,她这回才只“咦”的一声,不再反问。既然她不再反问,迷亭特意说出口的那番话也就没趣了。

“嫂夫人!你知道赫拉克利斯的那头牛吗?”

“我可不知道那是什么牛。”

“不知道?给你讲讲吧?”

嫂夫人碍难拒绝,便“嗯”了一声。

“从前有个叫赫拉克利斯的,他牵了一头牛。”

“莫非赫拉克利斯是个牛倌?”

“他可不是牛倌,也不是个不懂事的丈夫。那时候,希腊连一家牛肉铺也还没有哩。”

“哟,是希腊的故事?何不直说了呢!”女主人只知道有希腊这么个国家。

“我不是告诉你赫拉克利斯了吗?”

“赫拉克利斯就是希腊的意思吗?”

“哪里,赫拉克利斯是希腊的一位英雄。”

① 赫拉克利斯:希腊神话中的大力神、英雄。

“难怪我不知道。那么,他怎么样了?”

“他呀,像嫂夫人一样困得不行,呼呼大睡……”

“哟,不爱听!”

“他正在酣睡,巴尔干的儿子来了。”

“巴尔干是什么?”

“巴尔干是个铁匠呀。他儿子偷走了那头牛。因为这小子是扯着牛尾巴往后拖的,赫拉克利斯睡醒之后,到处寻找:‘我的牛啊,我的牛啊。’就是找不到,也不可能找到。他即使顺着牛蹄印往前找,可是偷儿不是牵着牛往前走,而是拉着牛倒退的呀!铁匠的儿子可太精明啦。”迷亭已经忘了天热,又说:

“苦沙弥老兄近来怎样?照例睡午觉吗?午睡出现在汉诗里,还蛮风流的哩。不过,像苦沙弥兄那么天天按部就班地睡,可就有点俗气了。每天无所事事,有时像个死人似的。嫂夫人,麻烦你,叫醒他不好吗?”

这一催促,女主人也表示同感,便说:

“是啊,这样的确不像话。不说别的,只怕会把身子搞坏呢,他刚刚吃过饭。”

女主人刚要走,迷亭说:

“嫂夫人!提起吃饭嘛,我还不曾用膳哩!”迷亭的脸不红不白,不问自答。

“哎呀呀,正是吃午饭的时候嘛。我怎么忘得死死的。那么,没什么好肴,将就吃点茶水泡饭吧?”

“不,若是茶水泡饭,就别吃啦。”

“可是,反正没有你可口的东西呀!”女主人话里带刺儿。迷亭恍然大悟:

“不,茶水泡饭也罢,开水泡饭也罢,全免。刚才路上,我顺便在饭馆叫了些饭菜,就在这儿享用了吧!"这话说得!外行人真是干不来。

女主人只"啊"的一声。这一声"啊",将惊讶、不快和因免却麻烦而谢天谢地等含意都统而兼之了。

然而,由于过分吵闹,主人的睡意似乎一扫而光。不知什么工夫,他踉踉跄跄地走出书房。

"你这个人总是那么七吵八闹的。好不容易要好好睡一觉,可……"主人连连地打呵欠,哭丧着脸说。

"噢,你醒啦?惊破夙梦,十分愧对!不过,偶尔为之,尚且不坏吧!喂,坐下。"

如此寒暄,真叫人主客难分。主人默默地落座,从各种材料拼成的烟盒里抽出一支"朝日"牌香烟,开始吧嗒吧嗒地抽。忽而望着滚落在对面的迷亭的那顶草帽,说:

"你买了帽子?"

迷亭立刻将草帽举在男女主人面前,炫耀地道:

"怎么样?"

"呀,漂亮!格很细,多柔软!"女主人一再摩挲。

"嫂夫人!这顶帽子可是万宝囊啊!你叫它怎样,就会怎样。"迷亭攥紧了拳头,啪的一声打在巴拿马草帽的侧面。果然不差,草帽遵旨,瘪了拳头那么大个地方。

"哟!"女主人惊叫一声。说时迟,那时快,迷亭又把拳头伸进帽盔里,用力一拳,那帽盔又鼓了起来。接着,他又双手捏住两边的帽檐,用力压扁它。压扁了的草帽活像用擀面杖压过的荞面饼似的,溜平。再把它像卷席子似的从一端一圈又一圈地卷了起来。

"瞧呀,就这样。"说着,将卷成一团的草帽揣进怀里。

女主人仿佛看了“归天斋”的正一[1]变戏法，感叹地说：“太神奇啦！”

迷亭也就装模作样，将从右袖塞进怀里的草帽又特意从左袖口掏出。

“哪儿也没坏。”说着，使草帽恢复原状，用二拇指顶住帽盔，让草帽滴溜溜地转。你以为他就此结束了吗？没有。最后一招，他又将草帽啪的一声扔到身后，一屁股坐在帽子上。

“喂！没事吗？”连主人都显得不安了。女主人不消说，更是担心地警告他：

“好容易买一顶出奇的帽子，若是弄坏，那还了得！我看你还是见好就收吧！”

欣喜若狂的是草帽的主人。

“要知道，就因为不会弄坏，它才出奇哪！”说着，他把坐得七扭八歪的草帽从屁股下拽出，也不整理一下就戴在头上。真出奇，那草帽竟立刻恢复了原状。

“真是个结实的帽子。怎么回事？”女主人越来越佩服。

“噢，没什么，本来就是这么一种帽子嘛！”迷亭戴上帽子，回答女主人说。

“你也买那么一顶帽子多好啊！”隔了一会儿，女主人劝丈夫说。

“不过，苦沙弥兄不是有一顶漂亮的草帽吗？”

“可你听呀，前些天孩子把它踩碎了。”

“哟，哟，那太可惜喽！”

“因此才想，再买一顶像您那顶一样结实的帽子就好啦！”女主人不了解巴拿马草帽的价钱，再三劝丈夫：

“就买这样的吧！嗯？喂！”

---

① “归天斋”的正一：生卒不详，传说是日本表演西方魔术的开山祖。

接下来,迷亭又从右袖筒里掏出一个红盒,盒里装着一把剪刀,拿给女主人看。

“嫂夫人,洋草帽嘛,就介绍到这里。请看这把剪刀。这也是非常贵重的宝器,有十四种用途哩!”

假如这把剪刀不露面,主人必将为巴拿马草帽而遭到妻子的呵责。咱家看得明明白白:幸亏妻子出于女人特有的好奇心,他才免去了一场浩劫。与其说这是由于迷亭的机智,莫如说纯属侥幸的走运。

“这把剪子为什么会有十四种用途?”女主人的话音未落,迷亭君便洋洋得意地说:

“现在,我来一一加以说明,请听我说下去。好吧!这里有个月牙形的洞眼吧?把烟卷往这儿一放,咯噔一声就能切断。其次,这刀根上有些装饰吧?就在这儿咔咔地剪铁丝。再次,把它弄平放在纸上,可以用它画线。还有,刀背上有刻度表,可以当做格尺用。这面有小锉,可以用来磨指甲哪。好吧,把这个尖儿插进螺丝口,使劲一拧,还能代替一把小螺丝刀呢。把这一头插进去一撬,一般铁钉钉的木箱都不费吹灰之力就能把箱盖撬开。再看,这个刀尖可以当锥子用。这块儿能把写坏了的字擦掉。全都拆卸开,就是一把刀。最后,喂,嫂夫人,这最后一件可太有趣了。这儿有个苍蝇眼珠那么大的圆球吧?请您上眼。”

“不,您又该拿我开心了。”

“那么不信任我可不好。你就权当再上一次当,请往里边瞧。嗯?不肯?只瞧一眼。”说着,把剪刀递给了女主人。

女主人迟迟疑疑地接过剪刀,眼睛贴在苍蝇眼珠的地方不住地往里瞧。二人不断地一问一答:

“看见了吗?”

“一片漆黑呀!”

"漆黑还了得！您再稍微面向纸格门，别把剪子放倒……对啦，对啦，这就看见了吧？"

"啊，是照片呀！怎么能把这么小的照片贴上了呢？"

"妙就妙在这里。"

主人一直默默无言。这时，似乎想看一眼那张照片。

"喂，让我也看看！"

女主人却仍旧将剪子贴在脸上，压根儿不肯交出去。

"太漂亮了！是裸体美人哪！"

"喂，不是叫你给我看看吗？"

"等等。头发多美呀，搭到腰部呢。微微扬起脸来，身材太高了。不过，是个美人哟。"

"喂，叫你给我看看！不大离儿就拿给我看看得了呗。"主人急不可耐，教训起妻子来。

"哎，让您久候了。就请瞧个够吧！"

当妻子将剪刀递给主人时，女仆从厨房走来说：客人预约的饭菜送到了。她将两笼荞面条端进客厅。

"嫂夫人！这里我自备的伙食。对不起，就在这儿吞下了吧！"迷亭毕恭毕敬地客套几句。

听起来，又像真事儿，又像开玩笑，弄得女主人无言以对，只低声说："噢，您请！"然后眼看着他吃。

主人终于目光从照片上移开，说：

"迷亭，大热的天，吃荞面可伤胃哟！"

"唉——没事儿！爱吃的东西轻易不会做病的。"说着，他揭开笼屉盖。

"好面！幸运，幸运。荞面条切得太长，人活得太蠢，从来都是没有出息哟！"说着，把佐料放进汤里，胡乱地搅了一通。

“你放那么多姜末,可要辣哟!”主人担心地提醒他。

“荞面嘛,就是蘸汁拌山姜吃的嘛。你不爱吃荞面条吧?”

“我爱吃馄饨。”

“馄饨是马夫吃的玩意儿。再也没有比不知荞面味的人更可怜的了。”说着,把杉木筷子随随便便地往笼屉里一插,夹了不能再多的荞面条,挑起二寸多高,说:

“嫂夫人,吃荞面条也有各种派头呢。初次吃面的人,一味地蘸汁,吃到嘴里吧嗒吧嗒不住地嚼。这样,就吃不出荞面味儿了。总得这样挑起一筷子吃嘛!”他边说边举起筷子,将一大团长长的面条挑起一尺多高。约莫差不多了。可是往下一瞧,只见还有十二三根面条的尾巴留在笼屉里,正和竹帘缠绵多情哩。

“这家伙可真长!怎么样,嫂夫人!这么长!”迷亭又找女主人作谈话对手。

“是够长的。”女主人显得十分钦佩的样子答道。

“把这长面条的三分之一蘸上汁,再一口吞下去。不能嚼,一嚼,荞面就走味了。突噜噜一口吞下,那才带劲儿哪!”

他心一横,把筷子高高举起,面条好歹才算离开了笼屉。将面条往左手拿着的碗里稍微一放,面条尾部逐渐沾上了汁。按阿基米德原理,荞面放进多少,汁就涨起多高。然而,碗里原本就装了八分,还不等迷亭手里的面条放进四分之一,碗里的汁已经满了。迷亭的筷子举到离碗五寸的地方突然停下,一动不动。不动,自有道理,因为再放进一点,汁就要溢出来。这时,迷亭似乎也表现得犹豫,但见他以野兔脱险之势将嘴凑近筷子,不容思索,竟哧溜一声,喉头硬是上下动了两下,筷头上的荞面已经一扫而光了。但见迷亭君从眼角淌下一两滴泪水,向面颊流去。到底是姜汁所致?还是狼吞虎咽过累的结果?这,尚且不知。

“佩服！竟然一口吞下。”主人服气地说。

“真带劲儿！”女主人也赞扬迷亭的绝技。

迷亭却一言不发，放下筷子，拍拍胸脯，说：

“嫂夫人！一笼大约三口半或是四口就下肚。细嚼烂咽的，就没味道了。”说罢，用手绢擦擦嘴，聊事歇息。

这时，不知为什么，天这么热，寒月君却戴着棉帽，两只脚泥乎乎的，不辞辛苦地跑来。

“啊，美男子驾到！我正在用餐，暂且失陪！”迷亭在众人环座之中，毫不脸红地荡平了另一笼荞面。这回他不仅没有像刚才那样狼吞虎咽，而且也没有那么不成体统地用手绢擦嘴，中途歇气儿，而是把两笼荞面轻松地吃掉，表现还算不错。

“寒月君，博士论文已经脱稿了吧？”主人问罢，迷亭紧跟着说：

“金田小姐已经等急了，快些交卷吧！”

寒月照例有些胆怯地说：“罪过！我也想早些交稿，叫她安心。怎奈，问题总归是问题，要费很大的心血进行研究哩。”本是违心的话，却说得很像肺腑之言。

“是呀，问题总归是问题，事情不能以‘鼻子’的意志为转移。当然，好大的鼻子嘛，倒也值得仰其鼻息的哟！”迷亭也以和寒月同样的腔调搭讪着。说得比较认真的还是主人。他问道：

“你的论文题目是什么？”

“是《紫外线对于青蛙眼球电动作用的影响》。”

“妙啊！不愧是寒月先生！青蛙的眼球，这很离奇！怎么样？苦沙弥兄！在论文脱稿以前，先把这件发明报告给金田公馆吧？”主人却不理睬迷亭的动议，问寒月道：

“你的研究，很苦吧？”

“是的。是个非常复杂的问题。最大的难题是,青蛙眼球上的晶体构造并不那么简单。因此,必须进行种种实验。首先,要做一个玻璃球,然后才能进行研究。”

“做玻璃球还不容易!到玻璃店去一趟就完事嘛!”主人说。

“不,不!”寒月挺起胸膛说。

“原来,圆呀,直线呀,都是些几何学上的术语。至于完全符合定义的理想的圆与直线,在现实世界是不存在的。”

“既然不存在,又何必苦苦追求?”迷亭插嘴说。

“所以我想,先试制一个可以对付搞实验的玻璃球,前些天已经开始了。”

“做成了吗?”主人问得可倒轻松。

“怎么能做成呢?”寒月说完,又觉得前言不搭后语,便说:“十分困难。要一点一点地磨哟。刚觉得这边的半径过长,就稍稍磨去一点儿。呀,不得了!另一边的直径又变得长了。再费九牛二虎之力,好好歹歹磨去了一块,这下子,整个变成椭圆形了。好容易把椭圆矫正过来,直径又不对了。开始磨的时候,那圆球足有苹果那么大,可是越磨越小,最后只剩杨梅果那么小了。我仍然坚持磨下去,磨得像个豆粒。即使小得像豆粒,也磨不成纯粹的圆。可我还是热心地磨……从今年正月至今,已经磨废了大小六个玻璃球。”这些话真假莫辨,而寒月却在喋喋不休。

“你在哪儿磨了那么多呀?”主人问。

“依旧是在学校的实验室。清早就开磨,吃午饭时休息一会儿,再一直磨到天黑。很不轻松哟!”

“那么,你近来总说忙啊忙啊的,连星期日也到学校去,就是为了磨玻璃球吧?”主人问道。

“完全正确!眼下,我从早到晚,整天地磨玻璃球。”

“正如那句台词:磨球博士‘混进来了’①。不过,如果鼻子夫人听说你那么热心,再怎么了不起,也会感激的吧? 老实说,前些天我有点事去图书馆。临回来时,刚要跨出门,偶然遇见了老梅。此公毕业后还跑图书馆,我觉得非常出奇,便敬佩地说:‘真用功啊!’而他却做了个怪脸,说:‘哪里,我不是来看书的。刚才从门前路过,突然想小解,这才进来借地方方便一下。’说完哈哈大笑。老梅和你,恰是相反的例子,请无论如何收进新编《蒙求》②这本书里吧!”迷亭照例做了又臭又长的说明。

主人有些严肃地问:“你每天每日地磨球,倒也可以。不过,到底想几时磨成功呀?”

“按目前情况,要十年吧!”看样子,寒月比主人更沉得住气。

“十年? 再快些磨成多好哇!”

“十年还是快的。弄不好,要二十年呢。”

“这还了得! 那么,很不容易当上博士喽?”

“是的。但愿早一天磨成,好叫金田小姐放心。可是,总而言之,不把玻璃球磨成功就不可能进行实验……”寒月稍稍停了一会儿骄傲地说:“嗯? 用不着那么担心。金田小姐也完全了解我在一心一意地磨球。老实说,两三天前去的时候,已经把情况说清楚了。”

这时,干听也听不懂三人对话的女主人奇怪地问道:

“可是,金田小姐不是从上个月就全家出动,去大矶了吗?”

寒月似乎有些招架不住,但装聋卖傻地说:

“那就怪了。怎么回事?”

---

① 混进来了:指的是近松半二等创作的“净琉璃”《本朝廿四孝》(明和三年上演)的第四场。战国,安土时武将武田胜赖做菊花蓑伪充铠甲潜入织田谦信公馆,有一句台词:“种花人混进来了!”

② 《蒙求》:唐李瀚著启蒙课本。

每当这时,迷亭就成了上等活宝。不论是谈话间断,还是羞于启齿,打起瞌睡以及陷于僵局等任何情况下,他都会从旁冲杀出来。

“本来上个月去大矶,可是硬说两三天前曾在东京相遇。够神秘的,妙!这大概就是灵犀一点通吧!相思最苦的时候,常常出现这种情景。乍一听来,好像是在做梦。但是,就算是梦,这梦境也远比现实更真切。拿嫂夫人来说吧,竟然嫁给了并没有思念你,也不曾被你所思念的苦沙弥君,一辈子也不知道恋爱是怎么回事,那么,你不理解,是自然的喽……”

“哟,你说这话有什么根据?真把人瞧扁了。”女主人半路上给了迷亭一个突然袭击。

“你,不是也没有害过相思病吗?”主人从正面助夫人一臂之力。

“唉,我的风流史嘛,不管有多少,无奈都已经是旧闻,也许在你们的记忆中已经荡然弗存了……说真的,我这么一把子年纪还过着独身生活,这也是谈恋爱的结果呀。”说着,迷亭依次察看每一张脸。

“嘿嘿……有意思!”女主人说。

“又寻开心啦!”主人向庭院望去。

只有寒月依然笑眯眯地说:“为了有助于后进,但愿领教您的往日艳史!”

“我的故事,也都很神秘,如果说给已故的小泉八云①听,他一定会大加赞许。遗憾的是先生已经长眠了。老实说,我已经没有兴致讲它。不过,承蒙盛情,我就实话实说了吧!有个条件,列位必须一直听完。”他约法完毕,这才书归正传。

“回忆起来,距今……啊……那是几年前啦……真麻烦,那就姑且定为

① 小泉八云(一八五〇——一九〇四):文学家。原是英国人,生于希腊,明治二十三年赴日。著有《心》、《怪谈》、《灵的日本》等。

十五六年前吧!”

“开玩笑!”主人嗤之以鼻。

“记性太坏了。”女主人奚落地说。

只有寒月严格守约,一言不发,似乎盼着尽快听到最后一句。

“就算有那么一年冬天吧!我在越后国,经过蒲原郡的筍谷,登上蛸壶岭,眼看要到会津境内的时候……”

“真是个怪地方。”主人又在打岔。

“请你静静地听着!蛮有意思呢。”女主人制止说。

“这时,天黑了,路不熟,肚子又饿,没办法,去敲了山腰一户人家的门,说明情况如此这般,这般如此,请求借宿一宵。只听有人回话:‘这事不难,请进!’我一看,举起蜡烛照着我的,是一张姑娘的脸,我可就哆嗦起来了。从这时起,我才切切实实体验到恋爱这个妖怪的魔力。”

“哎呀,我不听!那么个半山腰,还会有美女?”女主人说。

“别管是山还是海,夫人,我真想让那位姑娘给你看一眼。梳着高高的发髻哟!”

“咦?”女主人听得出神了。

“我进屋一瞧哇,八张床席的中间,横着一个炕炉,炉旁围坐着姑娘、姑娘的爹妈和我四个人。他们问我:‘喂,大概饿了吧?’我就恳求说:‘什么都行,请快些给我点东西吃吧!’于是,老人说:‘既然贵客临门,就做一顿蛇饭吃吧!’喂,眼看到失恋的时候了,可要竖耳细听哟!”

“先生,竖耳细听倒是可以的。不过,那是越后国,恐怕冬天未必有蛇吧?”

“噢,言之有理!不过,这么诗意盎然的故事,就不该死抠道理了。在泉镜花①的小说里，不是说雪里还有螃蟹吗？”

寒月只说了两个字：“不错！”便又恢复了洗耳恭听的姿态。

“当时，我是个什么都敢吃的大王。什么蝗虫啦，蛐蜒啦，哈什蚂啦，刚好都已经吃腻，吃顿蛇饭，倒也别有风味。我便回老人家的话说：‘那就速速品尝吧！’于是，老人家把锅放在炉膛上，倒些大米，咕嘟嘟地煮了起来。奇怪的是，一看锅盖，有大小十个窟窿，从窟窿眼里呼呼地冒出热气来。窍门真棒！一个乡下人，真叫人佩服！这时，老人家忽然起身，不知去到哪里。过了一会儿他回来，腋下挟着个竹篓。他把竹篓随手搁在炉旁。我往里这么一瞧哇，有货！那些长长的家伙，大概是太冷，扭成一堆，滚成一团哟！”

“这话请免，叫人听了难受！”女主人眉峰倒竖地说。

“为什么？这可是促成我失恋的最大原因，万万免不得的。不多时，老人家左手提着锅盖，右手将那些盘在一起的家伙信手抓住，嗖地扔进锅里，立刻盖上锅盖。就连我，当时也吓得喘不上气来。”

“不要讲下去了。怪瘆人的。”女主人一直害怕。

“眼看就到失恋那一段了，再忍着点儿。于是，不到一分钟，突然从锅盖的窟窿眼里钻出个小细脖，把我吓了一跳。我刚想，这不钻出来了吗？只见另一个窟窿里也突然钻出个蛇头来。我说：‘又钻出一条！’话音未落，又一处也钻了出来。终于锅盖上遍是锅中蛇的蛇脸了！”

“为什么都钻出头来？”主人问。

“因为锅里热，万般无奈想钻出去呀！不多时，老人家说：‘好了吧，开拽！’老妈妈说：‘知道了！’姑娘说：‘嗯！’于是，一人抓住一个蛇头，用力一拔。这一来，蛇肉都留在锅里，只有蛇骨全都拔出，一拉蛇头，骨架越来越

---

① 泉镜花（一八七三——一九三九）：小说家，原名镜太郎。作品《银短册》中叙述一人到暴风雪中的山上小屋寻找螃蟹，台词中说：“这是尊贵的客人。螃蟹如有心，说不定会在雪中的。”

长,十分有趣。"

"这就是剔蛇骨吧?"寒月笑着问。

"一点不错,是剔蛇骨。干得漂亮吧? 然后揭开锅盖,用勺子将米饭和蛇肉拌匀,对我说:'喂,请啊!'"

"你吃了吗?"主人冷冷地问道。女主人却哭丧着脸牢里牢骚地说:

"不要再讲了。太恶心,什么也不会吃得下的。"

"嫂夫人没吃过蛇饭,因此才这么说。你吃一回试试,那味道终生难忘呀!"

"唉,受不了,谁肯吃它?"

"于是,我吃得饱饱的,不觉得冷了,又不客气地欣赏姑娘的芳容,已经没有任何遗憾。这时,忽听:'请安歇吧!'只好客随主便。也许由于旅途劳累,对不起,我一头倒下,便睡得死死的。"

"后来又怎么样?"这回,女主人又催他讲下去。

"后来,第二天清晨一醒,就开始失恋了。"

"怎么回事?"

"噢,倒也没有什么。我清晨起来,吸着香烟,从窗户往外一看,对面引水的竹管旁,有一个秃子在洗脸。"

"是老头,还是老太婆?"女主人问。

"当时嘛,我也分辨不清。瞧了一阵子,待到秃头扭过脸来面向我时,不禁大吃一惊,原来正是我昨晚开始初恋的那位姑娘!"

"可你开头不是说,这姑娘头梳高高的发髻吗?"

"头天晚上是梳的高高发髻呀,而且是漂亮的岛田发式①。然而,到了

---

① 岛田发式:日本未婚女子或做新娘时梳的发髻。有人说起源于静冈县岛田市妓女的发型;也有人说起源于宽永年间歌舞演员岛田万吉,故名。

第二天早晨,竟然变成了秃子。”

“又是拿人开心吧?”主人照例把视线移向天棚。

“当时,我太意外,内心里有点害怕。但我还是从旁观察。只见秃子洗完了脸,将放在身旁一块石头上的岛田式发套忙乱地扣在头上,若无其事地走进屋来。我想:噢,原来如此!从此,我终于失恋,沦为徒叹命途多舛的人。”

“竟有这样无聊的失恋。是吧?寒月君!正因为无聊,他才虽然失恋,也依然这么兴高采烈、精力饱满哪!”主人面对寒月评价迷亭的失恋。

寒月却说:“不过,假如那位姑娘不是秃子,有幸带她来到东京,迷亭先生说不定会更神采焕发呢。总之,难得遇见了一位姑娘,却是个秃子,真是遗恨千古啊!不过,那么年轻的少女,怎么会掉光了头发呢?”

“我也对这件事反复琢磨。我想,一定是因为蛇饭吃得太多。蛇饭这玩意儿毒火攻头呀!”

“但是,你可哪儿都没事,完整无缺。”

“我万幸没有秃头。不过,从那以后变成了近视眼。”说着,他摘下金边眼镜,用手绢小心擦了擦。隔了一会儿,主人猛然想起,提醒道:

“到底有什么神秘可言?”

“那顶发套是从哪儿买来的?还是捡来的?我百思莫解,这一点就很神秘呀!”说着,迷亭又将眼镜照旧架在鼻梁上。

“简直像听了一段单口相声!”女主人评论说。

迷亭的胡诌八扯,到此告一段落。你以为他会住口吗?不,按这位先生的禀性,只要不堵住他的嘴,他毕竟不甘于沉默的。他又聊起另一件事来,好像独有高见似的说:

“我的失恋,虽然也是一段痛苦的经历,但是,假如当时不知道她是个秃子就娶到家来,终究要成为一生碍眼的婆娘。不慎重考虑,那可危险哟!结婚这档子事,到了关键时刻,常常会发现在意料不到的地方隐藏着伤口。因此,我奉劝寒月君不要那么朝思暮想、神魂颠倒地折磨自己,还是赶快收心,磨你的玻璃球吧。”

寒月故作为难的样子说:

“是啊,我也想只管磨玻璃球。可是对方不答应,真是糟透了。”

“是啊!你是由于对方纠缠。不过,也有的人很滑稽。提起跑进图书馆解手的那位老梅,那才真正出奇呢。”

“他干了什么?”主人听得蛮起劲儿。

“哎呀呀,是这么回事。这位先生从前曾经在静冈县的东西旅馆住过一个晚上。只一夜。当天晚上立刻向一位女仆求婚。我就够没心没肺的了,可也不到那种程度呀。是啊。那时候,旅馆里有个出名的美女叫阿夏。到老梅的房间来侍候的,恰好正是她。这就难怪了。”

“岂止难怪!这和你到什么岭去,不是一模一样吗?”

“有点相似。老实说,我和老梅不相上下。总之,老梅向阿夏求婚,不等回话,又想吃西瓜了。”

“怎么?”

主人莫名其妙。不仅主人,连女主人和寒月,也不约而同地歪头思量。迷亭却满不在乎,口若悬河地讲了下去。

“老梅叫来阿夏,问她,静冈怕是没有西瓜吧?阿夏却说,静冈再怎么不好,西瓜还是有的。阿夏切了满满一大盘子西瓜端来,老梅吃了。他将一盘子西瓜一扫而光,等待阿夏的答复。不等答复,他肚子开始痛了。痛得哼呀呀地直叫喊,一点也不见好,便又叫来阿夏,问她静冈有没有医生。阿夏照例说:‘静冈再怎么不好,医生总还是有的。’于是,请来了医生,名字叫德库特尔。这名字好像从天地玄黄的千字文里抄下来的。第二天早晨,谢天谢地,肚子不疼了。出发前十五分钟叫来阿夏,询问昨天求婚的事是否应允。

阿夏边笑边说:‘我们静冈,西瓜也有,医生也有,就是没有一夜成亲的新媳妇!’姑娘说罢,拂袖而去,据说再也不见她的芳容。从此,老梅和我同样失恋,除了解手,再也不到图书馆来了。思量起来,女人真是罪过!”

主人不同寻常,竟接受了这个观点。

“一点不假。不久前读缪塞①的剧本,书中人物引用罗马诗人的一段话,说道:‘比鸿毛还轻的是灰尘,比灰尘还轻的是清风,比清风还轻的是女人,比女人还轻的是虚无……’说得十分精辟。女流之辈,真没办法。”

主人竟在这怪里怪气的问题上大放厥词。然而,洗耳恭听的女主人,却不肯饶过。

“你说女人轻了不好,请问,男人重了也不是件好事吧?”

“重,是什么意思?”

“重就是重呗!像你那样。”

“我怎么重了?”

“你还不重吗?”

一场奇谈怪论又开始了。迷亭听得蛮有兴致。不多时,他开口了。

“这样面红耳赤地互相攻讦,正是夫妻关系的真实写照吧!从前的夫妻,一定是索然无味的。”

他的话模棱两可,不知是在奚落,还是赞赏。说到这里,本应适可而止,可他又以那么一种语调继续发挥,说出下述一番话来:

“相传古时候没有一个女人跟丈夫顶嘴。果然如此,岂不等于娶了个哑巴媳妇?这我一向认为不足取。倒是巴不得像嫂夫人那样训斥几句:‘你还不够重的吗?’同样娶老婆如果不隔三差五吵上一两架,会闷得要死的!拿

① 缪塞(一八一〇——一八五七):法国浪漫主义作家。多写鄙视资产阶级社会却又找不到出路的悲剧,如诗剧《酒杯与嘴唇》,长诗《罗拉》,自传体小说《一个世纪儿的忏悔》。

我妈来说吧,在老爷子面前,只会唯唯诺诺。并且,老两口共同生活了二十年,据说除了参拜神社,不曾一同跨出大门一步,岂不太惨了吗?不错,多亏妈妈,我全记住了列祖列宗的戒名。男女之间是这样的:我们小时候毕竟不可能像寒月君那样和意中人合奏一曲啦,灵犀相通啦,梦一般的朦胧中神会啦……”

“可怜!”寒月低下头来。

“的确可怜!而且,那时候的女人未必就比现在的女人品行好。嫂夫人,近来盛传女学生堕落了等等。这算得了什么,早先年比这严重得多哩!”

“是吗?”女主人很认真。

“是呀!我不是胡说。证据确凿,有什么办法。苦沙弥兄:你也许记得,直到我们五六岁的时候,还有的女孩像茄子似的被装进笼子里,用扁担挑着四处叫卖。是吧?老兄!”

“我可不记得那些事。”

“你的家乡情况如何我不知道,静冈可确实如此。”

“万不曾想……”女主人小声说。

“真的吗?”寒月也言不由衷地问道。

“是真的。我爸爸就讨价还价过。那时,我大约六岁上下。我和爸爸从油町去通町散步,迎面有人高声大喊:‘谁买女孩喽!谁买女孩喽!’我们刚好走到二号街的拐角,在‘伊势源’成衣铺门口和他走了个碰头。‘伊势源’有十间门市,五个仓库,是静冈县最大的服装店。现在你去瞧啊,至今也还保持得完完整整,真是一所漂亮的门市。掌柜的叫甚兵卫。他坐在账房里,哭丧着脸,总像三天前死了娘似的。他身旁坐着一名二十四五岁的年轻徒工,名叫阿初。这小子面色苍白,活像云照大师①的徒子徒孙,三七二十一天光喝荞麦汤似的。阿初身旁是老长,活像昨天家里失火被烧跑了似的,怅然倚在算盘旁。挨着老长的……”

“你到底是讲服装店的故事,还是讲卖小孩的故事?”

“是的,是的,我是要讲贩卖人口的故事。说真的,‘伊势源’成衣铺也有好多奇闻哩。今天暂且割爱,只讲贩卖人口的故事吧!”

“那么贩卖人口的故事也请你一起割爱了吧。”

“为什么?这对于二十世纪的今天和明治初年女人人格的对比研究,可是大有价值的参考资料,怎么能轻易就不讲呢……且说,我和爸爸来到‘伊势源’门前,那个人贩子见了我爸爸,说:‘老爷,这还有点货底子,两个女孩削价处理,你就买下吧!’说着,他放下扁担,擦了擦汗。我展眼一瞧,前后两个筐各装一个小女孩,都两岁上下。爸爸问他:‘如果便宜些,倒可以买下。只有这么点货?’人贩子说:‘嗯,赶巧今天都卖光,只剩这么两个。’人贩子把两个女孩都举到爸爸眼前,像拿茄子似的,说:‘要哪个都行,尽你挑。’我爸爸啪啪敲了几下两个女孩子的脑袋,说:‘嗬,声音很响呀!’接着,果然开始讲价。大大杀价的结果,爸爸说:‘买下倒也可以。不过,货,可地道?’人贩子说:‘地道!前边那个我始终看在眼里,不会有问题。挑在后边那个,因为我没长后眼,往坏处想,也许有点毛病。这一个不保险,那就价钱少算②。’这一场对话,至今我也记忆犹新,所以,在幼小心灵中就有这样的念头:‘女人,真是不可慢待哟!’然而,到了明治三十八年的今天,再也没有人干这种蠢事:挑着女孩沿街叫卖;再也听不到‘眼睛看不见,后筐里的女孩不保险’之类的故事了。因此,依我看来,多亏西方文明,女子的品格也有很大

① 云照大师(一八二七——一九〇九):日本真言宗的和尚,出云国生人,姓渡边。现东京有“月白僧园”。

② 语出法国作家拉伯雷,见《巨人传》第十五章结尾。

的提高,这是可以断言的。同意吗？寒月君!”

寒月在回答之前,先大大方方地打扫一下喉咙,然后以故作庄重的低音述说了如下所见：

“现代女性,在往返学校的途中,在音乐会、慈善会或游园会上喊:‘请买下我吧!’‘啊？不喜欢?’……她们自己拍卖自己,再也没有必要雇那些难缠的商贩干那种下贱的寄售营生,喊什么:‘谁买女孩喽!’人的独立性一提高,自然会这样的。老年人总是不必要地杞人忧天,说三道四。然而老实说,这是文明发展的趋势,是让我们万分高兴的好现象,都在偷偷地深表祝贺哩！像从前那样,买主敲敲脑壳,问问货色地道吗？再也没有人说这种蠢话,尽管放心。而且,身在万般复杂的今日社会,如果手续那么烦琐,可就永无尽期了。女人恐怕五六十岁也找不到主、嫁不出门的吧!”

寒月不愧为二十世纪青年,大谈其当代思潮,将“敷岛”牌香烟的云雾往迷亭的脸上直喷。迷亭可不是“敷岛”牌就能够呛昏的。

“仁兄所论甚是。如今的女学生们、小姐们,从她们的自尊自信,直到她们的身体皮肤,处处不服男子汉,实在令人钦佩之至。拿我邻近的女学生来说吧,很不简单哟！穿件短袖和服,吊在铁杠上,我算服啦。每当我从二楼的窗子看她们做体操,不免缅怀起希腊妇女。”

“又是希腊!”主人冷笑着信口说道。

“凡是给人以美感的,大抵都起源于希腊,有什么办法！美学家与希腊,毕竟是难分难解的嘛！尤其欣赏那位黑皮肤女学生专心致志地做体操,我总要忆起阿古娜底斯的趣闻。”迷亭以万事通自居,又在胡聊。

“又提出一个古怪的名字!”寒月依然那么笑眯眯的。

“阿古娜底斯可是一位了不起的女人哟！我佩服得五体投地。按当时雅典的法律,是禁止妇女当产婆的,这太不方便。阿古娜底斯,不是也感到不方便吗!”

“什么？你刚才说……”

“女人呗！是个女人的名字。这个女人左思右想:女人不能当产婆实在可悲,极其不便。我太想当个产婆了。她一连三天三夜交臂沉思:难道就没有个捷径当上产婆吗？恰是第三天的拂晓,她听到邻家出生的婴儿哇的一声哭叫,心想:啊,对！她恍然大悟。随后她急忙剪掉长发,女扮男装,去听希洛菲勒斯讲课。她从头至尾听完课,认为学得差不多,终于接生婆开业了。不过嫂夫人,当时生意可真兴隆哟！东家婴儿呱呱坠地,西家婴儿哇的一声降生,全都是托阿古娜底斯的福降生的。因此她发了一笔大财。然而,人间万事,犹如塞翁失马,福不双至,祸不单行。终于秘密暴露,说她冒犯了官府法令,对她从严惩处了。”

“简直像单口相声!”女主人说。

“很动听吧？不过,雅典的妇女们联名请愿,官长们又不便敷衍了事,才把这名女产婆无罪释放,甚至发了布告:从此女子也有选择产婆职业的自由。幸哉,幸哉！一场风波,总算平息了。”

“你知道的事可真多,令人佩服!”女主人说。

“是的,一般事理,无所不知。不知道的,只有自己干的那些蠢事。但是,连这也略有所知。”

“嘿嘿嘿……净逗乐子!”女主人笑得前仰后合。这时,隔扇上的门铃儿和新安装时一样,清脆地响了。

“啊,又来客人了。”女主人说着到饭厅去。和女主人脚前脚后走进客厅的你猜是谁？原来是列位熟识的越智东风。

连东风君也到场,那么,出没于苦沙弥家的怪物,虽然不敢说网罗殆尽,至少可以说头数不少,足以慰我寂寥了。如果这样还不满足,那就要求太高。假如运气不佳,我被饲养在别人家里,到头来,说不定毕生不知人类中竟有如此人物而一命呜呼。幸而我成为苦沙弥先生门下的猫,朝夕服侍左右,因而不要说苦沙弥,就连偌大东京绝无仅有的迷亭、寒月乃至东风,都躺着就能够欣赏这些以一当十的英雄豪杰们的举止言谈,这在猫儿我来说,实乃三生有幸！大热的天,多亏他们,才使我忘却了毛皮裹身之苦,得以开心地消磨了半日时光,真是不胜感激之至。既然群英云集,绝不会淡淡收场的。咱家不免从纸屏后肃然观瞻了。

"久疏问候,少见了!"东风先生躬身一拜。只见他的头仍然梳得明光锃亮。如果单以人头评价,他倒很像个唱小戏的戏子。但是,看他煞费苦心地穿着小仓布外褂那副装腔作势、道貌岸然的样子,又不能不以为他是榊原健吉[①]家中的弟子呢。因此,东风的身体像点平常人的,只有肩头到腰部。

"噢,大热的天,难得你来。喂,一直往里进!"迷亭像在自己家里似的打招呼。

"好久没见迷亭先生了。"

"是呀,不错,今年春天搞朗诵会以后再也没见。提起朗诵会,近来也还热闹吧。其后你又扮演过宫小姐吗？你演得真棒！我好一顿鼓掌。注意到了吗?"

"是啊！蒙您捧场,我才鼓起很大的勇气,一直演到最后。"

"下一次几时公演?"主人插嘴说。

"七、八两个月休息,九月份想大干一场。有什么好题材吗?"

"这……"主人漫不经心地回答。

"东风君！把我的作品公演一下吧?"这时寒月搭话了。

"你的作品一定很有趣。不过,到底是什么作品呀?"

"剧本!"寒月尽量加重语气这么一说,果然,全场人无不惊讶得目瞪口呆,不约而同地望着寒月。

---

① 榊原健吉(一八二九——一八九四):日本著名剑术家。

“剧本可了不起！是喜剧，还是悲剧？”对于东风君追问，寒月先生依然十分镇静地说：

“哪里！既不是喜剧，也不是悲剧。近来旧剧呀，新剧呀，好不热闹！我也想出个新花样，写了一出俳剧。”

“俳剧是什么剧？”

“就是‘俳句风格的戏剧’，简称为‘俳剧’。”

连主人和迷亭都有点听得入迷，亟待讲解下去。

“那么，请问是什么风格？”还是东风君在问。

“因为源于俳风，如果冗长无聊就不好，所以，写成了独幕剧。”

“原来如此。”

“先从道具谈起吧。最好也简单些。在舞台中心插一棵柳树，从树干向右方横出一枝，枝头上蹲着一只乌鸦。”

“乌鸦一动不动才好呢。”主人不大放心，独自喃喃地说。

“那不难。用线绳把乌鸦的腿绑在树枝上。在树下放一个澡盆，盆里侧身坐着一位美人，正用毛巾搓澡。”

“这可有点近似于颓废派。首先，谁来扮演那位女人？”迷亭问道。

“唉，马到成功。雇一名美术学校的模特儿！”

“那，警察厅可要找麻烦了。”主人还在担心。

“不过，只要不是公演那就没关系。倘若计较这些，学校里的裸体写生画可就搞不成了。”

“然而，那是为了教学呀！那可不同于专供人们观赏哟！”

“只要先生们这样讲一天，日本就一天不会好。绘画也罢，演戏也罢，同样都是艺术。”寒月君气势汹汹地说。

“好吧，不用争论。且说接下去又怎么样？”东风君好像背不住就采用似的，很想了解一下剧情。

“这时,俳句诗人高滨虚子[①]手拿文明杖,头戴防暑帽,身穿薄纱袍,足登短腰靴,萨摩[②]碎银花的衣襟掖在腰间。就是这么一副扮相,从观众席出场。看他的衣着,很像个陆军的军需商人。然而,因为他是个俳坛诗人,必须尽可能表现出从容不迫、一心推敲诗句的神态。当他穿过观众席,将要跨上舞台时,忽然抬起凝思妙句的双目,朝前一看,有一棵巨柳;柳荫下,一位洁白的美女在沐浴,他吃了一惊。再向上看,只见修长的柳枝上蹲着一只乌鸦,正在俯视着美女沐浴。于是,虚子先生诗兴大发,只沉思五十秒钟,便高声吟成一句:‘美人浴,呆了枝头鸦不去。’以此为号,一声梆子,大幕落了……怎么样?这样风格,您还中意吧?东风君!你与其扮演宫小姐,莫如扮演高滨虚子好得多哟!”

看东风君的表情,似乎还有点不满足,严肃地回答说:

“太简单,好像有点不过瘾。希望再穿插点富于人情味的情节才好哪。”

一直比较文静的迷亭,他可不是个久久沉默的人。

“不过如此,俳剧可太不够劲儿了。据说上田敏[③]先生认为所谓俳风啦,滑稽戏啦,都很消极,是亡国之音。不愧为上田敏,说得多好!那么无聊的俳剧,你试试看,肯定要被上田先生取笑的。首先,正剧呀,闹剧呀等等,岂不太消极、太莫名其妙吗?对不起,寒月还是到实验室去磨玻璃球的好。俳剧嘛,任凭你写一百篇,二百篇,因为是亡国之音,没用!”

寒月有点恼火:“真的那么消极吗?我可是想叫它发挥积极作用呢。”

---

① 高滨虚子(一八七四——一九五九):本名清,爱媛县松山人,主编俳句刊物《杜鹃》,成为日本派俳句的中心人物。

② 萨摩:即今鹿儿岛。

③ 上田敏(一八七四——一九一六):东京大学英语系毕业,搞文学评论,翻译,也写诗和小说。

他在争辩没用的事。“那虚子先生说：‘美人浴，呆了枝头鸦不去。’然后捉住乌鸦，叫它别迷上女人，我想，这不是非常积极吗？”

“此说倒很新鲜，务请详论一番！”

“我站在理学士的立场考虑，乌鸦迷上了美女，这不大合乎情理吧？”

“对呀。”

“把这种不合理的事情信口道出，听来却又不觉得不合情理。”

“是吗？”主人以不相信的语声从旁插嘴。但是，迷亭却根本不理。

“若问为什么听起来并不觉得不合情理，这从心理学的角度一说便知。老实说，是否迷得发呆，这都是诗人本身的感情，与乌鸦毫无关系。因此，吟成‘美人浴，呆了枝头鸦不去’并不是说乌鸦如何如何，归根结底，是诗人自己看呆。高滨虚子自己见了美女入浴，从惊喜的一刹那便一直钟情。是啊，只因他以钟情的眼睛观看停在枝头正在俯视的乌鸦，这才使他产生了错觉：‘哈哈哈，乌鸦竟也和我一样倾心了。’这无疑是一种错觉；但也正是文学，而且有积极的意义。把自己的感受硬是安到乌鸦头上而又佯装不知，这，岂不是很大的积极精神吗？如何？先生！”

“的确是高见。假如高滨虚子听见，他一定会吃惊的。你讲得倒很积极，只怕实际表演这出戏的时候，观众一定要变得消极的。是吧？东风君！”

“是啊，总觉得过于消极呢。”东风严肃地回答说。

主人似乎要把谈话的范围扩大一些，便说：

“怎么样？东风君，近日可有杰作？”

“哪里。没有什么值得先生过目的。不过，近来想出一本诗集……幸而带来了稿子，那就请多多指教吧！”东风从怀里掏出一个紫绢包来，从中取出五六十页诗稿，放在主人面前。主人装得很正经，说：“那就拜读了。”只见第一页写了两行字：

莫效世人。应纤纤而读。

献给富子小姐!

主人流露出神秘的表情,把第一页默默地看了多时。迷亭从旁说:

“什么? 是新体诗吗?”说着,他把诗稿扫了一眼,满口赞佩说:“噢,‘献给’! 东风君,横下一条心献给富子小姐,了不起!”

主人仍然纳闷儿,问道:

“东风君,这个富子小姐,确有其人吧?”

“是的,就是前此我和迷亭先生邀请出席朗诵会的一位女士。就住在这附近。坦率地说,我本想给她看看诗集,到她家去过,偏偏她从上个月就去大矶避暑,不在家。”东风装得一本正经地说。

“苦沙弥兄! 如今是二十世纪啦,别那么一副表情。快些朗读杰作吧! 不过,东风君,你‘献给’的手法可不大高明。这文绉绉的‘纤纤’二字,究竟寓意何在呀?”迷亭问道。

“我想,是表示‘轻盈’和‘仔细’的词。”寒月回答说。

“当然,不是不可以这么讲。但是,这个词应该是岌岌可危的意思哟。因此,如果是我,不会这么用的。”

“怎么写才能更富于诗意呢?”

“如果是我,就这么写:‘莫效世人。应岌岌而读。献给富子小姐鼻下。’出入只在于两个字。但是,有没有‘鼻下’二字,给人的感觉可不大相同哟。”

“不错!”东风本是不解,却硬装明白。

主人一声不响,总算掀过一页,读起卷头第一诗章。

倦怠、郁香的烟雾袅袅,

有你的芳心与情丝缭绕。
啊，我哟，在这凄苦的尘寰。
唯有这猛吸时火热的一吻最甘甜。

"这诗，我可有点不敢领教。"主人叹息着将诗稿递给迷亭。

"未免有点新颖过头了。"迷亭又将诗稿递给寒月。

"是有那么点。"寒月又将诗稿还给东风。

"先生，您不懂这首诗是不奇怪的，因为今天的诗坛比起十年前，已经发展得面目一新了。现在的诗，毕竟不是躺在床上或是蹲在车站就可以读得懂的。就连作者，如果受到质问，也常常穷于答辩。因为是全凭灵感而写，此外，诗人不负任何责任。注释和训诂，那都是学者们的事，和我们诗人毫无关系。不久前我有个朋友叫送籍①，写了《一夜》这么个短篇小说。谁看都稀里糊涂，不得要领，便去见作者，盘问《一夜》的主题思想是什么。作者说，连他自己也不知道，便未予理睬。的确，我想，这大概正是诗人的本色。"

"也许他是个诗人。不过，可是个特号怪物呢。"主人说。

"是个蠢材！"迷亭干脆枪毙了送籍。

东风君觉得这么几句，还评得不够周全，便说：

"送籍这个人，就连在我的伙伴当中也是不被理睬的。还是请诸位稍微细心些谈谈我的诗作吧！请特别注意的是'凄苦的尘寰'和'火热的一吻'，采取了对仗的笔法，是我心血的结晶。"

"可以看得出，你煞费苦心了。"

"'甘甜'与'凄苦'反衬，简直是'十七香'②，有趣！这纯属东风君独特

① 送籍：日文读音与漱石同，并且夏目漱石确实写过同名短篇小说。
② 十七香：本是七香作料，因俳句十七个字，作者故意风趣地说成十七香。

的艺术技巧,佩服得五体投地!”迷亭专爱对老实人讲话时没完没了地插科打诨。

主人不知想起了什么,突然站起,去到书房,没多大工夫,又拿着一张纸条走来。

“诸位已经看过东风君的大作。现在我来读一段短文,请诸位指正。”他说得煞有介事。

“如果是天然居士的墓志铭,我可已经恭听两三遍了。”

“喂,别多嘴!东风君,这绝非我的得意之作,不过是即兴吟咏而已,有劳尊耳了。”

“一定领教。”

“寒月君也顺便听听。”

“要听的,何必‘顺便’。不是长篇大论吧?”

“仅仅六十多个字。”

苦沙弥先生终于开始读他那篇亲笔名作了。

“大和魂!”日本人喊罢,像肺病患者似的咳嗽起来。

“简直是突兀而起!”寒月夸奖说。

“大和魂!”报贩子在喊。“大和魂!”三只手在喊。大和魂一跃而远渡重洋!在英国做大和魂的演说;在德国演大和魂的戏剧。

“果然是胜过天然居士之作。”这时,迷亭先生挺起胸膛说。

东乡大将有大和魂;鱼铺的阿银有大和魂;骗子,拐子,杀人犯,也都有大和魂！

“先生，请补上一笔，我寒月也有大和魂。”

假如有人问：“何为大和魂？”回答说：“就是大和魂呗！”说罢便去。百米之外，只听“哼”了一声。

“这一句绝妙！你很有文采呀。下边的句子呢？”

大和魂是三角形，还是四角形？大和魂实如其名，是魂。因为是魂，才常常恍恍惚惚的。

“先生，写得蛮有意思。只是‘大和魂’这个字样用得多了点吧？”东风提醒道。

“赞成。”喊这一口的，自然是迷亭。

没有一个人不叨念它，却没有一个人看见过它；没有一个人没听说过它，却没有一个人遇上过它。大和魂，恐怕是天狗之类吧！

主人读完，本以为会余韵绵绵；但因这奇文妙笔太短，主题何在也不清楚，三人便以为还有下文，等待主人读下去。可是干等，主人也不说个青红皂白，最后寒月问道：

“就这些？”

“嗯。”主人低声说，说得过于轻松。

奇怪的是，迷亭对于这篇妙文竟没有像往常那样胡诌八扯一气。但过

了一会儿,他转过脸来问主人:

“你也把短篇收集成册,然后奉献给谁,如何?”

“那就献给你吧?”主人信口说道。

“碍难从命!”迷亭说罢,拿起刚才对女主人吹嘘的那把剪子剪指甲,弄得咯吱吱地响。

寒月问东风:“你认识那位金田小姐吗?”

“自从今年春天请她参加朗诵会,相处亲密起来。其后一直交往。我一见了她,不知怎么,总有一种感情冲动。相当长一个时期,不论是写诗吟歌,都非常愉快,乘兴挥就。这本诗集之所以爱情诗居多,我想,可能就是由于从异性朋友那里得到灵感。因此,我必须对那位小姐诚诚恳恳地表示谢意,便借此机会,献上我的诗集。自古以来,没有女性亲友的人,大概是写不出绝妙好诗的。”

“是呀!”寒月忍住笑答道。

不论是什么样的雄辩家盛会,也不会持续多久的。终于,谈话的火势不旺了。咱家可没有义务必须逐天每日倾听他们那些老生常谈,便暗自失陪,到院子里找螳螂去了。

夕阳从梧桐的绿叶间疏疏落落地洒下。树干上蝉儿在吱吱地嘶鸣。今夜说不定会有一番风雨哩。

七

咱家近来开始运动了。有人笼而统之大肆冷讽热嘲:“一个小猫,还搞什么运动,真是逞能!”愿对这些家伙聊进一言。即使说这番话的诸公,难道不是几年前尚且不知运动之为何物,只把傻吃乜睡奉为天职吗?应记得,正是他们,从前提倡什么“平安即是福”,把袖手闲坐、烂了屁股也不肯离席视为权贵们的荣誉而洋洋自得。至于连连提出无聊要求——什么运动吧,喝牛奶吧,洗冷水澡吧,游海吧,一到夏天,去山间避暑,聊以餐霞饮露吧……这是近来西方传染到神国日本的一种疾病,可以视之为霍乱、肺病、神经衰弱等疾病的同宗。

的确,咱家去年才降生,今年才一周岁。因此,记忆中并不存在当年人类染上这种疾病时是什么样子。而且,完全可以肯定,当时我还没有卷入尘世的风波,然而可以说,猫活一岁,等于人活十年。猫的寿命尽管比人要短促一半以上,而猫在短暂的岁月里却发育得很成熟。依此类推,将人增岁月与猫度星霜等量齐观,就大错而特错了。不说别的,且看咱家才一岁零几个月,就有这么多的见识,由此可见一斑。主人的三女儿,虚年已经三岁了吧?若论智育发展,哎哟,可慢啦。除了抹眼泪,尿床,吃奶以外,什么也不懂。比起咱家这愤世嫉俗的猫来,她简直微不足道。那么咱家的心灵之中,贮有运动、海水浴以及转地疗养等知识,也就毫不足怪了。对这么明摆着的事,假如有人质疑,他一定是凑不上两条腿的蠢材。

人类自古就是些蠢材。因此,直到近来才大肆吹嘘运动的功能,喋喋不休地宣传海水浴的效益,仿佛一大发现似的。可我,这点小事没等出生就了解得一清二楚。首先,若问为什么海水可以治病?只要到海边去一趟,不就立见分晓了吗?在那辽阔的大海中,究竟有多少条鱼?这可不知道;但是,我了解没有一条鱼害病找医生,无不健壮地遨游。鱼儿假如害病,身子就会失灵;假如丧命,一定会漂上水面。因此才把鱼死称为"漂",把鸟亡称为"落",人类谢世称为"升天"。不妨去问横渡印度洋去西方旅游的人们,问他们可曾见过鱼死?任何人都肯定会说不曾见过,也只能这么回答。因为不论在海上往返多少次,也没有人看见任何一条鱼在波涛之上停止呼吸——不,"呼吸"二字,用词不当。鱼嘛,应该说停止"吞吐",从而漂在海面。在那茫茫浩瀚的大海,任凭你昼夜兼程、燃起火把、查遍八方,古往今来也没有一条鱼漂出水面。依此类推,不费吹灰之力,立刻就可以得出结论:鱼,一定是非常结实的。假如再问:为什么鱼那么结实?这不待人言而自明。很简单,立刻就懂,就是因为吞波吐浪,永远进行海水浴。对于鱼来说,海水浴的功效竟然如此显著。既然对鱼功效显著,对于人类也必然奏效。一七五〇年,理查德·拉赛尔①博士大惊小怪地动用广告宣称:"只要跳进布莱顿②海,四百零四种疾病保您当场痊愈。"

这话说得太迟了,令人贻笑大方。时机一到,我们猫也要全体出动,奔赴镰仓海岸的。但是,目前还不行。万事都有个时机。正像明治维新以前的日本人从生到死一辈子都能受到海水浴的功效,今天的猫也还没有机会裸体跳进大海。心急吃不上热豆腐。今天,我们猫只要被扔到荒郊漫野,就

---

① 拉赛尔:英国医生。

② 布莱顿:英格兰东南部城市,滨于英吉利海峡,是英国最大的海水浴场。

不可能平安地找回家。在这种条件下,还想胡乱跳进大海,那是使不得的。遵照进化的法则,我们猫类直到对狂涛巨澜有一定抵抗力的那一天,换句话说,在不再说猫“死”,而普遍用猫“漂”这个词汇以前,轻易进行不得海水浴的。

那么,海水浴就推迟进行吧!决定第一步先开展“运动”。已经是二十世纪的今天,不搞运动,会像贫民似的,名声不大好。假如不运动,就不会认为你是不运动,而是断定你不会运动,没有时间运动,生活窘迫。正如古人嘲笑运动员是奴才,而今天把不运动的人看成下贱。世人褒贬,因时因地而不同,像我的眼珠一样变化多端。我的眼珠不过忽大忽小,而人间的评说却在颠倒黑白,颠倒黑白也无妨,因为事物本来就有两面和两头。只要抓住两头,对同一事物就可以翻手为云,覆手为雨,这是人类通权达变的拿手好戏。将“方寸”二字颠倒过来,就成了“寸方”。这样才好玩。从胯下倒看“天之桥立”①,定会别有一番风趣的。假如千年万载,始终只有一个莎士比亚,那就太乏味。假如没有人一旦从胯下倒看一眼哈姆雷特,并且否定他,文学界就不会有进步。因此,贬斥运动的人突然变得喜好运动,就连女子也手拿球拍往来于长街之上,这就毫不足怪。只要不讥笑我们猫搞运动“太逞能”,也就罢了。

却说,也许有人纳闷儿:咱家的运动属于哪一类?那就交代一下吧!众所周知,十分不幸,咱家不会拿任何器具,因而,不论对球还是球棒,无不运用无术。其次因为没钱,也就不可能去买。由于这两种原因,咱家所选择的运动,属于可谓分文不花、不用器具的那一种。于是,说不定有人以为咱家无非迈迈方步,或是叼着金枪鱼片奔跑而已。然而,只是根据力学原则动转

---

① 天之桥立:日本京都府与谢郡风景区,被称为日本三景之一。系一狭长沙滩,伸入大海,滩上青松,倒映水中,宛如天桥入海。

四足，服从地心引力而横行于大地，这未免太简单、太没趣。像主人经常进行的那种读书啊等等字面上的所谓运动，他们终归是有辱于运动的神圣感的。

当然，在单纯运动的刺激下，也未必没有人干钓木松鱼和捕大马哈鱼竞赛等等，固然很好，但这是由于有猎物所致。如果除却猎物的刺激，便索然无味了。假如没有悬赏的兴奋剂，我宁愿做一点讲求技艺的运动。我做了各种探索。例如：如何从厨房的檐板跳上屋脊，如何四条腿站在屋顶的梅花形脊瓦上，如何走晾衣竿啦——这件事终于不成功。竹竿滴溜溜地滑，站也站不住。只好抽冷子从小孩身后扑上去——这些倒是饶有风趣的运动；但是，常干就要倒霉。因此，顶多一个月玩那么两三回。

再就是让人把纸袋扣在咱家头上——这种玩法很不好受，也是十分无聊的一种游戏。尤其没有一个人搭伴就不可能成功，所以，不行。

再次，是在书本的封面上挠着玩——这若是被主人发现，不仅必有暴拳临头的危险，而且比较来说，这只能表现爪尖的灵敏，而全身肌肉却使不上劲儿。以上，都是我所说的旧式运动。

新式运动当中，有的非常有趣。最有意思的是捉螳螂。捉螳螂虽然没有拿耗子那么大的运动量，但也没有那么大的风险。从仲夏到盛秋的游戏当中，这种玩法最为上乘。若问怎么个捉法，就是先到院子里去，找到一只螳螂。碰上运气好，发现它一只两只的不费吹灰之力。且说发现了螳螂，咱家就风驰电掣般扑到它的身旁。于是，那螳螂妈呀一声，扬起镰刀型的脑袋。别看是螳螂，却非常勇敢，也不掂量一下对方的力气就想反扑，真有意思。咱家用右脚轻轻弹一下它的镰刀头，那昂起的镰刀头稀软，所以一弹就软瘫瘫地向一旁弯了下去。这时，螳螂仁兄的表情非常逗人。它完全怔住。于是咱家一步蹿到仁兄的身后，再从它的背后轻轻搔它的翅膀。那翅膀平常是精心折叠的。被狠狠一挠，便刷的一下子展开，中间露出类似棉纸似的一层透明的裙子。仁兄即使盛夏也千辛万苦,披着两层当然很俏皮的衣裳。这时,仁兄的细长脖子一定会扭过头来。有时面对着咱家,但大多是愤怒地将头部挺立,仿佛在等待咱家动手。假如对方一直坚持这种态度,那就构不成运动。所以又延长了一段时间,咱家又用爪扑了它一下,这一爪,若是有点见识的螳螂,一定会逃之夭夭。可是在这紧急之刻,还冲着咱家蛮干,真是个太没有教育的野蛮家伙。假如仁兄这么蛮干,悄悄地单等它一靠近,咱家狠狠地给它一爪,总会扔出它二三尺远吧!但是,对方竟文文静静地倒退。我觉得它怪可怜的,便在院里的树上像鸟飞似的跑了两三圈,而那位仁兄还没有逃出五六寸远。它已经知道咱家的厉害,便没有勇气再较量,只是东一头、西一头的,不知逃向哪里才好。然而,咱家也左冲右撞地跟踪追击。仁兄终于受不住,扇动着翅膀,试图大战一场。原来螳螂翅膀和它的脖子很搭配,长得又细又长。听说根本就是装饰品,像人世的英语、法语和德语一样,毫无实用价值。因此,想利用那么个派不上用场的废料大战一场,对于咱家是丝毫不见功效的,说是大战,其实,它不过是在地面上爬行而已。这一来,咱家虽然有点觉得它怪可怜的,但为了运动,也就顾不上这许多了。对不起!咱家抽冷子跑到它的身前。由于惰性原理,螳螂不能急转弯,不得已只好依然向前。咱家打了一下它的鼻子。这时,仁兄肯定会张开翅膀一动不动地倒下。咱家用前爪将它按住,休息一会儿,随后再放开它,放开以后再按住它,以诸葛孔明七纵七擒的战术制服它。按程序,大约反复进行了三十分钟,看准了它已经动不得,便将它一口叼在嘴里,晃了几下,然后又把它吐了出来。这下子它躺在地面上不能动了,咱家才用另一只爪推它,趁它往上一蹿的工夫再把它按住。玩得腻了,最后一招,狼吞虎咽地将它送进肚里。顺便对没有吃过螳螂的人略进一言:螳螂并不怎么好吃,而且,似乎也没有多大营养价值。

除了捉螳螂,就是进行捉蝉运动。飞蝉并不只是一种。人有"絮叨货”、“哇啦哇”、“叽叽鬼”，蝉里也有油蝉、蛁蝉、寒蝉。油蝉叫声“絮絮叨叨”，烦人；蛁蝉叫声“哇啦哇”的，受不了；捉起来有趣的，只有叫声“知了知了”的寒蝉。这家伙不到夏天终结不出来。直到秋风从和服腋下的破绽处钻进，一厢情愿地抚摸人们的肌肤，以至使人受了风寒，打起喷嚏。只有这时，寒蝉才竖起尾巴悲鸣。它可真能叫喊。依我看来，它的天职就是嘈嚷和供猫捕捉。初秋季节就捕这些家伙，此之谓捉蝉运动。

谨向列位声明：既然小名叫飞蝉，就不是在地面上爬行，假如落在地面上，蚂蚁一定叮它。咱家捕捉的，可不是在蚂蚁的领土上翻滚的那路货色，而是那些蹲在高高枝头、“知了知了”叫的家伙。再一次顺便请教博学多识的方家，那家伙到底是“知了知了”地叫？还是“了知了知”地鸣？见解各异，会对蝉学的研究产生很大的影响。人之所以胜于猫，就在这一点，人类自豪之处，也正是这一点。假如不能立刻回答，那就仔细想想好了。不错，作为捉蝉运动来说，随便怎样都无妨，只要以蝉声为号，爬上树去，当它拼命叫喊时猛扑过去便妥。这看来是最简单的运动，但却很吃力。我有四条腿，敢说在大地上奔跑比起其他动物毫不逊色。两条腿和四条腿，按数学常识来判断，长着四条腿的猫是不会输给人类的。然而，若说爬树，却有很多比我们更高明的动物。不要说专业爬树的猿猴，即使属于猿猴远孙的人类，也很有些不可轻视的家伙。本来爬树是违反地心引力的蛮干行为，就算是不会爬树，也不觉得耻辱，但是，却会给捉蝉运动带来许多不便。幸而咱家有利器猫爪，好好歹歹总算能爬得上去；不过，这可不像旁观者那么轻松。不仅如此，蝉是会飞的。它和螳螂仁兄不同，假如它一下子飞掉，最终就白费力气，和没有爬没什么两样，说不定就会碰上这种倒霉事的。最后，还时常有被浇一身蝉尿的危险。那蝉尿好像动不动就冲咱家的眼睛浇下来。逃掉就逃掉，但愿蝉兄千万不要撒尿。蝉兄起飞时总要撒尿，这究竟是何等心理状态影响了生理器官？不知是痛苦之余而便，还是为了有利于出其不意地创造逃跑时机？那么，这和乌贼吐墨、瘪三破口大骂时出示文身以及主人卖弄拉丁语之类，应该说是同出一辙了。这也是蝉学上不可掉以轻心的问题。如果仔细研究，足足够写一篇博士论文。

这是闲话，还是书归正传。蝉最爱集结——如果"集结"二字用得太怪，那就改成"集合"；"集合"二字又过于陈腐，还是叫"集结"吧！蝉最爱集结的地方是青桐，据说汉文叫做梧桐。青桐叶子多，而且都像团扇那么大，如果长得里三层外三层的，就会茂密得几乎看不见树枝，这构成捉蝉运动的极大障碍。咱家甚至疑心："但闻其声，不见其身"这句民谣，是否很早以前就专为咱家而作。没办法，只好把蝉叫声当做目标，从树下往上爬五六尺远。于是梧桐树很可心，枝分两杈。在这儿聊以小栖，从树叶下侦察蝉在什么地方。不错，也有过这样的事：咱家爬上树的工夫，已经有个性急的家伙嗡嗡地飞走了。只要飞走一只，那就下不得手。在擅长模仿这一点，蝉几乎是不次于人类的蠢货，它们会接连着飞走。好歹爬上树杈，这时，满树静悄，了无声息。咱家曾经爬到此处，不论怎么东张西望，任你怎么晃动耳朵，也不见个蝉影。再爬一次吧，又嫌麻烦，因而想歇息片刻，便在树杈上安营扎寨，等待第二次机遇的来临。谁料，不知不觉困倦起来，终于走进黑色的甜蜜梦乡。忽然惊醒时，咱家已从两棵树杈的梦乡中，扑通一声跌落在院子里的石板地面上了。

不过，大体说咱家每次上树都会捉到一只蝉的。扫兴的只是必须在树上把蝉叼在嘴里。因此，待叼到地上吐出它来时，它大多已经毙命。再怎么逗它，挠它，都没有丝毫反应。而捉蝉的妙趣在于悄悄地溜过去，在蝉兄不要命地将尾巴一伸一缩时，忽地用前爪逮住它。这时，蝉兄唧唧地哀号，将薄薄透明的羽翼不住地左右乱晃。其速度，其优美，无不空前绝后，实为寒蝉世界的一大壮观。每当咱家捺住"知了"时，总要请求蝉兄给咱家露一手这套艺术表演。玩得腻了，那就对不起，把它塞到嘴里吃掉。有的蝉直到进嘴，还在继续表演哪。

捉蝉以外所进行的运动是滑松。这无须赘言，只略述几句。提起滑松，也许有人以为是在松树上滑行。其实不然，也是爬树的一种。不同的只是，捉蝉是为了捉蝉而爬树，滑松却是为了爬树而爬树。原来松树常青，自从北条时赖[①]最明寺饱餐之后，松树便长得粗糙不平，因此，再也没有像松干那么不光滑的了。无处下手，也无处落脚。换句话说，就是无处搭爪。需要找一个便于搭爪的树干一口气爬上去。爬上去，再跑下来。跑下来有两种方法：一是倒爬，即头朝下往地面上爬；一是按爬上时的姿势不变，尾巴朝下倒退。试问天下人，谁知道哪一种下法最难？按人们肤浅的见识，一定认为既然是往下爬，还是头朝下舒服吧？这就错了。这些人恐怕只记得源义经翻下鹎越古栈[②]的故事，以为既然源义经都头朝下下山，那么，猫嘛，自然充其量不过是头朝下爬树罢了。不能这么小瞧，你猜猫爪是冲哪边长的？都是口朝后。因此，像鹰嘴钩一样，钩住什么东西便于往身前拽，往后推就使不上力气。假如咱家现在飞快地爬树，由于咱家是地上的动物，按理，肯定不可能在松树之巅久留。停一会儿，必然要下来。如果头朝下地往下落那就太快；所以，必须采取什么办法使这自然的快速缓解几分，这便是降。落与降，似乎出入很大，其实，并不像想象那样有多么大的差别。将落的速度减缓些就是降，将降的速度加快些就是落。落与降，只是毫厘之差。咱家不喜欢从松树上往下落，因此，定要减缓落下的速度以便降下来。就是说，要用一点什么抵制落下的速度。咱家的爪如上所述，都是口朝外的。假如头部在上，爪在下，那么就能够利用脚爪的力量顶住下落的力量；于是，下落便一

① 北条时赖：日本十三世纪（镰仓时期）的执政官。传说他出家后冒雪遍游。在佐野源左卫门的家里时，主人烧了珍藏的梅、松、樱盆栽为他取暖饱餐。

② 鹎越古栈：神户兵库区横断六甲山地的古道。当年源义经（一一五九——一一八九）协助其兄源赖朝，灭平家军于一谷。这里路险，义经曾摔下古道。

变而为下降,这实在是极其浅显的道理。然而,不妨反过来,学习源义经头朝下爬松树试试看。虽然有爪,却不顶用,会哧溜溜地滑下来,处处没有力量能够支撑住自己的体重。这时,虽然满心想降,却一变而成为落。想学源义经翻越鹎越古栈是困难的。在猫当中会这套本事的恐怕只有咱家。因此,咱家才把这叫做滑松。

最后,对跑墙再略进一言。主人家的院子是用竹篱围成个四方形,和檐廊平行的那一边,大约有五六丈长吧！左右两侧总共不过两丈五。刚才咱家所说的跑墙运动,就是说沿着篱笆跑上一圈,不要掉下去。虽然有时也有掉脚的时候。如果顺利完成,那可十分开心。尤其到处立着烧断根的松木杆,这便于咱家随处歇气儿。今天成绩很不错,从早到晚跑了三圈,越跑越熟练,越熟练就越有趣,终于反复跑了四圈。当跑到四圈半时,从邻舍的屋脊飞来三只乌鸦,在对面六尺多远的地方排队站得刷齐。这是些冒失鬼,妨碍别人运动！尤其这些乌鸦家居何处？还来历不明,身份不清,怎能随便落在别人家的墙上？想着想着喊道:“咱家要过去！喂,闪开!”

最前边的乌鸦瞅着咱家,嘻皮笑脸的。第二只乌鸦在向主人院里张望。第三只在用墙根的竹子蹭嘴,一定是飞来吃了些什么？咱家站在篱笆墙上,为了等待它们的回答,给它们三分钟的考虑时间。据说都管乌鸦叫做“丧门神”,一点不假。咱家再怎么等,它们也既不搭话,更不起飞。没办法,我只得慢慢走去。于是,头一名乌鸦忽地张开翅膀,还以为它总算惧怕咱家的威风,想要逃走哩！不料,它只是改变了一下姿势,把面朝右改为面朝左。这些杂种。若是在地面上,那副熊样,咱家不会置之不理的。怎奈,正处于光走都很疲乏的半路上,没有精力和丧门神较量！话是这么说,咱家又不甘心继续站在这里等待三只乌鸦自动退却！第一,这么等起来腿也站不住。而对方因为有翅膀,在这种地方是站得惯的,因而愿意逗留多久都可以。可咱家已经跑了四圈,光是蹲着就够累的,何况玩的是不亚于走钢丝绳的技艺加运动。就算没有任何障碍,也难保一定不会摔下去!偏偏又有这么三个黑衣歹徒挡住去路,真是险恶的难关。

等来等去,只好咱家自动停止运动,跳下篱笆。一定难缠,索性就这么办吧!一方面敌人过多,尤其都是此地眼生的扮相,尖尖嘴怪里怪气地高高耸立,活像天狗的私孩子!反正一定不是些好东西。还是退却安全。如果太靠近,万一摔下去,那就更加耻辱。想到这,面朝左的那只乌鸦叫了一声"阿——愚",第二只也学舌似的叫声"阿——愚",第三只郑重其事地连叫两声"阿愚,阿愚"。咱家再怎么厚道,也不能视而不问。首先,在自己家居然受起乌鸦的侮辱,这与咱家的名声有关。如果说咱家还没名没姓,谈不上与名声有关,那么就说与颜面有关吧!决不能退却!俗语也说"乌合之众"嘛,它们虽然三只,说不定意外地无能。咱家壮起胆子,力争能进便进,慢慢地走去。乌鸦却佯做不知,仿佛在相互谈话。这更惹恼了咱家。假如墙头再宽五六寸,一定叫它们大祸临头。遗憾的是,不论怎么恼火,也只能慢腾腾地走路。总算走到距离乌鸦的排头大约五六寸的地方。刚想歇上一气儿,那些机灵鬼忽然不约而同地扇动起翅膀,飞了一二尺高。一阵风突然扑到咱家的脸上,咱家一惊,一脚踩空,啪地摔了下去。这下子糟了,从篱下仰目望去,三只乌鸦又站在原处,长嘴并列,居高临下地瞧着咱家。真是些不要脸的东西!咱家瞪了它们一眼,却毫无效果。咱家又弓起背来,轻轻吼了一声,也越来越无济于事。正像俗人不懂神奇的象征诗,咱家对乌鸦表示愤怒,也毫无反响。思量起来,倒也不无道理。咱家一直拿它们当猫,这很不好。假如是猫,来那么一手肯定有效。可偏偏它们是乌鸦。想到它们是机灵鬼乌鸦,又怎能奈何它们?这正如实业家焦急地要制服咱家的主人苦沙弥;正如源赖朝[①]送给西行和尚[②]一只银制猫;正如乌鸦在西乡隆盛[③]的铜像上拉屎。咱家可会看风头。约觉于己不利,干净利落,嗖的一下子溜进檐廊去了。

已经是吃晚饭的时候。运动固然好,过度也不行。身子像散了架子似的,已经拿不成个。何况恰是初秋,运动中咱家日晒下的毛皮大衣,大概吸饱了夕照的阳光,身子烤得受不住。从毛孔里渗出的汗珠,盼它流下去,可它却像油腻似的黏在毛根上。后背痒得慌,出汗发痒和跳蚤钻进毛丛里发痒,咱家是能够辨别清楚的。本也知道:大凡嘴能够得到的地方可以咬它,爪能伸得到的部位可以挠它;但是,现在痒在脊梁骨竖向的正中,可就力所不逮了。这时节,不是见到一个人在他身上乱蹭,便是利用松树皮大演一场摩擦术。如不二者择其一,就难受得睡不着。

人嘛,全是些蠢货。娇声娇气地叫几声就行。按理,娇声媚气应是人们为咱家而发。假如设身处地地为咱家着想,自然会明白那不是猫在献媚,而是猫被人的娇声所诱发的媚气——反正人嘛,都是些蠢货。咱家被诱发出娇媚声,往人们的腿上一靠。人们大抵误以为是爱上了他或她。不仅任咱家亲昵,常常还爱抚咱家的头部。然而近来,咱家的皮毛里繁殖着一种号称跳蚤的寄生虫,偶一靠近人,肯定要被掐住脖子远远扔出去。仅仅因为那么个肉眼不一定看得见的微不足道的小虫便厌弃咱家,这正是所谓"翻手为云、覆手为雨"。顶多那么一二千只跳蚤呗!人们竟然这么势利眼。据说人世上爱的法则,头一条是:"于己有利时,务须爱人。"

---

① 源赖朝(一一四一——一一九九):镰仓初期将军,武家政治和镰仓幕府创始人。

② 西行(一一一八——一一九〇):镰仓时期歌人,二十三岁出家。传说源赖朝送他一个银制猫,他出门就送给小孩了。

③ 西乡隆盛(一八二七——一八七七):日本明治维新时的政治家,维新后任参议,一八七七年叛乱未成,自杀。今上野公园有他的铜像。

既然人们对咱家风云突变，身上再怎么痒，也不能指望靠人力解决。因此，只好采取第二种方法——松树皮摩擦，再也没有别的好主意。那就去摩擦一会儿吧！咱家刚要从檐廊跳下去，又一想，这可是个得不偿失的笨法子。理由倒也无他：松树有油。松油的黏着力特别强，一旦沾在毛梢上，哪怕雷轰，哪怕波罗的海舰队[①]苦战得全军覆没，它也决不肯脱落。而且，如果黏上了五根毛，很快就蔓延到十根。刚刚发现黏上了十根，已经黏住了三十根，咱家可是个酷爱恬淡的风雅之猫，非常讨厌这种腻腻歪歪、狠狠歹歹、黏黏糊糊、磨磨叽叽的玩意儿。纵然绝代美猫咱家都不睬，何况松脂乎？松脂和车夫家大黑眼里迎着北风流下的眼眵不相上下，让它来糟蹋咱家这身浅灰色毛皮大衣，太岂有此理！松脂稍微想想，就会明白。但是，那家伙没有一点思量的意思。只要将脊背往树皮上一靠，肯定立刻被它黏住。和这种不知好歹的蠢货打交道，不仅有损于咱家的颜面，而且也有害于咱家的皮毛。再怎么痒得难受，也只得忍着点儿。然而，这两种方法却进行不得，又令人担忧。不赶快想个办法，总这样又痒又黏，结果说不定会害病的。应该如何是好呢？正弯着后腿打主意，忽然想起一件事来。

我家主人常常带上毛巾和肥皂，不知悠然去到什么地方。过三四十分钟回来以后，只见他阴沉的面色有了生气，显得那么光艳。假如对主人那么脏里脏气的人都能产生那么大的作用，对咱家就会更有效验。咱家自来就这么漂亮，又不想当个花花公子，本可以不去；万一身染重病，享年一岁零几个月而夭折，那将何以告慰天下苍生！

听说那个地方也是人类为了消磨时光而设计出来的澡塘。既是人类所造，肯定不含糊。反正没事儿，进去试试有何不可！干这么一次，即使不奏效，顶多洗手不干到头。不过，还不知人类是否那么宽宏大量，肯在人类为

---

① 波罗的海舰队：俄国三大舰队之一，日俄战争时败于日本海。

自己设计的澡塘里容纳异类的猫,这还是个问号。但是,连主人都大模大样地跨入,料想也没有理由将咱家拒之于门外。但是,万一吃点什么苦头,传闻可就不大好听。最好还是先去侦察一下,约莫情况良好,再叼条毛巾窜进去看看。主意拿定,便徐步向澡塘进发。

出小巷,向左拐,迎面耸立着个东西,好像竹筒,筒尖上冒着淡淡的烟雾,那里便是澡塘。咱家从后门蹑手蹑脚地溜进去。说什么“从后门溜进是胆小”,“是外行”等等,这都是那些非从正门拜访不可的人们有点嫉妒,才七嘴八舌地发牢骚。自古聪明人,无疑都是从后门出其不意而闯入。据说《绅士养成法》的第二卷第一章第五页就是这么写的。下一页中在绅士的遗书上,有“后门乃绅士之遗书,亦修身明德之门也”之类的话。咱家是二十世纪的猫,这么点教育还是受过的,不要把咱家瞧扁了!

却说,咱家溜进去,一看,左边锯成八寸长的松木棒堆积如山,旁边有煤,堆积似岭。也许有人要问:“为什么松木为山,黑煤似岭呢?”这倒没什么重大意义,不过临时将山岭二字分而用之罢了。人类又是吃米,又是吃鸟兽虫鱼,吃尽种种恶食,结果,落得吃起煤炭来。好惨哪!

往尽头一瞧,只见六尺多宽的房门大敞着。室内空空荡荡,悄然无声。对面却有人语频频。可以断定所谓的澡塘子,一定就在发出语声的那一带,便穿过木炭和煤堆中间形成的深谷,再往左拐。走着走着,发现右侧有玻璃窗,窗外有圆形小桶堆成三角形,也便是金字塔形。那圆形小桶堆成三角形,该是何等地忍辱负重啊!咱家暗暗地同情起圆桶诸兄了。

小桶南侧剩有四五尺宽的地板,好像专为欢迎咱家而设。地板约高于地面三尺,若想跳上去,它可是个上等跳台,咱家边说:“好嘞!”边纵身一跳。所谓澡塘子,就在鼻下、眼下和面前动荡。若问天下什么最有趣儿?莫过于吃没吃过的东西、看没看过的光景更开心的了。列位如果像我家主人那样,一周三次到这个澡塘来混三十乃至四十分钟,那就没的说;假如像咱家这样还从未见过澡塘，最好快来看看。宁肯爹妈临死不去送终，这番情景也非来观赏不可。都说世界大着哪！但是，如此奇观却绝无仅有。

“什么奇观?”咱家几乎没法说出口。人们在玻璃室里咕咕唧唧，吵吵嚷嚷，都赤条条的，简直像台湾的土人，是二十世纪的亚当。翻开人类服装史——这要扯得太远，还是不谈这些，让给托尔夫斯德吕克[①]翻去吧——人类全靠衣着提高身价。十八世纪英国的理查德·纳什，对于巴斯温泉制定了严格的规则：在浴池内，不论男女，从肩到脚都要着装。据今六十年前，曾在英国的古都设立绘图学校。既是绘图学校，那么，买些裸体画、裸体像的素描与模型，四下陈列起来，这本是件好事。可是当举行开学典礼时，以当权者为首直到教职员，都曾非常尴尬。开学典礼嘛，总要邀请市内的名媛淑女。然而，按当时贵妇人的观点：人是服饰的动物，不是披一身毛皮的猴子猴孙。人不穿衣，犹如大象没有鼻子，学校没有学生，军人没有勇敢，完全失去了人的本性。既然失去了人的本性，那就不能承认是个人，是野兽。纵然是素描或模型，但与兽类为伍，自然有损于女士的品格。因此，妻妾们说“恕不出席”。

教职员们都认为这是些不可理喻的女人。然而东西各国无不相通，女人是一种装饰品。她们虽然一不会舂米，二不当志愿兵，但在开学典礼上却是少不得的化妆道具。因此，也就没有办法，只好跑到布店去买了一丈二尺八分七厘的黑布，给那些被咒为野兽的人像穿上了衣服。又生怕冒犯哪一位，煞费苦心地将脸儿遮掩了。于是，开学典礼总算顺利举行。服装之于人，竟然如此重要。

近来还有些老师，不断地强调画裸体画，但他们错了。依咱家有生以来

---

① 托尔夫斯德吕克：英国历史学家卡莱尔（一七九五——一八八一）的《拼凑的裁缝》一书中虚构的人物。

从未裸体的猫来看,这肯定是错了。裸体本是希腊、罗马的遗习,乘文艺复兴时期的淫靡之风而盛行于世。在希腊与罗马,对于裸体,人们已经司空见惯,大概丝毫也没想到裸体与风纪有什么利害关系。然而,北欧却是个寒冷的地方。就连在日本都常说:"不穿衣服怎能出远门。"如果是在德国或英国光着身子,只有冻死。死了白搭一条命,还是穿衣服为好。大家都穿起衣服来,人就成了服饰的动物。一旦成为服饰的动物,偶然遇上裸体,就不能承认他是人,认为他是兽。因此欧洲人,尤其北欧人将裸体画、裸体像视为兽,这是可以理解的。视为不如猫的兽,也是无可厚非的。美?美就美吧!不妨视为"美丽的野兽"好了。

如此说来,也许有人要问:"你见过西方妇女的礼服吗?"

不过是一只猫呗,哪里见识过西方妇女的礼服?据说,她们袒胸裸肩,露着胳膊,就把这样的衣裳叫做礼服。真是荒谬绝伦!直到十四世纪,女人们的衣着打扮并不这么滑稽,穿的还是普通人的装束。为什么变得像个下流的杂技演员似的呢?说来烦琐,略而不述。反正知之为知之,不知为不知,也就算了吧!关于历史,暂且不提。却说她们尽管打扮得这么怪里怪气,只在夜间得意洋洋,但是内心里似乎多少还有点人味。一到白天,她们就盖上肩头,遮住胸脯,包紧胳膊,不仅全身不外露,而且哪怕被人看见一个脚趾,也认为是奇耻大辱。由此可见,她们的礼服只起了掩耳盗铃的作用,简直是傻子跟混蛋想出来的主意。如果有人觉得这话说得叫人委屈,那么,何不大白天露出肩膀、胸脯和胳膊来试试?裸体崇拜者也不例外。既然裸体那么好,何不叫女儿赤身露体,顺便你自己也脱得精光,到上野公园去走走?做不到?不,不是做不到,大概是因为西洋人不这么干,你才不肯的吧?现在不是正有人穿着这样别别扭扭的礼服耀武扬威地跨进帝国饭店吗?若问是何道理,倒也简单:无非西洋人穿,他们也便穿穿罢了。大概认为西洋人优秀,哪怕生硬、愚蠢,也觉得不模仿就不舒服。常言道:"见了长的必须短,见了硬的必须软,见了重的必须扁。”按这一连串的“必须”,岂不成了傻瓜!如果认为当傻瓜也没法子,那就忍着点吧!那就别再以为日本人怎么了不起。学问也是如此,只因与服装无关,下文略去。

衣服之于人类,关系竟如此重大,几乎说不清人就是衣服,还是衣服就是人。咱家甚至想说:一部人类史,既不是肉的历史,也不是骨的历史,更不是血的历史,而单纯是一部服装的历史。因此,见了不穿衣服的人,就会觉得他不像个人,简直像碰上了妖怪。假如全体人类约定,一齐变成妖怪,所谓妖怪也就不存在了。因此,是妖怪也无妨。不过,这一来,人类本身可就烦恼无边了。

远古时期,大自然平等造人,投之于世。因此任何人出生时,一定都是赤裸裸的。假如人类的本性安于平等,就该始终裸体地生存下去。然而,有一个裸体人说:“这样人人毫无差别,会丧失上进心,显示不出努力的成果。但愿想个办法突出个人,我就是我,谁看也是我,而不同于别人;但愿我穿上点什么,不论任何人见了都大吃一惊。难道就没有什么窍门吗?”他想了十年,才发明了裤衩,立刻穿上,心想:“瞧啊,服气吧?”于是,他骄傲地走来走去。这便是今日车夫的祖先。仅仅发明个简单的裤衩就十阅星霜,人们也许觉得有点奇怪吧?不过,这是由于以今天的眼光追溯上古而置身于蒙昧世界所做出的结论。但在当时,这却是无与伦比的伟大发明。笛卡儿说:“我思,故我在。”这本是三岁孩子都懂的道理,据说他却花费了十几年工夫才想得出。一切真理在探索过程中都是很费力气的。发明裤衩虽然用了十年,但按车夫的智力来看,不能不说已经是难能可贵了。

且说,这裤衩一问世,社会上只有车夫最神气。他们穿着裤衩,在普天下的大路上如同领主似的横冲直撞。有个耿耿于怀的妖怪不服气,用了六年时间,发明了叫做短褂的这种废物。于是,裤衩的势力顿然大衰,进化到短褂全盛的时期。鲜货庄、药材店、裁缝铺,都是这位大发明家的末裔。与裤衩时期、短褂时期接踵而来的，是和服大褂时期。因为有些妖怪怄气，决心“养成穿短褂的习惯”！于是，由他们设计出来。古代的武士和今日的官员，都和这些妖怪属于同类。妖怪们为此争先恐后地标新立异，以至出现了燕尾服这种畸形的装束。回过头去，溯其源流，绝不是勉强、胡闹、偶然或漫不经心而造成的事实，无一不是争强夺胜、雄心勃勃的结果，化为各种不同的新花样，穿在身上，取代前个时期的服装，大摇大摆地走来走去，好像在说：“我可和你不一样！”

从这种心理出发，有了一大发现，不外乎是：如同大自然嫉恨真空，人类也厌弃平等。然而，在这已经厌弃平等、人们不得不把衣服视同骨肉而穿在身上的今日，如果要人们将已经构成人类属性之一的衣服抛掉，再回到一切平等的原始时期，那无疑是狂人的蠢动。就算甘愿当个狂人，也毕竟不可能回到原始时期的。在文明人的眼里，那些回归原始的人们都是怪物。有人认为：若将世界几亿人口通统拉到妖怪的疆土去，大概就能够实现平等。因为大家都是妖怪，不必引以为耻，于是也就心安理得了。然而，还是不行，因为全世界的人都成为妖怪的第二天，又将开始妖怪之间的竞争，假如不能穿上衣服竞争，那就以妖怪本色来竞争。裸体就裸体，处处制造出差别来……由此也可以看出，衣服毕竟是脱不得的。

然而，如今在咱家眼下的这一伙人，竟然将脱不得的裤衩、短褂甚至裤子全都扔在衣架上，毫不知羞地将原始丑态暴露于众目睽睽之下，而且尽情地谈笑，处之泰然。前文所谓“一大奇观”，指的就是这种场面。敝猫能在此为文明的列位君子恭书概貌，真乃三生有幸。

传来一阵嘈杂声！真不知该从何处下笔。妖怪们的行径没有规律，因而，为了井然有序地写出证实材料，不免要费些力气，还是先从浴池写起吧！不知是浴池还是什么，暂且叫它浴池吧！足有三尺宽、九尺长，隔成两半，一半装着乳白色的热水。听说这种洗澡水，号称什么“药物浴池”，好像将石灰溶解在里边。不错,不单是水浑,还浑得油汪汪、沉甸甸的。仔细一打听,难怪水像腐臭了似的,原来一周才换一次,邻居是一般澡塘,但是咱家敢打赌,绝对够不上晶莹透明。水色已经充分表明:像把消防水桶里的积水搅浑了。

下文记叙妖怪。这要大费笔墨的。类似消防水桶的那个池子站着两个年轻人。他们相对而立,互相往腹部哗哗地撩水,怪开心的。二人都长得漆黑,谁也别挑谁。咱家边端详边想:“这妖怪长得可多魁梧!”转眼,其中一人用毛巾反复搓胸,问道:

“阿金,这块儿疼得厉害,是怎么啦?”

“那是胃。胃口这玩意儿可要命噢!不小心着点,可危险哟!”阿金热心肠地警告他。

“不,是左侧呀!”他指点着左肺。

“那是胃。左边是胃,右边是肺。”

“是吗!我还以为胃口在这儿呢。”

他又敲了敲腰部给另一个人看。阿金说:

“那是疝气呀。”

这时,蓄有小胡的那个二十五六岁的小伙子扑通一声跳进水里,于是,擦在身上的肥皂沫与泥垢一同漂起,就像在有铁锈的水上所见到的那样“闪着光”,亮晶晶的。挨着他的那个秃顶老头儿,缠住一个蓄长发的人争论不休。二人都只露出个脑袋。

“唉,这么大年纪,不中用啦。人一老朽就比不得年轻人喽!不过,只有洗澡水,至今也还是不热不好受。”

“你老人家,算是结实的呀!那么精神,很不错了。”

“哪里有精神。只是没有病。人哪,只要不干坏事,能活一百二十岁。”

“咦?能活那么大?”

"能。保你活一百二十岁。明治维新以前,牛込区有个叫曲渊的武官,他手下的一个仆人活了一百三十岁。"

"他可真能活!"

"唉!活得太长以致忘记了自己的年龄。听说活到一百岁还数得出来,再多,就记不住了。我给他记到一百三十岁,可他并不是一百三十岁就死了,不知他以后什么样,说不定还活着哩!"说着老头儿出了浴池。留胡子的人好像往身边撒了些云母片,独自哧哧地笑。

接着跳进来的不同于一般的妖怪,脊背刺了文身画。那画好像是岩见重太郎[①]抡起大刀,杀败巨蟒。惜乎期限没到,尚未竣工,因此到处不见那条巨蟒。于是,"重太郎"先生显得有点扫兴。他边跃入浴池边说:"妈的,不凉不热的。"

这时,又闯进来一个。

"啊,够受!若不再凉点……"他龇牙咧嘴,表现出忍不住烫的样子。一见"重太郎",叫了一声"老板"。"重太郎"哼了一声,过一会儿问道:

"阿民怎么样?"

"怎么样?就是爱要钱呗!"

"不单是爱要钱……"

"是吗?他本就是个心眼不正的人嘛……怎么说才好呢?人们都不喜欢他……怎么说才好呢……反正都不相信他。一个手艺人,不该这样呀!"

"是呀!阿民很不谦虚,趾高气扬的,所以,都不相信他。"

"说得对。他总以为自己有两下子……终归还是自己吃亏呀。"

"白银町的老人也都去世了。如今,只剩下桶匠铺的元兄、砖瓦铺的掌柜和师傅了。咱们都是这里土生土长。像阿民,谁知他是从哪儿来的?"

① 岩见重太郎:日本十六世纪传说中的豪杰。

“是呀！可他还是那个小样呢！”

“哼！怪事儿，都不爱搭理他。是因为他不和人们来往吧？”就这样，二人彻头彻尾地攻击了阿民。

“防火水桶”风光就此打住。再往白浆水那边送上二目。那里也大有人满之患；与其说人进池里，莫如说水漫人群更为确切。而且，他们都非常优哉游哉，一直有进无出。照此进人，过一个星期，水自然要脏。惊讶之余，又往浴池中仔细一瞧，竟是苦沙弥先生被挤在左角，泡得红赤赤的，缩成一团。真可怜！若是有人让条路就好了。可是没有人动一动，主人也无意挤出身来，只好纹丝不动，泡得通红，真够遭罪的。他大概是想充分利用这二分五厘的票价，才把自己泡得这么红赤赤的吧？咱家是忠于主子的猫，不免在窗框上万分担心：再不上来，怕要发高烧的呀！

这时离主人六尺远漂着的那个人，眉头皱成八字说：

“这水，热过头了。后背热辣辣的，直冒火呢！”他暗暗地在周围的妖怪当中寻找同情。

“哪里！这样正好。药物池水不这么热就没有效验。在我们家乡，水要比这热一倍才肯下去哪。”有人自豪地说。

“究竟这种水能治什么病？”一个人叠上毛巾，遮在凹凸不平的头上，向众人请教。

“效力可大啦，听说能治百病哪！真厉害。”

答话的人瘦瘦的，面孔像黄瓜，形、色俱备。既然药池那么灵验，这家伙应该更健康些才是。

“投药后三四天最好。今天洗澡就正是时候。”

只见像个明公似的讲话人，是个肥嘟噜的汉子，大概身上污垢太厚了吧？

“喝下去也有效吗？”不知哪儿冒出一句尖叫声。

“水凉之后喝下一杯再睡觉，神奇得很，不起夜呀！不妨喝点试试。”不知这话是哪一张嘴里说的。

浴池风光，到此为止。再往冲洗室瞧上一眼。有人，有人！难描难画的亚当们密密麻麻，各以随心所欲的姿态，洗自已随心所欲的部位。其中最出奇的有两位亚当：仰面朝天地躺着，盯着高高的天窗出神；一位趴着，望着水沟发愣。这两位似乎是十分悠闲的亚当。还有一个秃子，面对石墙蹲着，由另一个小秃子不停地敲他的肩头。大概他们是师徒关系，由小秃子代行搓澡人的职务。然而，真正的搓澡人也有。他大概患了感冒，这么热，还穿着坎肩。他从一个袖珍书本一般大的小桶里沾水，往师傅的肩上浇。此人右脚的拇指缝里夹着一条羊毛搓澡布。这边有个小伙子，耀武扬威地霸占了三个小桶，劝挨肩的人用他的肥皂：“使吧！使吧！”边滔滔不绝地长篇大论。他讲些什么呢？仔细一听，原来说的是：

“枪，是外国进口的。从前，只有对杀对砍。外国人胆子小，所以才造出那种玩意儿。好像不是中国造，还是外国人造的。和唐内①时代还没有嘛。和唐内就是清和源氏②。据说是源义经③从虾夷国④去满洲时，带去一个非常有学问的虾夷人，源义经的儿子攻打明朝时担心打不过明朝，派出使臣去见三代将军⑤要求借兵三千。三代将军却扣留了那个家伙，不放他回去。那名使臣叫什么呢？……将他扣留两年，最后在长崎给他讨了个女人，所生一子便是和唐内。后来回国一看，大明朝已为国贼所灭……”他胡说些什么，简直听不懂。

---

① 和唐内：近松门左卫门的净琉璃《国姓爷合战》的主人公，说和唐内就是郑成功。

② 清和源氏：日本第五十二代天皇。

③ 源义经（一一五九——一一八九）：平安末期武将，协助其兄源赖朝打天下，后被源赖朝流放，终自杀。

④ 虾夷国：指日本古时奥羽至北海道一带。

⑤ 三代将军：即德川三代将军家光（一六〇四——一六五一）。

他身后还有个二十五六岁阴沉沉的男子，呆呆地用白浆热水不住地搓着胯裆。胯裆不知生了个疥子还是什么，好像很难受。他身旁有个年约十七八岁的小伙子，一口一个“你小子”、“老子我”，不停地胡吹乱嗙，大概是附近哪家寄人篱下的学生吧？再其次，出现一个奇特的脊梁，活像从屁股插进去一根紫竹，脊梁的骨节一清二楚。而且，脊背左右像摆着四个状如儿童棋子的圆点，排列得整整齐齐。“棋子儿”烂得通红，有的周围还流脓。

照此一一写来，因为要写的事情太多，毕竟不是咱家这点本事所能描其详情于万一的。正有点懊悔自己干起一桩伤脑筋的事，忽见门口突然出现一位身穿浅黄棉衣、年近古稀的秃子。他对那些裸体妖怪毕恭毕敬地鞠躬说：

“嗬，多蒙各位天天照顾，多谢了！今天天气有点冷，请各位慢慢洗……到白浆水那里去几趟，从容地暖暖身子……掌柜的！看好洗澡水凉热怎么样？”

掌柜答应了一声：“嗯！”

“和唐内”对老头儿大加赞赏：“多么会来事儿！不这样就做不好生意呀！”

咱家由于突然碰上这个奇怪的老头儿，感到有些惊奇，因此，这类叙述暂停，一时专门观察那个秃头翁。老头儿看一个大约四岁的孩子走出浴池，伸出手去说：

“小宝宝，到这儿来！”

那孩子只见老头儿的面孔活像一张豆馅年糕被踩扁了似的。大概这一吓非同小可，孩子哇的一声大哭起来。老头儿有点出乎意料，叹息地说：

“呀！哭啦！怎么啦？爷爷可怕吗？唉，这是怎么说的。”

没办法叫孩子不哭，老头儿便话锋一转，对孩子的老子说：

“啊，敢情是源先生！今天有点冷啊。昨夜溜进近江铺子的那个小偷，是个什么名字的混蛋哪？把那家的便门给开个四方口子。后来你听啊，什么也没拿就走了。大概看见查夜的巡警了吧？”他大加耻笑小偷的有勇无谋。接着又抓住一个人说：

“喂，喂，好冷！你还年轻，不觉得冷吧？”因为他是个老头儿，所以，只有他一个人怕冷！

咱家一时被老头儿吸引了，不但把其他怪物都已忘却，就连蜷缩在那里的主人难受的样子也从记忆中消失。突然，有人在搓澡和冲洗之间的地方发出一声巨响。一瞧，毫不含糊，正是苦沙弥先生。主人的声音洪亮奇特而又沙哑刺耳，并非自今日始。但是，总要分个场合的，因此，咱家大吃一惊，刹那间，咱家做出鉴定：主人一定是在热水中咬着牙泡得太久，已经上火。假如这是因为病魔所致，倒也无可指摘；然而，他尽管上火，也肯定不失本性，这一点，只要咱家说明他为什么发出这么瓮声瓮气的吼叫声，事情便自有分晓。

他是在和一个毫不足取的摆臭架子的穷学生像小孩似的吵起架来。

“往后点！不许往我的水桶里淋水！”吼叫着的自然是主人。

事情嘛，眼光不同，怎说怎有理。所以倒也不必把这声怒吼判断为全怪上火的结果，说不定万人之中有那么一个，说他这一声怒吼好比高山彦九郎[①]怒斥山贼哩！也许主人正是这个主意才演了这么一出戏的。遗憾的是对方并不甘于充当山贼，主人就肯定不会收到预期的演出效果了。

学生回过头来和气地说：“我原来就在这儿！”

这句回答很平常，无非表达了不肯移动的决心，这有拂主人的心意。然而，不论他的态度或语气，都表明大可不必像对山贼那样破口大骂，这一点，

① 高山彦九郎（一七四七——一七九三）：江户后期的勤王派，名正之，上野人，当时被称为三怪之一，后自刃。

主人不管怎么上火,也应该是一清二楚的。其实,主人之所以发火,并非由于对学生所占的位置感到不平,似乎因为刚才两个小伙子不像个年轻人,净说些大话,不懂装懂;主人一直听在耳里,对此十分恼火。所以,虽然对方谦恭地赔礼,主人也不肯默默地走进冲洗室,便又喝道:

“有你这样的吗？畜生！让脏水哗哗往别人的桶里淌!”

咱家也觉得这名学生有点烦人。不禁心里暗暗地喊:“痛快!”不过,又一想,主人作为一名教师,其举止有点不大稳重吧？主人从来都是死硬得要死,像煤礁似的又尖又硬。从前汉尼拔跨过阿尔卑斯山时,据说恰在路中央有一块巨大的岩石,构成军队前进通过的障碍。于是,汉尼拔往这块巨石上浇了醋,用火烧,烧得软了,再用锯拉,像切鱼糕似的锯得平平整整,大军才顺利通过。像咱家主人,在这么灵验的药泉里像水煮似的泡着,还丝毫不见功效,恐怕也非用醋浇火烧不可的了。否则,像这样的学生,即使上百人,用上几十年,也不会治好主人的顽固症的。

不论漂在这个浴池里的人,也不论躺在冲洗间里的人,都脱光了文明人必备的服装,是一群妖怪,当然不能以常规俗礼约之。人们可以为所欲为。随他说什么“肺里有胃”、“郑成功便是清和源”、“阿民信不过”……然而,一旦跨出冲洗室,来到更衣处,人们就不再是妖怪了。走进人们生生息息的尘世,穿上文明必备的服装,也就不得不采取像个人样儿的行动了。

主人正在跨门槛——那是冲洗室与更衣室分界线上的门槛,即将回到“嘻嘻哈哈、你好我好”的世界。就连这当儿,主人依然是那么顽固,可见,对于他来说,顽固一定已经是根深蒂固的沉疴。既然是病症,当然不大容易治愈。咱家愚见,这种病只有一副药可以治,就是请求校长革他的职。主人一向是死心眼儿,一旦革职,一定走投无路;一旦走投无路,必然要饿死在路旁。换句话说,革职将成为主人死亡的原因。主人就爱闹病,还很高兴,但又最怕死。他是希望能够害点不致命的病,以便悠闲些。因此,如果吓唬他说:“你再闹病就宰了你!”主人是个胆小鬼,这一下子他肯定会浑身发抖,而浑身发抖时病就会好的。如果这样还不见好,可就病入膏肓了。

再怎么糊涂和患病,主人毕竟是主人。有个诗人说:“一饭君恩重。”咱家虽然是猫,也不会不挂牵主人的命运的。由于满怀同情,吸引了全部精力,以至怠慢了对冲洗间的观察。突然,传来了对白浆水浴池的连连叫骂声。那里也吵架了?回头一看,妖怪们正在浴池门口挤得水泄不通,有毛的小腿和没毛的大腿乱蠕动。

时值孟秋,暮日沉沉。冲洗间里直到天棚笼罩着一片热气,妖怪们拥挤的样子依稀可见。“热呀,热呀”的喊叫声震耳欲聋,在脑子里嗡嗡乱响。那声音黄蓝红黑重重叠叠,组成莫可名状的音响,弥漫在浴池。这些声音只能用混乱二字来形容,什么用处也没有。咱家被这光景迷得出神,唯有茫然伫立而已。隔了一会儿,哇啦哇啦的叫声混乱已极,到了无以复加的程度。这时,突然在你推我搡、乱糟糟的人群中直挺挺地站出一条大汉。只见他的个头准比其他先生们高出三寸上下。而且他扬起那不知是脸上长胡子还是胡子搂着脸的赤红面子,发出烈日下敲起破钟般的声音吼道:“加冷水,加冷水!太热,太热!”

只有那声音,那张脸,在熙熙攘攘的人群中高高在上。当时,几乎令人以为整个浴池只有这么一个人。“超人”!这便是尼采所谓的超人!是魔鬼的大王!是妖怪的头领!正想着,有人在浴池后应了一声:“好!”咱家一惊,又往那边一瞧,只见在暗淡无光的一片朦胧中,那个穿坎肩的搓澡人喊了声:“烧啊!”将一锹煤投进灶里。关上灶门时,那锹煤燃烧得嘎巴嘎巴响,将搓澡人的半个脸忽地照亮了。同时,搓澡人背后的砖墙像起了火似的通亮,撕破了夜幕。咱家有点恐怖感,急忙从窗户跳下,回家去了。

边走边想:人们脱掉短褂,脱掉裤衩,赤条条的,努力争取平等。可是,在赤条条的人群中,又跳出来个赤条条的豪杰,制服了群小。可见,不管怎么脱得赤条条的,也是不可能获得平等的。

到家一看,天下太平。主人出浴的面色艳艳有光,正在用晚餐。他看咱家从檐廊走来,说:

“这猫可真逍遥自在。这工夫跑哪儿遛去啦?”

一看饭菜,本来没钱,偏偏摆了两三样菜。其中还有一条烤鱼。咱家叫不上这条鱼的名称,大概是昨天在东京湾炮台附近抓住的吧!咱家曾说鱼儿健壮。但是,再怎么健壮,这么又是煎又是煮的,鱼也受不住。不如病魔缠身、苟延残喘,倒更好些。想着想着,坐在饭桌旁,想找机会弄点什么吃,装作似看非看的样子。若是不会这么装模作样,还想吃香喷喷的鱼,就死了那条心吧!主人夹了一点鱼,流露出不大好吃的表情,又放下筷子。妻子坐在对面,正聚精会神地观察主人默默地上下挥舞筷子和双腭聚散开合的情景。

“喂,把猫头敲它两下!”主人突然对妻子说。

“打它又怎么样?”

“爱怎么样就怎么样,先打它几下!”

原来如此。妻子用巴掌拍咱家的头,一点也不疼。

“没叫唤嘛!”

“是的。”

“再打它几下!”

“打几遍,也还是那么回事!”

妻子又用手心拍了咱家一下,还是不痛,咱家端然而坐。然而,为什么打?咱家虽然足智多谋,也还摸不着头脑。假如知道,总会想出点办法的。可是主人不问青红皂白,光是命令妻子打,这样一来,不仅动手打的女主人为难,挨打的咱家也十分尴尬。主人一看,再也不能打得叫他称心,便有些急不可耐地说:

“狠点,打哭它!”

“干吗打哭它?”妻子厌烦地边问边啪地打了我一下。

这下子明白主人的意图了。不难!只要哭叫一声,就会使主人称心如意的。主人就是这么愚蠢,实在讨厌。如果为了叫我哭,就该把“哭”这一目的早些说出来,用不着这么三番两次地大费周折。本来一次就可饶命的事,何必重复两次、三次呢?单是命令一声“打”,除非以打为目的,是不该这么说的。打,是对方的事;哭,是咱家的事。他从一开始就成心想叫咱家哭,却只命令一声“打”,以为一个“打”字就将属于咱家自由的哭声也囊括在内了,真是无礼之极!可以说太不尊重别人的人格!是欺负猫!假如是主人视为蛇蝎而深恶痛绝的金田老板,这一手也许能够干得出来;然而,作为自诩彻底清白的主人这么干,可就显得非常卑鄙了。不过,说真的,主人还不是那样的小人;因此,主人的这道命令还不能说是出之于狡猾得登峰造极,我想,大概是由于智力不足而产生的一些蚊子崽似的念头。他大概轻率地断定:吃饱饭,肚子肯定鼓起来;划个口,血肯定冒出来;杀一刀,肯定一命呜呼;因此,他才匆忙断定,打一巴掌,肯定会哭的!然而对不起,这可有点不合逻辑。依此类推,就会得出结论说:“掉进河里,肯定要死;吃炸虾,肯定要泻肚;拿工资就肯定上班;一读书,肯定有出息。”如此“肯定”起来,有人就会吃不消。假如“打一巴掌肯定要哭”这一条能够成立,咱家可就麻烦了。如果咱家当成一敲就响的报时钟,可就枉然生而为猫了。咱家先在内心把主人驳斥一通,然后遵命,“嗷”地哭了一声。

这时,主人问妻子:“现在哭了,嗷的一声,这是感叹词,还是副词?”

问题提得太唐突,妻子一言不发。老实说,咱家也认为主人大概是洗澡引起的火气还没有消失吧!本来这位主人已被左邻右舍认为是个驰名的怪人,眼下有人甚至断言他确实是个神经病患者。然而,主人的自信可不比寻常。他坚持说:“我没有神经病!世上人才是神经病患者哩!”邻居们叫他

“狗、狗”的，主人却声称“这为了维护正义所必需”，反口叫邻居们“猪呀猪呀”的。实际上主人真是想到处维护正义。真没办法。既然是这么一种人，对妻子提出这么个问题，在他来说，也许相当于早饭前的一段小小插曲罢了。但是，却有点像疯人疯语。于是她如堕五里雾中，一句话也说不出，咱家当然更无言以对。这时主人大声喊道：“喂！”

妻子慌忙答道：“嗯！”

“这一声‘嗯’，是感叹词，还是副词？”

“谁知是什么！那些无聊的事，爱是什么就是什么！”

“爱是什么就是什么？这可是眼下国语学者头脑中的重大问题哟！”

“哎呀呀！指的是猫叫声吗？烦人！可那猫叫声也并不是日语呀！”

“因此嘛，才是一门艰深的学问哪！这叫做‘比较研究’。”

“是呀！”妻子是个聪明人，不和这种麻烦的问题打交道。“那么，到底是什么词，弄清楚了吗？”

“重大问题嘛，不会那么快就弄清的。”说着，主人将那条鱼吧嗒吧嗒嚼了。顺手又把挨着烤鱼的炖猪肉和芋头填进嘴里。

“这是猪肉吧？”

“嗯，是猪肉。”

“哼！”主人以极大轻蔑的口吻将猪肉咽下，又拿起酒杯说：“再喝一杯吧！”

“今晚你酒气醺醺，已经是满脸通红了。”

“喝嘛……你知道世界上最长的单词是什么？”

“是前任关白太政大臣吧？”

“那是人名。说的是最长的单词，你知道吗？”

“词？是横写的洋文吗？”

“嗯。”

"不知道……酒,算了吧,请用饭。嗯?"

"不,还喝!告诉你最长的单词吧!"

"说完就吃饭。"

"就是 Archaiomelesidonophrunicherata。"①

"胡说吧?"

"怎么胡说呢?是希腊语。"

"是什么词?用日语来说。"

"不知什么意思,只知道怎么写。如果写得长些,可达六寸三左右。"

假如是其他人,这应该是酒桌上的玩笑话。可他却说得很正经,可谓一大奇观,怪不得唯有今夜贪杯。平时规定只喝两盅,而今天已经四杯进肚了。只喝两杯他都脸红,现在多喝了一倍,脸热得像烧红了的火筷子似的,够遭罪的了。可他还想喝,伸出杯来说:

"再来一杯!"

妻子怕他太过量,板着脸说:

"别再喝啦!好吧!干赚个遭罪的。"

"嗯,就算是遭罪,今后你也得学着点儿。大町桂月②说:'喝吧!'"

"桂月是个什么?"即使著名的桂月,一旦碰上女主人,也将一文不值。

"桂月是当代一流的批评家。他说'喝吧'那就准没错!"

"那是浑话!桂月也好,梅月也好,叫人喝酒受罪,真是多此一举!"

"不仅叫人喝酒,还叫人们多交际,嫖女人,常旅行哪。"

"岂不更坏吗?那号人还算是一流批评家?哟,真要命!竟然劝有妇之夫吃喝玩乐……"

---

① 是古希腊早期喜剧代表作家阿里斯多芬的作品《蜂》中的一句台词,意为可爱的人。

② 大町桂月(一八六九——一九二五):文学家,名芳卫,高知县人,作品多是叙事、纪行、修养等文章。

“吃喝玩乐也不坏嘛。即使桂月不劝,只要有钱,说不定我也要干呢。”

“没有那种事多幸福!你若是今后也吃喝玩乐!我可受不了!”

“你若说受不了,那就不去吃喝玩乐。不过,条件是:你必须更小心地侍候丈夫。而且,晚上要再给些佳肴。”

“现在已经是尽最大努力了。”

“是吗?那么,等有了钱再去吃喝玩乐。今晚的酒就到此为止吧!”说着他伸出饭碗。

他好像一连吃了三大碗茶水泡饭。而咱家那天夜里享用了三片猪肉和一个盐烤鱼头。

八

咱家叙述跑墙运动时，就曾经想把主人的环庭竹篱描绘一番的。假如以为主人的竹篱外紧挨着邻居，比如南邻有个二郎之类，那可是误会。房租很便宜，这一点正显示出苦沙弥先生的特色。

先生不曾和叫“小”什么、“阿”什么的打交道，例如“阿与”、“小二”等等；也不曾薄墙相隔，与邻家结成亲密友谊。竹篱外是三四丈宽的空地，空地尽头有五六棵郁郁扁柏，从檐廊一眼望去，那边是茂密的森林。先生的住所，则是荒野孤家，令人大有伴着无名一猫安度岁月的江湖隐士之感。

那扁柏并不像咱家吹嘘的那么茂密。那所“群鹤馆”，徒具雅号的廉价旅馆的廉价屋顶，从扁柏空隙中就可以一览无遗。因此，想象苦沙弥先生的风姿，自然是很费力气的。不过既然那家旅店号称“群鹤馆”，而先生的居室则完全配得上称为“卧龙窟”。好在名堂并不纳税，大家随便起些非同凡响的名字好了。

单说这三四丈宽的空地，沿着竹篱按东西方向跑出十余丈，忽然拐了个硬把子弯，围住卧龙窟的北侧。这北方可是个祸乱之源。

本来房屋两侧尽是空地，甚至可以自豪地说：“走完一片空地，还是一片空地。”不要说卧龙窟主人，即使咱家这卧龙窟的猫怪，眼望这片空地也要发愁的。如同南边的扁柏势大声威，北边的七八株梧桐也严阵而立。梧桐已经长得一尺粗，只要把木履商领来，就可以卖个好价钱。然而，房客的悲哀正在于：心有余而力不足啊！这对于主人来说，也够惨的。

前些天，校方来了一名杂役，砍了一个枝儿去，二次光顾时便穿上了崭新桐木大号木屐，不打自招地吹嘘新木屐就是用上次砍走的梧桐树枝制成的。多么狡猾的家伙！

这里梧桐树倒是有的。但对于咱家和主人全家来说，却是一文不值。据说古语道："匹夫藏玉有罪。"[①]那么，说主人"守着梧桐受穷"，也还顺理成章吧！这就是说：有宝也烂在手里。愚蠢的不是主人，不是咱家，而是房东传兵卫。梧桐再三催促传兵卫："木屐商没有来吗？"而他却装作不懂，光知道来催要每月的房租，我与传兵卫无冤无仇，就不多说他的坏话，书归正传。刚才介绍过，"这块空地是祸乱之源"，这话可决不许向主人透露，哪儿说，哪儿了。

且说这块空地，第一不妙是没有围墙。好大一个旷场，一任狂飙漫卷、劲风畅游、近路可抄、恩准通行。只说"是"，好像说谎，不太好。真的，应该说"早就是"才对。然而，话若不拉到往昔，就会不明真相。真相不明，医生也难于处方。因此，咱家必须从主人乔迁之日开始慢慢道来。

虽说"劲风畅游"，夏天却凉爽宜人；纵使疏于戒备，贫寒之家总不至于发生盗案。因此，大凡影壁院墙以及木栏栅、枣刺网等之类，在主人家来说，压根儿不必要。不过，这恐怕要决定于旷场对面的住户究竟是些什么人或什么样的动物。

从而，为了解决这个问题，势必把盘踞在对面的君子品格查明。在没有弄清楚他们是人还是动物之前便称之为"君子"，这似乎太莽撞。不过，大抵是些君子，这是不会错的，本就是个连盗贼都要称之为"梁上君子"的社

① 见《左传·桓公十年》：周谚有之："匹夫无罪，怀璧其罪。"

会嘛！然而，这种君子决不找警察的麻烦。不过，似乎以多取胜。人数不少，密麻麻的。号称“落云馆”的这所私立中学，竭力要把八百人培养成为君子。为此，每月征收两元学费。如果以为既然名曰“落云馆”，一定是些文雅的君子，这就完全错了。其馆名之不可信，犹如“群鹤馆中无鹤立”，倒是“卧龙窟里有猫来”。既然了解号称学者、教师的人们当中竟有我家主人苦沙弥这样的疯子，就可以明白落云馆里的君子也不会全是风雅之客。如果还不开窍，不妨请到主人家来住上三天，一瞧便知。

如上所述，刚搬来时那片旷场上没有围墙。落云馆的诸君子像车夫家的大黑猫似的，悠然闯进桐树林，谈话呀，吃饭呀，在嫩竹上打滚儿呀……干什么的都有。然后将饭盒的尸体——竹皮、废报纸或废草鞋、废木屐等，凡是带有“废”字的东西大致都抛在这儿。不修边幅的主人自然是格外泰然处之，毫无怨言地打发着时光，真不知他是不知道，还是明明知道却不想责怪。不过，那些君子随着在学校接受教育的程度加深，渐渐变得像个真正的君子，阴谋逐步从北向南蚕食。假如“蚕食”二字与君子的雅号不大相称，那就不提也罢。然而，却又找不到其他恰当的词汇。且说这些君子像沙漠上逐水草而徙居的游民一样，远离梧桐树而奔向扁柏了。扁柏位于主人房屋的前面。如非大胆的君子，是不会采取这一行动的。过上一两天，他们的胆子将更大，会成为“大大胆”的。

再也没有比教育效果更惊人的了。他们不仅逼近了房屋的前方，而且在那里唱起歌来。歌名是什么已经记不得，但绝不是三十一个字的和歌之类，而是更活泼、更容易叫俗人入耳的歌。惊人的是：不仅主人，就连咱家这猫也佩服那些君子们的才华，不由得竖起耳朵。不过，读者也都清楚：“佩服”与“骚扰”，有时是对立的。但此时此刻，不料这二者竟然合二而一，今日回想起来，还感到非常遗憾。大概主人也引以为憾，不得已从书房闯了出去，赶走他们两三次，说：“这儿不是你们立足之地，滚出去！”然而，那是些受过教育的人，这么几句吩咐，他们是不会乖乖听话的。刚被赶走，他们又回来，回来就唱欢快的歌，高声地谈话。而且君子之言嘛，别具一格，诸如“你小子”、“不摸门儿”等等。这类话，据说明治维新以前原是引车卖浆者流的专用行话，到了二十世纪，已经成为受教育的君子们所学习的标准语言。有人解释说：这与“常人所轻视的运动如今却大受欢迎”同出一辙。

主人又从书房跑了出来，捉住一个最会说“君子语言”的学生，盘问他：“为什么到这儿来？”君子竟然忘记了“你小子”、“不摸门儿”等“高雅”的语言，道出了极其下流的话语：“以为这里是学校的植物园哩！”主人告诫他下不为例，便放了他。

若说“放了”，好像放了个小乌龟似的，不大妥当。而实际上，主人是揪住了君子的衣袖进行谈判。主人心想，把君子这么收拾一通，他们总会规矩些的。然而，主人哪里知道，自从女娲补天以来，就总是事与愿违。主人又一次失败了。君子们又从北侧横跨院庭，从正门穿过。

大门哐啷一声开了，主人以为是有客临门，却听到桐树园里发出笑声。形势益发不妙，教育的功效愈加显著。

可怜的主人不屑睬之，便回到书房里死守，并毕恭毕敬地给落云馆校长呈上一书，恳求管束一下众多君子。校长郑重地为主人复函，声称立刻筑墙，请主人稍候。不多时三四名工匠前来，半日工夫便在主人房屋和落云馆边界上建起了高约三尺的篱笆墙。这下子总算放下心了，主人很高兴。不过，主人是个蠢货，那么低的隔墙，君子的行动怎么会有所改变呢？

捉弄人毕竟是十分有趣的。连咱家这猫都常常捉弄家中的小千金玩呢。所以落云馆的君子捉弄昏庸不堪的苦沙弥先生，这可是一万个应该。对此鸣不平的，恐怕只有被捉弄的人了。

解剖一下捉弄人的心理，有两个要素：第一，被捉弄的人不能满不在乎；第二，捉弄人的人，不论在势力上还是在人数上必须比对方占优势。

近来主人从动物园回来,常常提起一件使他深受感动的事。一听,原来是看见大骆驼和小狗崽打架。小狗崽在老骆驼周围快如疾风地转着圈嗥叫,骆驼却毫不介意,依然在背上鼓起驼峰,站住不动。小狗崽怎么嗥叫发疯,大骆驼也不理睬,终于,狗崽厌倦,不再奔跑了。主人笑那骆驼真是感觉迟钝。这个例子用在此刻也很恰当。不管多么会捉弄人的高手,如果对方像个骆驼,便也捉弄不成。然而,如果对方过于凶猛,像狮子和老虎一般,那也不会成功,不等捉弄,就被撕得粉碎。最开心的是:一捉弄,他就龇牙瞪眼;干瞪眼,却不敢奈何于我。只有在这种心安理得的情况下,捉弄人才乐趣横生哩。为什么说有趣儿?原因是多方面的。首先可以消磨时光。寂寞时甚至想数一下胡须多少根。传说古代坐牢的囚徒,烦闷之余,竟在墙上反复地画三角形挨过岁月。

世上再也没有比寂寞更令人难耐的了。假如没有点什么刺激,活着也是够乏味的。活着可真苦啊!

捉弄人,便是引起刺激的一种娱乐。但是,如果不惹得对方有些恼火、焦急或尴尬,就不成其为刺激。因此,自古以来热衷于捉弄人的只有那些像个昏官似的不懂人心、无聊透顶的家伙,或是头脑简单,除了自己开心一切都无暇顾及,而且有劲没处使的顽少。

其次,对于想实地验证个人优势的人来说,捉弄人是最简便的方法。当然,杀人,伤人或害人,也都能验证自己的优势。然而,应该说这些都是为了想要杀人、伤人和害人这一目的而采取的手段,至于证实自己的优势,不过是采取手段后必然出现的结果罢了。因此,要想既显示自己的优势,又不太重地加害于人,捉弄人是最适宜的。如不多少加害于人,就不能用事实证明自我优越。不成为事实,即使心里平静,也会意外地情趣索然。人是很自负的。不,不该自负的时候也心想自负。因此,他们一定要对别人表演一番他们是多么自负。如此,自然安心,否则,便不肯罢休。而且,那些不明事理的俗物以及过于缺乏自信和沉不住气的人,便利用一切机会,以求稳操胜券,这和柔道选手总想摔倒对方是一种类型。柔道并不高明的人总是盼着碰上一个比自己差些的对手,哪怕交手一次也好,是个外行也行,一定要摔倒他。他们怀着如此险恶用心在街头走来走去,就是为了达到这个目的。

此外当然还有各种各样的原因,但是说来话长,就此打住。如果还想听,不妨带上一匣鱼干向咱家请教好了,随时传授。

参照上述,推而论之,依咱家拙见,后山的毛猴和学校的教师,是最佳的被捉弄对象。拿学校教师比附后山毛猴,的确有失体统——不是对毛猴,而是对教师来说。然而,既然二者如此相似,又有什么办法!

众所周知,后山的毛猴被铁链锁着,不论怎么张牙舞爪,也伤不了人的。教师虽然没有铁锁在身,却被月薪捆着,任你怎样捉弄都行,绝不会辞职后去殴打学生。假如是个能有勇气辞职的人,当初就不会去当那个孩子王。我家主人是教师。他虽然不是落云馆的教师,毕竟也是教师,这是毫无疑义的。要想捉弄人,我家主人是最适合、最简易、最保险的对象。落云馆的学生都是少年。捉弄人可以提高他们的身价,因而他们把捉弄人看成教育成果而理直气壮地提出要求,甚至认为是应有的权利。不仅如此,这些小家伙,假如不捉弄人,他们那充满朝气的四肢与头脑便不知如何安放才好,漫长的假期也会因百无聊赖而发愁。这些条件具备,主人自然要被捉弄,学生自然要捉弄人,不论叫谁来说,这也是无可厚非的事。主人对此发怒,恐怕是混蛋已极,愚蠢透顶吧!下面谨将落云馆学生如何捉弄我家主人,我家主人对此又如何的糊涂透顶,一一描述,敬请诸公过目。

列位都清楚“方格篱笆”是个什么玩意儿。那是个通风良好的简易墙,我们猫可以自由自在地从格眼里走来走去。有没有那个方格篱笆,对我们猫来说都是一回事。然而,落云馆的校长并不是为了防我们猫才设了方格篱笆,而是为了防止自己培养的君子钻进来,才特请工匠来编制而成的。当然,不管怎么通风良好,人也休想钻进。这种用竹子编成的四寸见方的格子,纵使大清国的魔术师张世尊,也会束手无策的。因此,这道篱笆对于人来说,肯定充分发挥了隔墙的作用。主人一看修筑起这道篱墙来,以为如此天下便太平了。他这么高兴,倒也不无道理。然而,主人的理论却有很大的漏洞,比方格眼儿的漏洞更大,简直是连吞舟之鱼都能溜掉的大漏洞。主人是从"垣墙不可逾越"这一假定出发的。按他的设想,既然是学生,不论怎样粗劣的垣墙,只要知道名之为墙,是区域的分界线,就绝不用担心他们会擅自闯入。接着,主人又暂且推翻这一假定,得出如下论断:也罢,即使有人擅自闯入也不要紧的。不论多么小的毛孩子也没有可能从格子眼里钻进来。于是,速速决断:"绝无闯入之忧。"不错,只要他们不是猫,就不可能从篱笆的方格眼里穿过,想穿过也办不到。但是,跨过,跳过,这却不费吹灰之力,甚至是一种运动,蛮有意思的。

从筑起篱笆的第二天,依然和未筑篱笆时同样,君子们噗噔噔地跳到北侧的空地,只是并不深入到宅子的正面。假如遭到追击,需要一点时间逃跑,因此,预先计算好了逃跑所需的时间,所以才只在没有活捉危险的地方流窜。他们究竟在干些什么,住在东厢房里的主人自然看不见。若想了解他们在北侧空地上的活动情况,只有打开栅门,从相反的方向拐个硬弯笔直地观看:或是从厕所的窗口,透过篱笆墙根眺望,这时,那里发生的一切,便尽收眼底了。不过,即使发现几名敌人,也不便捉拿,只能从窗格里责骂几声而已。假如从栅门处迂回进攻,奇袭敌阵,那么,君子们只要听到脚步声,不等你抓,早已一溜烟逃到篱笆外面,恰似违反"禁捕海狗令"的渔船,径向海狗晒太阳的地方驶去。

主人当然不会在茅房里放哨,便也无意打开栏栅,一旦听到风声便立刻蹿出。假如真想这么干,除非辞掉教员职务,专门干这种营生,否则是追不上的。说起来,主人的不利条件是:在书房里,只能闻其声而不能见其人,在茅房的窗下，则只能见其人，却又奈何不得。对方识破了主人的这些不利条件，采取了如下策略：当他们侦悉主人闷坐书房时，便尽可能地高声叫嚷，其中还夹杂着骂大街的口吻讥讽主人。而且那发声之处很不明确。叫人乍一听来，很难断定他们是在篱内喧哗，还是在墙外吵闹。一旦主人出来，他们或是逃之夭夭，或是仿佛一直在竹篱外似的，装作没事。当他们望见主人如厕时（咱家从前文便频频使用“厕所”这一肮脏字眼儿，并非咱家怎么引以为荣。老实说，是因为叙述这场战争有必要，才尽管有碍视听，也不得已而为之），他们定要在梧桐树一带徘徊，故意让主人看见。假如主人从厕所里发出响彻四邻的高声怒吼，敌人也并不惊慌，从容地退到根据地去。敌人采取这种战术，主人可就十分狼狈了。当他认为敌人确已侵入时，便操起文明杖走出去。然而，却静悄悄的，没有一个人。刚以为没有人来，便从厕所窗子一看，肯定又有一两名学生闯入，主人忽而绕到后面去瞧，忽而从厕所里看，转来转去，还是那么回事；还是那么回事，也要重复下去，所谓“疲于奔命”，指的就是这种样子。主人怒火中烧，有点弄不清自己究竟是以教师为业呢，还是以战争为生。就在他恼火到了极点时，惹出了如下一场风波。

风波大概由上火引起。“上火”嘛，如同字面所示，就是火往上攻。关于这一点，不论是盖伦①，还是巴拉塞尔苏斯②，甚至陈腐的扁鹊，全都没有异议。只是火攻何处，却存在着问题；并且到底是什么往上攻，这也是争论的焦点。据古时欧洲人的传说，今人体内有四种液体在循环。第一，叫“怒液”，它若上升，就会大发雷霆；第二是“钝液”，它一上升，神经就会迟钝；第三是“忧液”，它使人抑郁；最后是“血液”，它使四肢灵活。传说其后随着人类进化，怒液、钝液、忧液不知不觉地消失，至今只剩血液在人体内循环如

① 盖伦（一二九——一九九）：古罗马医师、自然科学家和哲学家。

② 巴拉塞尔苏斯（一四九三——一五四一）：原名冯·霍恩海姆，瑞士医学家、化学家，提倡将化学应用到医学上。

初。因此,如果有人“上火”,除了血液,不会有别的。然而,这血液的数量因人而异,各有定量。虽然由于性格不同而稍有增减,但大抵每人的血量平均为二公升七。据此,假如二公升七的血液一旦倒流,那么,只有血到之处十分活跃,其他局部则缺血,变得冰凉。这好比派出所失火,警察们却齐集于警察局,街上连一名警察的影子都不见。这在医学上,叫做“警察上火”。要想治好这种病,必须使血液像从前一样均匀地遍布于全身。为此,必须将上攻之火退下去,方法是多种多样的。据说主人的先考等,曾用湿毛巾敷在头部,身子贴在火炉上烘烤。正如《伤寒论》中也曾谈到:头冷脚热,乃益寿祛灾的象征。因此,湿毛巾作为延年益寿法,是一日不可或缺的。如不用,不妨试一下和尚惯用的方法:“不居民舍的沙弥,云游四方的行僧,定是眠于树下石上。”所谓“眠于树下石上”,并非由于苦苦修行,而是禅宗六祖边舂米边想出的诀窍,用以消火退热的。试在石头上落座,当然臀部发凉吧?臀部凉,火气下降,这也是自然规律,丝毫不容怀疑。如此采取种种手段除火退热的妙方已经发明了好多,但十分遗憾,至今仍未想出引发上火的良策。一般说来,“上火”是有害无益的现象,但有些时候,还不能把结论下得太早。有的专业,上火十分重要;如不上火,便一事无成。其中最需要上火的是诗人。诗人之需要火气,犹如轮船之不可缺煤。哪怕一天停止供火,诗人只得拱手待餐,成为毫无作为的凡夫。的确,上火就是发疯的别名。不发疯,就支撑不住家业,名声会不大好听。因此,诗人们不以“上火”称之,经商定,煞有介事地称之为“灵感”。这是他们为了蒙骗世人而巧立的名目。其实,就是上火。柏拉图给那些诗人捧臭脚,把上火称为“神圣的疯狂”。然而,再怎么神圣,既然“疯狂”,人们就不会理睬;因此,还是像新发明的药名那样,称为灵感,对于诗人们更好听些吧。但是,如同鱼糕的原料是山药,观音菩萨像的素材是一寸八的朽木,鸡丝汤里是乌鸦肉,牛肉锅里是马肉,而灵感,实质上就是上火。所谓上火,就是一时发疯,可以不进巢鸭[1]疯人院的人,就因为只是临时性的发疯。不过,制造临时性发疯十分困难,弄得终身癫狂,反倒容易。而要想只在对纸挥毫时发疯,不论什么样妙手的神佛,累得死去活来,也很难造就成功的。既然神不给造,只好自谋生路。于是,从古至今,上火术和消炎术同样,使学者们煞费心机。有的人为了获得灵感,每天吃十二个涩柿子。这是基于下述逻辑:吃了涩柿子就要便溺,一便溺就要火往上攻。还有的人举着滚烫的酒壶,跳进滚烫的澡塘。他们认为在热水里饮酒,肯定会火气上升。按他们的学说,如果这样还不成功,只要将葡萄酒烧开,跳进去,保你一举奏效。然而,此人因为没有钱,终于事未竟而身先死,怪可怜的。

最后,还有人想出个主意,如果模仿古人,也许能激起灵感。那是应用了这么一种学说:只要模仿某人的举止风貌,其心理状态也必然酷似。假如像个醉鬼那样唠哩唠叨,不知不觉地,心绪也会像醉酒一模一样。假如坐禅,能坚持一炷香的工夫,就会觉得自己也变成了和尚。因此,如果模仿古代具有灵感的大家名作,肯定会感情冲动。传说雨果曾躺在一艘快艇上构思作品;因此,只要坐在船上凝视苍空,保证会火往上攻。又传说史蒂文森[2]趴着写小说;因此,只要趴着握笔,一定会头脑发热。诸如此类,各种不同的人,想出了各种不同的办法;却还没有一个人获得成功,主要是因为,如今人为的激情已经成为不可能。这很遗憾,却又莫可奈何。早早晚晚,自由激起灵感的时机一定到来,咱家这猫,为了人文的前景,殷切盼望这一天尽早降临。

关于上火的阐述,说这些已经足够了吧! 下文即将叙述事件的经纬。

---

① 巢鸭:东京都丰岛区东部。

② 史蒂文森(一八五〇——一八九四):英国小说家。主要作品有小说《金银岛》、《化身博士》、《诱拐》等,大多是脱离现实的冒险故事和怪诞情节。

不过,任何大事件发生之前,一定有个小风波。只谈大事而忽略小节,这是自古以来史学家们常犯的通病。我家主人每当碰上个小风波,头脑就更加发热,终于惹出大乱子。因此,如不按事物的发展顺序一一道来,就难于理解主人究竟是怎样上火的。既然难于理解,主人上火就只落个徒有其名,说不定世人会白他几眼说:"未必属实吧?"主人难得一次上火,如果不被人们称赞一声"绝妙的上火",岂不太泄气了吗?首先声明,下述各事件不论大小,对于主人来说,都不大光彩。既然事件本身就不大光彩,一旦上起火来,竟然又地地道道,绝不比他人逊色,必须说清这是怎么回事。主人在别的方面,再也没有什么值得夸口的。假如连上火都不吹嘘一番,可就再也没有值得大书而特书的题材了。

聚在落云馆的敌军,近日发明了达姆弹①,在课间休息的十分钟或放学后,冲着北方旷场开炮。那达姆炮弹通常称为棒球,是这么一种玩法:拿一根类似特大研磨棒的玩意儿,任意向敌阵射球。管什么达姆不达姆的,因为是从落云馆的运动场发射,自然,不须担心会射中躲在书房里的我家主人。即使敌人,也不是不知道射程太远。然而,这是战略。既然传说在旅顺战斗中全靠海军间接射击而获巨大成功,那么,落在旷场上的虽说是球,也不会不奏奇效的。更何况每发一炮,全军便"嗷"的一声发出骇人之巨响乎!主人惶恐之余,手脚里流通的血液不得不收缩;烦闷之至,淤积的血液自然要倒流,应该说敌人的计策十分巧妙。

据说古希腊有一名作家,名叫埃斯库罗斯,他有一副学者和作家共有的脑袋。咱家所谓学者和作家共有的脑袋,意思就是秃头。为什么头秃了呢?一定是由于头部营养不良,缺乏生长头发的足够活力。学者和作家大多绞脑汁,大抵都很穷,这是注定了的。因此,学者和作家的头颅都营养不良,都

---

① 达姆弹:枪弹的一种,因由印度达姆达姆市的兵工厂发明,故名。

光秃秃的。

且说，伊索克拉底斯[①]也是一名作家，自然的趋势，也要秃头的。他有一颗那么溜明锃亮的金橘头。然而，有一天，这位先生照例顶着那个脑袋（他的脑袋平时不戴帽，外出不换冠，当然还是那个脑袋了），摇摇晃晃，晃晃摇摇，在阳光的照射下，走在长街上。这便是他铸成大错的根源。远远看去，日光下的秃头明晃晃地亮。大树招风，秃头也一定要招点什么的。此刻，伊索克拉底斯头上盘旋着一只老雕，抬眼一看，利爪还攥着一只不知在什么地方活捉的乌龟。乌龟、老鳖之类，肯定是美味。但是，自希腊时起，竟长了一层硬盖，再怎么美味，既然有了硬盖，也就难得品尝。带皮烤大虾倒是有的，而带壳炖小乌龟，时至今日还不曾有过，这在当年，肯定更是没有的事了。

那凶猛的老雕正不知在何处落脚才好，忽见远远的下方有个东西闪闪发光，心想：妙极了！如果将小乌龟往闪光的地方一摔，乌龟壳一定会撞得粉碎，那东西一碎，我就落地，想吃乌龟肉，可就不费吹灰之力了。对呀，对呀，老雕打定主意，连个知会也不给，就把小乌龟从空中向地面上的秃头摔了下去。偏偏作家的脑壳比不上乌龟壳硬，便被砸了个稀巴烂，著名的伊索克拉底斯便悲惨地一命呜呼了。这且不提，令人难以理解的是老雕的居心。它究竟是明知那是作家的头才摔下乌龟的呢，还是误以为光面石头才摔下的？因答案不同，既可以拿老雕和落云馆的学生们做比，也可以说不能相提并论。

主人的头并不像伊索克拉底斯或赫赫有名的学者那样闪闪发光。但是，虽然不过六铺席子，既然号称书房，虽然打着盹儿，既然将脸儿埋在玄奥的书堆里，只好把他看成学者或作家的同行。如此说来，主人的头所以没

---

① 伊索克拉底斯：古希腊修辞家。

秃,是因为他还没有取得秃头的资格。“不久也要秃的。”这是即将降临于主人的命运吧！可见落云馆的学生们以主人的头为目标,集中火力进攻,其战术,不能不说是极合时宜的。假如敌人的“行动”持续两个星期,主人的头必然由于恐惧和烦闷而引起营养不良,要变成金橘、茶壶或铜壶的吧！如果再连续吃两周的炮弹,是金橘也定要粉碎,是茶壶也定要漏水,是铜壶也定要裂缝。连这显而易见的结局都不预测,而铁心要和敌人决一死战的,恐怕只有这位苦沙弥先生了。

一天下午,咱家照例在檐廊下睡午觉,梦见咱家变成了一只老虎,对主人说:“拿鸡肉来!”主人说:“是!”便战战兢兢地将鸡肉拿来。

迷亭先生也来了。咱家说:“我想吃雁肉,你去飞禽餐馆叫一道菜来!”迷亭像往常一样胡扯一通说:“把酱菜和咸煎饼掺合起来吃,就有雁肉味。”

咱家张开大口,哼的一声,吓唬他一下子。迷亭脸白了,说:

“山下做雁肉火锅那一家已经关门,这可如何是好?”

咱家说:“那就将就着吃点牛肉。快到西川肉铺去拿一斤牛肉里脊来!如不快去快回,就先把你吃了。”

迷亭掖起后大襟跑步出发。咱家因突然体魄变大,一躺下,占满了整个檐廊。正在等待迷亭回来,屋里突然发出一声巨响,牛肉美餐没能下肚,梦却醒了。

主人刚才还一直胆战心寒地在咱家面前叩头,想不到他竟从厕所里蹿了出来,照咱家的小肚子狠踹一脚。咱家刚嗷地叫了一声,他已经趿拉着轻便木屐从栅栏门绕过去,向落云馆跑去。咱家一下子由老虎缩小成为猫,总有些沮丧,又有点好笑。但是,由于主人的气势汹汹和小腹被踢的痛楚,变成老虎的事,也就登时抛到九霄云外。并且,主人即将出马和敌人交战。那多有意思！所以,咱家忍痛跟上,走出便门。这时,只听主人一声断喝:“强盗!”但见一个十八九岁戴学生帽的倔小子正往外跳篱墙。咱家心想:“他算跑不掉了!”可那个戴学生帽的小子采取跑步姿势,像飞毛腿韦驮天[1]似的跑回根据地去了。主人以为大骂“强盗”获得大捷,便又吆喝着“强盗”,跟踪追击。然而,想要追上敌人,主人必须跳过篱笆。如果追得过远,主人自身也就成了强盗。如上所述,主人是个出色的上火专家。他似乎以为既然乘兴穷追贼寇,那就宁肯老夫子沦为寇贼,也要追下去的。因此,他毫无收兵之意,一直冲到篱笆根下。再前进一步,主人自身就将成为强盗了。就在这千钧一发之际,蓄着稀疏蓬乱小胡的将军从敌军中大摇大摆地出马。于是,二人以篱笆为界进行谈判。仔细一听,原来是如下无聊的争辩:

“他是我校的学生!”

“他哪里像个学生?为什么擅自闯进他人的住宅?”

“不,刚才是球飞过去了。”

“为什么不先打招呼再进来拿球?”

“今后注意。”

“那,就算了吧!”

本以为这番交道将出现龙争虎斗的一大壮观,却以散文式的谈判平安而迅速地收场了。主人的冲劲不过是虚张声势,一旦交锋,却总是这样了局,很像咱家从“梦中虎”一下子还原为猫。咱家所谓“小小风波”,如此而已。小风波既已叙罢,按着顺序,势必述说一桩大事件了。

主人敞着客室的纸屏,趴在床上,在思索什么。大概是在探索对敌防御之策吧!落云馆好像正在上课,运动场上意外地肃静。唯有校舍的某室在讲授伦理学的语声真真切切。听那铿锵悦耳的声音、条理清晰的口才,正是昨日从敌营出马、担负谈判重任的那位将军。

“……所以,讲公德,至为重要。到了西洋一看,不论法国、德国或英国,

---

① 韦驮天:护佛驱魔的快腿神。

没有一个国家不讲公德；而且，不论多么下流的家伙，没有一个人不重视公德。多么可悲呀！在这一点，我们不能与其他国家抗衡。说不定你们当中有人以为公德是新近从外国输入的呢。其实，这种想法大错而特错了。古人云：'夫子之道，一以贯之，忠恕而已矣。'[①]其中的'恕'字，正是'公德'一词的出处。我也是个人，有时非常想放开喉咙唱个歌什么的，然而，我读书时，如果听到邻室高歌，怎么也读不下去，这是我的性格。因此，每当觉得高声吟咏《唐诗选》才开心时，心里便想：假如隔壁住的也是个像我一样怕吵闹的人，不知不觉就打搅了人家，心中有愧。这时候，我总是要克己的。依此类推，诸君也应尽量遵守公德。假如自己觉得那是有碍于人的事，就决不要做……"

主人侧耳恭听这番讲演。听到这里，不禁哧哧一笑。这里有必要对主人嗤笑声的含意聊做交代。如果讽刺家读了这一段文字，一定会以为这嗤笑中交织着冷嘲的成分。然而，主人绝不是品格那么坏的人，与其说他坏，莫如说他智力不太发达。若问主人为什么笑，完全是因为高兴才笑的。多亏伦理学老师进行了这么一番谆谆教诲，今后肯定会永远免于达姆弹的扫射了。暂时脑袋也不会秃。虽然上火的毛病不能立刻根除，但时机一到，总会逐渐康复的！料想不再头蒙湿毛巾顶在暖炉上，不再睡在树下石上，也不会有事的。因此才哧哧地笑了。即使二十世纪的今天，主人依然天真地认为"欠债必还"。那么，他之所以认真领教上述讲话，也就顺理成章。

不多时，大概下课时间到了，讲话声戛然而止。其他教室也都同时下课。于是，一直被密闭在室内的八百雄兵齐声呐喊，冲出校舍，其势宛如推翻了一尺多长的马蜂窝，呜呜、嗡嗡……从所有的门旁，从一切的敞口，肆无

---

① 见《论语·子仁篇》："子曰：参乎，吾道一以贯之。曾子曰：唯。子出，门人问曰：何谓也。曾子曰：夫子之道忠恕而已矣。"

忌惮地自由飞出。这便是一场大乱的开端。

先从马蜂窝的阵地说起。假如以为这种战争还需要什么阵地，那就错了。一般人嘛，提起战争，以为只在沙河、奉天①或旅顺，似乎除此之外便无战事。至于爱好史诗的野蛮人，则一味地联想那些夸大渲染了的战斗场面，什么阿喀琉斯拖着赫克托尔在特洛伊绕城三匝啦，燕人张飞站在长坂坡桥上，横起丈八长矛，喝退曹兵百万啦等等。随他怎么联想都好。然而，以为此外没有战事那就有欠公允。

只有在远古蒙昧时期，也许进行过上述那种荒唐的战争。然而，在太平盛世的今天，在大日本国京城的中心，那种野蛮行为已经属于不可能出现的奇迹。学生们再怎么骚动，也不会比火烧警察署闹得更凶。照此说来，卧龙窟主人苦沙弥先生和落云馆八百健儿的战争，列为东京城有史以来大战之一，也并不过分。

左丘明写鄢陵之战②，也是从敌军营寨下笔。自古以来精于记叙的作家无不采取这种笔法，已是惯例。因此，咱家首先述说一下敌军布阵，也就无可厚非了吧！

那么，首先看看敌营是怎样的阵势为好，但见篱墙外排成一列纵队，可以断定，他们的任务是诱我主人跨入战斗圈子。敌人吵吵嚷嚷："不服？""不服，不服！""糟了，糟了！""他不出来！""没溜吗？""不会溜的。""叫两声给他听听！""嗷，嗷！""汪、汪、汪！"……随后是纵队全体发出一片呐喊声。

纵队稍右的操场上，有炮队选了个险要之地设阵。一名将领手握大号研磨棒，面对卧龙窟伺机出击。他迎面隔三丈多远的地方还站着一个人；研

---

① 沙河：辽宁省旧名。奉天：今沈阳。

② 左丘明叙述鄢陵之战：左丘明是中国春秋时史学家，鲁国太史，双目失明，相传著《左传》。鄢陵，春秋时鄢国之地，今河南鄢陵西北。公元前五七五年，晋军大败楚军于此，史称"鄢陵之战"。

磨棒后面也站着一个人，面对着卧龙窟站得笔直。如此相对而立、一字排开的，是炮手。据说，这是在练棒球，绝不是做战斗准备。咱家是个球盲，不知棒球为何物。不过，据悉这是从美国进口的一种游戏，在中学以上的学校运动中，是最时髦的体育项目。美国是个专能想些花花点子的国度，说不定正因为肯把被误认为炮弹也无妨，而且扰得四邻不安的游戏教给日本，才表现出足够的感情哩！还有，美国人是把这当成一种运动和游戏？既然纯粹的游戏都具有如此惊得四邻不安的力量，那么，根据情况，用作炮弹，也会十分顶用的。据咱家观察，只能这么看：美国人是想利用运动之技，收到炮击之功。任何事情都是人嘴两层皮，咋说咋有理。既然有人借慈悲之名，行诈欺之实，口称灵感，却偏爱上火，那么，难保不在玩棒球的名目下打起仗来的。别人说的大概指的是世上普通的棒球，而咱家前边叙述的炮战，却是限于这种特殊场合的棒球，即攻城炮战术。

下文再介绍一下达姆弹的发射方法。一字排开的炮兵行列中，有一人右手攥着达姆弹，向拿大棒的人投去。达姆弹用什么制成，局外人不得而知。它像个坚硬的石球，是用皮革精心缝制的。如上所述，这种炮弹一旦离开炮手的手心，就风驰电掣般飞了出去。站在对面的人吃力地抡起那根研磨棒，将炮弹击回，也有时打不中，使炮弹飞了过去。但一般情况下都能砰的一声将炮弹打回去，飞回的炮弹来势颇猛，要叫患神经性胃炎的我家主人脑浆迸裂，那是轻而易举的。

炮手只要这么做，就足够了。周围还有凑热闹兼援兵簇拥如云。每当木棒砰的一声打中圆球，便啪啪鼓掌，大喊："好哇，好哇！""打中了吧？""还不够劲儿吗？""不害怕吗？""折服吗？"

如果仅止于此，也还没有什么。问题是被打回去的炮弹，三发必有一发飞进卧龙窟院内。因为他们规定，如不飞进主人家，便是没有达到攻击目标。近来各地都在制造达姆弹，价格十分昂贵。虽然是战争，也很难指望大量供应;大体上一个炮队发给一至两个,不能砰的一声就把那么贵重的炮弹报销。于是,他们又增添一个“拾球部队”,专管拾球。假如球落的地点好些,拾来倒也不费力气;一旦落在草原或院落里,拾来就不那么容易了。因此,平时为了少花力气,总是让球落在容易拾到的地方,而在这时,却大相反。因为球手之意不在玩,而在于战。他们故意将达姆弹射进主人的院落。既然将球射进院内,必然要进院拾球。进院最简便的办法就是翻过方格篱笆,只要他们在方格篱笆之内嘈嚷,主人就非发火不可;否则,非卸甲求饶不可;劳心过度,头脑非日渐光秃不可。

适才敌军发出的一炮,准确无误地越过方格篱笆,打落梧桐树的叶子,命中第二道城墙——竹篱。声音很大。牛顿的运动定律第一条中说:如无外界阻力,一旦飞出的物体总以平均速度运转。假如那棒球的动态只受这一条定律的约束,那么,主人的脑袋,此时此刻已和伊索克拉底斯的头遭到同样的命运了。幸而牛顿在定了第一定律的同时,又定了第二定律,才使主人的头在危急之秋免于灭顶之灾。牛顿的运动第二定律中说:运动的变化与所受之外力成正比,但这变化发生在直线运行的方向。这究竟说的是些什么?有点敬谢不敏,不过,那达姆弹并不曾穿过竹篱,撞破纸屏,砸碎主人的头颅。由此看来,肯定是托了牛顿的洪福。

不多时,估计敌军果然有人跳进院内,用棒子四处敲打竹叶说:“是这儿?”“更靠左些?”如果敌军倾巢出犯,跳进院来拾达姆弹,一定会大喊大叫。悄悄地进来,悄悄地拾球,那就达不到主要目的。达姆弹也许珍贵,而捉弄主人,却远比达姆弹更重要。这时,远远就可以看准达姆弹落在什么地方。他们已经听清达姆弹撞击竹墙的声音,了解击中的场所,而且也知道弹落的地面。因此,如果想规规矩矩地拾弹,要拾多少都不难的。按莱布尼茨的定义:“空间是可能同时存在的秩序。”一、二、三、四、五……总是依例排列的。柳树之下,必有泥鳅;蝙蝠之上,常配弯月。至于墙根有球,也许不大相称。然而在天天往主人院内投球的人们眼里，已经习惯于如此排列的空间。应该是一目了然的事，却闹得这般人声鼎沸，一句话，那是向主人挑战的一种策略。

既然这样，主人再怎么消极，也非应战不可了。刚才听室内讲伦理课时笑眯眯的主人，此时奋然而起，猛然而去，陡然活捉一名敌兵。这在主人来说，可是一件奇功。奇功倒是不含糊；但是一看，原来是个十四五岁的孩子，列为长胡子主人之敌，未免有点牵强。然而，主人也许觉得已经够宽容的了。他把一再道歉的孩子硬是拉到檐廊下。

在此有必要对敌人的战术聊进一言。敌军昨天见识过主人的嚣张气焰。看样子，他今天也一定会亲自出马。那时，万一来不及逃走，被抓了个大孩子，事情就要麻烦，再也没有派个一年级或二年级的孩子去拾球更能躲避风险的了。好吧，就算小孩被主人抓住，唠哩唠叨地纠缠不休，对于落云馆的名声也无伤大雅。只有主人，没有个大人样，竟和小孩子一般见识，因而要被耻笑的。敌人的想法就是这样。这是普通人的想法，是颇有道理的。不过，敌人在判断中忽略了对手不是个寻常人这一事实。主人如果具备普通人那么一点常识，昨天就不该跳出来。上火，能使普通人上升为非凡者，将乖谬赋予具有常识的人。当人们分得清谁是女人、小孩、车夫、马夫的时候，还不足以以“上火”而炫耀于世。假如不是像主人那样老谋深算，活捉不成为对手的中学一年级学生当做战争人质，是不可能跻身于上火专家之列的。可怜的是俘虏。只不过遵照上班生的命令充当了拾球的勤务兵，不幸被神经异常的敌将、上火的天才穷追猛赶，来不及跳墙便被拖到庭前。这一来，敌兵再也不能眼睁睁地看着自己的战友受辱了。他们争先恐后地翻过方格篱笆或从木栅门闯进院子。人数约有一打，刷地排在主人面前。大体都没有穿上衣或背心，有的穿白衬衫，挽起袖子，叉着胳膊。有的不好意思光脊梁，将绒衣搭在肩上。慢着，还有个漂亮小伙，白帆布上衣镶着黑边，前胸正中绣着黑色花纹。他们个个都像以一当十的勇将，肤黑气壮，筋肉发达，仿佛在说："吾乃丹波国好汉，昨夜自篠山来也。[1]"把这些人送进中学，叫他们求学，这太可惜了。我想，假如叫他们当一名渔夫或水手，大概会有利于国家的吧！这些人不约而同地光着脚穿鞋，裤腿挽得高高的，看来仿佛要到近处救火似的架势。他们在主人面前列队而立，默默地一言不发。主人也不开口。一时双方怒目而视，目光中夹杂着几分杀气。

"莫非你们是强盗？"主人喝道。他气势汹汹，仿佛用大牙咬响了摔炮，烈火从鼻孔蹿了出来，因此，鼻翅猛烈地扇动。越后地区狮子头像的鼻子，大概就是照着人们恼怒时的样子仿制出来的。否则，不会造得那么吓人。

"不，我不是强盗，是落云馆的学生！"

"胡扯！落云馆的学生，岂能擅自侵入他人住宅？"

"不，我戴的是制帽，明明有校徽呀！"

"是冒牌吧？既是落云馆的学生，为什么擅自侵入？"

"是因为球飞进去了。"

"为什么叫球飞进去？"

"可它就飞进去了嘛。"

"混账东西！"

"下不为例，这一回就饶了我吧！"

"面对来历不明的人翻墙闯进私室，哪里有人会轻易放走？"

"不，我是落云馆的学生，这是没错的。"

"既是落云馆的学生，问你是几年级？"

"三年级。"

---

① 丹波国：日本古国名，今京都府及兵库县一部分。篠山位于古丹波国境内。自篠山来，成为山中粗野人初次进城的代名词。

"说准了吗?"

"是的。"

主人回头朝屋里喊道:"喂,来人哪,来人!"

埼玉县生人的女仆拉开纸格门,应声走来。

"到落云馆去带一个人来!"

"把谁带来?"

"谁都行,给我带来!"

女仆虽然答应了一声"是",但是,由于前庭光景奇怪,出使的目的不清,事件的经过自始至终都十分无聊,她便站也不是,坐也不是,只是嘻嘻地笑着。主人却想打一场大战,想充分发挥一下上火的本事。在这关键时刻,自己的用人当然应该同仇敌忾。但她不仅不以严肃的态度对待,反而边听吩咐边哧哧地笑,这使主人愈发遏制不住,能不烈火攻头?

"不是告诉你了吗?谁都行,叫一个来!听不懂吗?管他是校长、干事,还是首席教师……"

"把校长先生……"女仆只知道有校长。

"不是告诉你了吗?管他是校长、干事,还是首席教师!听不懂吗?"

"若是谁都不在,叫个杂役来也行吗?"

"胡说!杂役懂个屁!"

事已至此,女仆明白已是箭在弦上,不得不发,便应一声,出发了。然而,出使的目的仍然摸不清头脑。他正担心,只能叫来个杂役,不料,刚才讲伦理学的老师从正门走来。主人单等他安然落座,便立刻开始谈判。

"适才这小厮胆敢擅入敝宅……"用的是《忠臣榜》戏曲里的古老道白,后又略带讥讽地收尾说:"确实是贵校的学生吧?"

伦理课教师毫无惧色,泰然自若地将站在庭前的勇士们扫了一眼,又将眼珠照旧对准主人,做了如下答辩:

“是的,都是敝校学生。我们一直教育学生不要这样,可他们总是不听话……你们为什么跳过墙来?”

学生毕竟是学生。他们面对伦理课老师一言不发,没人开口,都规规矩矩地挤在院落的一隅,宛如羊群遇上了大雪。

主人说:“球飞了进来。倒也是难免的事嘛!既然与学校结邻,总要不时地有球飞进院里来的嘛!不过……他们太凶了。即使翻过墙来,也别出声,偷偷把球拾去,也还可以饶恕……”

“所言极是。敝校尽管一再告诫,怎奈人多手杂……今后必须很好地注意。如果球飞进了院子,必须从正门进去,打个招呼再去拾球。听见了吗?学校太大,总是叫人太操心,没办法。不过,运动是教育上必需的课程,总不好禁止的。可是一允许,就惹出麻烦来。这一点,无论如何请多多原谅。另一方面,今后一定从正门进院,打个招呼再拾球。”

“好,既然这么通情达理,那就好说。不论投进来多少球都无妨的,只要从正门进来,给个知会,也就算不了什么。那么,这名学生交给你,托你带他回去吧!噢,有劳大驾,对不起!”

主人照例致歉,照例是些虎头蛇尾的言词。伦理课老师带着丹波国的篠山好汉从正门回到落云馆。

咱家所谓“大事件”,至此告一段落。如果耻笑:“这算得了什么大事件?”那就任你笑去。顶多可以说,这不是他们的大事件。可咱家是在叙述主人的大事件呀,并不是叙述他们的大事件。如果有人谩骂主人“虎头蛇尾”、“强弩之末”,奉劝他不要忘记,这正是主人的特色;不要忘记,主人之所以成为滑稽小说的题材,也正寓于这些特色之中。如果批评主人竟和十四五岁的孩子较量,实在愚蠢,这,咱家也是同意的。大町桂月就曾抓住主人说:“你还没有去掉孩子气?”

咱家既写完了小风波,现在又写完了大事件,下面想描绘一下大事件发生后的余波,作为全篇的结尾。

咱家笔下的一切,说不定有的读者以为是信口开河哩!然而,咱家绝不是个轻薄的猫。字里行间,处处包藏着宇宙间的巨大哲理,这是毋须赘言的。那字字句句,层次井然,首尾呼应,前后映照,认为是琐谈闲话而漫然浏览的读者感到陡然一变,成了不易读懂的经典之作。这就决不容许躺着看或伸着腿一目十行等丑态表演,据说柳宗元每当读韩愈的文章,甚至先用蔷薇花泡水净手。那么,但愿读者对待咱家的文章,至少能自己掏腰包买本杂志,切莫干出那种没规矩的事——凑凑合合,借朋友的书看。

下文所述,咱家称为"余波"。假如有人认为"既是余波,自然无聊,不须卒读",他一定会追悔莫及。必须从头至尾,细心精读才是。

发生大事件的第二天,咱家想散散步,便来到门外。只见金田老板和铃木藤十郎先生在对面巷角站着谈话。金田老板正驱车回府,铃木先生访金田未遇,正在归途,于是,二人邂逅。

近来金田府上平淡无奇,因此咱家很少走过。可是刚才一见熟人的面,又有些怀念。铃木先生也阔别已久,不妨暗暗跟随,一谒尊颜吧。咱家决心已下,便徐徐靠近二公伫立的身旁,他们的对话自然都传进了咱家的耳鼓。这并非咱家的罪过,是他们谈话内容不好。金田老板可是个"有良心的人",甚至派密探去侦察主人的动向。那么,咱家偶然窃听他的谈话,料想他还不至于发火吧?如果发火,只能说明他还不了解"公平"二字的含义。

总之,咱家听了二位的谈话。不是想要听才听的。压根儿没想听,而谈话声却自然钻进了咱家的耳朵。

"刚才去过府上。真是巧遇!"藤十郎先生毕恭毕敬地弯腰施礼。

"唔,是吗!说真的,近来我正想见见你呢。来得好!"

"咦?真巧。有何吩咐?"

"哪里,没什么大不了的。不过,这事儿虽说怎么都行,可是除非你,是办不成的。”

“只要我力所能及,一切效命！什么事?”

“唔……这……”金田老板在思索。

“若是不好说,就在方便的时候我再来拜访。哪天合适?”

“唉——没什么太大的事……那么,既然难得谋面,就有求于你了。”

“请不客气……”

“就是那个怪人！喂,就是你的老友,是叫苦沙弥吧……”

“是的。苦沙弥怎么啦?”

“不,怎么也没怎么。只是闹那个事件之后,我心绪不太好。”

“说得对。这全怪苦沙弥太傲慢……本应该摆正自己的社会地位,可他简直以为老子天下第一哪!”

“就是啊。说什么‘不向金钱低头’、‘实业家算个屁’等等,说了种种狂话,我想,那就让他尝尝实业家的厉害！他这一阵子被治得收敛些了,但还很顽固,真是个犟眼子,令人吃惊。”

“总之,他是个不识好歹的家伙,不过是在逞能罢了！他从早就有这个毛病,分明自己吃了亏,却一点儿都不觉察,真是不可理喻。”

“啊,哈哈哈……的确是不可理喻。我变换着方法和招数,终于,叫学生们熊了他一通。”

“这个主意妙！效果如何呀?”

“这下子,好像使那个家伙陷于窘地。用不了多久,他肯定会告饶的。”

“那才好呢。再怎么神气,毕竟是寡不敌众呀!”

“是呢。孤家寡人,怎么抵挡得住！因此,他似乎有所收敛。不过,究竟如何,我想求你去一趟观察观察。”

“噢,是吗！这不难,立刻去观察一下。情况嘛,回来向您报告。有趣吧？那么顽固的人居然意气消沉,一定是大有看头的。”

“好，回头见，我等着你。”

“那么，失陪了。”

嗬，又是阴谋！实业家果然势力大。不论使形容枯槁的主人上火，也不论使主人苦闷得结果脑袋成了苍蝇上去都失滑的险地，更不论使主人的头颅遭到伊索克拉底斯同样的厄运，无不反映出实业家的势力。咱家不清楚使地球旋转的究竟是什么力量，但是知道使社会动转的确实是金钱。熟悉金钱的功能并能自由发挥金钱威力的，除了实业家诸公，别无一人。连太阳能够平安地从东方升起，又平安地落在西方，也完全托了实业家的福。咱家一直被养在不懂事的穷学生寄身之府，连实业家的功德都不知道，自己也觉得这是一大失策。不过我想，就算冥顽不灵的主人，这回也不能不多少有所醒悟的。如果依然冥顽不灵，一硬到底，那可危险，主人最珍惜的生命可要难保。不知他见了铃木先生将说些什么。闻其声便自然可知其觉醒的程度如何了。别再啰嗦！咱家虽然是猫，对主人的事却十分关心。赶快告辞铃木先生，先走一步，回家去了。

铃木先生依然是个善于周旋的人。今天他对金田老板吩咐过的事只字不提，却兴致勃勃地絮叨些无关痛痒的家常。

“你面色可不大好，没什么不舒服吗？”

“哪儿也没什么不好呀！”

“苍白呀！不当心点可不行，时令不好嘛！夜里睡得着吗？”

“嗯。”

“有什么挂心事吧？只要我能办到的，什么事都可以帮忙哟！你就别客气，说出来！”

“挂心事？挂心什么？”

“不，没有才好呢，我是说若有的话。忧虑，最伤身板呀！人世间在笑声中快快活活地过活最为上策，我总觉得你有点过于阴沉。”

“笑也最伤身子。有的人竟狂笑送命了呢。”

“别开玩笑！俗语说:‘笑门开,洪福来。’”

“你恐怕未必知道,古希腊有个哲学家,名叫克里西帕斯。”

“不知道。他怎么啦?”

“他笑得过度,笑死了。”

“咦？这太新鲜！不过,这是早先年的事……”

“早先年也好,现如今也好,还不是一样？他看见毛驴吃银碗里的无花果,觉得滑稽,忍不住大笑起来。他怎么也抑制不住笑声,终于笑死了。”

“哈哈哈……不过,他不该那么毫无撙节地大笑嘛。微笑……适当地……这样最快活。”

铃木正在不停地研究主人的动向,正门哗啦一声开了。以为是有客登门呢,其实不然。

“球落进院子啦,请允许我去取。”

女仆从厨房里答应了一声:“请!”学生便绕到后门去。铃木愣着问:“这是怎么回事?”

“是房后的学生把球撇进院里来啦。”

“房后的学生？后边有学生吗?”

“有一所叫做落云馆的学校。”

“啊,是学校呀。吵闹得很吧?”

“还提什么吵闹不吵闹！很难看得下书去哟。我如果是文部大臣,早就下令关闭它了。”

“哈哈哈,火气不小呀！有什么伤脑筋的事吗?”

“还问呢。从早到晚一直是惹气哟!”

“既然那么惹气,搬搬家就好了吧?”

“鬼才搬家呢。岂有此理!”

“对我发火有什么用！唉，是些小孩子嘛，置之不理就完事嘛。”

“你行，我可不行。昨天找他们的老师来谈判过了。”

“这可太有意思。他们害怕了吧？”

“嗯。”

这时，门又开了，又进来个学生说：“球落进了院子，请允许我去取！”

“啊，来得太勤。喂，又是球。”

“哼，约定他们要走正门来拾球。”

“怪不得来得那么勤。是吗，懂啦。”

“什么懂了？”

“唉！懂啦！来拾球的原因。”

“今天到现在已经是第十六次了。”

“你不嫌麻烦吗？不叫他们进来有多好！”

“不叫他们进来？可他们要来呀，有什么办法！”

“既然说没办法，就不提也罢。不过你别那么固执多好。人一有棱角，在人世上周旋，又吃苦，又吃亏呀！圆滑的人滴溜溜转，转到哪里都顺利地吃得开；而有棱有角的，不仅干赚个挨累，而且每一次转动，棱角都要被磨得很疼。世界毕竟不属于个人专有，别人是不会让你事事如意的呀！唉，不管怎么说，跟有钱人作对要吃亏，只能伤身，搞坏身体，没人说个好，人家还满不在乎。人家坐在家里支个嘴儿就把事情办了，谁不知道‘小胳膊拧不过大腿’，反正是斗不过嘛。有点固执，倒也没什么，但要顽固到底，就会影响自己的学习，给日常工作带来麻烦，到头来白白受累，干赚个辛苦！”

“对不起，刚才球飞进来了，我转到便门去拾球，可以吗？”

“嗬，又来啦！”铃木笑着说。

“真真无礼！”主人满脸通红。

铃木感觉自己已经完成了出访的使命，便说：“那么，告辞了。有空来串门。”然后走了。脚前脚后进门的是甘木先生。

自称“上火专家”者，自古以来，鲜有其例。当他感到“有点不对头”时，已翻过了上火的悬崖。主人上火，在昨天的大事件中已经登峰造极。后来的谈判尽管虎头蛇尾，但总算有了收场。因此，那天晚上他在书房里仔细思量，发觉事情有点不大对头。当然，是说落云馆不对头，还是说自己不对头，这还是很大的问号。然而，事情不大对头，这是肯定无疑的。他心想：尽管与中学结邻，像这样一年到头不断地惹气，是有点不对头。既然不对头，总得想个主意，可是，想什么主意也没用，只得服下医生给的药，对肝火的病源贿赂一番，以示抚慰。有念及此，便想请平素常去就诊的甘木医生来给瞧瞧。是贤，是愚，姑且不论，总之，他竟然意识到自己已经上火，只这一点，不能不说其志可嘉，其意可贵。

甘木医生仍是面带笑容，十分稳重地说：“怎么样？”医生大抵都一定要问一声“怎么样”的，咱家对那些不问一声“怎么样”的医生，无论如何也信不过。

“医生，怎么也不见好哟！”

“嗯？怎么会呢？”

“医生给的药到底有没有效力？”

甘木医生也有点吃惊。可他是一位温厚的长者，并没有怎么激动，缓缓地说：

“不会没有效力的。”

“可我的胃病，不论吃多少药，也还是那么回事呀！”

“绝对不会！”

“不会？那么，稍微见强？”

胃病长在自己身上，却问起别人来了。

“不会好得那么快，慢慢会好起来的。现在就比从前好多了。”

“是吗?”

“又是动了肝火?”

“动啦。连做梦都生气哪。”

“稍微运动运动才好。”

“一运动,更火上浇油!”

甘木医生也目瞪口呆地说:

“喂,让我瞧瞧吧!”

诊察开始了。主人干等也瞧不完,已经不耐烦,突然高声问道:

“医生!前些天我读了介绍催眠术的书,书上说,采用催眠术能治好手不老实的毛病以及各种疾病,这是真的吗?”

“是啊,也有那么治的。”

“现在也在这么治吗?”

“嗯。”

“催眠术,难吗?”

“哪里?容易。我也常催呢。”

“先生也常催?”

“嗯,催一下试试吧?按理说,人人都必须接受催眠术。只要你同意,就催一催!”

“这,有意思。那就给我催一下子吧。我早就想催。不过,如果催完就醒不过来,可就糟啦!”

“哪里,没事!那么,开始吧!”

谈判突然做出决定,主人终于接受催眠术了。咱家还从来没有见识过这样的场面,不免心里偷偷地乐,蹲在墙角瞧着结果如何。医生先从主人的眼睛开始催眠。只见那方法是:将二目的上眼皮从上往下揉。尽管主人已经不睁眼睛,医生却依然朝着一个方向一再摩挲眼褶。过了一会儿,医生向

主人说:

“这样一摩挲眼皮,渐渐地眼皮就发沉了吧?”

主人回答说:“的确沉了。”

医生继续用同样方法摩挲主人眼皮说:

“渐渐眼睛就沉了。没事吧?”

主人也许真的中了催眠术,默默地一句话也不说。同样的按摩术又进行了三四分钟。最后,甘木医生说:“噢,眼睛睁不开喽!”

可怜!主人的眼睛终于闭得紧紧的。

“再也睁不开啦?”主人问。

“嗯,再也睁不开了。”医生说。

主人无言地合上眼睛。我还以为主人的眼睛瞎了呢。可是隔了一会儿,医生说:

“若能睁开眼睛,你就睁一下试试。可是,毕竟是睁不开的呀!”

“是吗?”不等主人的话音落地,他的眼睛已经像平常一样睁开了。

主人笑着说:“催眠不成功啊!”

甘木医生也同样笑着说:“是的,不成功。”

催眠术终于失败,甘木医生走了。

接着又来一位。主人府上从来没有来过这么多的客人,这在交往甚少的主人家来说,真叫人不敢相信。然而,客到是真的,而且是稀客。咱家连稀客的一言一行都不漏掉,这不单纯因为他是稀客。如上所述,咱家是在继续写大事件之后的余波。而这位稀客却是写事件余波不可漏掉的素材。不知道他叫什么名字。只提一下他是长脸、留着两撇山羊胡、四十岁上下的男子,也就足够了吧!与迷亭这位美学家相比,我要称他为哲学家。若问为什么?咱家可不像迷亭那样胡吹乱嗙,只是看他和主人谈话时的风度,令人总觉得他像个哲学家。他好像也是主人的老同学,看二人对话的样子,显得十分融洽。

“噢,提起迷亭嘛,他像喂金鱼的麸子,漂在池面上,飘飘摇摇。前些天他领个朋友,路过素昧平生的贵族家门前时,他进门去讨碗茶喝,硬把他那位朋友也拖了进去。够大大咧咧的了。”

“后事如何?”

“后事如何?我可没有问过。是啊,大概是个天生的怪人吧!不过,没有思想,空空如也,简直是喂金鱼的麸子。铃木吗?他来过?咳!此人不明事理,而人情世故却很精通,是个戴金壳表的材料。但是,太浅薄,不稳重,是块废料。他常说要圆滑些,圆滑些。可是,何谓圆滑?他压根儿不懂。如果迷亭是喂金鱼的麦糠,铃木便是用草绳绑的凉粉,滑得很,总是哆嗦没完。”

主人听了这精辟的比拟,似乎觉得妙极了,很久以来破例的一次哈哈大笑起来。

“那么,你是什么?”

“我嘛?是啊,像我这样的……充其量不过是个野生的山药蛋罢了,渐渐长大埋在土里。”

“你好像一直怡然自得,优哉游哉,真叫人羡慕啊!”

“哪里!处处都和平常人一样,没什么可羡慕的。值得庆幸的是,我无心羡慕别人,唯有这一点还好。”

“手头还宽裕吧?”

“哪里,还不是老样子,紧紧巴巴的。不过,没有饿肚子,死不了,不要大惊小怪哟!”

“我不痛快,闷气难忍,看什么都有牢骚。”

“牢骚也好嘛!如果有牢骚就发,一时心情会好些的。人嘛,各有千秋。即使哀求别人都变成你那样的人,也是不成的。虽说不和别人同样拿筷子就吃不成饭,但是,自己的面包,还是自己随便切最爱吃。在高级服装店定做衣服,会做一身穿上就合体的衣服;但是,在劣等服装店定做,不将就着穿一段时间是不行的。不过,社会可是一件做得很高明的服装,穿来穿去,那西服就主动地适应人们的身材了。假如是上等爹妈,本领高强,把我们生得适应于社会,那就幸福了。然而,如果生得不合要求,那就只有两条路:或是情愿与世格格不入,或是忍耐到与社会合拍的时候为止。"

"但是,如我者流,永远也不会与社会合拍的,真可怕。"

"太不合身的西装,如果硬是穿上它,就会撑破。吵架啦,自杀啦,暴动啦。不过,拿你来说,只是感到无聊而已,不会自杀;连吵架的事也不会有的,还算混得下去呀。"

"可是,我正整天地吵架哩! 即使对方不出来,只要生气,就得算是吵架吧!"

"的确,这叫单人吵架,有意思,吵多少次都无妨的。"

"我有些腻了。"

"那就不吵为好。"

"对你说吧! 我自己的心,可并不怎么听我的话。"

"唉,到底是什么事使你发那么大的牢骚?"

主人这时从落云馆事件说起,列举今户窑的狗獾子,津木针助,福地细螺,以及其他一切不平,在哲学家面前滔滔不绝地大讲而特讲。哲学家默默地听着,终于开口,对主人如下说道:

"针助和细螺,管他说些什么,佯作不知算了嘛,反正够无聊的。至于中学生,不屑一顾嘛。怎么? 害着你啦? 可是,谈判也罢,吵架也罢,妨害不是依然没有解除吗? 就这一点来说,我觉得古代日本人比西洋人要伟大得多。西洋人最近十分流行这么一句话,"积极",但是,这有很大的缺点。首先,说什么"积极",可那是没边儿的事呀! 任凭你积极地干得多久,也达不到如意之境或完美之时。对面有一棵扁柏树吧？它太妨碍视线，就砍掉它。可这一来，前边的旅店又碍腿了。将旅店也推倒，可是再前边的那户人家又碍眼。任你推倒多少，也是没有止境的呀！西洋人的干法，全是这一套。拿破仑也好，亚历山大也好，没有一个人胜了一次便心满意足。瞅着别人不顺眼，吵架；对方不沉默，到法院去告状。官司打赢了，若以为这下子他会满足，那就错了。任凭你至死苦苦追求“心满意足”，可曾如愿以偿吗？寡头政治不好，就改为代议制。代议制也不好，就想再换个什么制度。河水逞狂，就架起桥来；山峰挡路，就挖个涵洞；交通不便，就修起铁路。然而，人类是不可能就此永远满足的。话又说回来，人啊，究竟在多大程度上可以积极地使自己的主观意图变成现实呢？西方文明也许是积极的，进取的，但那毕竟是终身失意的人们所创造出来的文明。至于日本文明并不在于改变外界事物以求满足。日本和西方文明最大的不同点就在于：日本文明是在“不许根本改变周围环境”这一假设的前提下发展起来的。老子和子女处不来，却不能像西洋人那样改善关系，以求安康。亲子关系必须保持固有状态，不可改变；只能在维护这种关系的前提下谋求安神之策。夫妻君臣之间的关系，武士与商人的界限以及自然观，也莫不如此……假如有座高山挡路，去不成邻国，这时想到的，不是推倒这座大山，而是磨练自己不去邻国也混得下去的功夫，培养自己不跨过大山也于愿足矣的心境。所以呀，君不见佛家也好，儒家也好，都肯定抓住这个根本问题不放的。

“不管你怎么了不起，人世上毕竟不可能使你万事如意。既不能使落日回升，又不能使加茂川倒流，能够约束的，唯有自己的心灵了。只要锻炼自己心门清净，即使落云馆的学生再怎么吵闹，也会泰然处之的吧！即使今户窑的狗獾子，只要满不在乎，也就完事了吧？关于针助者流，如果说什么蠢话，心想他是个大混蛋，装没听见，也就没事了吧！据说从前有个和尚，刀按脖子还说饶有风趣的话:‘电光影里斩春风。’①如果修身养性做到家,消极到了登峰造极的地步,说不定就会现出这种运用自如的真功夫。我这号人不懂那些玄妙道理。不过,总之,我觉得一味鼓吹西洋人那种积极进取精神,是不大对头的。眼下你不论怎么积极争取,学生们还是要来捉弄你,岂不徒唤奈何吗?假如你有权封闭那所学校,或是学生们干了值得向警察控诉的坏事,那自当别论。既然情况并非如此,你再怎么积极地跑出去,也不会获胜的。跑出去,就会碰上金钱问题,寡不敌众的问题,换句话说,你在财主面前,不得不低头;在恃众作恶的孩子们面前,不得不求饶。像你这样的穷汉子,而且还要单枪匹马地积极去斗架,这正是你心中不平的祸根啊!怎么样?懂啦?”

主人只管听,不说懂,也不说不懂。稀客走后,他走进书房,并不看书,却在沉思。

铃木藤十郎先生告诉主人的是:要屈从于钱多、势众。甘木医生奉劝主人的是:要用催眠术镇静神经。最后这位稀客讲解的是:以消极的修养求得心安。究竟选择哪一学说,那是主人的事。不过,照老样子,肯定是行不通的。

---

① 电光影里斩春风:无学禅师(一二二六——一二八六)宋末被蒙兵所获,问斩前说了这一句,意思是:虽然杀我肉体,却杀不死我的灵魂,不过像一溜光斩春风,无济于事的。蒙兵闻言,吓得逃窜。故事见日文泽庵和尚著《不动智神妙录》。

九

主人是个麻脸。据说明治维新以前,麻脸还很时髦,但是,在缔结了日英同盟的今天看来,这副尊容不免有点落伍了。麻脸的衰退与人口繁殖成反比,因此,不久的将来麻脸总有绝迹的一天。这是医学统计在精密计算的基础上得出的结论。真是高见,连咱家这猫也毫无置疑的余地。今日环球,究竟有几个麻脸在生息,咱家不大清楚。不过,在交际场里计算一下,猫里没有一个,人里只有一名,而这唯一的一名,便是我家主人。可怜!

每当咱家看见主人时,总这么想:主人究竟造了什么孽遭到报应,才长了这么一副怪脸,厚颜无耻地呼吸着这二十世纪的空气?咱家不知古代的麻脸是否显得气魄,但是,在一切麻脸都被勒令退到双臂的今日,麻点却依然盘踞在鼻头、面部而顽固不化,这不仅不足以自豪,反而有损于麻点的体面。假如可能,还是趁早除掉它为好。就连麻点本身都有些怯生生的呢。也许麻点偏要在这"麻党"威风扫地时,誓挽落日于中天①,否则绝不罢休。有此气概,它才那么蛮横地占据了主人整个的脸。照此说来,对于麻点万万不可掉以轻心。可以说那是抵抗滚滚俗流而千古长存的坑洞集合体,是值

① 挽落日于中天:传说平安朝末期武将平清盛掌权时,要把京城迁到他的别墅。因营造误期,为使天长,曾将落日又提回中天。

得吾人特别尊敬的坑坑洼洼。只是有点脏,这是美中不足。

主人少小时,牛込区的山伏町住着一位名叫浅田宗伯的汉药名医。这位老人出诊时一定要坐轿,慢腾腾的。然而,宗伯老人谢世后,到了他的养子那一代,忽然用人力车代替了轿子。因此,养子死后,如有养子的养子继承家业,说不定葛根汤也会变成阿司匹林的。坐上轿子在东京游行,即使在宗伯老人活着的当时也并不怎么雅观。肯于这样我行我素的,只有陈腐的亡灵、装上火车的猪猡和宗伯老人家了。

主人的麻脸在不光彩这一点,和宗伯老人的轿子是一样的。从旁看来,也许觉得可怜。然而主人的顽固不亚于宗伯,至今也还将孤城落日般的麻脸曝光于天下,天天到学校去教英语入门。

主人就这样满脸铭刻着上个世纪的遗迹,站立在教坛之上。这对于学生来说,一定是授课之外又深受教益的。与其说他反复讲解英语课本中的"猴子有手",莫如说他就"麻点对于面孔的影响"这一重大问题,毫不做作地进行说明,默默中不断地给学生以答案。假如没有主人这样的教师,学生们为了研究这个课题,就要跑图书馆或博物馆,要花费我们靠木乃伊去想象埃及人同等的劳力。由此可见,主人的麻脸无形中做了非凡的功德。

当然,主人并不是为了做功德才弄得满面痘疮的。说真的,他是种过痘,不幸的是本来种在手腕,不知什么工夫,却传染到脸上去了。当时年小,不像今天这样图什么漂亮不漂亮。他一边叨咕着"痒呀,痒呀",一边往脸上乱搔。恰似火山爆发,熔岩流得满面,把爹生娘养的一张脸活活糟蹋了。主人常对妻子说,他没长痘疮以前,是个白玉般的美男子,甚至夸耀自己小时候漂亮得像浅草寺庙的观音像,迷得洋人都回眸流盼。也许这是真的,只是没有任何证人,这很遗憾。

不管如何做了功德,又垂训于人,但肮脏毕竟还是肮脏。长大成人之后,他对这张麻脸非常发愁,想尽各种方法要消除这种丑态。然而,这与宗伯老人的轿子不同,尽管讨厌,也不可能立刻甩掉,依然清晰地留在面上。这清晰的麻点似乎使他有点沉不住气。每当走在大街上,大概总在数着麻脸。诸如今天遇见了几个麻脸,是男还是女,地点是小川町的摊贩街,还是上野公园,统统写在日记里。

他确信自己关于麻脸的知识决不比任何人逊色。前此一位留洋回国的朋友来访时,主人甚至问道:“喂,西洋人有麻脸吗?”朋友说:“这个么…… ”摇头思忖了好一阵子说:“很少!”主人叮问了一句:“很少,就是说还有吧?”朋友有气无力地回答说:“纵使有,也是叫花子,或是苦力;有教养的人似乎一个也没有。”主人说:“是呀,这和日本不大相同呢。”

遵照哲学家的意见,主人不再和落云馆学生争吵,其后便躲在书房里,沉湎于思索。说不定这是接受了哲学家的忠告,想在静坐中消极地养他浩然之气!但他本是心路窄小的人,偏偏一味阴沉沉地孤坐,不会有什么好下场的。虽曾提醒他,莫如将英文读本送进当铺,跟歌女学学《喇叭小调》更好些。然而,那么乖僻的人毕竟不肯听从敝猫的劝告。那就悉听尊便吧!因此,五六天来,咱家离他远远地打发着时光。

从那天算起,今天是第七天了。禅宗说:唯有人死后第七天才能成佛。于是,有些人就不要命地打坐,咱家心想主人也不会例外。是死,是活,总该有些头绪了吧?咱家慢条斯理地从檐廊来到书房门口,去侦察室内的动向。

十二平米的书房坐北朝南,阳光充足的地方放着一张大桌子。单说大桌子还不具体,此桌大得长六尺,宽三尺八寸,相应的高度。当然,这不是一件正规产品,而是与就近的木器店商量后特制的一张卧铺兼书桌,是件绝世珍宝。主人为什么新做这么个大桌子,又为什么萌起要睡在桌上的念头?咱家不曾向主人请教,也就一无所知。说不定他是一时鬼迷心窍,才想出了这么个馊主意的。或许像我们常见的神经病患者那样,把风马牛不相及的两件事物硬给联系到一起,把桌子和卧铺胡乱地搅合到一块儿去了。总而言之，这是标新立异，不过，缺点是只有新奇，却不顶用。

咱家就亲眼见过主人躺在这张桌子上午睡时，曾经摔到檐廊的地面上。从那以后，他似乎再也不把这张桌子当成卧铺了。

桌前放着薄纱的坐垫，被烟卷一连烧了三个窟窿，可以望见里面的棉花黑糊糊的。在坐垫上倒背着脸正襟危坐的正是主人。一条脏得成了灰色的腰带打了个死结，两边余下的带子郎当在左右脚背上。这当儿，咱家一抓带子玩，总要突然被敲一下头。这条带子可不是随便可以靠近的。

主人还在想。有人打比喻说："傻想就会想傻。"咱家从他身后偷偷一瞧，只见桌子上有个锃亮的玩意儿，不由得一连眨了两三下眼睛。真是个奇怪的玩意儿！咱家忍受着晃眼的强光，定睛看着那个发亮的东西。这时才看清，那光亮原来是从桌上晃动的一面镜子发出来的。然而，主人为什么在书房里摆弄起镜子了呢？提起镜子，一定是洗澡间里的。咱家今天早晨就在洗澡间见过那面镜子。所以强调指出"那一面"，是因为主人家里除此之外再也没有第二面镜子。主人每天洗完脸梳分发时也用这面镜子。也许有人问：像主人那路货还梳分发？告诉你说吧，主人干别的事都无精打采，可唯有梳发却很细心。自从咱家来到这户人家，直到今天，不论多么炎热的天气，主人都不曾剪过短发，一定要留二寸长，不仅从左边装腔作势地两厢分开，还把右边的头发往上一抿，抿得服服帖帖。说不定这也是他神经病的表现之一。咱家心想，这种哗众取宠的梳法，和那张桌子丝毫也不协调，但却因为是于人无害的小事，别人也就不说什么，他本人也很得意。

关于主人分发赶时髦的事姑不再叙。若问他为什么留那么长的头发，坦率地说，原因如下：天花不仅侵蚀了他的脸，而且早已刻进了他的天灵盖。因此，如果像一般人那样，把头发剪得剩半寸或三分长，短发的发根上就会露出几十个麻坑，不管怎么摩挲，也弄不掉那些坑坑洼洼，好像在荒郊野外放了些萤火虫，说不定倒也风雅哩！但妻子不会中意，这是不消说的。既然留下长发就不至于漏出马脚，又何苦自动暴露自己的短处！但愿毛发长到脸上，将那儿的麻坑也遮掩起来。自然生长的毛发，何必花钱剪短，向人们声张："瞧呀，我已经水痘升天啦！"

这便是主人蓄长发的理由，蓄长发是主人梳分头的原因，这原因便是照镜子的根据，也是为什么将镜子放在洗澡间的由来，也便是只有一面镜子的缘故。

既然本应放在洗澡间，而且唯一的镜子竟然出现在书房，那么，不是镜子灵魂出窍，便是主人从洗澡间拿来的。说不定那是"无为静养"的必要工具哩！听说从前一位学者访友。那位和尚朋友正在脱光膀子磨一块瓦。问他磨瓦做什么，回答说："唉，我正使大力气要把瓦片磨成一面镜子呢。"于是，学者一惊，说："任你是什么样的高僧，怕也磨不成镜子的。"和尚哈哈大笑，嚷道："是吗？那就算了吧！这就像任你读破书万卷也不会得道，大概是一个道理吧！"[①]说不定主人根据这么点道听途说，便将镜子从浴池中拿了出来，摆出洋洋自得的样子。这下子可有热闹瞧了。咱家偷偷地往里瞧看。

主人不知有人偷看，正以全神贯注的姿态凝视着唯一的宝贝镜子。本来镜子这玩意儿怪吓人的。深夜秉烛，在宽大的房间里独自对镜，大概要有很大勇气的。咱家第一次被东家小姐用镜子照在面前时，一时吓坏了，差不多在房屋周围跑了三圈。那么多阳光灿烂的白昼，只要像主人这样死盯盯地往镜子里看，也肯定要害怕自己那张脸的。只要看上一眼，就会认出不是一张叫人舒服的脸。主人偶尔还自言自语地说："真是一副脏脸。"竟能供认自己的容貌丑陋，倒也令人敬佩。他的举止真像个疯子，可他的话语却是真理。再进一步，就会害怕自己的丑陋。人，如果不能入骨三分地感到自己是个可怕的坏蛋，他就够不上一个饱经风霜的人。不是个饱经风霜的人，就

---

① 故事出自《江西马祖道一禅师语录》（即《马祖录》）。

终究得不到解脱。既然这样，主人本应顺口搭言地说一句：“啊，吓人！”但他却怎么也不肯说。他说完“这脸真脏”，不知又是打的什么主意，将两腮鼓得高高的，用手心拍了两三下，真不知念的是什么咒。这时，不知怎么，咱家觉得有个东西很近似这副脸蛋，细细思量，原来是女仆的那副面孔。

顺便对女仆的面孔做一番介绍。哎呀呀，简直是胖肿。前些日子有人从东京羽田区的六守神社送来了河豚型的灯笼，女仆的脸臃肿得正和那个河豚灯笼一模一样。由于肿得过度，以至两厢的眼睛都失踪了。是的，河豚虽也臃肿，却是通体浑圆；而女仆本来骨骼就棱棱角角，伴同那棱角一添膘，就像一座浮肿的六角钟了。这些话如果被她听去，定要发火的。那么，就此打住，回到主人的话题。主人就这样吸尽整个宇宙的空气鼓起腮帮子，如前所述，边用手心拍打自己的脸蛋，边自言自语地说：“把脸皮绷得这么紧紧的，有麻子也看不见了。”

现在主人又扭过头去，使照到阳光的半个脸映在镜子里。他似乎十分激动地说：“这一来，麻子非常显眼。还是正冲着阳光的一面显得平整。真是个奇妙的东西。”然后他又伸出右手，尽可能将镜子放得远些仔细端详，仿佛大惑方解似的说：“这么个距离，也看不见麻子。还是近了不行…… 不仅仅是脸，一切莫不如此。”后来他又突然将镜子横放，将眼睛、前额和眉毛一下子向鼻根乱糟糟地皱去。他觉得这样子太难看，自己也意识到：“这一招使不得！”便立刻停止。“干吗长了这么一张凶恶的脸呢？”他有些奇怪，将镜子收回到离眼睛三寸多远的位置，用右手食指刮了一下鼻翅儿，往桌上的吸墨纸上使劲儿一抹，被吸住的鼻涕圆圆地鼓在吸墨纸上。他会玩许多小把戏呢！后来，抹过鼻涕的那只手指又调转方向，一下子翻开了右眼的下眼皮，这就是俗语说的“鬼脸吓人”，他表演得十分精彩。他究竟是在研究麻子，还是在和镜子做“瞪眼比赛”玩，可就不大清楚了。主人是个意趣横生的人嘛！对镜独照的工夫，就能想出许多花花点子。不，不是这么回事。假如善意地解释为《魔芋问答》①精神，那么，说不定主人正是为了便于醒心悟道才这样以镜子为对象作种种表演哩。

凡是人类学，都是为了研究自我。什么天地、山川、日月、星辰，都不过是自我的别名罢了。任何人也找不到舍我而他的研究项目。假如人们能够超越自我，那么，当他超越的刹那间，便失却了自我。而且，研究自我，除非自身，是不会有人代为付出心血的。再怎么想研究别人或盼着别人研究自己，都是无稽之谈。因此，自古英雄无不靠自己。假如靠别人就可以了解自我，那就等于求别人代替自己吃牛肉，却能像自己吃了一样能够辨别牛肉是嫩还是老，所谓“朝知法，夕闻道”，“案前灯下，手不释卷”，都不过是认识真正自我的便利手段而已。他人所述之法，他人所论之道，以及汗牛充栋的虫蛀书堆里，是不可能存在着自我的。如有，也是自我的幽灵。是的。有些时候，幽灵也许胜于无灵。逐影，未必就遇不上实体。多数影子，大抵离不开实体。从这个意义来说，我想主人摆弄镜子，还算得上通情达理，比那些摆出一副学者架势、死搬硬套爱比克泰德学说的人高明多了。

镜子是自鸣得意的酿造机，同时又是自我吹嘘的消毒器。假如怀着浮华与虚荣的念头对此明镜，再也没有比镜子更对蠢物具有煽动力的器具了。自古因不懂装懂而侵己害人的史实，有三分之二，委实是镜子所造成。法国大革命时，有一名好事的医生发明了“改良杀头机”，犯下了滔天大罪。同样，首做镜者，料他也将魂梦不安的吧！然而，每当厌弃自己或自我萎靡时，再也没有比对镜一照更有益的了。镜子里立刻美丑分明。他一定会发觉：呀，这么一副尊容，竟趾高气扬地活到了今天！当注意到这一点时，才是人生最可贵的时期。再也没有比承认自己愚蠢更加高尚的了。在自知之明面

① 《魔芋问答》：日本相声一题名。故事说：一个卖魔芋的店主与行脚僧做盘道问答，全是所答非所问，但却使行脚僧佩服得五体投地。

前,一切自命不凡的人都要低下头来,甘拜下风的。尽管他主观上是想大动声色地对主人予以轻蔑冷嘲,但在对方看来,他那大动声色,正表明了已经低头服输。主人倒未必是个“对镜知愚”的贤者,但却是个能够公平读懂刻在自己脸上的天花瘢痕的男子。承认自己的容颜丑陋,也许会成为认识自己灵魂卑鄙的阶梯。他是个前途有为的人!说不定这正是被那位哲学家批判的结果呢。

咱家心里想着,又观察一下主人的动态。主人对咱家这些想法一无所知。他尽情地玩“鬼脸吓人”的游戏,然后说:“好像严重充血;又是慢性结膜炎!”说着,他用食指的侧面连连用力地揉充血的眼睑。大概他眼睑发痒吧。然而,不揉,它都红得那么厉害,怎能受得住这么一揉?用不了多久,一定要像咸加吉鱼的眼珠一样烂掉!

少顷,只见主人睁开眼睛,对镜瞧着。果然,他的眼睛好像北国的寒空,阴沉得混浊浊的。的确,他平日就不是一双清澈的眼睛,用一句夸大的形容词来说,两眼混浊,一片模糊,分不清白眼球和黑眼珠。如同他精神恍惚,一贯地极其不着边际;他的眼睛也暧昧不清地永远漂在眼窝深处。有人说这是胎毒所致;也有人说是痘疮的余波。听说小时候为他治病,侵害过无数柳树虫和哈什蚂。然而,可怜母亲的努力却毫无希望,直到今天,两眼还像从前一样模模糊糊。咱家暗自思忖:这种状态绝不是由于胎毒和痘疮所致。他的眼珠之所以彷徨在如此昏冥混浊的苦海,完全是由于他那不透明的头脑所决定;并且其影响已经达到了暗淡溟濛之极致,自然要呈现于形体之上,要给茫然不知的母亲带来不必要的忧愁!冒烟,就知道有火;眼球混浊,就证明是个糊涂虫。可见,主人的眼睛是他心灵的象征。他的心像天宝年间的铜钱一样有个空洞,那么,他的眼睛也一定像天宝铜钱一样,虽然大,却不中用。

主人又捋起胡须了。那胡须原就不太整齐,长得七扭八歪。虽说这是个人主义盛行的世道,但是,这样乱纷纷的,极端自由,给主人带来的麻烦可想而知。主人也有鉴于此,近来大肆操练,尽可能将根根胡须做系统化的安排。功夫不负苦心人,迩来胡须稍微步调整齐些了。主人甚至很自豪地说:从前的胡须是自然生长;现在的胡须是叫它生长。愈有成效,就愈受鼓舞。主人认清自己的胡须前途光明,便朝朝暮暮,只要得闲,定要对它们进行鞭打。按他的野心,是像德国皇帝那样,长一撮向上心切的翘胡。因此,哪管毛孔是横还是竖,他毫不姑息,不管三七二十一,抓住就往上揪。料想那胡须活受罪了!连胡须的主人都时而觉得疼痛呢。然而,这是操练,管它愿意不愿意,硬是给它往上揪!局外人看来,这几乎是一种莫名其妙的闲趣,而本人却当成天经地义;正如教育家枉自违背学生的本性,却还夸口"瞧我这两下子",同样毫无责难的理由。

主人正满腔热情地操练胡须,女仆棱棱角角的面孔从厨房飘来,说:"来信了。"一如往常,将通红的手突然伸进书房。主人依然右手抓着胡须,左手拿着镜子,回过头来向门口望去,脸儿棱棱角角的女仆一见那奉命倒写成八字的胡须,急忙跑回厨房,趴在锅盖上哈哈大笑。主人可是个稳重的人。他悠然放下镜子,拿起信笺。头一封信是铅印的,全是些严肃的字句,读之如下:

敬启者。谨祝日益康绥。回顾日俄战争,以破竹连捷之势,获恢复和平之功,我忠勇刚烈之将士,大半已在"万岁"声中高奏凯歌,万民欢腾,其乐何如。忆自宣战大诏颁发,义勇奉公之将士久驻万里天外,茹苦含辛,竭诚战斗,为国捐躯。其至诚之心,必永刻不忘也。且勇士凯旋,本月即将告终。据此,本会定于十五日,代表本区全体居民,为区内千余名出征将士召开盛大之凯旋庆祝会,并借以抚慰军人家属,故特竭诚欢迎军属莅席,以聊表谢忱。如蒙诸位大力支援,盛典得以顺利召开，则本会无上光荣。为此，敬请赞助，踊跃捐款，不胜翘盼之至。

谨启

寄信人是一位贵族老爷。主人默读一遍，随即将来笺装进信封，若无其事。捐助嘛，怕是不肯为之的。前些天他拿出两元还是三元，作为赈济东北灾区的捐款，却逢人便大肆宣扬："我被敲竹杠赈灾啦！"既然是赈灾，自然是主动掏钱，绝不是敲竹杠。并非遇上了强盗，说什么"敲竹杠"，肯定是不稳妥的。尽管如此，主人却宛如遭抢一般。若是动点硬的，那又当别论；就凭这么一纸铅印信，任你说什么"欢迎军人"，"贵族募捐"，也看不出他会是个肯于掏钱的人。按主人的意思，希望欢迎军人之前，首先应该欢迎他。然后嘛，倒不妨欢迎其他的人。而他暂因日夜繁忙，欢迎一事，只好有劳贵族大人先生们分神了。

主人又拿起第二封信说："啊？又是一封铅印信！"

当此寒秋，谨祝合府兴旺。

敬启者：敝校之事，一如所知，自前年以来，被两三名野心家所干扰，一时陷于极大困境。窃以为此乃不肖"针作"无德之所致，深以为戒。兹经卧薪尝胆，苦心筹划，我校将采取依靠自力、符合理想之新建校舍筹措经费方案。方案无他，即出版定名为《缝纫秘法纲要特辑》。本书乃不肖针作遵循工艺学之原理，多年来苦心研究之结晶，不愧为心血之作。深望一般家庭普遍购买，敝人只在成本费外略收薄利。但愿此举既可成为发展缝纫技术的绵薄之力，又能积薄利以应新建校舍经费之需也。因而不胜万分惶恐，特请购买敝人印行的《缝纫秘法纲要特辑》一册，不妨赐给女仆，以表赞助之意，权作对敝校新建经费之捐款。百拜求援，匆匆谨启。

大日本女子裁缝最高等大学院

校长　缝田针作

三拜九叩

如此郑重的书信,主人竟冷淡地揉成一团,啪的一声扔进废纸篓里。可怜!针作先生难得的三拜九叩与卧薪尝胆,全都枉费心机了。

主人又看第三封信。这第三封信散发着异样的光辉。信封是红白二色的横纹花样,花里胡哨,活像卖棒糖的招牌。当中用八分书大笔特书:"珍野苦沙弥先生帐下。"表面看来,十分华丽,至于书信里会不会蹦出个大人物的名字来,可就不敢说了。

假如由我管天管地,我将一口喝干西江之水;假如由天地管我,我不过是陌上的一粒微尘。当然要问:天地与我,可有何干?最先吃起海参的人,其胆量可敬;最先吞下河豚的汉子,其勇气可嘉。食海参者,犹如亲鸾①再世;吞河豚者,恰似日莲②化身。如苦沙弥者流,唯有品尝葫芦干里的酸酱,便可以自称为天下名流乎?未之见也……

亲友也会出卖你,父母在你面前也有私心,爱人也会抛弃你。富贵从来没有指望,功禄也会一朝消失。你头脑中秘藏的学识会发霉。试问,汝将何所恃?俯仰于天地间,将何所依?其神乎?

神佛者,人类万般苦痛之余所捏造之泥偶而已,人类粪便所凝成之臭屎堆而已。相信渺茫希望,还说心安理得。嗟乎,醉汉!胡乱地危言耸听,蹒跚地走向坟墓。油尽而灯自灭;财竭而何所遗?苦沙弥先生!

① 亲鸾(一一七三——一二六二):镰仓初期的高僧,净土真宗的开山祖,谥号见真大师。

② 日莲(一二二二——一二八二):亲鸾同时的高僧,日莲宗的开山祖,谥号立正大师。

且进清茶,呜呼尚飨!

不把人看成人时,便无所畏惧。试问不把人看成人的人,却面对不把我看成我的社会而愤怒,那将如何?飞黄腾达之士,将不把人看成人视为至宝,只在别人眼里没有他时才勃然色变。管他色变不色变,混账东西……

当我把人看成人,而当他人不把我看成我时,鸣不平者便爆发式地从天而降。此爆发式行动,名之曰革命。革命并非鸣不平者之所为,实乃权贵荣达之士欣然造成者也。

朝鲜人参多,先生何故不用?

天道公平　再拜　于巢鸭

针作先生行了“九拜”之礼,而此人竟然仅仅“再拜”。只因不是募捐,便一笔勾销了七拜。此信虽非募捐,但却非常难懂。不论向任何刊物投稿,都有充分的资格遭到废弃,因此,以头脑不清而驰名的主人,定要将它撕得粉碎的。不料,他竟翻来覆去地读个没完。说不定他认为这种书信有什么含义,决心要把其中的含义挖掘出来。盖天地间未知之事甚多,却无一不可对之信口雌黄。不论多么佶屈聱牙的文章,若想解释,也都不难。说人愚蠢也行,说人聪明也不费什么唇舌便可以说得清清楚楚。岂止于此!即使想证明“人是狗”、“人是猪”,也不是多么难解的命题。说山是洼地也可,说宇宙狭窄又有何妨。说乌鸦白、小町[①]丑、苦沙弥先生是君子,也都没什么讲不通。因此,即使这封毫无意义的信,只要绞点脑汁,给它安上点什么名堂,那就爱怎么讲就怎么讲去吧。尤其主人,一向对自己不懂的英文硬是胡乱地讲解,那就更是爱牵强附会了。学生问:“明天天气不好,为什么还说‘早

① 小町:小野小町,平安朝有名的美人。

安’?”主人一连思考了七天。又问:“哥伦布用日文怎么说?”主人又用了三天三夜苦思答案。尝了葫芦干里的酸酱味便自以为是天下名流,吃了朝鲜人参便以为要闹革命。像他这号人,随便想安点什么含义,自然都会左右逢源的。

隔了一会儿,主人就像对待“姑德毛宁”一样,似乎对这些难懂的名言也大有所悟。他十分赞赏地说:“意义非常深长。大概此人一定是个对哲理颇有研究的人。高见,高见!”从这一番话也可以看出主人多么愚蠢。不过,反过来看,也不无精辟之处。主人有个习惯,喜欢赞美那些没影而又不懂的事。恐怕不单主人如此吧。未知之处正潜伏着不容忽视的力量,莫测的地方总是引起神圣之感。因此,尽管凡夫俗子们把不懂的事情宣扬得像真懂了似的,而学者却把懂了的事情讲得叫人不懂。大学课程当中,那些把未知的事情讲得滔滔不绝的大受好评,而那些讲解已知事理的却不受欢迎,由此可见一斑。

主人敬佩这一封信,同样也不是由于看懂了信中内容,而是由于琢磨不透题旨何在,是由于忽而出现了海参,忽而出现了臭屎。因此,主人尊敬这封书信的唯一理由,如同道家之尊敬《道德经》、儒家之尊敬《易经》、禅门之尊敬《临济录》,只因大多一窍不通。然而,一窍不通又说不过去,于是,便胡乱注释,装成懂了的样子。不懂装懂,而且表示尊敬,自古以来都是一件快事。主人毕恭毕敬地将八分书的名家书法卷了起来,放在桌上,便袖起手,陷于遐思冥想。

“劳驾,劳驾!”这时正门有人高声求见。听声音像是迷亭,可又不像。他在不停地叫门。主人早已在书房听见了喊声,但他依然袖手,纹丝不动。也许他打定主意,迎接客人不是主人的任务,因此,这位主人从来不曾在书房里答话。女仆早已出门买肥皂去了。妻子要有所回避。于是,应该出去迎接客人的只有敝猫了。咱家也懒得出去。于是,客人从换鞋处跳上台阶,敞开屋门,大摇大摆地跨进。主人有千条妙计,来客自有一定之规。只听他刚一进屋,就把纸屏两三次拉开,又两三次关上,现在正向书房走来。

“喂,开的什么玩笑!干什么哪?来客人啦!”

“噢,是你呀!”

“还问什么‘是你呀’!你既然坐在那儿,就应该说句话呀!简直像到了废墟。”

“噢,我在想心事。”

“就算想心事,说声‘请进’,总还办得到吧?”

“说,倒是能说的。”

“还是那么沉得住气!”

“从前些天开始致力于修养精神哪。”

“多蹊跷!精神修养就不能答话,到了那一天,来客可就遭殃了!那么沉着,可受不了哟!老实说,不是我一个人来呀!还领来了好多客人哪!你出去见一见!”

“领谁来了?”

“管是谁来的,出去见一见!他们一定要见见你。”

“谁呀?”

“管他是谁,站起来!”

主人仍然袖着手,蓦地站起,说:“又是想捉弄人吧?”

他向檐廊走去,漫不经心地走进客厅。便见一位老人面对六尺壁龛正襟危坐。在等候主人。主人不由得从袖筒里抽出手来,稳稳地一屁股坐在彩糊隔扇旁。于是,他和老人一样面西而坐,双方谁也无法相对叙礼了。而从前的正人君子,总是讲究繁文缛礼的。

“噢,请到这边儿!”老人指着壁龛催促主人。主人在两三年前,认为在客厅里随便坐在哪儿都一样。后来听一位先生讲解,他才明白,原来壁龛一带是由贵宾席演变而来,原是钦差御使落座的地方。其后,他就决不再靠近此地。特别是见到一位素昧平生的长老气呼呼地坐在那里,他不仅不敢坐在上座,连请安都难得说出口了。于是暂且低下头来,照抄对方一句话,重复地说:

"噢,请到这边儿!"

"不,那就不便请安了。还是您请到这边儿。"

"别,那么…… 还是您请…… "主人信口学着对方的话。

"哪里。这么客气,那可不敢当。我怎么好意思。还是请您别客气。噢,您请…… "

"这么客气…… 那可不敢当…… 还是…… "主人满脸通红,呜呜噜噜地说,可见精神修养也并无功效。迷亭君站在纸屏后笑着观赏,觉得已经够瞧的啦,便从主人身后推了一下他的腚,硬是插嘴说:

"喂,滚吧!你那么紧靠着纸隔门,我就没有座位啦。不要客气,到前边去!"

主人迫不得已,往前蹭了几步。

"苦沙弥先生!这位就是我时常对你提起的从静冈来的伯父。伯父!他就是苦沙弥先生。"

"啊,初次相逢!听说迷亭常来打扰。老朽早就心想几时登门造访,定要当面聆听雅教。幸而今日从不远的地方路过,特来致谢,并拜会芝颜,今后尚请诸多关照。"一口古老的腔调,说得十分流畅。

主人既然是个交际不广、言语迟钝的人,而且不曾见过这样旧式的老人,一开始就有点怯阵。正畏缩不前,又听老人家滔滔不绝地讲了一大套,什么朝鲜人参,什么棒糖幌子似的信封,全都忘得干干净净,只得带着哭腔,说些莫名其妙的答话。

"我…… 我…… 本应登门拜访…… 请多海涵…… "说罢,微微从床席上抬起头来,只见长老还在叩头,吓了一跳,慌忙又头拱床席了。

老人见机行事,抬起头来说:

“往昔寒舍也忝列此地,久居天子脚下。江户幕府倒台那年才迁居静冈。其后,几乎不曾来过。今番重游,完全迷失了方向。如不是迷亭带我来,那就一事无成了。真所谓‘沧海变桑田’啊! 自德川家康将军受封以来三百载,就连那样的将军府…… ”

老人说到这里,迷亭先生觉得啰嗦:“伯父,德川将军也许值得感谢,但是,明治时代也还好嘛。从前并没有红十字会吧?”

“那是没有。压根儿没有红十字会。尤其能够瞻仰皇族仪容,这除了明治时代是做不到的。老朽幸而长寿,就凭这副样子也出席了今天的大会,并且恭聆皇族殿下的玉音,如此,死而无憾了。”

“啊,仅是久别后重游东京,这就够福气的了。苦沙弥兄! 伯父嘛,因为这次红十字会召开全体大会,他特地从静冈赶来的呀。今天我陪他一同去过上野,刚刚回来。所以,你瞧,他还穿着我从白木裁缝铺定做的那身大礼服哪!”迷亭提醒主人说。

的确,他是穿着大礼服,但却一点儿也不合体。袖子过长,领口大敞着,后背凹了进去,腋下吊了上来。纵然故意往坏处去做,也很难煞费心机地做得这么邋邋遢遢。何况白衬衫和白衬领各自为政,一仰脸,便从空当中露出了喉骨。甭说别的,那黑领结,就弄不清是打在衬领上,还是打在衬衫上。

大礼服总还算顺眼,可那个白发小髻,便是天下奇观了。至于那个驰名的铁扇怎样? 一打量,正在老人的膝旁贴身放着。

主人这时才神志清醒,将精神修养的功夫充分应用在老头儿的服装上,不免令人吃惊。他认为老头儿的大礼服总不至于像迷亭说得那么不成体统;然而,见面一看,事实却比说的更严重。假如自己脸上的麻子可供做历史研究的材料,那么,这个老头儿的小髻和铁扇,确实有更大的价值。他本

想打听一下铁扇的来历,又不便刨根问底;谈话中断吧,又有些失礼,于是,便极其随便地问道:

“去了很多人吧?”

“噢,人山人海!并且,那些人都死死地盯着我…… 唉,如今的人越来越好奇了。从前可不是这样…… ”

“是的,从前可不是这样。”主人说得很像个长者。主人未必是假充行家,只当做他昏沉中信口冒出那么一句也就是了。

“还有,人们都盯住我这把铁扇。”

“那把铁扇很重吧?”

“苦沙弥君!你拿一下试试!重得很呢。伯父!让他试试!”

老头儿吃力地拿起铁扇,递给主人说:“您受累!”

主人接过铁扇,就像在东京黑谷神社参拜的人接过莲生和尚[①]当年用过的大刀似的。他拿了一会儿,只说了声“的确是”,便还给了老人。

老人说:“都把它叫做‘铁扇’‘铁扇’的,其实,这玩意儿本来叫做‘劈盔刀’,和铁扇完全是两码子事儿…… ”

“唔?这玩意儿是干什么用的?”

“用来砍敌人的盔甲……当年趁敌人两眼昏花的工夫得到了这件宝,听说从楠木正成[②]时期一直用到今天…… ”

“伯父,是楠木正成用过的劈盔刀吗?”

“不是!不知是什么人的。不过,年久月深,说不定是建武时代[③]的产品呢。”

① 莲生和尚(一一四一——一二〇八):原名熊谷次郎直实,源平时代武将,后出家京都黑谷的金戒光明寺,改名莲生。

② 楠木正成(一二九四——一三三六):日本南北朝时期的武将。

③ 建武时代:即日本南北朝时期(一三三四——一三三八)的年号。

“也许。不过,寒月君可大吃苦头喽! 苦沙弥兄! 今天开会回来,路过大学,真是个绝妙的好机会,就顺便去了理学部,刚刚参观过物理实验室。因为这把劈盔刀是铁的,害得实验室里的磁力装置全部失灵,惹了个大乱子哪。”

“且慢,此话无理! 这是建武时代的优质铁,绝不会有如此风险的!”

“再怎么是优质铁也不行。寒月兄刚刚说过,有什么办法!”

“寒月,就是磨玻璃球的那个人吗? 年轻轻的,真可怜! 总该干点什么正经营生嘛。”

“可怜哪! 那也算‘科学研究’! 只要把那个玻璃球磨光,就能成为了不起的学者哪!”

“若是磨光了玻璃球就能成为一个非凡的学者,那么,谁个不成? 老朽也可。玻璃铺掌柜更办得到。这种行当,在汉人的天下,叫做‘玉石匠’,身份极其低下。”老头儿边说边面对着主人,暗暗地盼着主人赞同。

“这话不假!”主人虔诚地说。

“如今的一切学问都是形而下学,好像不错,然而一旦有事,却毫不顶用。从前就不同。武士们干的都是玩命营生。他们平素就在养心,一旦有事,绝不慌张。您大概也知道,这可绝不是磨个球啦搓根铁丝啦等等不费吹灰之力的小事!”

“说得对!”主人依然虔诚地说。

“伯父! 所谓养心,就是用不着磨球,袖起手来打坐吧?”

“叫你这么一说,可就糟了。绝不是那么轻而易举。孟子甚至说:‘求其放心。’[1]邵康节[2]说过:‘心要放。’还有佛门有个中峰和尚,他告诫人们

① 求其放心:《孟子·告子篇上》说:“学问之道无他,求其放心而已矣。”

② 邵康节:北宋儒者,名雍,字尧天。“心要放”与孟子的“求其放心”相反,重视心灵的驰骋。

说:‘绝不退缩!’都是很不容易懂的。”

“说到归终,还是没懂!到底该怎么办呢?”

“你读过泽庵禅师的《不动智神妙录》吗?”

“没有,听都没有听说过!”

“心也,置于何处?置于敌人之体力活动,则为敌人之体力活动所收;置于敌人之长剑,则为敌人之长剑所取;置于杀敌之念,则为杀敌之念所摄。置于我之长剑,则为我之长剑所吸;置于我不会被杀之念,则为我不会被杀之念所得;置于他人之风姿,则为他人之风姿所溶。总之,心也,无处留存。”

“一句不漏地全背下来啦?伯父的记性可真好。多么长啊!苦沙弥兄,听懂了吗?”

“的确。”主人又是用一句“的确”遮掩了过去。

“喂,问你哪,是这样吧?心也,置于何处?置于敌人之体力活动,则为敌人之体力活动所收;置于敌人之长剑…… ”

“伯父!苦沙弥兄对这种事很内行哟!近来常在书房里养心哪!连客人来,都不去迎接,把心搁在什么地方了。所以,他没事儿。”

“啊,佩服,佩服…… 你也一同修炼就好啦!”

“嘿嘿,没那么大的工夫啊。伯父自己一身轻闲,所以认为别人也都在玩吧?”

“实际上,你不是整天闲着吗?”

“不过,‘闲中有忙’呀!”

“看,你太粗心,就凭这点儿,我说你非修养不可。成语说的是‘忙里偷闲’,没听说过‘闲中有忙’。”

“是的,未之闻也。”主人说。

“哈哈哈,这下子我可招架不住啦。伯父,好久没尝啦,偶尔去吃一顿东京的鳝鱼怎么样?再请你吃几杯。从这儿坐电车,转眼就到。”

“吃鳝鱼倒是好事,不过,今天约定去见杉(读沙)原,我就不能奉陪了。”

“是杉(读山)原吗? 那老爷子还硬实吧?”

“不是杉(山)原,是杉(沙)原嘛。你尽胡诌八扯,真糟糕。念错别人的姓名是失礼的。今后要很好地注意!”

“可,不是明明写的杉(山)原吗?”

“写的是杉原,可念的时候要念成杉(沙)原。”

“怪啦。”

“这有什么怪的? 习惯读法,自古有之嘛,蚯蚓的和式读法是‘咪咪兹’,这就是习惯读法,与‘瞎眼睛’读音相同;把癞蛤蟆读成‘卡衣路(蛙)’,道理也是一样的。”

“嘿? 高见!”

“把癞蛤蟆打翻在地,它就仰颏,仰颏的读音是‘阿欧牟气尼卡衣路’,因此习惯上就叫癞蛤蟆为‘卡衣路’。把篱笆叫做竹篱,把菜茎叫做菜杆,也都一样。把杉(沙)原念成杉(山)原,那是乡巴佬的话。不谨慎些,可要被人家笑话。”

“那么,现在去杉(沙)原家吗? 真麻烦。”

“怎么? 若是你不想去,那也行,我一个人去。”

“你一个人能去吗?”

“走去困难。给我叫个车,从这儿坐车去吧!”

主人唯唯称是,立刻派女仆向车夫家跑去。老头儿没完没了地道别,将圆顶礼帽戴在小髻上。他走了,剩下迷亭。

“他是你的伯父吗?”

“是我的伯父!”

“好嘛。”主人复又在坐垫上打坐,袖着手陷入沉思。

“哈哈哈,是个豪杰吧?我也以有这样一位伯父而感到荣幸。不论带到什么地方,总是那副风度。吃惊吧?”迷亭觉得让主人吃惊,他非常开心。

“哪里,没怎么吃惊。”

“连这都不吃惊,你可真够沉着啦。”

“不过,你那位伯父有些地方似乎很了不起。诸如提倡精神修养等等,非常值得敬佩。”

“值得敬佩吗?你如果现在是六十岁上下,说不定也和伯父一样成为时代的落伍者呢。加油吧!若是轮着班当个落伍者,那就太死心眼儿了。”

“你总担心落伍。但是,在一定的时空,落伍者反倒了不起哟!首先,如今的学问,只有向前向前,绵绵无尽,永不满足。如此看来,东方学问虽然消极,却富于韵味,只因讲求精神修养。”主人把以前从哲学家处听来的话语仿佛自己的学说似的陈述下去。

“你可真了不起哩!怎么,好像讲起八木独仙的学说了。”

听了八木独仙这个名字,主人蓦地一惊。说起来,前次造访卧龙窟,说服主人后飘然而去的那位哲学家,正是八木独仙。主人刚才一本正经宣传的那一套,正是从八木独仙那里现买现卖的。迷亭以为主人不知道那位哲学家,在千钧一发之际指出这位先生的名字,不消说,这暗暗地使主人临时乔装的假相受挫了。

“你听过独仙的讲演吗?”主人心慌意乱,叮问了一句。

“听没听过?他的学说,从十年前在学校直到今天,毫无改变。”

“真理不是那么乱变的,也许正因为不变,才值得信赖哩!”

“噢,正因为有人捧场,独仙才混得下去啊!首先,八木的名字就起得好。他的胡须,简直就是一头山羊;而且自从寄宿求学以来,一直是照老样子长起来的。独仙这个名字也够带劲儿的。从前,他到我那儿去投宿,照例是大讲特讲精神修养。因为他总是重重复复,说个没完没了,我就说:‘你也该休息了吧?'这位先生真够悠闲:'不,我不困!'他还是那么装腔作势,讲他的消极论,够烦人的。还好,我几乎央求他睡下。我说:'怎么办!你大概不困,可我困极了。面子事儿,睡吧!'可是,那天夜里老鼠出洞,咬了独仙先生的鼻尖。深夜里他大喊大叫。这位先生嘴皮上讲什么超越生死,但似乎依然惜命,十分担心哪!他责怪我说:'鼠疫染遍全身,那可了不得!你要想个办法呀!'我一听,真是服了。后来,我没什么办法,就到厨房去,在纸片上粘些饭粒来糊弄他。"

"怎么糊弄?"

"'这是洋膏药,最近德国的一位名医发明的。印度人一被毒蛇咬伤,用上这帖膏药就立见功效。'我对他说,'贴上这帖膏药,保你平安。'"

"你从那时起,就对糊弄人深得其妙啦?"

"后来,因为独仙先生是个大好人,认为我说得有理,便安心地酣然大睡了。第二天起来一看,膏药下边郎当着一些线头,原来是把那撇山羊胡给黏住了,真有意思!"

"但是,现在的山羊胡可比那时候更神气了。"

"你最近见过他吗?"

"一个星期以前他来过,谈了很长时间才走。"

"怪不得!我说你怎么卖弄起独仙的消极论来了!"

"说真的,当时我非常感动,也立志发奋要修养一番呢。"

"发奋倒是好的。不过,过于把别人的话当真,可要上当哟。你总是太相信别人的话,这不行。独仙也不过是嘴上的把戏,到了关键时刻,和你我一样。喂,你知道九年前的大地震吧?当时,从宿舍二楼跳下去以致摔伤的,只有独仙一人。"

"那件事,他本人不是振振有词吗?"

"是呀!若叫他本人说,那件事他非常幸运。'禅机玄妙呀!到了十万分火急之刻,能够惊人地迅速地做出反应,其他的人一听说是地震,都懵头转向,唯独自己从二楼窗户跳下去,这正表明了修炼的功效。真高兴…… '说着,他一瘸一拐,笑盈盈的。真是个嘴硬的家伙!说到归终,再也没有比那些叫嚷什么禅呀佛呀的人更阴阳怪气的了。"

"是吗!"苦沙弥先生显得有些颓唐。

"前些天他来的时候,一定讲了些和尚道士们常说的鬼话吧?"

"唔,他告诉我说:'电光影里斩春风。'言罢而去。"

"'电光'这一套,那是他十年前的拿手戏,真好笑。那时候,一提起无觉禅师的'电光',宿舍里几乎无人不晓。而且,这位先生一着急,就把全句错念成'春风影里斩电光',真逗!他下次再来,你不妨试试,单等他慢条斯理地宣讲时,你从各方面进行反驳。瞧好吧,他立刻就会颠三倒四,说得驴唇不对马嘴。"

"碰上你这样的捣乱鬼,谁受得了?"

"真不知道是谁捣乱!我非常讨厌那些禅和尚,以及什么'得道的'。我家不远处有个南藏院,南藏院有个八十来岁的和尚。前些天下暴雨,一个暴雷落在院内,把和尚院前的一棵松树劈倒了。不过,听说那位和尚却安然无恙,若无其事。仔细一打听,原来他是个十足的聋子。那自然会泰然自若的喽。大抵是这么回事。独仙只管自己悟道算了,可他动不动就勾引别人,所以很坏。眼下就有两个人在独仙的影响下变成了疯子。"

"谁?"

"谁?一个是里野陶然呗。托独仙的'福',潜心于禅学,去到镰仓,终于在那儿变成了疯子。丹觉寺门前有一个铁路的岔路口吧?他跳进去,在路轨上打坐。张牙舞爪地要挡住对面驰来的火车。不错,火车刹住了闸保住了他的一条小命。可是从此,他自称是水火不入、铁打金刚的身子,又跳进寺内的荷花池里,灌得咕噜噜的直打转。"

“死啦?”

“这时又万幸,赶巧参加道场的和尚从这儿路过,救了他。后来他回到东京,终于患腹膜炎死了。致命原因是腹膜炎,但是造成腹膜炎的原因,是由于在佛堂里吃大麦饭和咸菜。归根结底,等于独仙间接杀害了他。”

“看来,死认真,也好也不好啊!”主人有些沮丧地说。

“就是嘛!被独仙坑害的,还有一名同学。”

“危险哪!是谁?”

“立町老梅呗!此人也完全在独仙的怂恿下张口就是什么‘鳝鱼升天’,最后,成了真事儿。”

“什么真事儿?”

“终于,鳝鱼升天,肥猪成仙了。”

“这是怎么回事?”

“既然八木是独仙,那么,立町便是猪仙了。没有人像他那样没脸没皮地贪吃。因为是贪吃加上出家人坏心肠的合并症,这就没救了。起初,我们也没大留神,现在回头一想,当时,净是些蹊跷事儿!他一到我家,嗬!说什么:‘那棵松树下没有飞来炸肉排吗?’‘在我家乡,鱼糕坐在木板上游泳咧!’他不住嘴地说些奇谈怪论。光说还好,还催我说:‘到门外的脏水沟去挖地瓜面馒头吧!’这一来,我算告饶啦。过了两三天,他终于成了猪仙,被关进巢鸭疯人院。本来毛猪之类没有资格发疯的,全是托独仙的‘福’,他才流落到那儿去了。独仙的力量十分强大哟!”

“哦?现在还在巢鸭吗?”

“不仅在,而且狂妄自大,气焰十分嚣张哩!近来说什么立町老梅这个名字没意思,便自号天道公平,以替天行道为己任。可凶啦,喂,你去瞧瞧!”

“天道公平?”

“是天道公平呀!别看他是个疯子,可起了个漂亮的名字。有时他也写成‘孔平’。他说世人多半陷于迷津，一定要普渡众生。于是，他给朋友们胡乱写信，我也收了四五封，其中有的写得又臭又长，因超重而被罚款两次呢。”

“这么说，邮给我家的也是老梅寄的喽!”

“也给你家寄啦? 那才叫绝哪! 也是红色信皮吧?”

“嗯。中间红，两边白，别具一格。”

“那种信皮，听说是特意从清国进口的，体现了猪仙的格言:‘天道白，地道白，人在中间放光彩’……”

“原来那信皮还大有来历呢!”

“正因为发疯，才非常考究。不过，尽管发疯，唯有贪吃似乎依然未改，每信必写用餐之事，真是出奇! 给你的来信里也写过这些吧?”

“唔，写了海参。”

“老梅喜欢吃海参。难怪呀! 还有呢?”

“还写些大概是河豚和朝鲜人参等等。”

“河豚配朝鲜人参，妙哇! 他的意思大概是如果吃河豚中了毒，就煎朝鲜人参汤喝!”

“好像并非如此。”

“不是也无妨，反正他是个疯子。就这些?”

“还有这样的句子:‘苦沙弥先生! 且进清茶，呜呼尚飨!’”

“哈哈哈……‘且进清茶，呜呼尚飨’，这太刻薄啦! 他一定是成心要治你一下。干得好! 要喊天道公平君万岁的!”

迷亭先生兴致勃勃，大笑起来。而主人，才知道他以极大敬意而反复捧读的书信，发信人原来是个地地道道的疯子，总觉得先前的热忱与苦心都已付诸流水，因而有气；并且，想到自己竟把疯人的文章那么煞费心机地玩味，又有些脸红；最后，既然对狂人作品那么赞许，自己是否也有点神经异常?

因而又有些怀疑。愤怒、羞惭与疑虑，三者迸发，总有些如坐针毡。

这当儿，有人大开房门，沉重的脚步声两步就到了门口，已经传来呼喊声：

“劳驾，劳驾！”

主人屁股很沉；相反迷亭先生却是个沉不住气的人，不等女仆出去迎客，已经边问“是谁”，边两步蹿出堂屋，跑到门口。迷亭到家，并不叫门，便大摇大摆地走进去，这似乎有点叨扰；但他来者安之，主动担负起书童的接待任务，倒也带来了方便，不过，迷亭再怎么不客气，毕竟是客人；劳客人大驾去开门，主人苦沙弥先生却纹丝不动，真真岂有此理！如果是一般人，理应随即出马的。然而，他却偏不，这才是苦沙弥先生的本色。他若无其事地稳坐在坐垫上。“稳坐”与“安居”，其意相似，实则大不相同。

迷亭跑到门前，像连珠炮似的在和谁争辩些什么。过了一会儿，面对屋里嚷道：

“喂！房东大人！有劳大驾，出来一趟。你不出场是解决不了问题的。”

主人不得已，这才依然袖着手慢腾腾地走来。一看，迷亭正手拿一张名片蹲着和客人应酬，腰弯得低三下四。名片上写的是警视厅刑警吉田虎藏。和他并肩而立的是个二十五六岁、高个子、穿一身进口条纹服的英俊男子。奇怪的是他和主人同样袖着手默默地站立。此人总像在哪儿见过。咱家仔细端详，才知道岂止见过，正是前些天深夜来访、拿走了山药的那名偷儿。啊，莫非这回又在光天化日之下公然从正门光临啦？

“喂，这位是刑警，逮住了前些天行窃的小偷，特来通知你出面的。”

主人似乎这才明白刑警来干什么。他低着头，面对偷儿毕恭毕敬地施礼。他大概是觉得偷儿比虎藏先生长得更加仪表堂堂，便贸然断定他是刑警。偷儿肯定是要吃惊的，但又不便声明：“我是小偷！”只好佯作不知，依然袖着手站在那里。毋须说，因为他戴了手铐，叫他拿出手来也办不到。如果是正常人，看这光景，总会明白个七八分的。可是我家主人不比寻常，他有个毛病，总是无端地怕见官吏和警察，对大官儿的威风十分畏惧。不错，他也明明知道，按理说，警察者流无非包括自己在内的人们花钱雇来的门卫而已；但是一碰上实际，他便显得格外唯唯诺诺。因为主人的老子昔日曾是荒郊村长，过惯了对上峰弯腰施礼的生活，说不定这种秉性又传给了儿子呢。真真可怜极了。

刑警感到主人很滑稽，笑眯眯地说："明天上午九点以前，请到日本堤警察分局去一趟。失盗物品都是些什么？"

"失盗物品有……"主人刚说了头，偏偏浑然忘却，记得的只有多多良山平的山药。尽管他心里是在想：山药呗，提不提的，倒没什么。不过，刚说"失盗物品嘛……"下边竟然词穷，这总有点显得呆头呆脑，不成体统。若说别人家被盗，猛然之间，可能说不清楚；而自家失盗，却不能明确回答，这会被当成尚未成年的证据。有念及此，才横下一条心来说：

"失盗物品有……山药一箱。"

这时，偷儿似乎觉得非常滑稽，弓起身来将脸儿埋在衣襟里。

迷亭哈哈大笑，说：

"好像丢了点山药，非常心疼哪！"

只有刑警听得格外认真。

"山药是弄不回来了。其他物品差不多都到手啦。好吧，你去看一下就清楚了。还有，退还时要交一份收条，去的时候别忘了带图章……一定要在九点以前到日本堤分局，是浅草警察署管辖内的日本堤分局。那么，再见！"

刑警独自哇啦啦，说罢而去。偷儿也随后出去。偷儿手被铐着，不能关门，门儿只得依然敞着。主人虽然诚惶诚恐，这时也显得不满，鼓起腮帮，砰的一声将门儿关了。

“啊哈哈……你对刑警可非常尊敬呀！假如你总是那么谦恭和蔼,倒也是个好男子。可是,你只对刑警恭恭敬敬,这就不怎么样了。”

“可,人家费心费力来通知的嘛!”

“通知怎么？那是他的职责呀！平平常常地接待,就满够意思啦!”

“可,这不是一般的职责呀!”

“当然,这不是一般的职责,是所谓侦探这种不招人喜欢的职责,比通常的职责还卑劣!”

“喂,说这种话,你可要倒霉的呀!”

“哈哈……那么,就不要再骂刑警了吧！不过,你尊敬刑警,还总算说的过去,至于你尊敬盗贼,可就不能不令人吃惊了!”

“谁尊敬盗贼?”

“你呀!”

“我何曾结交过盗贼?”

“何曾结交？不是你对盗贼客客气气的吗?”

“几时?”

“就是刚才,不是卑躬折节了吗?”

“胡说！那是刑警呀!”

“刑警能是那种派头吗?”

“正因为是刑警,才是那种派头哪!”

“真顽固!”

“你才顽固哪!”

“啊,首先请问:刑警到别人家,难道就那么袖着手,直挺挺地站着吗?”

“谁敢说凡是刑警都不能袖着手?”

“你那么凶,我可有点害怕。在你客套过程中,他可是一直站着不动的呀!”

“刑警嘛，也许会有这种姿态的。”

“真够主观，怎么说也不听。”

“就是不听嘛！你不过嘴皮上说什么‘偷儿’‘偷儿’的，可你并没有当场见过那个偷儿破门而入。只是凭空想象，片面地一口咬定罢了。”

谈到这里，迷亭绝望了，似乎觉得主人已无可救药，竟一反常态地默默无语；主人却以为难得一次说服了迷亭，十分开心。在迷亭眼里，主人因冥顽不灵而人格贬值；可是，在主人看来，正因为他固执己见，才比迷亭高出一筹。人世间不时地会有如此咄咄怪事。有些人认为顽固到底就是胜利，然而那当儿，本人的人格却大大地贬值。奇怪的是，顽固者本以为至死也要保全面子，至于后人予以轻蔑，没人理睬等等，却是做梦也想不到的，这真是够幸福的了。据说这种幸福被名之为“猪猡的幸福”。

“总之，明天你想去吗？”

“去呀！叫我九点以前到，我八点就出发。”

“学校怎么办？”

“停课呗！学校算个什么。”主人说得很强硬，看来气魄还不小哩！

“口气好大呀！停课行吗？”

“行啊！我们那个学校是发月薪，不会扣我工资的，没事儿。”主人说得很坦率。若说滑头，也够滑头的；若说天真，也还蛮天真哩！

“喂，你可以去。可是，认识路吗？”

“知道个屁！坐车去，就不难了吧？”主人气哼哼地说。

“您是个‘东京通’，不亚于静冈的那位伯父，佩服！”

“佩服嘛，多多益善！”

“哈哈哈，日本堤分局，可不是个寻常的地方哟！在吉原！”

“什么？”

“在吉原。”

“是有妓院的那个吉原吗?”

“是呀。东京只有那么一个吉原。怎么样? 有心去吗?”迷亭先生又开始捉弄起主人来。

主人刚一听说吉原这个地名时,似乎犹豫了一下。“怎么会去那种地方!”

忽而他改变了主意,对用不着的事逞起威风:

“管它是吉原还是妓院的,我说去,就一定去!”

蠢人总是在这类事情上虚张声势。

迷亭只说:“啊,一定很有意思。去开开眼吧!”

刑警光临引起的风波,至此告一段落。其后,迷亭依然胡诌八扯,日暮时分说,回去得太晚,伯父要发火的,于是走了。

迷亭走后,主人匆匆吃罢晚餐,仍然回到书房,又袖起手来,思绪如下:

我所赞佩并想极力效仿的八木独仙,按迷亭的话看来,似乎是个并不值得学习的人。而且,他所倡导的学说总有些不合逻辑,正如迷亭所指出的,大概是属于疯癫之例。况且他有两个徒弟,都是地地道道的疯子。太危险了! 如果随便接近,难免自己也被扯进那个圈子里去。至于天道公平——真名是立町老梅,读其文,惊叹之余,竟然认定他是个识高见广的伟人。然而,他却是个十足的疯子,眼下就住进了巢鸭疯人院。迷亭的话,固然有些是信口开河的夸大之词,但是立町在疯人院里沽名钓誉,以天道的主宰者自居,这恐怕还是属实的吧? 看样子,说不定自己也有点这种趋向哩! 常言说“同气相求”、“物以类聚”。我既然赞佩狂人之说——至少,既然对狂人的文章与言辞表示同情——恐怕自己与疯癫也相去不远吧! 即使不算一路货色,既然择狂为邻,比室而居,那就说不定迟早会推倒间壁,同聚一堂,促膝谈心的。这还了得! 的确,回想起来,这一阵子的思维活动,连自己都感到吃惊,真是奇上加奇,怪上加怪。姑不谈脑浆一勺的化学变化,且说意志变成行动,声音化为言辞,很多地方已经有失中庸,真是不可思议。虽然舌上无甘泉,腋下绝清风,却牙根有恶臭,筋头有癫气,奈何!愈来愈不妙了!看样子,我是否已经成为一名十足的患者了呢?幸而尚未伤人,尚未危害于社会治安,因此才没被赶出城市,依然做一名东京居民吧!这不同于"消极""积极"之类的小事区区,必须先从脉搏进行检查。然而,脉搏似乎并无任何异常。是头部有热?倒也不像什么火往上攻。可总是叫人放心不下!

如此总是拿疯人和自己做比较,计算类似之点,看来是很难逃出疯人的圈子了。这只怪方法不对头。因为自己总是以疯人为标准,让自己向疯子看齐,所以才得出那样的结论。假如以健康人为标准,把自己摆在健康人之列予以评介,说不定会得出相反结论的。那么,要先从近处着手,首先,今天登门的那位身穿礼服的伯父如何?他说:"心也,置于何处?"那一套也有点不大正常。其次,寒月如何?他从早到晚,带着饭盒,一味地磨玻璃球。这家伙也是疯人者流。第三,迷亭如何?他以恶作剧为天职,无疑是个快乐的疯子。第四,金田夫人。她那恶毒的心肠,完全悖离了常情,肯定是个地道的疯子。第五,该是金田老板了。虽然还未曾谋面,但是,单看他对老婆低三下四、夫唱妇随的样子,不妨说他是个非凡的人物。非凡乃是狂人的别名,因此,可以和疯子划为一类。其次嘛……还有,还有落云馆的诸君子。从年龄来说,还都嫩得很;但在狂躁这一点上,却是些不可一世的出色的暴徒。如此算来,大多都属于疯人同类,倒叫他意外地心安理得了。看样子,说不定整个社会便是疯人的群体。疯人们聚在一起,互相残杀,互相争吵,互相叫骂,互相角逐。莫非所谓社会,便是全体疯子的集合体,像细胞之于生物一样沉沉浮浮、浮浮沉沉地过活下去?说不定其中有些人略辨是非、通情达理,反而成为障碍,才创建了疯人院,把那些人关了进去,不叫他们再见天日。如此说来,被幽禁在疯人院里的才是正常人,而留在疯人院外的倒是些疯子了。说不定当疯人孤立时,到处都把他们看成疯子;但是,当他们成为一个群体,有了力量之后,便成为健全的人了。大疯子滥用金钱与势力,役使众多的小疯子,逞其淫威,还要被夸为“杰出的人”,这种事是不鲜其例的。真是把人搞糊涂了!

以上,将主人当天夜晚在孤灯只影下沉思默想时的心理状态如实地做了描述。主人头脑的昏庸,从这里也可以看得一清二楚,尽管他蓄着德皇恺撒式的八字胡,却是个呆子,连正常人与疯子都区别不开。何况他好不容易提出这么个问题,让自己思索,却终于没有得出任何结论,便半途而废了。他这个人,不管什么事,都不具备彻底思索的力量。他的结论十分渺茫,如同他鼻孔里喷出的“朝日”牌青烟,难于捉摸。不要忘记,这便是他议论中唯一的特色。

咱家是猫,也许有人怀疑:一只小猫,怎么能把主人的内心世界描绘得如此详尽?然而,这区区小事,对于猫来说,何足挂齿!咱家曾学过解心术。“几时学的?”这等小事,何须多问!反正咱家精通,当咱家趴在人们的膝上时,将柔软的毛皮悄悄贴在人们的肚皮上。于是,刷地一溜火光,人们的心理动态立刻鲜活地映进咱家眼帘。前些天,甚至发生了这样的事:主人温存地抚摸咱家的头,竟忽而萌起一个千不该万不该的念头:“若是剥下这张猫皮,做一件坎肩,一定很暖和。”咱家立即察觉,不由得一阵浑身发冷。真可怕!当天夜里主人头脑中泛起的上述思绪,幸而能向诸公报导,敝猫引以为极大的光荣。但是,主人想道:“一切都搞糊涂了。”随后便酣然大睡。到了明天,究竟原来都想了些什么,一定会忘得一干二净的。其后,主人如果对于疯狂再进行思索,必然要重复一遍,从头想起。那时节,他究竟又按何等思路,是否依然得出结论:“一切都搞糊涂了!”可就没准儿了。然而,不论他再重想多少次,也不论他沿着何等思路去思索,终于要得出结论说:“一切都搞糊涂了!”这可是板上钉钉的。

十

妻子隔着纸屏呼唤道:“喂,已经七点啦!”

主人是醒了,还是在睡?他只背过脸去,概不答话。

有问不答,是这位先生的特性。只在必须开口的时候,才“哼”的一声。连一声“哼”,也不是轻易发出的。人如果懒得连答话都嫌麻烦,也许别有风趣,但是偏偏这号人没有一个能讨女人的喜欢。现在,连陪伴在身边的妻子都似乎对他不大敬重,至于其他人,若说“可想而知”,也没有多大出入吧!常言道:“见弃于亲兄弟的人,怎能得到陌生美女的怜爱?”主人既然连妻子都不敬重他,怎么会得到世上一般女士们的垂青?倒也没有必要趁此机会揭露一番主人在异性中毫无魅力的老底。然而主人总是把事情想得乖谬,硬编理由说,妻子之所以不喜欢他,完全因为他年事已高。这是他糊涂的根源。咱家为了促其觉醒,不过从关心的角度出发略抒己见罢了。

既然遵命在指定的时间通知主人时间已到,而主人只当耳旁风;既然主人背过脸去,也不哼一声,女主人便断定错在丈夫,而不在于妻子。她以一副“误事我可不管”的神情,扛起笤帚和掸子向书房走去。

不多时,只听书房里敲打得叮当山响。例行公事的清扫工作开始了。究竟清扫的目的是为了运动,还是为了游戏?咱家不负清扫之责,无须过问,装作不知便是。不过,像女主人这种清扫方法,却不能不说是毫无意义。

若问为什么说毫无意义，咱家就告诉他：因为女主人不过是为了扫除而扫除罢了。她把掸子往纸屏上一碰，将笤帚往床席上一晃，这就表明扫除完毕。对于扫除的原因和结果，她是不负丝毫责任的。因此，干净的地方每天都很干净，而那些污垢落灰的地方永远是污垢未去，灰尘犹存。自古就有“告朔饩羊”①的故事嘛，说不定比根本不扫要好些的。但是，扫不扫除，对于主人并没什么益处。虽然无益，竟也天天不辞辛苦地去扫，这正是女主人的非凡之处。妻子与扫除，按多年的习惯，已经形成固定的联想模式，二者牢牢地结合在一起。至于扫除的实绩，还像女主人尚未降生以前一样，还像没有发明笤帚和掸子以前的往昔一样，丝毫不见功效，思忖起来，这二者的关系，大概像形式逻辑命题中的名词一样，不问内容如何，却结合在一起了。

咱家和主人不同，从来都习惯于早起。此时，肚子已经饿得受不住。但是，连家人都还没有用餐，就凭敝猫的身份，毕竟是找不到早点享用的，这正是猫的可悲之处。不过，我心想：蛤蜊壳里说不定正袅袅腾起香喷喷的热气呢！于是，再也等不下去了。当明知希望渺茫，却仍是追求渺茫的希望时，最好只把那追求描画在心里，平心静气地一动不动，这是上策。而咱家却做不到这一点。一定要试探一下是否“事与愿合”才行。即使试探也是肯定失败的事，也定要不撞南墙不回头。咱家饿得受不住，便爬进厨房，先向锅后的蛤蜊壳里瞧了一眼。果然不出所料，昨晚舔净的地方，依旧在天窗泄来的初秋阳光下悄然闪烁着奇异光辉。

女仆已经把煮好的米饭倒进饭桶，现在正在火炉上的锅里搅拌。饭锅周围溢出来的米汤，已经干巴巴的。黏住了几条，有的活像黏上了棉纸似的。饭菜都已做好，大概可以进餐了吧！这种节骨眼上还客气什么，即使不

---

① 告朔饩羊：朔，每月初一。饩（音戏），活牲畜。按周礼，诸侯每月初一要用活羊祭祖庙，后流于形式。见《论语·八佾篇》。

能如愿以偿,也根本吃不了什么亏,便下定决心,催她快吃早饭。咱家再怎么是个吃闲饭的,一样知道饿!咱家拿定了主意,咪咪地叫起来,叫得媚气十足,又如怨如诉。女仆却干脆不理。她生来就摆臭架子,早就了解她不近人情,但是,叫得动听,唤起她的同情,这可是咱家的拿手好戏。这回,咱家又试探着咪哟咪哟地叫。那带有几分悲壮的叫声,连自己都确信它定会使天涯游子肝肠寸断。

女仆却满不在乎,全然不睬。这女人说不定是个聋子。聋子就不可能当女仆。也许单单听不见猫叫声?世上有的人是色盲。尽管本人认为自己视力很好,但叫医生说,则是个"睁眼瞎"。而这位女仆,大概是声盲吧?声盲也是残废。残废嘛,还那么傲慢!夜里不管咱家怎么要去解手,她也不给开门。偶尔也放咱家出去,却又不准回屋。即使夏天,夜露也很恼人,更何况秋霜?在那屋檐下彻夜蹲着,等待日出,多么凄苦啊!简直不敢想象。前些天咱家吃了闭门羹以后,甚至发生了这样的事:竟然遭到野狗的袭击,眼看要一命呜呼。幸亏跑到一个仓房的屋顶,整夜都在发抖。这一切,都是由于女仆的不通人情而酿成的不幸。面对这么个女人,纵然哭给她听,也不会有任何反响。然而,"饿极拜佛脚,贫极起盗心,爱极写情书",这种时候,什么事都干得出的。

当咱家"咪哟,咪哟"叫第三声时,为了引起女仆的注意,特意用了复杂的奏鸣法。咱家确信自己的声音优美,不亚于贝多芬的交响乐。然而,这对于女仆却丝毫也不起作用。她突然跪下,掀起一块活板,抓出一根生炭来,然后在火炉边上咔咔地敲,断成三截,使周围被炭粉弄得乌黑,似乎还有一点飞进菜汤里。女仆是个不拘小节的女人,立刻从锅后将三截炭投进火炉,始终不肯侧耳倾听我的交响乐。没办法,咱家便蹑手蹑脚地想回到客室。路过洗澡间时,只见三个女孩正在洗脸,十分热闹!

说是洗脸,可是两个大的才上幼儿园,三号的更小,只能跟在姐姐身后转，因此，不可能正规地洗脸和灵巧地化妆。最小的竟从水桶里捞出湿抹布不停地在脸上揩来揩去。用抹布揩脸，大概是不大好受的。然而要知道，地震时每当大地颤动，她便呼喊："太有意西(思)啦！"像这样的孩子，纵使用抹布揩脸，这点小事，又何足为奇。说不定她比八木独仙要懂事得多。大小姐不愧是长女，担负起姐姐的职责，哐啷一声摔了自己的漱口盂，说：

"丫蛋！那是抹布呀！"她急忙来夺抹布。

丫蛋也是死犟死犟，不会那么轻易听从姐姐的话。

"烦你，嘎咕！"说着，又抢回那条抹布。

这"嘎咕"二字，究竟是一句什么话，来自何种语源，没有人知道。只知道这位小姐发脾气时，时而用之。

这时，抹布被姊妹二人，你拉我扯，从水分最多的中部滴答滴答地流出水来，毫不留情地淋在小妹的脚上。如果只淋在脚上，倒也罢了，把双膝也淋得湿漉漉的。小妹这时还穿着花布衫。什么是花布衫？听来听去才明白，大概凡是带有花纹的布衫，都叫做花布衫，不知是谁教给她的。

"丫蛋！花布衫湿了，算了吧！嗯？"

姐姐说得很温柔，可她这位万事通近来竟把"花布衫"和玩骰子的"双六点"①念混了。

从花布衫联想起一件事来，顺便啰嗦几句。这位小姐说错话的故事太多了，经常说得叫人懵头转向。例如："着火啦，直飞蘑菇丁(火星)！""到御茶酱汤(御茶水)女子学校去上学！"把财神爷和厨房并列。有一次还说："我可不是草绳铺里生的。"仔细一打听，原来是把"草绳铺"和"小胡同"读串了。主人每逢听到这些错话都发笑，但是，他自己到学校去教英语时，可能要把比这更严重的错误也认真地讲给学生们听呢！

---

① 按日文，二者发音近似。

丫蛋(本人并不这么叫,而总是叫丫丫)发现花布衫湿了,哭着说:“布衫狼(凉)!”

花布衫凉,那还了得!女仆从厨房里跑了出来,拿起抹布给她擦。

在这场风波中比较镇静的是二小姐澄子。澄子将从架上滚下来的扑粉瓶盖打开,在不停地化妆。她先用伸进瓶里的一根手指在鼻尖上抹了一下,立刻出现一条竖道道,于是,鼻子的轮廓有些清晰了。接着又用抹过鼻子的手指往脸上抹了一下。无独有偶,那里又白花花的一块。打扮刚完,女仆进来,擦完丫蛋的花布衫,又顺手给澄子揩了脸蛋。澄子显得快快不快。

咱家从旁看了这番情景,便从客室来到主人的卧室,偷偷瞧一下主人起床没有。然而,到处不见主人的头颅在哪儿,但见一只高脚背的八寸半大脚从被角露了出来。他大概是讨厌一露头就会被叫起床来,因此才将头缩进去,简直像个小乌龟。这当儿,已将书房打扫完毕的妻子,又扛起笤帚和掸子走来,同前次一样,在门口喊道:“还没起来?”

她站了一会儿,注视着那个不露人头的被窝。但是仍无反响。妻子两步跨进门来,嗵的一声将笤帚一戳,再一次催促道:“还不起来?喂!”

这时,主人已经醒了。正因为醒了,为了防御妻子的袭击,才把脑袋整个钻进被窝里的。他大概以为只要不露出头来,就会躲过了。正怀着这侥幸心理躲着,妻子却决不肯饶。第一次,妻子是在门口呼喊。他心想:至少相距六尺远,没什么了不起。当妻子嗵的一声戳笤帚时,距离已经近在三尺左右,他吓了一跳。尤其是第二次问他:“还不起来吗?喂!”这时,不论从距离还是音量来说,都以比前次近半之势传进被窝,他这才明白,已经山穷水尽,小声应道:“嗯!”

“不是说九点钟以前去吗?不快些,要来不及的。”

“你不说,我也要立刻起来的。”

他从睡衣的袖口里答话的样子,真乃一大奇观。妻子常常上他的这份

当:以为他会起床,便放下心来,谁知他又酣然大睡。因此,妻子觉着不可轻信,便又催他:

“喂,起床吧!”

已经说过就起床,还呵责什么起床起床的,真别扭!对于主人这样任性的人来说,就更觉得别扭。大概就在这时,主人将蒙在头上的被子一下子掀掉。只见他圆睁两只虎眼说:

“吵什么?我说起床,自然会起床的嘛!”

“你嘴说起床,可还是不起呀!”

“我什么时候扯过这样的谎?”

“任何时候都在扯谎!”

“胡说!”

“不知道是谁在胡说!”

妻子嗵的一声将笤帚一戳、往主人枕旁一站的姿势,的确威风凛凛。

这时,房后车夫家的孩子阿八突然哇的一声大哭起来。是车夫家的老板娘下的命令:只要主人发火,阿八就一定要大哭。也许这样,她会收到一点赏钱吧!不过,这对于阿八来说,够为难的了。有了这个娘,到头来定要从早哭到晚的。假如主人对此能够稍微体谅些,也就会控制一点火气,阿八的寿命也就会延长些。然而,不妨这么评定:不管金田先生怎么恳求,车夫老婆竟能干出那种糊涂事来,可见她比天道公平来得更加险恶。

如果只是主人发怒时叫他哭几声,那还算留有余地。然而,金田先生雇用了近邻的瘪三,每当他们装扮丑女人的鬼脸时,阿八一定要哭。这是在不知道主人是否动怒时,估计这么做他一定会发火,阿八才提前哭上几声的。于是,也就弄不清到底主人气阿八,还是阿八气主人。若想捉弄主人,也就无须费什么周折,只要把阿八臭骂一通,便等于轻而易举地打了主人的嘴。传说古时候西方的犯人如果临刑前逃亡国外,未能逮捕归案,便制造一个偶人作为本人的替身予以火葬。可见金田公馆里大概也有通晓西洋故事的军师,传授过巧计。落云馆也好,阿八他娘也好,对于毫无本领的主人来说,大概都是些难于对付的敌手吧！此外还有形形色色的力敌,也许全街人都是他的劲敌。不过,暂且与本文无关,那就随时穿插,断续介绍吧！

主人闻听阿八的哭声,但见他一大清早就大动肝火,忽地起来,扑通一声端坐在被褥上。这时节,什么精神修养、八木独仙,全都不复存在。他边起来,边哗哗地搔头,险些把头皮扒下一层来。于是,攒了一个月的头皮毫不客气地飞落到脖梗和睡衣领上,那可是一大壮观。胡须如何？一瞧,更令人吃惊:怒发挺立,十分悲壮。料想那胡须,也许觉得主人发怒,单是自己无动于衷,有些愧对,因此才根根暴怒,以迅猛之势,向四面八方恣意挺进,那情景实在是好看极了。昨天由于照过镜子,胡须都服服帖帖排列得整整齐齐。像在德皇恺撒的脸上似的。但是仅一夜之隔,一切操练都白费工夫,胡须又恢复了本来面目,各显其能。这宛如主人一夜速成的精神修养,天一亮便忘得干干净净,又立刻全面暴露出野猪伎俩。如此粗野的男人,蓄有如此粗野的胡须,居然至今还没有被免去教师职务。想到这里,方知日本天下之大。正因为天下大,金田老板及其走狗,才都算得上人而周旋于世吧！主人似乎确信:只要他们算得上人而周旋于世,那么,就没有理由革他的职。必要时可以给巢鸭疯人院发封信,请教一下天道公平先生,自然会立见分晓。

这时,主人将咱家昨天介绍过的他那混沌的太古双眼怒睁,一定是看见了对面的那个壁橱。这个壁橱高六尺,分成上下两厢,各带一个橱门。下边那个橱窗几乎和棉被的下角只有咫尺之隔,起来端坐的主人只要睁开眼睛,便自然地会将视线投向那里。主人一瞧,那裱糊的花纹纸已经百孔千疮,公然露出了“肠子”。那“肠子”五光十色,有的是印刷品,有的是手写体,有的里朝外,有的脚朝天。当主人瞥见这些“肠子”时,想看看上边写了些什么。本来主人一直恼火,恨不能把车铺老板娘抓来,把她的嘴脸往松树上蹭。可是，突然又想读这些废纸上的字迹。这似乎有点荒诞不经，然而，在一个直爽而性情暴躁的人来说，却也不足为奇。这就和小孩哭时，只要分给他个豆包，他就会破涕为笑是一样的。

主人从前在一个寺庙里住宿时，只隔一扇纸屏，里边住着五六个尼姑。本来，尼姑嘛，是坏心肠女人当中心肠最坏的。据说有一位尼姑，似乎摸透了主人的脾气，边敲自己的饭锅边打着拍子唱道："乌鸦在哭叫，转眼又在笑。""乌鸦在哭叫，转眼又在笑。"据说主人特别讨厌尼姑，就是从这时开始的。不过，尼姑虽然可恶，却叫她说个正着。主人忽哭忽笑，忽喜忽悲，甚于常人，但都不持久。说实在的，他没有长性，心眼儿太活。若用俗语翻译成白话，他不过是个不深沉、太浅薄、死犟死犟的磨人精罢了。既然是个磨人精，那么，他仿佛要干一架似的猛然起床，却又突然改变主意，看起隔扇上露出的"肠子"来，这就不能不说是理所当然了。

第一眼看到的是两脚朝天的伊藤博文，只见上端还标有"明治十一年九月二十八日"字样。可见这位朝鲜总督，早从这时就开始紧跟着政令走路了。主人心想：不知大将军此时任何职？他漫不经心地读下去，只见有"大藏卿"①三个字。真了不起！尽管怎么两脚朝天，却是个大藏卿呢！稍微向左一看，只见又是大藏卿，却在躺着午睡哩。难怪，拿大顶是持续不了多久的。下面有一个木版印刷的"尔等"两个大字，很想往下看，可是赶巧没有露出来。下一行只露出"迅速"二字。这一句本也想念，可是只露出这么点，也就念不成了。假如主人是警察厅的侦探，即使他人之物，说不定也会给他扯掉的。侦探这一行，因为没有人受过高等教育，为了拿到真凭实据，什么事都干得出，真是拿他们没办法。但愿他们能够稍微客气些。若是不客气，就不准他们来取证，这样就对了吧！据说他们甚至罗织和捏造罪状诬

① 大藏卿：相当于财政大臣。

陷良民。良民花钱雇来的人,竟然反而诬陷雇主,真是十足的疯子。

主人又转动一下眼珠,往中心区看了一眼。中心区有“大分县”三个字在翻筋斗。连伊藤博文都拿大顶,大分县翻筋斗也是理所当然。主人看到这里,双手握紧拳头,高高地向天井伸去。这是他打呵欠的预备姿势。

主人的这一声呵欠宛如鲸鱼远嚎,声音十分奇特。他打完了这个呵欠,便慢腾腾地换上衣服,到洗澡间净面去了。妻子早已等得不耐烦,突然掀起被,叠好被褥,例行公事地开始扫除了。如同扫除,主人的洗脸也是例行公事,十年如一日。和前些天介绍过的一样,依然“啊、啊”“嘎、嘎”地叫个不休。少顷,分完了头发,将毛巾往肩上一搭,驾临客厅,在长方形火炉旁悠然落座。提起长方形火炉,说不定有的读者会想到如下景象吧:山毛榉的鱼鳞花纹木和全铜镶的里子,姐儿披散着刚刚洗过的头发,支起一条腿来,将长烟袋在柿木炉边上敲打……至于我家主人苦沙弥先生的长方形火炉却绝不那么排场。它很典型,究竟是用什么原料制作的,外行人无法辨认。长方形火炉本应擦得锃亮才是上乘,而主人的这个货色,究竟是山毛榉、樱木,还是桐木的?压根就不清楚,而且几乎从来没有擦过,因此,阴沉沉的,极不显眼。若问:“这玩意儿是从哪儿买来的?”却又绝对记不起曾是花钱买的。若问:“那么说,是白来的?”可又好像没人赠送过。如果追究:“如此说来,难道是偷来的不成?”不知怎么,对这种提问,主人都态度暧昧。从前亲戚当中有个老太太,逝世时曾求主人看门很久。后来主人自己成家,据说从老太太家搬走时,原来用之如己物的那个长方形火炉,便被毫不客气地带走了。这似乎有点品格不佳。但是思量起来,这类事,人世上还是常有的。据说银行家整天存别人的钱,渐渐地就把别人的钱看成了自己的。官吏本是人民的公仆、代理人,为了办事方便,人民才给了他们一定的权力。但是他们却摇身一变,认为那权力是自身固有而不容人民置喙。既然这类人布满了人间,也就不便因长方形火炉事件而断定主人具有贼癖。假如主人具有贼癖,那么，天下人便无不生性好偷了。

主人在长方形火炉旁安营扎寨，前面摆着饭桌。另外三面，有刚才用抹布揩脸的“丫丫”，在“御茶酱汤”学校读书的敦子和将手指插进扑粉瓶里的澄子。爱女坐齐，正在用餐。主人平分秋色地打量一遍这三位公主。敦子的脸，轮廓很像南洋铁刀的刀把；澄子因为是妹妹，多少带点姐姐的面相，若说像琉球漆的红盆，倒也蛮有资格的。只有“丫丫”独放异彩，长了一副长脸。如果是竖长，人世上还不乏其例，而这位丫丫的脸部却长得横宽。不管时兴的款式怎么多变，总不会流行横宽的面庞吧！本是自己的孩子，主人竟也边看边感慨系之。就凭这副模样，也是非成长不可。岂止成长，其速度之快，大有禅庙里的竹笋转眼变成嫩竹之势，在飞快地长大。“又长高了！”每当主人兴念至此，仿佛身后有追兵逼近，心里便惶惶不安。不管主人怎么没心没肺，这三位小姐都是女的，这一点他并不糊涂。既然是女的，总要嫁人，这也还清楚。只是清楚，却没有本事安排她们出嫁，这一点也有自知之明。虽然是自己的亲骨肉，却感到有些棘手。既然棘手，就不该生养她们。不过，这就是人生！若问人生的定义是什么，无他，只要说“妄自捏造不必要的麻烦来折磨自己”，也就足够了。

孩子们果然了不起。她们做梦也不曾想老子对她们是那么穷于应付。她们在欢天喜地地用餐。不过，难缠的是丫丫。丫丫当年三岁。妈妈动了脑筋，分给她一套适用的小筷子、小碗。然而，丫丫决不答应，她一定要抢来姐姐的碗，硬要用那个拿不动的碗吃饭。举目人世，越是凡夫俗子，越是格外地横行霸道，一心要爬上并不称职的官阶，而这种性格，早在孩童时期就完全萌芽了。既然因袭已久，绝非靠教育和熏陶便可以矫正，还是趁早断念的好。

丫丫将从旁掠夺的特大饭碗和又长又大的筷子据为己有，不断地恣意横行。因为硬要使用自己没法使用的食具，用起来势必大逞威风。丫丫首先将两双筷子根攥在一起,哧的一声往碗底插去。碗里盛了八分满的饭,上面还飘着满满的酱汤。碗里原来还勉强保持着平衡,当承受筷子的压力时,由于遭到突然袭击出现了三十度倾斜,同时,那酱汤毫不留情地哗哗流向她的胸脯。

不过,这么点小事,丫丫是不会服输的。丫丫是个暴君。接着又把插进碗里的筷子用尽气力从碗底向上一挑,同时,把小嘴凑近碗边,将挑上来的饭粒啜了个满嘴,剩下的米粒与黄色酱汤混合,“呀”地喊着号子,从她的鼻尖扑到面颊,再扑到下颏;扑得失误而坠于床席者不计其数。这种吃法,简直是一点规矩都没有。咱家谨向大名鼎鼎的金田先生以及天下权贵们发出忠告:诸公待人,如果像丫丫用碗筷一样,那么,进入诸公口里的饭粒必然会少得可怜。而且,并非以必然之势进口,不过是误入口中而已。如何?敬请三思。如此,和“谙于事故的干将”这一头衔,也很不相称的嘛。

姐姐敦子被抢走了筷子和饭碗,拿着不好使的小筷子小碗一直凑合着用。那只碗本来就太小,即使盛得满满,一动筷,也三两口就吃光。因此她频频往饭桶里伸碗。已经吃了四碗,现在该是第五碗了。敦子揭开锅盖,操起大勺,看了一会儿。她似乎拿不定主意,是吃下这一碗呢?还是算了?终于下了决心,在感觉没有锅巴的地方下勺子一盛。这倒不难,但是反过手来将饭勺里的饭往碗里一扣时,没有装进碗里的米饭成团地落在床席上。敦子毫不惊慌,开始将撒落的米饭小心拾起。拾起它来做甚?全部扔进饭桶里了。这可有点不大干净。

当丫丫大显身手、挑起筷子之时,恰是敦子将脏饭装进饭桶之刻。不愧是姐姐,不忍心看丫丫的脸上溅得乱糟糟:“呀,丫丫,太不像话,脸上全是饭粒啦!”说着,急忙去给丫丫揩脸。首先要除掉栖身于鼻尖上的饭粒。本以为她会将揩下的饭粒扔掉,却出乎意料,她竟将饭粒扔进了自己的嘴里,真令人吃惊。然后她揩丫丫的脸蛋。这里的饭粒成群结伙,看数量,两者相加，总有二十粒吧！姐姐一心一意的，拿一粒，吃一粒，终于将妹妹脸上的饭粒全都吃光了。

这时，一直文静地吃着咸菜的澄子，突然从舀上一勺的酱汤中发现一块煮烂的地瓜，大口填进了嘴里。读者诸公大概也都清楚，再也没有汤煮地瓜使嘴里烫得更难受的了。就算是大人，不加小心，也会像遭了烫伤似的。何况敦子之辈，吃地瓜缺少经验，当然要吃苦头的。澄子“哇”的一声叫喊，将嘴里的地瓜吐在饭桌上。其中两三块，不知是怎么一股子劲儿，滚到丫丫面前，当保持一定距离的时候停住。丫丫本来就特别爱吃地瓜。既然特别爱吃的地瓜飞到眼前，自然要放下筷子，用手捡地瓜块，吧嗒吧嗒地吞下。

这些丑态，主人一直看在眼里，但他一言不发，一心吃自己的饭，喝自己的汤，此时此刻，正在用牙签剔牙。

主人对于女儿的教育似乎采取了绝对自由放任的方针。哪怕三位小姐立刻成为“海老茶式部”、“鼠式部”①，不约而同地找了个情夫出奔，大概主人也照样吃他的饭，喝他的茶，不动声色地观察。这是“无所作为”的表现。然而，试看当今世界，号称“大有作为”的，除了谎言虚语欺骗人，暗下毒手残杀人，虚张声势吓唬人，以及引话诱供陷害人而外，似乎再也没什么本事了。连中学生那些小字辈们也见样学样，错误地以为不这样就不够神气，只有洋洋得意地干那种本应脸红的勾当，才算得上未来的绅士。这哪里是什么“大有作为”，简直是“无所事事”。咱家总算是个日本猫，多少有点爱国心。每当看见这号人，就想揍他们一通。这种人多一个，国家就要相应地减弱一分。有这样的学生，是学校的耻辱；有这样的人民，是国家的耻辱。虽然耻辱，这号人却源源不断地涌向社会，真叫人难于理解。日本人，似乎连

① 日本《源氏物语》的作者为紫式部。“海老茶”，紫红色女学生裤。形容女才子。这里是信口编造，犹如我们借“二孔明”的名字说：“三孔明、四孔明。”

猫那么点气派都没有。真可怜！比起这号人来，不能不说主人者流，远远是上等好人。说他是上等好人，就因为他的窝窝囊囊占上等，无能占上等，不要小聪明占上等。

主人以无所作为的方式平安吃罢早餐，不多时便穿上西装，乘上车，到“日本堤”警察分局去报到。当他拉开纸隔门时，曾问车夫是否知道“日本堤”在哪里。车夫嘿嘿地笑了起来。

“就是有妓院的那个吉原附近的日本堤吧？”

车夫如此叮问，真有点滑稽。

主人破例地乘车出门了。随后，妻子照例吃罢早餐，催促小姐们说：

“喂，快上学吧！要迟到啦！”

小姐们却够沉着的，根本没想上学。

“啊，今天放假呀！”

“放什么假？快走！”妈妈申斥了几句。

“可，昨天老师说，今天休息呀！”姐姐膀不动身不摇。

妈妈这时大概觉得有些奇怪，便从壁橱里拿出日历，翻来覆去地看，终于发现印着“皇室节日”四个红字。主人大概不知道今天是节日，才给学校写了假条的吧！妻子也不知今天是节日，大概把假条给扔进了邮筒吧！至于迷亭，他是真的不知道，还是明明知道却佯作不知，这可有点猜不透。女主人被这一大发现震惊得“啊！”的一声说：

“那么，都好好玩吧！”说着，她像往常一样，拿出针线笸，开始做针线了。

此后半个小时，家里平安无事，没有发生足以构成创作素材的事件。但是，突然有个奇怪的来客。是一位十七八岁的女学生。穿着一双歪跟的皮鞋，紫色的裙子，头发拳曲得像一堆算盘珠，连招呼也不打，便从便门闯了进来。

她是主人的侄女。据说是学校里的学生,有时星期天就来,和叔父大吵一通便告退。这位小姐名叫雪江。的确,模样不如名字动人。只要出门走上几百米,就不难碰上这样一副普通面孔。

“婶子,你好!”她说着踢踢踏踏地跨进客厅,在针线筐旁坐定。

“哟,来得这么早!”

“今天过节,我就想早晨来一趟,所以八点半就急忙走出家门了。”

“是啊,有什么事吗?”

“没有。只是好久没见,才走一趟。”

“走一趟?多玩一会儿吧!”

“叔叔去哪儿啦?真新鲜。”

“噢,今天到一个不寻常的地方去啦……到警察分局去了。新鲜吧?”

“啊?为什么事?”

“说是今年春天闯进家来的那个小偷被捉住了。”

“那么,是对质去了?麻烦。”

“哪里!是返还失物呀。昨天警察特意来告诉说,失盗的东西找到了,叫去认领。”

“噢,怪不得。否则,叔叔从来不这么早出门嘛。若是平常,现在还正睡觉哩!”

“没有像你叔叔那么能睡懒觉的……并且,一喊他,就气哼哼的。今天早晨本来事先告诉我,七点钟一定叫醒他,这才喊他起来的呢。可是,他钻进被窝里,硬是不答话。我担心,才又叫了一遍。他竟在棉睡衣的袖子里不知说些什么。真拿他没办法!”

“他为什么那么困呢?一定是神经衰弱吧?”

“什么?”

“他真是个滥发脾气的人。就那样,还能在学校教书吗?”

"唉,听说在学校还很温存的呀!"

"这,就更坏。在家里是老虎,出门是豆腐!"

"为什么?"

"不为什么,反正在家是老虎,出门是豆腐!不像吗?"

"他可不光是发脾气呀!你叫他向右,他偏向左;叫他向左他偏向右,凡事都不听别人的。咳,太犟了。"

"是个别扭鬼吧?叔叔就爱这样。所以,若想叫他干什么,只要反说,就会照你的意思办。前些天我要他给我买一把雨伞,可我偏说不要不要的。叔叔说:'怎么会不要呢?'立刻就给我买了。"

"哈哈哈……好嘛。我今后也依此照办。"

"就那么办吧!否则要吃亏的。"

"前些天保险公司来人,劝他一定要参加保险。还说了一大堆的理由,这么有利,那么有好处等等,差不多跟他说了一个钟头,可他说什么也不肯参加。家里既没有存款,又有三个孩子,索性加入保险,叫人多么放心。可他,一点儿都不关心这些。"

"是啊!万一出点什么事,可就抓瞎喽!"

这话和十七八岁的姑娘很不相称,说得婆婆妈妈的。

婶子说:"偷听他们的谈判,可有意思啦。'当然,我不是不承认有参加保险的必要。只因有必要,保险公司才存在。'可是,他又死犟死犟地说:'我既然没有死,就没有参加保险的必要!'"

"叔叔这么说?"

"是呀。于是,公司那个人说:'人若不死,就不需要保险公司了。然而,人的生命既坚实又脆弱,不知不觉地,说不定会碰上什么危险。'你叔叔说什么:'没关系,我决心不死!'简直是蛮不讲理!"

"决心,也难免一死。像我,尽管决心考试合格,可是终于落榜了。"

“保险公司的职员也是那么说的呀！他说：‘寿命是不以人们的意志为转移的。如果只要下决心就可以长生不老，人就谁也不会死掉的了。’”

“保险公司的人说得太对了。”

“太对了吧？可你叔叔听不懂。说什么：‘不，我决不死！我发誓不死！’可神气哪！”

“怪呀！”

“就是怪嘛！太怪啦。他说：‘若是拿出保险金去，倒不如在银行存款好。’”

“在银行有存款吗？”

“有个屁！他自己一蹬腿，后事全不管！”

“真叫人不放心。他为什么那样呢？就说常到这儿来的人吧，像叔叔那样的人一个也没有。”

“怎么会有呢？他是空前绝后！”

“不妨对铃木先生谈谈，求他给叔叔提提意见。人家多稳重，一定过得很快活呢。”

“不过，你叔叔对铃木先生评价不好呀！”

“全搞颠倒啦！那么，那一位可以吧……哎，就是那个文文静静的……”

“是八木先生？”

“对呀。”

“对八木先生，一般来说还是心服口服的。不过，昨天迷亭先生来，说了些他的坏话，因此，也许不会像想象那样奏效了。”

“挺厉害嘛！像他那样落落大方，稳稳重重。不久前还在学校讲演了呢。”

“八木先生？”

“是啊。”

“八木先生是你们学校的老师?”

“不,不是老师。不过,‘淑德妇女会’时常请他去给讲演哪。”

“讲得有趣?”

“这……倒不怎么有趣。可是,那位先生是一张大长脸吧?还长着一副天父一般的胡须,所以大家都敬佩地洗耳恭听。”

“光说讲演,可他讲了些什么呀?”女主人刚刚这么一问,三个女孩早已经在檐廊下听见了雪江的谈话声,便噼里扑通地胡乱闯进客室。刚才大概在竹篱外的空地上玩耍了吧!

“啊,雪江姐来啦!”两个姐姐欢天喜地地高声嚷道。妈妈说:

“别吵!都安安静静地坐下!你雪江姐正讲有趣的故事哪。”说着,她把针线活放在墙角。

“雪江姐,你讲什么故事?我最爱听故事了。”说话的是敦子。

“还是讲《咔嚓咔嚓的山》?”问话的是澄子。

“丫丫也港(讲)!”小三从两位姐姐之间伸出腿去。她说的不是听故事,而是说她要讲故事。

“啊?丫丫也讲?”姐姐笑着说。

“丫丫过一会儿再讲!让你雪江姐先讲。”妈妈哄着说。丫丫怎么肯听!

“不——么,嘎咕!”她大声叫喊。

“喂,算啦,算啦,那就由丫丫先讲。什么故事?”雪江表现得很谦逊。

“故系(事),喂,小孩,小孩,乙(你)到啦(哪)去?”

“有意思,后来呢?”

“啊(我)们上田乞(地)割稻去!”

“噢,真会!”

“乙若是挨(来),会打扰的!”

“哟,不是‘挨’,是‘来’。”敦子插嘴说。丫丫又是“嘎咕”一声大喝,吓倒了敦子。但是,因为敦子是半路插嘴,使丫丫忘了下文,讲不下去了。

“丫丫!故事就这么多?”雪江问道。

丫丫说:“喂,以后别再放屁了。噗,噗,噗的。”

“哈哈哈,烦人!是谁教给你这些话的?”

“女土(仆)!”

“那个坏女仆!教她这种话!”女主人苦笑着说,“好吧!这回轮到雪江啦!丫丫要安安静静地听哟!”

好一个“暴君”也显得听从了,很长一段时间她都保持沉默。

“八木先生的讲演是这样!”雪江终于开口了,“据说从前,有一个十字路口,中间有一座石头地藏菩萨像。可是,偏偏那地方是车水马龙的热闹场所,石像很是个障碍。于是,街上很多人聚到一起,互相商量,怎样才能把石像迁到某个角落去。”

“这是真事儿吗?”

“这嘛,关于这一点,他什么也没说呀!且说大家出了不少主意。街上有个头号大力士。他说:‘这有何难,看我的,一定把石像搬走!’他只身一人到十字路口,使出双臂之力,大汗淋漓,使劲儿地拉,可是那石像一动没动。”

“这石像真够重的。”

“是呀。那个男子筋疲力尽,回家睡大觉去了。所以,街上的人们又商量起来。这时,一位最聪明的男子说:‘这事就交给我吧!我来试试。’他在饭盒里装满了豆馅年糕。来到石像面前说:‘请到这儿来!’他边说边拿豆馅年糕诱惑。他以为地藏菩萨也一定嘴馋,用豆馅年糕就会使他上钩。可是,石像却纹丝没动。那个聪明的男子才觉得这一招不顶用。后来他又把酒倒进瓢里,用一只手拎着,另一只手端着酒盅,走到菩萨像前说:‘喂,不贪一杯吗?想喝,就请到这儿来!’他连哄带劝三个来小时,可那菩萨像依然不动。”

“雪江姐!地藏菩萨不饿吗?”敦子问道。

澄子却抢先说:“我馋豆馅年糕啦!”

“聪明人两次失败,又造了一些伪钞,将假票子晃来晃去:‘喂,想要吗?来呀!’可是这一招也不灵。那地藏菩萨十分顽固哩!”

“是吗,有点像你的叔叔。”

“嗯,和我叔叔一模一样。最后,聪明人也烦了,不再理睬。后来呀,一个吹大牛的人出来说:‘看我来挪走它。请放心。’他像揽一份轻松小活似的,一口答应下了。”

“那个吹大牛的人干了些什么?”

“那可太有意思了。他先穿上警察服,黏上假胡子,来到菩萨面前说:‘喂,喂,你再不动,可没你的好处!我们当警察的可不能置之不理!’他抖了一阵威风。可是,如今世上,即使装出警察的腔调又有谁理会那套?”

“是啊。那么,菩萨像动了吗?”

“还能动?和叔叔一样嘛!”

“可是,你叔叔非常怕警察呀!”

“哟,是嘛!叔叔原来是那么一副表情?看来,再也没有比警察更可怕的了。不过,据说地藏菩萨可一动不动,泰然自若。这时,那个吹牛大王勃然大怒,脱下警察服,将黏上的假胡须扔到纸篓里,然后,穿上阔老板的服装走来。在今天来说,就是以一副岩崎男爵①的神气出场了。多可笑!”

“所谓‘岩崎的神气’,究竟什么样?”

① 岩崎男爵:明治时的大资本家。

“不过是摆摆臭架子。并且什么也不做,什么也不说,叼着长长的雪茄,在地藏菩萨周围边吸边走。”

“这又能怎么样?”

“为了用烟雾将地藏菩萨蒙起来呀。”

“简直像说单口相声一样逗趣。那么,顺利地把菩萨像蒙在烟雾里了吗?”

“不行!那是石头嘛!骗人也要有个分寸。听说他后来又乔装起王爷来了。无聊!”

“咦?那时候就有王爷?”

“有吧?八木先生是这么说的。据说那个人真的变成了个王爷。虽然胆战心惊,可他总还是变了。一个吹牛大王的身份,首先,岂不是犯了不敬之罪吗?”

“光说是王爷,可是哪位王爷呀?”

“哪位王爷?不论变成哪位王爷,都是一样地失败。”

“是啊。”

“变成王爷也不灵。吹牛大王毫无办法。据说他认输,说:‘凭我这点本事,对地藏菩萨是莫可奈何的哟!’”

“活该!”

“是啊,本该顺手惩办他一下的……且说街上的人们忧心如焚,又接着讨论;但是,再也没有人冒这份险,大家都难住了。”

“故事就这样结束?”

“还有哪。最后,雇了好多脚夫、无赖,在地藏菩萨周围嗷嗷地狂呼乱叫。他们说,只要气气菩萨,叫他在这儿待不住就好。因此,他们换着班昼夜不停地吵嚷。”

“够辛苦的了。”

“这样还是不中用,地藏菩萨也够犟的。”

“后来又怎样?”敦子热情地问道。

“后来呀,不论怎么天天吵闹,也并不灵验,人们都有些厌倦了。可是脚夫和无赖不管干多少天,反正挣日薪,就高高兴兴地吵了下去。”

“雪江姐!日薪是什么?”澄子问道。

“日薪嘛,就是工钱呀!”

“领了钱,做什么用?”

“领了钱嘛……哈哈哈,澄子真是个讨厌鬼……婶子,那些人白天夜晚地吵闹。当时街上有个傻子,都叫‘傻阿竹’,谁也不认识,谁也不理他。这个傻子见了这番情景,问道:‘你们吵什么?多少年多少月,也动不了地藏菩萨吗?真可怜……’”

“别看他傻,倒很神气哩!”

“是个了不起的傻子哟!大家听了他的话,都说:‘白猫黑猫,抓住耗子是好猫。’反正他干不成,不妨叫他试试。于是就央求傻子。傻子不管三七二十一竟答应了。他制止那些脚夫和无赖说:‘别那么吵吵闹闹地捣乱,都住口!’然后他飘然来到地藏菩萨面前。”

“雪江姐!‘飘然’,是傻阿竹的朋友?”敦子正在紧要关头发问,惹得妈妈和雪江爆发了一阵笑声。

“哪里,不是朋友。”

“那么,是什么?”

“‘飘然’嘛……唉,没法说。”

“‘飘然’,就是‘没法说’?”

“不是的。‘飘然’嘛……”

“咦?”

“喂,你知道多多良三平先生吧?”

“多多良先生就是‘飘然’?”

“哎,是呀……单说那傻阿竹来到地藏菩萨面前,抄着手说:‘地藏菩萨!街上的人都要求你动迁,就请动身吧!’这么一说,地藏菩萨答道:‘是呀!既然如此,早些告诉我多好呢。’于是,菩萨像缓缓地移动了。”

“真是个莫名其妙的地藏菩萨!”

“下边介绍一下演说。”

“故事还没完?”

“是啊。下边单说八木先生。他说:‘今天是妇女开会,我特意说了上述故事,是不无原因的。不过,说出口来,也许很失礼。妇女有个毛病,遇事常常不正面地抄近路前进,反而采取绕远的办法。当然,并不单是妇女如此。在这明治年代,即使男子,受到文明的不良影响,多少也变得像个女人,因此,常常浪费些不必要的过程和精力,反而误以为这才是正规,是绅士必身体力行的方针,这样的人似乎还不少哩。但是,这些人都是文明束缚下的畸形儿,这一点,毋须赘言。只是对于妇女们来说,千万要记住我刚才讲过的那个故事,一旦有事,请按照傻阿竹的直爽态度去处理问题。诸位如果是傻阿竹,夫妻之间,婆媳之间,肯定会减少三分之一难缠的纠葛。人啊,心眼越多,心眼就越是怂恿着你。胆大妄为,形成不幸的源泉。多数妇女平均来说都比男人不幸,就怪心眼太多了。好吧!请都变成傻阿竹吧!’”

“嗯?那么,雪江姐,你想成为傻阿竹吗?”

“见他的鬼吧!什么傻阿竹。我才不想当个傻阿竹呢。金田家的富子小姐等人说:‘讲话太失礼啦!’她们气得要死呢。”

“金田家的富子小姐?就是对面胡同口那家的?”

“是呀,就是那位摩登女郎哟!”

“她也在你们学校上学?”

“不!只因是妇女开会,才去旁听的。真够时髦,简直吓死人了。”

“可是，据说是仪表非凡嘛。”

“一般！并不像她自吹的那样。只要像她那么擦脂抹粉，叫个人都能显得好看些。”

“那么，雪江姐若是像金田小姐那样化妆，会比金田小姐漂亮一倍吧？”

“哟，烦人！少说两句。我不知道。不过，金田小姐太矫揉造作，尽管她有钱……”

“尽管矫揉造作，也还是有钱好吧！”

“倒也是有的，她若是稍微变成个傻阿竹就好了。硬是瞎张狂。听说最近有个叫什么的诗人献给她一本新诗集，她在所有人面前大吹大擂哪！”

“是东风先生吧？”

“啊？是他送的？真是没事干了。”

“不过，东风先生可非常虔诚呢。甚至认为他那样做是理所当然。”

“正因为有这样的人，事情才糟……另外，还有更逗趣的事哪！听说最近有人给她邮去了一封情书。”

“哟，缺德！是谁干出那种事来？”

“据说不知道是谁！”

“没写姓名吗？”

“姓名倒是写得一清二楚。不过，据说是个没人知道的陌生人。还有，那封信写得好长好长，足有六尺哪。据说写了好多花花事儿，什么‘我爱慕你，宛如宗教家对神灵的憧憬’，‘为了你，我愿变成祭坛上的小羊，任你宰割，这将是我无上的光荣’，‘心脏是三角形的，三角形的中心插着丘比特的箭。如果是吹气的玩具箭，那就百发百中了……’”

“这就叫虔诚？”

“当然是虔诚啦。真的，我的朋友当中就有三个人看过这封信。”

“讨厌！那玩意儿还拿出去炫耀？她想要嫁给寒月先生的，那封信若被人们传开,岂不糟糕?”

“有什么糟糕的,她才万分洋洋得意哩！下回寒月先生来,可以告诉他。寒月先生还一无所知吧?”

“谁知道呢。那位先生整天到学校去磨玻璃球,大概不清楚吧!”

“寒月先生真的想娶她?可怜!”

“为什么,她有钱,一旦有事,就有了依靠。这不是很好吗?”

“婶子张口闭口总是钱呀钱的,多俗气！难道爱情不比金钱更重要吗?没有爱,就不能结为夫妻。”

“是啊。那么雪江,你想嫁给谁?”

“这,天晓得！连点影子都没有呢。”

当雪江小姐和婶子就婚姻大事发生激烈舌战时,一直表现得不懂却又洗耳恭听的敦子,突然开口:

“我也想嫁人哪!”

对于这大胆的期望,就连洋溢着青春气息、理应深表同情的雪江都有些惊呆了。妈妈还算比较冷静,笑着问道:

“你想嫁给谁?”

“我呀,说真的,本想嫁给‘招魂社’①,可是,我讨厌过水道桥②,正发愁哪!”

妈妈和雪江听了这不平常的回答,觉得太过分,连再问的勇气都没有,齐声笑得前仰后合。这时,二小姐澄子对姐姐问道:

“姐姐也喜欢招魂社?我也非常喜欢。咱俩一同嫁给招魂社吧！喂?不?不同意就算了！我自己坐车很快就去啦。”

---

① 招魂社:明治初各地建立,一九三九年改称“护国神社”,但唯有东京一处称“靖国神社”。

② 水道桥:东京都千代田区北端横跨神田川的一座桥。

“丫丫也去!”

终于,丫丫也决定嫁给招魂社了。假如三人一同嫁给招魂社,料想主人也会高兴的吧!

忽听车马声止于门前,立刻有人传来雄壮的声音:“您回来啦!”大概是主人从“日本堤”警察分局回来了。车夫递出一个好大的包袱,主人叫女仆接过,便悠然跨进了客室。

“啊,来啦!”他边和雪江打招呼,边将手里一个类似酒瓶的玩意儿啪的一声扔在那个闻名的长方形炉旁。说是类似酒瓶,当然不是纯牌的酒瓶,可也不像花瓶,不过是一个奇特的陶器罢了。无以名之,才不得不这么称它。

“奇怪的酒瓶啊! 这玩意儿是从警察分局拿来的?”雪江边将那个摔倒的玩意儿扶起,边问叔父。叔父边看看雪江的脸边自豪地说:

“怎么样? 样式美吧?”

“样式美? 那个玩意儿? 不怎么好。一个油壶,拿它干什么?”

“哪里是什么油壶? 说那种没趣的话,真糟!”

“那,是个什么?”

“花瓶嘛!”

“作为花瓶来说,嘴儿太小,肚子又太大。”

“因此才有意思哩! 你也并不文雅,和你婶子不分上下,真糟!”

他自己拿过油壶,向纸屏方向望去。

“反正我不文雅。我不会从警察分局拿回来个油壶的。是吧? 婶子!”

婶子哪里顾得上那些,她打开包袱,瞪大眼睛,在点检失盗物品。

“啊,真意外,小偷也进步了。全都拆洗过了。喂,你看呀!”

“我怎么会从警察分局拿回来个油壶呢? 是因为等得太无聊,就在那一带闲逛的时候意外发现的呀。你们自然不懂,那可是件宝啊!”

“宝得过火了。叔叔到底在哪儿闲逛?”

“哪儿？日本堤境内呗！还到吉原去过。那儿真热闹！你见过吉原的大铁门吗？没有？”

“我怎么会看得见呢？我没有缘分到吉原那种下贱女人住的地方！叔叔身为教师，竟然去了那种地方，真吓死个人！是吧？婶子，婶子！”

“嗯，是啊。件数总好像不够。全都还了？就这些？”

“没还的，只有山药。本来叫九点钟去，可是一直等到十一点，这还像话吗？因此说，日本的警察就是不像样子！”

“若说日本警察不像样，那么，到吉原去闲逛，就更不成体统。这种事若是传开，会被革职的呀！是吧？婶子。”

“嗯，是吧！喂，我那条带子缺了一面。就觉着缺点什么嘛！”

“腰带缺一面，就算了吧！我干等了三个小时，宝贵时光糟蹋了半天。”

主人说着，换上了和服，靠在火炉上，泰然自若地玩赏那个油壶。妻子也觉得只好算了，将返还的物品放进壁橱，便回到自己的座位。

“婶子！还说这个油壶是件宝哪！多脏啊。”

“是在吉原买的？哟——”

“‘哟’什么！还没了解真相就……”

“那么个小壶，何须到吉原去买，到处都有吗？”

“遗憾的是没有啊！这可是个罕见的东西哟！”

“叔叔太像那个地藏菩萨了。”

“你还是个孩子，口气可怪大的。近来的女学生嘴太不济。读一读《女子大学》就好了。”

“叔叔不愿意参加生命保险吧？你对女学生和生命保险，最讨厌的是什么？”

“保险，我并不讨厌，那是有必要的。凡是想到将来的人，都要参加。而女学生，却是没用的废物。”

"没用就没用吧！可你还没有参加保险呀！"

"下个月就参加！"

"一定？"

"一定。"

"算了吧！参加什么保险！莫如用那笔钱买点什么倒好。是吧？婶子！"

婶子笑眯眯的。主人可绷起脸来。

"你是想活一百年、二百年，因此才那么四平八稳的？待理性再发达些，你瞧吧，会感到参加保险的必要，这是自然的。下个月我一定参加生命保险。"

"是啊，那就没说的了。不过，你有前些天给我买雨伞的钱，说不定参加保险更好些呢。人家一再不要不要的，可你偏给买。"

"你是那么不想要吗？"

"嗯，我不稀罕雨伞。"

"那就还给我好啦。刚好敦子要。就给她吧！今天带来了吧？"

"啊？太过分了，不觉得太刻薄了吗？好不容易给我买来的，又往回要。"

"你说不要，我才叫你还的呀！一点也不刻薄。"

"我是不要。不过，你太刻薄了。"

"净说些浑话！你说不要我才叫你还给我，这有什么刻薄的？"

"不过……"

"'不过'什么？"

"不过，还是刻薄。"

"真蠢，一句话翻来覆去的。"

"叔叔不也是一句话翻来覆去的吗？"

“是因为你一句话翻来覆去的,我有什么办法。刚才不是还说不要雨伞吗?”

“我是说啦。不要倒是不要,但是不想还给你。”

“怪啦!又混又犟,真没办法!你们学校不教逻辑学吗?”

“算啦!反正我少教育!随便你说吧!叫人家把东西还回来!即使外人也不会说出这种冷冰冰的话的。你哪怕像一点儿傻阿竹也就好了。”

“叫我学什么?”

“叫你学得正直和坦率些!”

“你这个蠢材,想不到这么固执。因此,你才降班了呢。”

“降班也不跟叔叔要学费!”

雪江把话说到这里,似乎不胜感慨,不禁一掬清泪,潸然滴于紫色裙裤。主人好像在研究那泪水是从何种心理出发,在呆呆地凝视着雪江的裙裤和她低垂的脸。这当儿,女仆人在厨房,却将红赤赤的双手伸到门内说:“有客人来了。”

“是谁来了?”主人问道。

“是学生。”女仆侧脸瞧着雪江的泪面说。

主人到客厅去了。咱家为了采访并研究人类,便尾随着主人转到檐廊。为了研究人类,如果不选择波澜乍起的时机,那将毫无收效。素日平常的人都很一般。因此,听其言、观其行,无不庸庸碌碌,平平凡凡。然而,到了紧急关头,那些平凡的现象突然由于某种奇妙的神秘作用,一些奇特的、怪诞的、玄虚的、荒谬的情景源源而来。一言以蔽之,足够我们猫类日后三思的事件到处丛生。像雪江的红颜泪,便是其中现象之一。雪江有着一颗不可思议的玄机莫测的心。这一点,在她和女主人谈话的过程中并不怎么突出,但是当主人归来而扔下油壶时,便像用蒸气泵给一条死龙注射了氧气似的,她那深不可测的、巧妙的、美妙的、奇妙的、玄妙的丽质便猛然发挥得淋漓尽致。然而，她的丽质是天下女子通有的，遗憾的是轻易不得发挥。不，倒是整天不停地发挥，只是不曾这么显著，不曾这么煌煌然发挥得淋漓尽致。幸而咱家有一个动不动就逆抚猫发的别扭的怪主人，才得以欣赏这出好戏！只要跟着主人走，不论到什么地方，台上演员肯定会不知不觉中也跟着表演的。幸亏一位有趣的人做我的老爷，咱家的短暂一生中，才能有丰富的经历，谢天谢地！这回来的客人又是个干什么的？

展眼一瞧，来者年约十七八岁，和雪江年龄相仿，是个学生。他坐在屋子的一个角落。好大个脑袋，头发剃得光光的，几乎根根见底。脸心盘踞着个蒜头鼻子。此人没有别的特征，唯有脑袋特别大。即使剃个秃子，脑袋还不见小，若是像主人那样蓄起长发，就会更引人注目的。凡是长了这样的脑袋的人，一定没有多大学问，这是主人一贯的立论。事实上，也许真的如此。不过，冷眼看来，他很像拿破仑，十分壮观。衣着和一般学生一样，看不出那是萨摩产的，还是久留米或伊予产的花纹布。总之是一种花纹布的夹袍，袖子很短，穿得还合身。里边好像既没穿衬衫，也没有穿背心。虽说穿空心夹袍和光着脚倒也风流，但是这位学生给人以非常不洁之感。尤其他像个小偷似的，在床席上清清楚楚地印下三个脚印，这是他赤足的罪过。他在第四个脚印上端坐，畏畏缩缩的。假如本来是个胆小鬼，这样老老实实地坐着，倒也不必大惊小怪。然而，像他这个推平头、秃亮亮的野蛮家伙，竟也如此诚惶诚恐的样子，总有点不大对劲儿。这家伙即使路遇主人，也不会施礼，还会以此而自豪。现在他却和一般人一样坐着，哪怕只坐半个小时，也一定很难受的。他坐在那里，仿佛是个适得其所的谦恭君子或盛德长老；谁管他自己是否吃苦头，反正从旁看来，样子非常滑稽。一个在教室里或操场上那么吵吵闹闹的家伙，怎么会有这么大的力量约束着自己？想来，既可怜，又好笑。

这样一比一地相对而坐，不论主人怎么冥顽不灵，对于学生来说似乎还多少有些分量的。大概主人也很是洋洋得意吧！常言说："积土成山。"区区学生，如果大量纠集起来，也会成为不可欺侮的团体，说不定会搞起抗议运动或罢工的。这大概和人类中的胆小鬼喝下酒去就变得大胆起来一模一样吧！不妨把恃众闹事，看成人儿喝得烂醉以致丧失了正气。否则，那名与其说是诚惶诚恐，莫如说悠然自得地紧贴在纸屏上的穿萨摩条纹布的学生，不管主人怎么老朽，既被称为老师，就不该予以轻蔑，也不可能冷落得太过分。

主人递过去一个坐垫，说："喂，请铺上！"秃小子却像个僵尸似的，只哼了一声，动也不动。那个开始褪色的洋花布坐垫找到了个自己的位置，并不道一声"请坐在我身上"。它身后呆呆地坐着个喘气的大脑袋，场面可真绝。那坐垫是为了给人坐的，女主人绝不是为了供人欣赏才从商场买来的。作为坐垫来说，如果不是给人们坐，等于毁坏它的名声，这对于让客的主人也要丢几分面子的。至于秃小子，却宁肯瞪眼瞅着坐垫，使主人丢面子也在所不惜。他绝不是厌恶坐垫。说实话，除了为他爷爷举办祭祀活动外，他有生以来还很少在坐垫上端端落座过。因此，他早已坐得两腿发麻，脚尖有点受不住了。尽管如此，他还是不肯铺上坐垫。主人劝他："请用！"他也不肯坐。真是个难缠的秃小子。假如真的这么客气，当人数众多时，或是在学校、在住处，哪怕稍微客气一点也好呢。用不着客气的事他拘拘束束，该客气的时候却毫不谦让。不，简直是要野蛮。这个秃小子！绝不是个好东西！

这当儿，他身后的纸屏哗的一声开了。雪江端着一碗茶毕恭毕敬地献给秃小子。假如平时，那秃小子一定会奚落一句："嗬，野蛮人来啦！"但是现在，连面对主人都惴惴不安，何况这位妙龄少女又采取了在学校学会的小笠原派①敬茶方法，以硬装文雅的手势递上茶来，这使秃小子显得十分局促

① 小笠原派：室町时代的武将小笠原长秀创始的一整套武士礼法。

不安。雪江关上门时，只听她在门外哧哧地笑。可见，即使同龄，也还是女子厉害。比起秃小子，雪江的胆子大得多了。尤其她刚刚气愤得洒下一滴热泪，这哧哧一笑使她显得更加妩媚。

雪江退下之后，二人一时默默无语。主人忽然意识到，这简直是活受罪，才开口问道：

"你叫什么名字？"

"古井……"

"古井？古井什么？名字呢？"

"古井武右卫门。"

"古井武右卫门？不错，真是个长长的名字。这不是当代的名字，是个古人的名字。四年级了吧？"

"不。"

"三年级？"

"不，二年级。"

"在甲班吗？"

"乙班。"

"乙班，我是班主任哪！是吧？"主人激动起来。

说真的，这个大脑袋学生，从入学那天起，主人就见过的，决不会忘记。何况他那大头，主人铭刻在心，时常梦里相会。然而，粗心的主人竟然没有把大头和一个旧式名字联系起来，又没有和二年级乙班联系起来。因此，当记起敬佩得梦中相会的大脑袋原来是自己负责那一班的学生时，不由得内心里叫好："是呀！"然而，这个起了个古老名字的大脑袋，又是本班学生，现在究竟为什么事闯进家来呢？这就完全无法预料了。主人原是个不受欢迎的人，所以，学生们不论年初岁末，几乎从不登门。登门的只有古井武右卫门这么一位堪称带头人的稀客。但却不知贵客来意，这倒叫主人忐忑不安。

他不会是到如此令人扫兴的人家来玩耍的。假如是来要求主人辞职，应该更硬气些才是。不过，武右卫门可能是来商量他自己的私事。想来想去，还是搞不清。看武右卫门的样子，说不定连他自己也弄不清他究竟是为了什么前来造访。没办法，主人只好公开问：

“你是来玩的吗？”

“不是。”

“那么，有事？”

“嗯。”

“是学校的事？”

“嗯，想对您说说，就……”

“噢。什么事？快说吧！”

武右卫门却眼睛只顾盯着下面，一言不发。

本来武右卫门作为中学二年级学生，是善于词令的。虽然头脑不像大脑瓜那么发达，但是论口才，在乙班却是个佼佼者。刚刚叫老师教给他们“哥伦布”用日文怎么翻译，以至把主人难倒了的，正是这个武右卫门。这么一位赫赫有名的先生，一直唯唯诺诺，像个口吃的公主似的，内中一定有什么缘由。当然不能单纯地理解为客气。主人也感到有些蹊跷。

“既然有话，那就快说吧！”

“是个有点难开口的事……”

“难开口？”主人说着，察看一眼武右卫门的脸色。但他依然低着头，什么也看不出。不得已，主人稍微改变了一下口气，安详地补充说：

“好吧，不管什么，尽管说吧！没有外人听，我也不对别人讲。”

“说说也不妨吗？”武右卫门还在举棋不定。

“无妨嘛！”主人顺口答道。

“那么，我就说啦。”说着，秃小子猛地一扬头，满怀希望地望着主人。

那双眼睛是三角形的。主人鼓起两腮，喷吐着“朝日”牌香烟的烟雾，稍稍扭过头去。

“老实说……事情糟了。”

“什么事？”

“什么事？非常挠头，所以才来。”

“唉，到底是什么事呀？”

“我本不想干那种事，可是，滨田总说：‘借给我吧，借给我吧……’”

“滨田？就是滨田平助吗？”

“是的。”

“你借给滨田房费了吗？”

“哪里，没有。”

“那么，借给他什么？”

“把名字借给他了。”

“滨田借你的名字干了些什么？”

“邮了一封情书。”

“邮了什么？”

“唉，我说，别借名字，我当个传书人吧！”

“说得稀里糊涂。到底是谁干了什么？”

“送情书啦。”

“送情书？给谁？”

“所以我说，碍难开口呢。”

“那么，你给谁家女子送了情书？”

“不，不是我。”

“是滨田送的吗？”

“也不是滨田。”

"那么,是谁送的?"

"不知道是谁。"

"简直是摸不清头尾。那么,谁也没有送?"

"只是用了我的名义。"

"只是用了你的名义?简直越说越糊涂!再说得有条有理些!原来收下情书的是谁?"

"说是姓金田,住在对面胡同口的一个女人。"

"是姓金田的那个实业家吗?"

"是的。"

"那么,所谓'只借给了名义',是怎么回事?"

"他家女儿又时髦,又骄傲,就给她送了情书。滨田说:'这个名字不行。'我说:'那就写上你的名字吧。'他说:'我的名字没意思,还是写上古井武右卫门这个名字好……'所以,终于借用了我的名义。"

"那么,你认识他家女儿吗?有过交往吗?"

"压根儿没有交往,也没见过面。"

"简直是胡闹,竟然给一个没见过面的女子写情书。那么,你到底是出于什么动机才干出这种事的?"

"只因大家都说她骄傲,摆架子,才要调戏她的。"

"越说越乱套!那么,你是公然签上自己的名字寄出的吗?"

"是的。文章是滨田写的。我借给他名字,由远藤连夜到她家去送信。"

"噢,是三人合谋干的?"

"是的。不过,事后一想,事情若是暴露,被学校开除,那可坏了。所以非常担心,两三天睡不成觉,总有些昏昏沉沉的。"

"干了一桩意外的蠢事!你是写了'文明中学二年级古井武右卫

门'吗?"

"不,没有写校名。"

"没写学校名嘛,这还好。若是写上学校名你试试,那可真是关系到学校的声誉了!"

"怎么? 会开除吗?"

"会的呀。"

"老师! 我老爹是个非常唠叨的人。何况老娘是个继母,我如果被开除,那可糟糕。真的会被开除吗?"

"既然如此,就不该轻举妄动。"

"我并不想那么干,可是终于干了。不能帮帮忙不开除我吗?"武右卫门几乎用哭腔苦苦哀求。女主人和雪江早已在纸屏后咯咯地笑了起来。而主人始终一贯地假装正经,一再重复:"是嘛!"真有意思。

咱家说有意思,也许有人要问:"有什么意思?"

问得有理! 不论是人还是动物,要有自知之明,这是平生大事。只要有自知之明,人就有资格比猫更受尊敬。那时,咱家也就不忍心再写这些浑话了,一定立刻停笔。然而看来,人们似乎很难认清自己是个什么货色,正像自己看不见自己的鼻子有多高是一样的。因此,连对他们平日小瞧的猫,也会提出上述疑问的吧!

人们尽管看来神气十足,但总有昏庸之处。说什么"万物之灵",到处扛着这么块招牌,却连上述那么点小事都理解不透。至于如此也还大言不惭者就更逗人发笑了。他们扛着"万物之灵"的招牌,却吵吵闹闹问别人:"我的鼻子在哪里?"既然如此,你以为他们会辞掉"万物之灵"的头衔吗? 不,休想! 他们死也不肯的。他们在如此明显的矛盾面前,却过活得心平气和,真够天真。天真倒是天真,但同时不得不甘心承认:人类是愚蠢的。

咱家此时此刻之所以对武右卫门、主人、女主人和雪江感兴趣,并不单纯是由于外部事件互相冲突，以及其冲突的波环又向着微妙之处延伸，老实说，是由于其冲突的反响在人们的心里撩拨了各种不同的音色。

首先，主人对这件事毋宁说是冷淡的。关于武右卫门的老爹如何唠叨、老娘如何给他继子待遇，主人都不大吃惊，也不可能吃惊。开除武右卫门，这和他本人被革职又风马牛不相及。假如成千的学生都退学，当教师的也许衣食之计陷于末路穷途；但是仅仅武右卫门一个人，管他命运如何变幻莫测，也与主人安度晨昏毫不相干。关系疏淡时，同情心也自然微薄。为一陌生人皱眉、流泪或声声叹息，绝不是淳朴风尚。咱家很难肯定人类是那么深情，那么富于怜悯心的动物，不过是生而为人，作为一种义务才不时为交际而流几滴泪，或是装作同情的样子给别人看看罢了。说起来，都是虚假的表情。说穿了，大多是非常吃力的一种艺术。善于做假的，被称之为“富于艺术良心的人”，为人世所深深敬重。因此，再也没有比受敬重的人更靠不住的了。不妨一试，定有分晓。

就此而言，毋宁说主人属于拙者之流。既拙，便不被看重；不被看重，便将内心中的冷漠出乎意料、毫不掩饰地倾泻出来。他对武右卫门反反复复地说“是嘛”，从中便可以听出他的心音了。

列位！千万不要由于主人态度冷漠，便厌恶他这样的善人。冷漠乃人类本性，不加掩饰才是正直的人。假如这时候，列位期望主人超越冷漠，那就不能不说将人类估价得过高。人世上连正直的人都晨星寥寥，如果再过高要求，那除非泷泽马琴小说里的人物志乃和小文登走出书本，《八犬传》里的狗男狗女搬到眼前的东邻西舍来居住；否则，便是与渺茫与荒诞的期冀。

关于主人，暂且压下不表，再说说在饭厅里大笑的女流之辈。她们把主人的冷漠又向前推进了一步，一跃而入滑稽之境引以为乐。她们对于使武右卫门头疼的情书事件，却高兴得像菩萨的福音。没有理由，就是高兴。硬要解析，就是：武右卫门陷于苦恼，她们才觉得高兴。列位不妨问问女人："你是否拿别人的烦恼开心大笑？"那么，被问的人一定会咒骂提问者愚蠢。即使不骂此人愚蠢，也会说这是故意刁难，岂不侮辱了淑女的妇德？侮辱了妇德，也许是真的，但她们是拿别人的烦恼开心，这也是事实。照此说来，岂不等于事先声明："我现在要做侮辱我自己品格的事给大家看，却又不许别人说三道四。"岂不等于强调说："我去偷，但是决不允许别人说我不道德。如果说我不道德，就如同往我脸上抹灰，侮辱了我。"

女人可真聪明，怎么说怎么有理。既然生而为人，那就不论被踩、被踢或是挨打，甚至受到冷遇，不仅要有处之泰然的决心，而且，即使被吐一脸唾沫、泼一身粪污、反被高声嘲笑时，也必须欣然接受；否则，便不能和号称"聪明的女人"之人打交道。

武右卫门先生一失足铸成大错，因而，表现得十分忐忑不安。他也许心里在想：我这么忐忑不安，她们却在背后窃笑，岂不失礼。但是，因为他年小幼稚，以为正在别人失礼时恼火，人家会说他小器。若是不愿落个这等名声，还是稳重些好。

最后，关于武右卫门介绍几句。他是忧虑的化身。他那颗伟大的头颅中装满了忧虑，如同拿破仑的脑壳里塞满了功利心。蒜头鼻子不时地翕合，那是忧虑像条件反射似的，沿着颜面神经跃动。他像吞下了一颗大炸弹，心里有一个无可奈何的大疙瘩，两三天来正一筹莫展。苦痛之余，又想不出什么好主意，这时想到：如果去班主任老师家，也许能有点办法。于是，将自己的大脑袋硬是运到他所讨厌的这个家里来。他平时在校，忽而耍笑我家主人，忽而煽动同班同学给主人出难题。这些事，他现在似乎都已忘却，还似乎坚信：不论曾经怎么耍笑或为难老师，既然名之为班主任，肯定会替他分忧的。他太天真了。班主任并不是主人爱干的角色。是因为校长任命，才不得已而接受的。说起来，很像迷亭的伯父头戴的那顶大礼帽，徒有其名而已。既然徒有其名,便毫不顶用。到了关键时刻,假如名义也能顶用,雪江就可以只用姓名去相亲了。

武右卫门不但一味地任性,而且从过高估价人类的假想出发,认为别人非爱护他不可,不可不爱护他,压根儿不曾想会遭到嘲笑。他这次到班主任家来,肯定会对人类发现一条真理。为了这条真理,他将来会逐渐成长为一个真正的人。那时,也将对别人的忧烦表现出冷漠的吧?别人发愁时也将高声大笑的吧?长此下去,未来的天下将遍是武右卫门吧?将遍是金田老板和金田夫人吧?咱家衷心期望武右卫门争分夺秒地尽早醒悟,成为一个真正的人。否则,不论他如何担忧,如何后悔,向善之心如何迫切,毕竟不可能像金田老板那样获得成功。不,要不了多久,人类社会就会把他流放到居住区以外去,岂止于被文明中学开除!

咱家正在思忖,觉得蛮有意思,忽听纸格门哗啦一声开了。门后露出半个脸来,叫了一声:“先生!”

主人正一再重复地对武右卫门说:“是嘛!”忽听有人喊他。是谁呢?一看,那从纸屏后斜着探出来的半个脸,正是寒月。

“噢,请进!”主人只说这么一句,依然坐着没动。

“有客人吗?”寒月依然探进那半张脸在反问。

“哪里,没关系,请进!”

“说真的,是请你来了。”

“去哪儿?还是赤坂?那地方我算不去了。前些天硬是拉我去,腿都遛直了。”

“今天没事。好久没出门,走走吧?”

“去哪儿?喂,进来呀!”

“想去上野,听听老虎嗥叫的声音。”

“多么无聊。你还是先请进吧!”

寒月先生也许觉得远距离谈判毕竟不便,就脱了鞋,缓缓走进。他依然穿着那条后腚上落了补丁的耗子皮色的裤子。那条裤子并不是由于年深月久或寒月先生的屁股太沉才磨破了的。据本人辩解,是因为近来他开始学骑自行车,对裤子的局部摩擦过多所致。他做梦也没想到给他自封的未来夫人写过情书的情敌也在这里,"噢"的一声打打招呼,对武右卫门微微点头,便在靠近檐廊的地方落座。

"听老虎嗥叫多没意思!"

"是的。现在不行。先四处遛遛,夜里十一点才去上野呢。"

"咦?"

"那时,公园里古木森森,很吓人的吧?"

"是啊! 要比白天凄凉些呢。"

"然后,千万要找个林木茂密、大白天都不见个人影的地方去走走,肯定会变得这么一种心情:不知不觉,忘却在万丈红尘的都城,仿佛在山中迷路了似的。"

"心情变得那样,又将如何?"

"心情变得那样时,稍微站一会儿,会忽然听到动物园里老虎的嗥叫声。"

"老虎那么爱叫吗?"

"没问题,会叫的。那叫声,即使白天也能传到理科大学。到了夜阑人静、四顾无人、鬼气袭身、魑魅扑鼻的时候……"

"魑魅扑鼻是怎么回事?"

"就是形容那种场合嘛,恐怖!"

"是吗,没大听说过。然后……"

"然后老虎嗥叫得几乎将上野的老杉树树叶全都给震落,可吓人啦。"

"够吓人的。"

“怎么样？不去冒冒险吗？一定很快活。我想，无论如何，不在深夜听听老虎嗥叫，那就不能说听过老虎的叫声。”

“是吗……”主人如同对武右卫门的恳求表示冷漠，对寒月先生的探险也并不热情。

武右卫门一直以羡慕的心情默默地听别人讲“话说老虎”，忽听主人说：“是吗！”这时他似乎又想起自己的事，重又问道：

“老师，我很担心，怎么办呢？”

寒月先生面带疑色，望着那个大脑袋。

咱家有点心事，暂且失陪，到饭厅去转转。

饭厅里女主人正在咯咯地笑，往廉价的京瓷茶碗里哗哗地斟茶，然后放在一个铅制茶托上说：

“雪江小姐！劳驾，把这个送去。”

“我不嘛。”

“怎么？”女主人有点愣住，立刻收住笑容说。

“怎么也不怎么。”雪江登时装出一副扭扭捏捏的脸，目光低垂，仿佛在看身旁的《读卖新闻》。

女主人再一次进行协商：

“哟，真是个怪人！是寒月先生呀，没关系。”

“可是，我不嘛。”她的视线依然不肯离开《读卖新闻》。这时候，连一个字也读不下去的。假如揭穿她并没有看报，她大概会哭一鼻子！

“一点也没什么害羞的。”现在女主人笑着，特意将茶碗推到《读卖新闻》上。雪江小姐说：

“哟！真坏！”她想把报纸从碗下抽出，不巧碰翻了茶托，茶水毫不留情地从报纸上流进床席缝里。

“你看哪！”女主人说罢，雪江小姐喊道：“呀，不得了！”她向厨房跑去，是要拿抹布吧？

咱家觉得这出滑稽戏，还算开心。

寒月先生哪里知道这出戏，正在房间里大发奇谈怪论哩。

"先生！纸屏重新裱糊啦？是谁糊的？"

"女人糊的。糊得好吧？"

"是的，很好。是常常光临贵府的那位小姐糊的吗？"

"嗯，她也帮了忙。她还夸口说：'能把纸屏糊得这么好，就有资格嫁出门去！'"

"啈！不错。"寒月边说边呆呆地盯着那扇纸屏。"这边糊得平平的，右角上纸太长，出褶了。"

"是从右角开始糊的。难怪呀，还没经验嘛！"

"难怪，有点丢手艺。那一带糊成了超越曲线，毕竟是用一般的方程式无法表现的呀。"

理学家嘛，说话是玄奥的。

"可不是嘛！"主人在信口应酬。

武右卫门明白，照此下去，不论哀求多么久，毕竟是没有希望的，便突然将他那伟大的头盖骨顶在床席上，默默无言中表示了诀别之意。

主人说："你走吗？"

武右卫门却无声无息地趿拉着萨摩产的木屐走出门去。怪可怜的！假如干脆不理，说不定他会写出《岩头吟》①，跳进华岩瀑布而自尽的。

溯本求源，这都是金田小姐的摩登和骄傲惹出的麻烦。假如武右卫门丧命，不妨化为幽灵，杀了金田小姐。那种女人从这个世界上消灭一两个，

① 岩头吟：一九〇三年五月，第一高等学校学生藤村操（夏目漱石的门生）苦于万象不可解，削岩头树写下遗嘱，跳华岩瀑布自杀。

对于男人来说,丝毫也不烦恼,寒月可以另娶一个像样的小姐。

“先生,他是个学生吗?”

“嗯。”

“好大个脑袋呀!有学问吗?”

“学问可比不上他的脑袋大。不过,常常提出些奇怪的问题。不久前叫我把哥伦布译成日文,使我非常尴尬。”

“全怪脑袋太大,才提出那类多余的问题。先生,你怎么回答的?”

“哪里,我胡诌八扯,给翻译了一下。”

“那,总算翻译了。了不起!”

“小孩子嘛,不胡乱翻译出来,他就不再信服你了。”

“先生也变成了了不起的政治家。可是,看他刚才的样子,总像非常无精打采,看不出他会给先生出难题。”

“今天他可有点不争气。混账东西!”

“怎么啦?冷眼一看,觉得他非常可怜呢。到底怎么啦?”

“咳,干了糊涂事!他给金田小姐送了情书。”

“咦?就他这个大脑袋?近来学生们可真厉害。太惊人了。”

“你也许有点担心吧……”

“哪里,一点儿也不担心,反而觉得有趣儿。不管飞去多少情书,也不会出事的。”

“既然这么放心,那就没说的了……”

“没说的。我一向不在乎。不过,听说那个大脑袋写了情书,真感到意外。”

“这嘛,是开了个玩笑。他们三个人,认为金田小姐又摩登,又骄傲,就想要笑她一番。于是,三人合伙……”

“三人合伙给金田小姐写了一封情书?越说越离奇。这岂不好像一人份的西餐，要由三个人享用吗？"

"不过，他们有分工。一个写信，一个送信，一个借名。刚才来的，就是借名的那个小子。他最蠢。而且他说，他还不曾见过金田小姐的面呢。那又为什么干出那种混账事来？"

"这可是近来的巨大成果，杰作！那个大脑袋，居然给女人写情书，多么有趣啊！"

"惹出大乱子啦！"

"怎么惹都没事儿，对方是金田小姐嘛。"

"不过，你说不定会娶她的呀！"

"正因为我说不定会娶她，所以才没关系嘛。"

"你没关系，可……"

"怎么？金田小姐也没关系！没事儿。"

"如果真的是这样，也就没什么了。可是，写情书的人事后良心发现，害怕啦，诚惶诚恐，跑到我家来讨个主意。"

"咦？这么点事，就那么颓丧？可见是个气魄不大的人。先生，您是怎样发落他的？"

"他自己说一定会被学校开除，非常担心呢。"

"为什么开除？"

"因为干了那么不体面、不道德的事情。"

"怎么？不至于说不道德吧？没什么了不起。金田小姐可能认为这是光荣，在到处瞎吹哩！"

"是呀。"

"总之，很可怜。虽说干那种事不好，但是，叫他那么担心，会害了一个男孩子的。他虽然脑袋大些，可是相貌并不怎么丑。鼻子直呼扇，很招人喜欢。"

“你也有些像迷亭,说得可倒逍遥自在。”

“不,这是时代思潮。先生太守旧,所以,把任何事情都说得严重。”

“可是,这不是太蠢了吗?给一个根本不认识的人送什么情书。简直是缺乏常识。”

“讨人嫌,大多因为缺乏常识。救救他吧!会积德的呀。看他那样子,会到华岩瀑布去跳水的。”

“是啊!”

“就这么办吧,假如他是个再大些、再懂事些的大孩子,怎么会这样呢?他们会干了坏事,可还装作不知道!如果把这个孩子开除,那么,不把那些大孩子们通统赶出校门是不公平的。”

“可也是啊!”

“那么,怎么样?去上野听老虎叫吧?”

“老虎?”

“是的,去听吧!两三天内我要回一趟老家,因此不论去哪儿都不能奉陪。今天是抱着一定要一同去散步的目的才来的。”

“是吗?你要走?有事吗?”

“是的。有点事。总而言之,走吧?”

“唔,那就出发吧!”

“好嘞,走哇!今天我请你吃晚饭。然后活动活动,到达上野的时辰刚好是最佳时刻。”

由于寒月频频催促,主人也动了心,便一同出发了。

身后是女主人和雪江肆无忌惮的哈哈大笑声。

十一

壁龛前，一张棋盘摆在当央，迷亭和独仙相对而坐。

"白玩可不干。谁输了要请客的。是吧？"

经迷亭提醒，独仙依然捻着山羊胡说："那样一来，难得的一次高尚游戏，可就弄得俗了。醉心于打赌之类，多没意思。只有将胜败置之度外，如同'云无心以出岫[①]'，悠然自得地下完一局，才能品尝到其中奥蕴！"

"又来啦！棋逢如此仙骨，难免累杀人也，恰似《群仙列传》中的人物呢。"

"弹天弦之素琴嘛。"

"拍无线之电报吗？"

"闲言少叙，来吧！"

"你用白子儿？"

"用什么都行。"

"不愧是仙人，好大的气魄！你用白子儿，按自然顺序，我就用黑子儿喽，好，来吧，谁先走都行。"

"黑子儿先走是规矩。"

---

① 云无心以出岫：见陶潜《归去来辞》。

“不错。那么，让着你点儿。按规矩从这儿先走。”

“按规矩，可没有这种走法呀！”

“没有就没有。这是我新发明的规矩。”

咱家阅历太浅，棋盘这玩意儿是最近才见到的。越想越觉得这玩意儿真怪。在一个不大的方盘上画了些小格，乱糟糟地摆了些黑白子儿，令人眼花缭乱。然后就输啦，赢啦，死啦，活啦的，下棋人流着臭汗，吵吵嚷嚷。那棋盘顶大不过一尺见方呗！就算用前爪一搭，就会扫它个稀里哗啦。不过，常言说：“结则草庐，解则荒原。”何必淘这份气！倒不如袖手旁观，逍遥自在得多。开头那三四十个子儿的摆法还不怎么刺眼，可是到了决定胜负的关键时刻，你瞧，哎呀呀，光景真惨哪！白棋子儿和黑棋子儿密密麻麻，几乎要从棋盘上摔下去，互相喊叫着：“挤死啦！挤死啦！”但又不能因为太挤，就让其他的棋子儿闪开；也没有权利因“阻挡”而喝令前边的棋子儿退下。个个棋子儿除了认命，纹丝不动地待在那里，别无他策。

发明棋盘的是人。假如是人类的癖好反映在棋盘上，那么，就不妨说，棋子儿进退维谷的命运正标志着人类的本性。假如从棋子儿的命运可以推论人类的本性，那么，便不能不断定：人，喜欢把海阔天高的世界用小刀零切碎割，画出自己的领域，并在其中画地为牢。只在固守立足之地，任何时候也不越雷池一步。一言以蔽之，说人类硬是要自寻烦恼，也不为过吧？

自在逍遥的迷亭和神机妙算的独仙，不知打的什么主意，偏在今天从壁橱里拖出一个旧棋盘，开始干这种热得透不过气的游戏。的确是棋逢对手。一开始，双方都下得随随便便，棋盘上的白棋子儿和黑棋子儿自由地交互飞舞。但是，棋盘的大小是有限的。每填一个棋子儿，横竖格就要减少一个，因此，再怎么自在逍遥，再怎么神机妙算，也要陷于困窘，那是自然的。

“迷亭君！你这盘棋下得太野蛮，哪有从那儿进子儿的规矩？”

“也许出家人下棋没有这份规矩。但是，按‘本因坊’流派的下法，可就有这份规矩。有什么法子呢?"

"不过,那是死路一条哟!"

"臣死且不辞,何况彘肩[①]乎?"

"噢,来啦,好吧!'熏风自南来,殿角生微凉。'[②]这样看住你,就没事了。"

"呀,看得果然十分厉害!嗬,我还以为你没心看住呢。'撞吧,八幡钟[③]',我这么走,你将奈何?"

"没什么奈何不奈何的。'一剑倚天寒[④]',咦?麻烦啦!下决心,隔开它吧。"

"啊!危险,危险!这一隔,可就是死棋了。喂,别开玩笑,让我悔一步。"

"不是早就对你声明了吗?这地方是不许进子儿的。"

"进得失礼,失礼!喂,你把这个白子儿给我拿掉!"

"那个子儿也悔?"

"顺手把旁边那个白子儿也拿掉!"

"喂,你脸皮太厚了。"

"你看见那个黑子儿啦?唉,咱俩不是有交情嘛!别说那些见外的话,快给我拿掉!这可是生死关头。'且慢,且慢!'救命人边喊边出场了。正是危急之秋。"

---

① 臣死且不辞……:《史记·项羽本纪》中樊哙在鸿门宴上要救沛公,项羽让他喝酒,吃猪肩生肉……樊哙说:"臣死且不避,卮酒安足辞。"这里信口说得颠三倒四。

② 熏风自南来:唐文宗吟道:"人皆苦炎热,我爱夏日长。"柳公权接道:"熏风自南来,殿角生微凉。"见《唐诗纪事》卷四十。

③ 八幡钟:在深川富个岗八幡宫。民谣中说:"敲响吧,八幡钟,把我的情人叫醒。"日文"看子儿"与敲钟的"敲"字谐音,便借题发挥。

④ 一剑倚天寒:出自无学禅师,形容杀头后,身如利剑刺向青天,意为将生死置之度外。

“我可不听那一套!”

“不听就不听。把那个子儿给我拿掉!”

“你已经悔了六步棋啦。”

“你这人记性真好。以下将比过去加倍地悔棋呢。所以,叫你把那个子儿拿掉。你真够固执。既然坐禅,就应该超脱些嘛……”

“不过,不吃掉这个子儿,我可就输了。”

“你不是从一开始就是一副拿输赢不在乎的架势吗?”

“我是输赢不在乎。但是不高兴你赢。”

“得道,了不起!到底是‘春风影里斩电光’!”

“不是‘春风影里’,是‘电光影里’。你弄反了。”

“哈哈哈,我还以为这时候差不多都颠颠倒倒的呢,不曾想还有正正经经。那么,无话可说,我认了。”

“生死事大,转眼呜呼。你认了吧!”

“阿——门——!”迷亭先生好像在毫不相干之处啪地投下一个子儿。

迷亭和独仙正在佛龛前大赌输赢,寒月与东风挨肩坐在客厅门口。在寒月与东风身旁落座的主人,如黄腊般端坐。寒月面前的床席上放着三条鱼干,赤条条排列得整整齐齐,煞是壮观。

这鱼干出处是寒月的怀里,取出时还热哩,手心可以感到那赤条条的鱼身子温乎乎的。主人和东风却将出神的目光倾注在鱼干上。于是,寒月隔了一会儿说:

“老实说:四天前我从故乡回来。因为有很多事要办,四处奔波,以至没能来府上拜访。”

“不必急着来嘛!”主人照例说些不招人爱听的说。

“急着来就对啦 。不早点把这些礼品献上,不放心啊!”

“这不是木松鱼干吗?”

“嗯,我家乡的名产。”

“名产? 好像东京也有哇!”主人说着,拿起最大的一个,凑在鼻尖下闻闻。

“鼻子是闻不出鱼干是好是坏的呀!”

“个头稍大一点,这便是成为名产的理由吧?”

“唉,你尝尝看。”

“尝是总要尝的。可这条鱼怎么没鱼头呀?”

“因此,不早些送来放心不下呀。”

“为什么?”

“为什么? 那是被耗子吃了。”

“这可危险。胡吃起来,会患霍乱症的呀!”

“哪儿的话,没事! 耗子只咬去那么一点点,不会中毒的。”

“到底是在哪儿被耗子咬的?”

“在船上。”

“船上? 怎么回事?”

“因为没地方放,就和小提琴一块儿装进行李袋里,上船那天晚上就被耗子咬了。如果光是咬了木松鱼干那还没什么,偏偏耗子把小提琴的琴身当成了木松鱼干,也被咬了一点点呢。”

“这耗子太冒失! 一到船上,就那么不辨真假?”主人依然望着木松鱼干,说些没人能懂的话。

“唉,耗子嘛,不管住在哪儿,也是冒失的。所以我把鱼干带到公寓,又被咬了。我看危险,夜里就搂着它睡了。”

“未免不太干净吧!”

“所以,吃它的时候,要洗一洗。”

“仅仅洗一洗,是不可能干净的。”

“那就泡在碱水里,咔咔搓它一通总行吧?”

“那把小提琴,你是搂着它睡吗?”

“小提琴太大,搂着睡是办不到的……”

这一解释,远处迷亭先生也加入了这边厢的对话,高声说道:

“你说什么,搂着小提琴睡觉?这可太风雅了。‘春又别人间。独抱琵琶重几许?意阑珊。’这是一首俳句。可是明治年代的秀才若不抱着提琴睡觉,就不能超越古人,我吟道:‘薄衫裹忧魂。漫漫长夜相厮守,小提琴。’怎么样?东风君,新体诗里可以写这种内容吗?”

“新体诗与俳句不同,很难那么匆匆挥就的,但是,一旦写得成功,就会发出触及人们灵魂深处的妙音。”东风严肃地说。

“是呀,这‘魂灵’①嘛,我还以为要焚烧麻秆迎接才行呢,原来作新体诗就能请得来呀!”迷亭又不顾下棋,嘲笑了一番。

“你再贫嘴,还要输的。”主人警告迷亭。可是,迷亭满不在乎地说:

“别管我要输还是要赢,反正对方已经成了釜中之鱼,手脚全都动不得了。我感到无聊,不得已才加入小提琴这一伙的。”

他的棋友独仙先生语调有些激动,吵嚷着说:“现在该你走了。等着你哪!”

“咦?你已经走啦!”

“走啦。终于走啦。”

“走到哪儿?”

“在这儿斜着添了个白子儿。”

“是啊!这个白子儿斜着这么一放,吾将休矣。那么,我……我……我日暮途穷了。怎么也想不出个好出路啦?喂,让你再下个子儿,随便放在哪

---

① 魂灵:日文与生灵同音,迷亭是在故意找茬儿。

儿都行。”

“有那么下棋的吗？”

“‘有那么下棋的吗？’若这么说，我可就下子儿啦……那么，拐个弯，在这个犄角放一个子儿。寒月君，你的小提琴太廉价，所以耗子都欺负，把它咬啦。长点志气，再买把好些的吧。我从意大利给你函购一把三百年前的古货好吗？”

“那就费心啦。就手，付款的事也一并拜托。”

“那种古董，顶用吗？”一切茫然的主人大喝一声，训斥了迷亭。

“你是把人里的古董和小提琴里的古董混同了吧？即使人里的古董，不是还有金田者流，至今也还走运吗？至于小提琴，那是越旧越好……喂，独仙君，怎么样？快下呀！我倒不是演庆政的那场戏：‘秋日短哟！’①”

“和你这样忙叨叨的人下棋可真是受罪。连动动脑筋的工夫都没有。没办法，在这儿放个子儿，填上个空吧！”

“哎呀呀！到底让你把棋走活了。真可惜！我生怕你把子儿摆在那儿，才胡扯几句。用心良苦，终究枉然哪！”

“当然。你不是下棋，是在蒙棋。”

“这就是‘本因坊派’、‘金田派’、‘当代绅士派’……喂，苦沙弥先生！独仙君不愧到镰仓去顿顿吃咸菜，不为物欲所动哟！实在是佩服之至！别看棋下得不高明，胆子可够大的。”

“所以，像你那号胆小鬼，就该向别人学着点。”

主人背着脸刚一说，迷亭便伸出通红的长舌头，独仙仿佛毫不介意，还在催促迷亭：“喂，该你下啦！”

“你是从什么时候学小提琴的？我也想学，可是，听说很难。”东风在问

---

① 源于歌舞伎《恋女房染分手纲》中人物庆政的一句台词：“天黑了。秋日短哟！”

寒月。

“嗯。不过,若是只求个一般水平,谁都能学会的。”

“同样是艺术嘛。爱好诗歌的人,学起音乐来,一定会进步得快吧?所以,我自觉心中有数。怎么样?”

“没问题嘛!你如果学,一定会精通的。”

“你是几时学琴的?”

“从高中时期。先生!我曾经向您介绍过我学小提琴的始末吧?”

“哪里,未曾听说。”

“高中时期是经老师教,才拉起小提琴的吗?”

“哪里,没有老师,也没人指点,是自学。”

“简直是天才!”

“自学的人不一定都是天才!”寒月先生板着面孔说。被誉为天才还板着面孔,大概唯有寒月了。

“这倒无所谓。你就说说怎样自学的,以便引以为戒。”

“说说可以,先生!我就说说吧?”

“啊,说吧!”

“如今,一些年轻人拎着个提琴盒,不时地在大街上走来走去。可是那时候,高中学生几乎没有人搞西洋音乐。尤其我们那个学校,简直是乡下的乡下,简朴得连穿麻里草鞋的人都没有,至于学校,当然没有一个人拉小提琴……”

“那边大概讲起趣闻了。独仙君!咱们这盘棋就适可而止吧!”

“还有两三处没有摆好哩!”

“没摆就没摆吧!无关紧要的地方都送给你好了。”

“话是这么说,我也不能白捡呀!”

“看你丁是丁、卯是卯的,简直不像个禅学家。那就一气呵成,下完这盘棋……寒月讲得太有趣儿了……就是那所高等中学吧？学生都光着脚上学……”

“没有的事！”

“可是，传说学生都光着脚做军操，向右转，因此把脚皮都磨得很厚很厚。”

“新鲜！这是谁说的？”

“管它是谁说的！你没听说吗？饭盒里装一个好大的饭团，像个柚子似的别在腰上，到时候就吃它。与其说是吃，莫如说是啃，啃到当央，就露出一个咸梅干。据说就是为了露出那个咸梅干，才聚精会神地将四周没有咸味的饭啃光。真是些生龙活虎的小家伙！独仙君，这故事好像中你的意吧？”

“质朴刚健，实堪嘉奖的好风尚啊！”

“还有比这更值得嘉奖的故事哩！听说那里的烟盘上没有烟灰盘。我的一位朋友在那里任职期间，出门想买一个带有“吐月峰”商标的烟盘，结果，不要说‘吐月峰’，根本就没有烟盘这种玩意儿。他很奇怪，一打听，人家心平气和地说：烟盘啊，只要到后边的竹林里去砍竹子一节，谁都能够做。因此，没有必要买它。那么这也够得上质朴刚健风尚佳话之一了吧？嗯？独仙君。”

“嗯。管它够不够的。这儿要补上个子儿才行。”

“好吧！补，补，补。这回补齐了吧……我听了那番话，实在吃惊。在那种环境里自学小提琴，太令人景仰了。《楚辞》里说：‘既茕独[①]而不群兮。’寒月君简直就是日本明治时期的屈原！”

“我不想当屈原。”

“那么，是二十世纪的维特吧！什么？拿出棋子儿来数一数？你也太一

① 茕独：茕音穷。无兄弟为茕，无子嗣为独。

本正经了,何须数,我输了,没错!”

“不过,难说呀……”

“那,你就数吧!我可不去数它。如果不听一代才子维特先生自学小提琴的轶事,那就对不起列祖列宗!失陪了。”说罢离席,蹭到寒月身边。

独仙聚精会神地拿起白子儿,填满了白空,再拿起黑子儿,填满了黑空,口里不住地数着。而寒月却继续说:

“地方风俗本就如此,故乡的人们又非常顽固。只要有一个人软弱一点儿,他们就说:这在其他县份的学生面前名声不好,便胡乱地从严惩处,可麻烦啦。”

“提起你们故乡的学生来,真是没法说。不知为什么要穿那种青一色的和服裤裙。首先,正因为这身打扮,倒很俏皮呢。其次,也许由于海风扑面的缘故,脸色总是那么黑黝黝的,若是男子倒也无所谓,可是女人弄成那副样子,可够一瞧的吧?”

只要迷亭一参言,中心话题就不知扯到哪儿去了。

“女人也是那么黑啊!”

“那,也有人要吗?”

“可,家乡人全都那么黑,有什么办法!”

“多么不幸!嗯?苦沙弥兄。”

主人喟然叹曰:“还是黑脸好吧!若是脸白,一照镜子就孤芳自赏起来,那才糟糕。女人是很难缠的呀!”

东风却问得有理。他说:“假如全乡下的人脸都是黑的,难道他们不会以黑为荣吗?”

主人说:“总而言之,女人全是些要不得的东西!”

迷亭边笑边警告主人说:“口出此言,回头嫂夫人会不高兴的呀!”

“哪里,没事。”

“她不在家吗?”

“刚才带孩子出去了。”

“怪不得觉得这么肃静。去哪儿啦?”

“不知去哪儿,是一时高兴出去遛遛。”

“然后再一时高兴随便地回来?”

“是啊。你还是单身汉,多好啊!”

这一说,东风有点不高兴,寒月却笑嘻嘻的。迷亭说:

“一娶上老婆,都爱说这种话。是吧? 独仙兄! 你大概也属于‘娶上老婆愁事多’之流吧?”

“咦? 慢着! 四六二十四,二十五,二十六,二十七。以为不大个地方,可是有四十六个眼呢。本想再多赢你一些,可是排起来一看,才差十八个子儿。这是怎么搞的?”

“我在说,你也是‘娶上老婆愁事多哪’。”

“哈哈哈,倒也没什么愁的。因为我老婆从来都爱我。”

“那么,恕我莽撞,独仙嘛,就是与众不同。”这时,寒月先生为天下妻子略尽辩护之劳,说:

“岂止寒月一人,这样的例子多得很!”

东风先生依然认真,面对迷亭先生说:

“我也拥护寒月兄的看法。依我看,人要进入纯情境界,只有两条路:艺术和恋爱。因为夫妻之爱代表某一个方面,所以我想,人必须结婚,实现那种幸福,否则便是违背了天意……不是吗? 迷亭先生!”

“高论! 像我这号人,毕竟是不可能进入纯情境界喽!”

“一娶上老婆,就更进不去了。”主人哭丧着脸说。

“总之,我们未婚青年必须接近艺术的灵性,开拓向上的道路,否则,就不可能了解人生的意义。为此,我以为,首先必须从小提琴学起,所以刚才才请寒月君讲讲经验谈的。”

“是呀,是呀！该听维特先生讲讲自学小提琴的故事。喂,讲啊！不再打搅你。”

迷亭这才收敛锋芒。于是,独仙君煞有介事地对东风训诫式地说教了一通:

“向上之路,不是自学小提琴所能开拓的。那种纯属游戏的事儿,若是能够认识宇宙真理,可就怪了。如果想认识个中奥秘,没有悬崖勒马、回头是岸的气魄是不行的。”

训得倒是蛮够劲儿的。可惜东风连个禅字怎么写都不知道,所以看来,他丝毫都无动于衷。

“咦？也许你说得对。但是我想,还是艺术才标志着人们渴慕的最高境界,因此,我无论如何也不肯放弃它。”

寒月说:“如果不肯放弃,那就照你的希望,讲讲我学小提琴的经历给你听吧！像刚才说过的那样,我到开始学小提琴的时候,已经费了千辛万苦。首先,买提琴就很是发愁呢,先生!”

“可以想象。在没有麻里草鞋的地方,不会有小提琴的。”

“不,有倒是有。钱也早就留心攒够了,不成问题。但是,就是买不成。”

“为什么?”

“地面太小,如果买来,立刻就会被发现。一旦被发现,人们就会说:‘好神气呀!’要挨整的。”

“自古以来天才都要受迫害哟!”东风先生深表同情。

“又是天才！请千万别称我什么天才吧！后来呀,我天天散步。每当路过卖小提琴的商店门前时,没有一天心里不在嘀咕:‘买一把多好啊!’‘把小提琴抱在怀里时将是什么滋味?’‘啊,真想有一把!’……”

“可以理解呀!”这是迷亭先生的评语。

“真是鬼迷心窍!”这是主人的质疑。

“不愧是个天才!”这是东风先生的赞叹。

只有独仙先生毫不介意地拈着胡须。

“那么个小地方,怎么会有小提琴?这首先令人怀疑。但是想一想,就会明白这是理所当然。为什么?因为这里也有女子学校。作为课程,女学生必须天天练琴,因此,自然有小提琴。毋须说,没有好的,只是不得不称之为小提琴罢了。因此,商店也并不重视,将两三把琴绑在一起,吊在门市里。唉,我时常散步从店前走过,由于风吹或店里的小伙计用手碰过,嘀,有时候发出声音哩。一听到那种声音,我的心就像碎了似的,不知如何是好。”

迷亭先生讥讽道:“危险!疯病种类繁多:山疯,水疯,人疯……你既然是维特,那就是‘提琴疯’了。”

东风益发受感动地说:“不,如果感觉不是那么敏锐,就不可能成为艺术家,不愧是天才呀!”

寒月说:“噢,实际上也许真的疯了。那音色可够绝的呀!其后直到而今,拉了这么久,但是,再也没有拉出过那么美妙的声音。是啊,怎么形容才好呢?毕竟是不可言喻的哟!”

“那声音,是否琅琅然,锵锵然?”独仙搬出了这套艰深晦涩的字句,但是没有人理睬,怪可怜的。

寒月接着说:“我天天散步时从店前走过,其间总算三次听到了那种妙音。第三次听到时,我心想,非买下这把小提琴不可。哪怕乡亲们谴责,哪怕外乡的人们予以轻蔑。唉,哪怕饱吃铁拳而绝命,犯个错误而被开除,这把小提琴我非买不可!”

“这正是天才的本色!如果不是天才,不会这么痴情的。太羡慕了。一年来我总盼着自己也能够激起那么炽烈的情感,但是,毕竟事与愿违。参加音乐会的时候,尽管以最大的热情倾听,但也总是兴味索然。"东风一直在拍马屁。

寒月说:"如果兴味索然,那就幸运喽!如今好像在心平气和地做介绍,可在当时,那苦楚是难以想象的呀……后来嘛,先生,我发奋图强,终于买到手。"

"嗯。怎么买的?"

"那是十一月,刚好是天长节①的前夕,乡亲们全都到温泉去了,准备外宿,村里一个人也没有。我声称有病,那一天,连学都没上,在屋躺着。我躺在床上,一心想着一件事:趁村民们今夜出门,我要把梦寐以求的小提琴买到手。"

主人问:"你装起病来,连学都不上?"

寒月说:"一点不错。"

迷亭也有些诚惶诚恐的样子说:"不假,这才像点天才哩!"

寒月接着说:"我从被窝里一露头,只见日影还高,等得不耐烦。没办法,只好把头缩进被窝,闭上眼睛等待。可还是受不住。我又露出头来一看,秋日烈焰洒满了六尺高的纸屏,火辣辣的。我勃然大怒。这时,只见纸屏上端有个细长的黑影,不时地在秋风中摇摇曳曳。"

主人问:"那个细长的黑影是什么?"

"原来是挂在屋檐下剥了皮晾晒的涩柿子。"

"哼!后来呢?"

"没办法,我跳下床,拉开纸屏,到了檐廊,拿了柿饼吃了。"

"甜吗?"主人问得简直像个孩子。

"那一带的柿子可甜啦。东京人毕竟是不解其味的哟!"

---

① 天长节:明治元年制定,每年天皇诞生日为天长节。战后改称天皇诞生日。

东风先生又问:“柿子的事就压下不表吧。后来怎么样了?”

“后来我又钻进被窝,闭上眼睛,默默地向神佛祷告:‘快些黑天吧!’约莫过了三四个小时,心想差不多了吧?可是我一露头,谁料秋日烈焰依然洒在六尺高的纸屏上,火辣辣的。上端还是有个细长的黑影在摇摇曳曳。”

“这一段听过了。”

“有好几回哪。后来我下了床,拉开纸屏,吃了一个柿饼子,又钻进被窝默默对神佛祷告:‘快些黑天吧!’”

主人说:“这不是重复了吗?”

“唉,先生!别那么性急,往下听啊!后来约三四个小时,我在被窝里忍着。以为这时可以了吧?我猛然探头,只见秋日烈焰依然洒在六尺高的纸屏上,上端有个细长的黑影在摇摇曳曳。”

主人说:“说来说去还是那一套呀!”

“然后我下了床,拉开纸屏,到了檐廊,吃了一个柿饼子……”

“又吃柿饼子!你总去,总吃柿饼子,这不是没完没了吗?”

“我也不耐烦啦!”

“听的人比你更不耐烦!”

“先生太性急,故事就讲不下去,真发愁!”

“听的人也有点发愁呢。”东风也暗暗地鸣起不平。

寒月说:“各位既然那么发愁,没办法。那就讲个轮廓就结束吧!总之,我吃完了柿饼子就钻进被窝,钻进被窝以后又出来吃,终于把吊在屋檐下的柿饼子全都吃光了。”

“既然全吃光,太阳该落了吧?”

“并非如此。所以我吃了最后一个柿饼子,以为差不多了,探出头来一看,依然是秋日烈焰洒满了六尺高的纸屏……”

“噢,饶命吧!说上一千遍也没完。”

"连我自己说这话都厌烦死了。"

迷亭也似乎有些不耐烦。他说:"不过,如果有那么大的恒心,万事都可以成功的。假如没人干扰,说到明天早晨,恐怕也还是那么几句话:秋日烈焰,火辣辣的。那么到底打算几时才买一把小提琴呀?"

唯有独仙泰然安坐,哪怕你讲到明天早晨、后天早晨,管它秋日烈焰火辣辣的,也丝毫不为之所动。

寒月又从容不迫地说:"问我几时去买吗?我想,一到晚上,立刻出去买下。遗憾的是:不管多久,只要探头一看,总是秋日烈焰,火辣辣的……唉,提起我当时的痛苦,毕竟不能和现在各位的焦急万状相提并论。我一看,吃完了最后一个柿饼子太阳依然不落,不由得啼泣涟涟了。东风君,我的确是感到可悲才落泪的呀!"

"可能是的,艺术家本来就多愁善感。你落泪,我同情。不过,你的话也该快点说呀!"东风是个好人,应酬中总是严肃而又滑稽。

"我倒非常渴望说得快些。可是,太阳怎么也不肯落,愁死个人。"

主人终于忍无可忍,说:"太阳总不落,听众也难受,那就结束吧!"

"如果结束,就更难受。以下眼看就要进入佳境了。"

"那就听!你快点说'太阳已落',这不就行了吗?"

"那么,虽然这个要求令人作难,但是,既然先生出口,就权当眼下已经黑天了吧!"

独仙板着面孔说:"这就对了。"逗得大家不由得哈哈大笑。

"渐渐夜深了。我总算放下心来,舒了口气,走出鞍悬村宿舍。因为咱家生来不喜欢喧嚣之地,才特意远离交通便利的市内,在人迹罕见的荒村结成蜗牛式的草庐……"

主人提出抗议说:"说什么'人迹罕见',太过分了吧?"

迷亭也抱怨地说:"'蜗牛式的草庐',也太夸张了。莫如说是个'没有客室的四铺半草席的屋子’倒也逼真,还蛮有趣呢。”

只有东风夸奖他:“事实如何不去管它,这语言倒是蛮有诗意,感觉还好。”

独仙却绷着脸问:“住在那里,上学可够困难吧,几里路?”

“距学校不过四五百米。原来学校是在乡村的……”

“那么,学生大多数在那儿住宿吧?”独仙决不放过。

“是啊 ,一般家庭都住一两名学生。”

“那怎么说得上‘人迹罕见’呢?”独仙给他当头一棒。

“唉,假如没有学校,那就杳无足迹了……说起当夜的服装,穿的是家织布的棉袄,外加铜纽扣的学生大衣。我格外小心,用大衣领子将头蒙住,以便尽可能不被人发觉。正是柿子树落叶时节。从我家走到南乡大街,一路上铺满了树叶。每迈出一步,都发出沙沙的声响,使我忐忑不安。身后总像有人跟着。扭头一看,东岭寺的森林格外阴沉,是在黑雾中映着漆黑的影子。这东岭寺本是松平氏的家庙,位于庚申山麓,距我居室只有百米左右,是个十分幽静的古刹。林木上方,是月明星稀的浩渺夜空,天河斜身躺在长濑川上,尾巴……是呀,天河的尾巴大概流到夏威夷去了……”

“夏威夷? 太离奇了。”迷亭说。

“我在南乡街的大路上走了二百来米,从鹰台街进入市内,再跨过古城街,拐过仙石街,越过喰代街,依次穿过长街的一段、二段、三段,然后穿过尾张街,名古屋街、鯱锌街、蒲锌街……”

“何必走那么多的街? 关键是到底买到小提琴没有?”主人不耐烦地问。

“卖乐器的商店,主人是金善,也就是金子善兵卫先生,所以,距买到手还远着哪。”

“远就远,你就快些买吧!”

“遵命！于是我来到金善商店一瞧,火油灯亮得火辣辣的……”

这回迷亭布下了防线。他说:“又是火辣辣的。看来你的火辣辣,一两次是说不完的。这可麻烦啦!”

寒月说:“哪里,这回的火辣辣,仅仅火辣辣那么一回,请别太担心。我在灯影里默默一瞧,只见那小提琴微微映着秋夜灯火,依次排列的图形琴身泛着瑟瑟寒光,只有绷得紧紧的一部分丝弦白亮亮地映入眼帘……”

东风赞美道:“多么美的叙述啊!”

“就是它！就是那把小提琴！我这么一转念,突然激动得两腿颤抖,站不稳了。”

“哼!”独仙暗笑道。

“我不禁闯了进去,从衣袋里掏出钱包,从钱包里拿出两张五元的票子……”

“终于买下了?”主人问道。

“本想买,可是且慢,这可是关键时刻,万一莽撞就要失败的。唉,算了。于是,在关键时刻,又改变了主意。”

“怎么？还没买？不过是买一把小提琴嘛,也太拖拉了。”

“倒不是拖拉,一直还没买嘛,有什么办法!”

“为什么?”

“为什么？刚刚黑天,还有很多人来来往往嘛。”

主人气哼哼地说:“即使有两百人、三百人来来往往,又有什么关系？你这人太怪啦。”

“如果是一般人,两千人、三千人也无所谓。可是有学生挽着袖子、拄着好大的文明杖在徘徊哪,这就轻易下不得手。其中有的号称‘渣滓党’,永远留级,还很高兴。但是论摔跤,没有比他们更拿手的了。我决不能草率地去动小提琴,因为不知会惹出什么样的麻烦来。我肯定是盼着小提琴到手的。可是，不管怎么，还是惜命的哟！与其拉小提琴而被杀，莫如不拉琴活着好受些。"

主人催问道："那么，到底没买就收场了？"

"不，买了。"

"你这人真能磨蹭！要买就早些买，若不买就不买，快些决定就对啦。"

"啊，哈哈哈，人世间的事哪有那么痛痛快快的！"寒月说着，镇静地把"朝日"牌香烟燃着，喷吐起云雾来。

主人有些厌烦，突然站起，进了书房，拿出一本不知什么名的外国旧书，扑通一声趴在床席上开读。独仙不知什么工夫跑到神龛前独自下棋，自己和自己决战。

虽是难得入耳的趣话，但因过于冗长，以至听众减少一名，又一名，剩下的只有忠于艺术的东风和从来不怕冗长的迷亭先生。

寒月咕嘟嘟地向人世毫不客气地喷着长长的烟缕，不多时，又以原有的节奏继续他的谈话：

"东风君，当时我是这么想的：夜幕乍垂时分，毕竟是不行的，话又说回来，如果是深夜，金善老板就入了梦乡，那更不行，不论如何，一定要趁学生们散步归去而金善老板尚未安眠之前去买！否则，苦心安排的计划就要化为泡影。然而，掐准这个时间，可不那么容易哟。"

"的确，是不容易。"

"我把那个时间预定在十点钟左右。那么，从现在到十点钟，必须找个地方混过光阴。回家一趟再回来吧？那太累。到朋友家去谈谈？又有点心中不安。没意思。没办法我便在街里闲遛了很长时间。不过，若是平常，两三个小时逛来逛去的，不知不觉就过去了。可是唯有那天晚上，时间过得非常慢。那句话怎么说啦……'一日三秋'，大概指的就是这种滋味，我算亲自尝到了。"

寒月说得如临其境,还特意瞧着迷亭。

迷亭说:“古人有云:暖炉待其主,谁知相思苦。又说:等待最难挨,不见玉人来。我想,那吊在檐下的小提琴一定急死了。但是,你像个漫无目标的侦探一般惊魂不定地荡来荡去,那苦头一定更甚于小提琴的,怏怏焉如丧家犬。噢,真的,再也没有比无家可归的狗更可怜的了。”

“把我比作狗,这太刻薄。从来还没有人拿我比作狗呢。”

东风慰藉寒月说:“听你讲故事,仿佛读古人传记,不胜同情。至于将你比作狗 ,那是迷亭先生的一句玩笑,望你切莫介意,快快讲下去吧!”

即使东风不予慰藉,寒月也自然要接着讲下去的。

“然后,从徒街穿过百骑街,从两替街来到鹰匠街,在县衙门前数罢枯柳,又在医院旁算过窗灯,在染房桥上吸了两支烟,这时一看表……”

“到了十点钟没有?”

“遗憾得很,还不到。我渡过染房桥,沿河向东,有三人在按摩。并且有狗汪汪地叫呢,先生!”

“‘漫漫秋夜,在岸边听到寒犬远吠。’还真有点戏剧性哩,你是个逃犯的角色吧?”

“我干过什么坏事吗?”

“你是今后想干的。”

“可叹!假如买小提琴是干坏事,音乐学校的学生就都是罪人了。”

“只要别人不同情,即使干了,天大的好事也是个罪人。因此,人世上再也没有比‘罪人’更难以预防的了。耶稣如果活在那种世道,也便是个罪人。好汉寒月先生如果是在那种地方买小提琴,也就是个罪人了。”

“那么,我服输,就算是个罪人吧!当个罪人倒没什么,可是到不了十点钟,真够人受的。”

迷亭说:“不妨再计算一遍街名呀!假如时间还多,就再一次‘秋日烈焰火辣辣的'呀！假如还有时间，再吃它三打涩柿子饼呀！你讲到什么时候我都听，一连讲到十点钟吧！"

寒月听了，眯眯地笑。"你抢先都给我说破了，我只好告饶。那么一步跨越，就算到了十点钟吧！且说，到了预定的十点钟，我来到金善商店一瞧，由于正是寒夜时分，就连繁华的两替街都几乎不见人影，连迎面响来的木屐声都显得凄凉。金善商店已经关了大门。只留下个小脚门。当我从角门进去时，不知怎么，总觉得被狗跟上，有点发瘆……"

这时，主人从那本脏里脏气的书本上抬起头来问道："喂，买到小提琴了吗？"

"就要买啦。"东风回答说。

"还没买？时间太长了。"主人像说梦话似的，说完又看起书来。

独仙仍在沉默，白子儿和黑子儿已经摆满了半盘棋。

"我心一横。闯了进去，说：'卖给我一把小提琴！'这时，火炉旁有四五个小伙计和小崽子在说话。他们惊惶之余，不约而同地朝我看来。我不由得抬起右手，将大衣帽子往前一拉，又喊了一声：'喂，卖给我一把小提琴！'坐在最前边盯着我看的那个小伙计有气无力地说：'嗯！'他站起来，将吊在店头的三四把小提琴一下了全都摘下来。我问他多少钱，他说：'五元二角钱一把！'"

"喂，有那么便宜的小提琴吗？怕是玩具吧？"

"我问他：'都一个价吗？'他说：'嗯，全是一个价。'他还说都做得没问题。我便从钱包里掏出五元的一张票子，用准备好了的一个大包袱皮将小提琴包了起来。这当儿，店伙计不吭声，死死地盯着我的脸。我的脸因为用大衣帽子裹着，他是不可能看清的，但是，总觉得心慌意乱，恨不得立刻蹿到大街。总算将包袱放在大衣里边，走出了店门，伙计们这才齐声大喊：'谢谢您光顾！'来到大街上四周一瞧，幸而没人。但是走了一百米，对面走来两三个人,边走边吟诗,声音几乎传到市内。我心想,这下子可糟了。我便从金善商店的路口往西拐,从河边走到药王路,从榛木村到了庚申山麓,好歹回到住处。到家一看,已经是下半夜二点五十分……"

"真是彻夜漫步。"东风同情地说。

迷亭长出一口气:"总算买了。哎呀呀,这可是长途跋涉,终获大捷呀!"

"以下才值得一听呢。说过的那些,不过是序幕罢了。"

"还有?这可不简单!一般人碰上你,都会坚持不住的。"

"坚持不坚持的,暂且不提。假如就此收场,那等于修了佛像却忘了给它注入灵魂。我就再说几句吧!"

"说不说随你,反正我是要听的。"

"怎么样,苦沙弥先生也听听吧?寒月已经买下了小提琴,喂,先生!"

主人说:"那么,又该卖小提琴了吗?那就不必听了。"

"还不到卖的时候呢。"

"那就更不值得一听。"

"啊,糟糕!东风君,热心听的只有你一个,真有点扫兴!啊,没办法,那就草草讲完算了。"

"何必草草?慢慢讲好了,非常有趣!"

"好不容易把小提琴买到手,而今第一难题是没有地方放。我的宿舍常有人来玩,如果在一般地方挂起来或是戳着,立刻就露馅儿。挖个坑埋起来吧,又怕费事。"

"的确。那么,是不是藏在天棚里了?"东风说得倒怪轻松。

"哪里有天棚,那是农户。"

"太愁人啦。那么,你放在哪儿啦?"

"你猜放在什么地方?"

“不知道。是放在雨窗的护板里了吗?”

“不对。”

“裹在被里,放进了壁橱?”

“不对。”

当东风与寒月就小提琴的藏处进行如此回答之时,主人和迷亭也在不住地谈论着什么。

“这怎么念?”主人问。

“哪儿?”

“这两行。”

“什么? Quid aliud est mulier nisi amiticiæ inimica...①这嘛,喂,不是拉丁文吗?”

“我知道是拉丁文,怎么念?”

迷亭觉得大势不妙,慌忙撤退:“你平时不是说会拉丁文吗?”

“当然会。会念倒是会念,可是不知道这几行念什么。”

“‘会念倒是会念,可是不知道这几行念什么。’这叫什么话? 好厉害!”

“随便你说吧! 暂且用英文翻译一下给我听。”

“‘给我听?’这口气太大。我简直成了勤务兵。”

“勤务兵就勤务兵吧! 怎么念?”

“唉,拉丁文之类,暂且压下不表,还是敬听寒月兄的高论吧! 现在正是高潮,眼见到了会不会被发现的千钧一发之际,是吧,寒月兄,后来怎样了?”迷亭突然来了兴致,又加入“话说小提琴”一伙,抛下主人孤零零的一个。寒月先生气势大振,便说起小提琴的藏处。

---

① 英国作家托马斯·纳什(一五六七——一六〇一)所著《蠢动的分析》中的句子,意为:“妻子如果不是友谊的仇敌,又是什么……”

“终于藏在一个旧藤箱里了。这个藤箱是我离开家乡时祖母送给我的，听说是祖母出阁时的嫁妆。”

“这可是一件古董，似乎和小提琴不大协调。是吧？东风先生！”

“是啊，有点不大协调。”

“如果放在天棚里，岂不也不大协调吗？”寒月回敬了东风一句。

迷亭说：“虽然不协调，却可以吟成诗，放心吧！‘寂寞清秋，提琴箱中收。’怎么样？二位！”

东风说：“迷亭先生今天很会作俳句呀！”

“岂止今天！我任何时候都是心里满腹诗情。提起我做俳句的造诣，就连已故的正冈子规①先生都赞不绝口哪！”

“迷亭先生，你和子规先生有过交往吗？”坦率的东风君问得斩钉截铁。

“唉，即使没有交往，也始终通过无线电报肝胆相照的嘛。”

迷亭先生在胡诌八扯，东风君有些厌烦，便沉默不语。寒月却笑着接下来说：

“那么，藏小提琴的地方倒是有了，可是现在怎么往外拿？这又难住了。如果单纯是拿出来，只要背着人们的眼目，打开看看，倒也不是干不来。然而，只是看看又有什么意思？不弹响它是没用的。弹则发声，声发则被发现。刚好只隔一道木槿篱笆，南邻便住着渣滓党的头目，多险哪！”

东风同情地随和：“糟糕！”

迷亭说：“的确，真糟糕。空口无凭，有据为证，当年只因发出了声音，小

---

① 正冈子规（一八六七——一九〇二）：俳人，歌人。本名常规，号獭祭等。因致力于俳句改革，名声大噪。

督局①才败露了。如果是'偷嘴'或'伪造假币',那还不难遮掩;然而奏乐,那是瞒不了人的呀。"

寒月说:"只要不出声,总还好说。不过……"

迷亭说:"且慢,说什么只要不出声……有时候不出声也瞒不住。从前我们在小石川的庙里自己起伙时,有个人叫铃木藤,此公非常喜欢喝白酒。他用啤酒瓶子买来白酒,便乐呵呵地自斟自饮。有一天藤先生出去散步,真是不应该,苦沙弥偷了一口白酒喝……"

主人突然大声说:"我何尝偷过铃木的白酒?偷酒喝的不是你吗?"

"噢,我以为你在看书。胡诌两句也没事。不曾想,你还是听见了。你这人,不防着点不行啊。所谓'眼观六路,耳听八方',指的就是你。不假,说起来,我也喝了。我喝了,这一点儿也不含糊,但被发现偷酒喝的可是你。你们两位听着!苦沙弥先生本来不会喝酒。但是,他觉得是别人的酒,就痛饮一气,所以呀,嗬,满脸通红。哎呀呀,那副样子,不忍再看他一眼……"

"住口!连拉丁文都不会念,还……"

"哈哈哈……后来藤先生回来,晃了晃啤酒瓶,发现少了一大半 ,他说一定是有人喝了。四周一察看,只见这位'大老爷'蜷缩在墙角,活像用红土捏成的泥像……"

三人不由得哄堂大笑。主人也边看书边咯咯地笑。唯有独仙,似乎由于过分地巧用机关,有些累了,所以伏在棋盘上,不知什么工夫已经酣然入梦。

寒月又说:"不出声也曾被发现过。我从前去姥子温泉,和一位老头住在一起。据说他是东京一家布匹商店的退休老板。反正是同宿,管他是布

---

① 小督局:日本第八十代天皇—— 高仓天皇的爱妃,善弹筝。皇后之兄平清盛嫉恨她,将她藏于嵯峨野。源仲国奉御旨,凭《思夫叹》的琴音发现小督局,遂带回。后为平清盛所捕,削发为尼。故事见《平家物语》谣曲《小督》。

匹商还是估衣商的。然而,有一件事可伤脑筋。那是因为我到姥子温泉以后第三天,我的烟抽光了。诸位大概也都清楚,那个姥子温泉不过是山里的一幢房,很不方便,除了洗澡、吃饭就什么也买不到。在这里断了烟,那可是一场大难。越是缺什么,就越想什么。我刚刚想到没有烟啦,就突然想吸。其实,平日并没有那么大的烟瘾。偏偏倒霉,那个老头包了一大包烟叶来登山,他拿出一点烟来,盘腿大坐,吱吱地吸起来,仿佛在问:'不想吸一口吗?'他光吸,还可以忍受,后来竟吐起烟圈,又竖着吐,横着吐,甚至躺在黄粱一梦的枕上倒过脸来吐;还像变戏法似的从鼻孔吸入鼻洞,再从洞里喷出来。一句话,直'晃嘴'呀!"

"什么?'晃嘴'是怎么回事?"

"形容炫耀服装家具叫做'晃眼',那么,炫耀吸烟,只好叫做'晃嘴'了。"

"唉,与其这么煞费心机,何不要来一点儿抽?"

"这,不能要。我是个男子汉嘛。"

"咦?男子汉就要不得吗?"

"也许要得。但是,我没要。"

"那怎么办?"

"不是要,而是偷!"

"哎呀呀!"

"我看那老头儿拎着条毛巾洗澡去了,心想:要吸,就趁现在!我便不顾一切地大口猛吸起来。啊,真过瘾。不大一会儿,纸屏哗的一声开了。我一惊,回头一看,来者正是烟草的主人。"

寒月问道:"他没有去洗澡吗?"

迷亭说:"他刚想洗,忽然想起忘了拿钱褡子,才从走廊折了回来。谁稀罕偷他的钱褡子?首先,这是对我的冒犯!"

寒月说:“看你偷烟的手段,还有什么好说的?”

“哈哈哈,那老头儿真有眼力,钱褡子的事暂且不提。单说他拉开纸屏一看,我已断烟两天,而现在那浓浓的烟雾却弥漫在整个房间。常言道:‘坏事传千里!’一下子事情败露了。”

“老头儿说什么了?”

“到底是年高有德!他什么也没说,将用白纸卷好了的五六十支烟递给我说:‘对不起,如果这粗劣烟叶您不嫌弃,就请吸吧!’说完,他又到浴池去了。”

“这就是所谓的‘江户风趣’吧?”

“谁知道是‘江户风趣’还是‘布匹商风趣’,总之,从此我和老头儿极其肝胆相照,逗留两个星期回来。非常愉快。”

“这两个星期,烟卷都是老头儿请客吧?”

“嗯,大致如此。”

主人终于合上书本,边起身边求饶地说:“小提琴完事了吧?”

寒月说:“没有。以下才热闹呢。正是故事高潮,你就听下去吧!顺便提醒一句在棋盘上睡大觉的那位,叫什么啦?对呀,独仙先生……那么,独仙先生也请听听吧!如何?你那种睡法对身体是有害的。叫起他来好吗?”

迷亭喊道:“喂,独仙兄,起来,起来!讲有趣的故事。起来吧!人家说,你那种睡法对身体有害!说您太太会担心的。”

“嗯?”独仙哼了一声抬起头来,顺着他那山羊胡流下一串长长的口水,像蜗牛爬过似的,那口水闪闪发光。“啊,好困!‘山上白云闲,恰似我偷眠’,啊,睡得真香!”

“你睡啦,这已经公认。你快起来如何?”

“起来也好吧!有什么趣闻吗?”

“紧接着就要把小提琴……怎么回事啦?苦沙弥兄!”

“怎么回事？丈二金刚摸不着头脑。”

东风说:“马上就该拉琴啦。”

迷亭说:“马上就要拉琴啦。到这儿来,你听呀!”

独仙说:“还是小提琴？真受不了!”

迷亭说:“你是拉‘无弦之素琴’的人,没什么受不了的。而寒月兄恐怕要拉得吱吱哇哇,声震三邻五舍,那才大大受不住呢。”

独仙说:“是吗？寒月兄难道不懂操琴却不惊邻的方法吗?”

寒月说:“不懂。如果有这样的方法,倒要请教。”

“何须请教！只要看一眼圣地白牛①,就会立见分晓。”独仙说得玄虚莫测。寒月断定这是独仙睡眼蒙眬中信口胡诌的奇谈,便故意不理他,接着话碴儿说:

“好歹想出了个妙计。第二天是天长节,从早到晚我都在家,把藤箱开了关,关了开,一整天都在心慌意乱中度过。终于天黑了。当藤箱下蟋蟀嘶鸣时,横下心,将那把小提琴和琴弓取了出来。”

东风说:“总算露面啦。”

迷亭却警告说:“率尔操琴,那可危险哟!”

寒月说:“我先拿起琴弓,从弓尖到弓把都检查一遍……”

迷亭讥讽道:“那不会是劣等刀工的产品吧?”

寒月说:“当我想到这便是我的灵魂时,心情正像武士在深夜灯影中将磨得锋利的宝剑拔出刀鞘。我手握琴弓,不禁瑟瑟发抖。”

东风说:“真是个天才!”紧接着迷亭说:“真是个疯子!”主人说:“快拉琴就对了!”独仙却流露出一副莫可奈何的表情。

寒月说:“谢天谢地,琴弓平安无恙。接着又把小提琴也拿到油灯旁,里

---

① 圣地白牛:见日本的《碧岩录》,以进入清净境界的无垢白牛,形容佛门圣洁。

里外外全面检查。这过程大约五分钟。您要记住:藤箱下蟋蟀一直在嘶鸣……"

迷亭说:"一切都替你记着呢,你就放心地拉琴好了。"

寒月说:"这时我还没有拉。幸亏小提琴完整无缺。这就放心了。我猛然站起……"

迷亭问:"要去哪儿?"

寒月说:"还是闭上你的嘴,光用耳朵听吧!像你这样一句一打岔,可就没法讲故事啦……"

迷亭喊道:"喂,列位!叫你们闭上嘴哪!嘘——嘘——"

寒月说:"多嘴的只有你一个!"

迷亭说:"是吗?对不起。我洗耳恭听,洗耳恭听!"

寒月说:"我将小提琴挟在腋下,穿着草鞋穿过草门,跨出两三步。啊,且慢……"

迷亭说:"嗬,你总算出去了。说不定又是什么地方停电了吧?"

主人说:"即使回去,也没有柿饼子了。"

寒月说:"诸公这么七嘴八舌的,实在是憾甚,憾甚。我只好对东风一个人讲了……好吧,东风。我迈了两三步,又折了回去,把离开家乡时花三元两角钱买的红毛巾蒙在头上,噗的一声吹灭了油灯。哎,我对你说呀,这下子眼前漆黑。连草鞋在哪儿都看不见了。"

"你到底想去哪儿?"主人问。

"咳,你就听着吧!好不容易才找到草鞋,出去一看,正是:'月夜星空柿叶落;红头巾下,抱着一把小提琴。'向右,向右!沿着慢坡路登上庚申山。这时,东岭寺的钟声沿着我的头巾,通过我的耳鼓,响彻我的头颅。你猜,此刻已是什么时辰?"

"不知道啊!"

“九点啦。其后，在那漫漫的黑夜，我独自走了八百多米山路，登上大平岭。若在平时，我本来胆子很小，一定会被吓昏的。然而，一旦精神高度集中，实在神奇。当时我心里压根儿没有考虑，怕呢还是不怕，满心想着的只有一件事——要拉小提琴，多有意思。那个大平岭位于庚申山的南侧。晴朗之日凭临远眺，可以从红松林的缝隙间俯瞰山下的城市，实为观光绝佳的平地。是啊，宽约六十丈见方，中间一块石板，大约八张席那么大。北侧是叫做‘鹈沼’的一片池塘，池塘周围遍是三搂粗的樟树。因为是山上，有人烟的地方只有采樟脑的一间小屋。池塘近处即使白天也不是个赏心悦目的好地方。幸而工兵为了演习开辟了一条路，攀登并不吃力。我总算来到那块大石板，铺好毯子。暂且落座了。这么晚登山，还是第一次。我坐在石板上，稍微平静些，四周的静寂便渐次袭上心头。此时此刻，乱了方寸的只有恐怖感。如能除却这种恐怖感，余下的全是皎皎清冽的空灵之气了。我呆呆地坐了二十多分钟，仿佛在水晶宫里孑然索居。而且我那孑然索居的身躯，不，包括心地与神魂全像用凉粉制成的，十分透明，这太神奇了。我几乎弄不清是自己住在水晶宫里，还是水晶宫住在我的心中……”

“越说越离奇了！”迷亭一本正经地奚落道。随后，独仙深受感动地说：“进入玄妙佳境喽！”

寒月说：“假如这种精神状态持续下去，说不定直到明天早晨，好不容易才弄到手的小提琴都拉不成，一直茫然地在磐石上打坐哩……”

东风问道：“那里有狐狸吗？”

寒月说：“在这种情况下，我已经分不清东南西北，连是死是活都不清楚。就在这时，突然听到身后的古池里‘啊’地发出一声尖叫……”

“终于露头啦！”

“那叫声远远引起反响，伴同着强劲的秋风，掠过遍山的林梢。这时我才苏醒……”

迷亭装做抚胸定神的样子说:“总算一块石头落地了!”

独仙挤眉弄眼地说:“这叫做‘心神一死天地新’啊!”

寒月又说:“后来,我苏醒过来,四周一看,庚申山一片静悄!连雨滴那么点声音都没有。唉,我心想:刚才那是什么声音呢?若说是人语吧,太尖厉;若说是鸟叫吧,又太高亢;若说猿猴在啼吧……这一带又不会有猿猴。到底是什么声音呢?头脑中一旦泛起疑团,便总想解开这个谜。于是,至今寂寂无为的万千神经便纷然杂沓、熙熙攘攘,在头脑中翻腾起来,宛如京城人士欢迎英国的康诺特爵士[①]时一样地疯狂和混乱。这当儿,全身的毛孔突然张开,就像多毛腿喷上了烧酒似的,毛孔中号称什么勇气、胆量、智谋、沉着等等贵客,通统不知去向,一颗心在肋骨下跳起了抓鼻舞[②]。两条腿像风筝的响笛似的颤抖起来。这可吃不消!我突然将毛毯蒙在头上,将小提琴挟在腋下,飘飘摇摇地从磐石上跳了下去,从崎岖小路向山下一溜烟似的跑了下去。回到住处,便蒙头大睡了。东风君,即使今天回忆起来,再也没有那么叫人毛骨悚然的了。”

“后来呢?”

“到此结束!”

“没拉小提琴吗?”

“想拉也拉不成呀!不是嘎地惨叫一声吗?纵然是你,也一定拉不成的。”

“唉,总觉得你这个故事讲得不太过瘾。”

“随便你怎么‘觉得’,事实如此呀!怎么样?各位!”寒月巡视全场,神气十足。

---

① 康诺特爵士:英国贵族,明治三十九年英国国王派他到日本赠给日本天皇勋章。

② 抓鼻舞:用手捏鼻像要扔掉似的舞蹈。

"哈哈哈,你真有两下子! 把故事编到这么个程度,大概已经煞费苦心了吧? 我还以为是男桑德拉·贝罗尼①在东方的君子国出场了呢,因此,我一直虔诚地洗耳恭听哪!"迷亭料想会有人让他解释一下桑德拉·贝罗尼是怎么回事,但是很意外,别人什么也没有问,便不得不自做讲解了。"桑德拉·贝罗尼在月下弹起竖琴,在森林中唱起意大利情调的歌曲。这和你抱着小提琴登上庚申山,真可谓'同曲异工'啊! 遗憾的是,人家震惊了月里嫦娥,老兄却怕透了池中怪狸。正是:人生紧要处,出现了崇高与滑稽的巨大逆差。一定是很遗憾的喽。"

寒月却意外地冷静:"倒也并不怎么遗憾。"

接着,主人严肃地评说道:"本来你想到山上去拉小提琴,这太洋气啦,因此才吓唬你哪!"

独仙叹息道:"好人竟在魔窟里鬼混! 可惜呀!"

独仙说过的一切话语,寒月都一句也不懂。不仅寒月,恐怕任何人也无从分晓吧!

隔了一会儿,迷亭将话锋一转,说:"这件事就这样吧! 你近来还到学校去只顾磨玻璃球吗?"

"不,前此我因归乡省亲,暂时中止。磨玻璃球的事我已经有点厌倦。老实说,我正在想是否算了。"

"可是,你若不磨玻璃球,就当不上博士呀!"主人眉峰微蹙地说。

寒月自己却意外地轻松:"博士嘛,嘿嘿……当不成也无妨喽。"

"但是,拖延婚期,双方都要烦恼的吧?"

"结婚? 谁?"

---

① 桑德拉·贝罗尼:英国小说家乔治·梅瑞狄斯(一八二八——一九〇九)同名小说中的女主人公。

“你呀。”

“我和谁结婚?”

“和金田小姐呀!”

“咦?”

“咦什么?不是约定了吗?”

“约定个毬!至于把这件事到处宣扬,那是对方的自由。”

主人说:“这就太胡闹了。嗯?迷亭君,那件事你也知道吧?”

“那件事,指的是‘鼻子’夫人吗?如果是,那就不只是你我知道,已经成了公开的秘密而天下周知了。如今,总有人纠缠不休地找我来问:几时才能光荣地在《万朝报》等报刊上,以‘新郎、新娘’的标题刊载男女双方的照片呀?东风君早在三个月前就已经作好了长篇大作——《鸳鸯歌》。只因寒月还没有当上博士,才非常担心那呕心沥血的杰作会不会黄金变成粪土。喂,东风君,是吧?”

东风说:“总还不到担心的程度吧?反正希望把那篇充溢着满腹情思的作品公之于世的。”

迷亭说:“瞧!你到底能不能当上博士,这影响已经波及了四面八方,你就加把劲儿,去磨玻璃球吧!”

寒月说:“嘿嘿。多蒙挂心了,对不起。不过,我已经不当博士也无妨的。”

“为什么?”

“为什么?我已经有个明媒正娶的老婆。”

迷亭说:“呀,这一招厉害!你是什么工夫秘密结婚的呀?这种年月可含糊不得哟!苦沙弥兄,你已经听见,寒月君说他已经有老婆了。”

寒月说:“还没有孩子哪!结婚不到一个月就生孩子,那就成问题了。”

主人活像个预审的法官,问道:“到底是何时、何地结婚的呀?”

“何时？我回到家乡的时候，她早已在我家一直等着我哪。今天给苦沙弥先生带来的木松鱼，就是婚礼上亲友们送给的。”

迷亭说：“只送三条鱼干贺喜？够吝啬的！”

寒月说：“哪里！在一大堆里只拿了这三条。”

“那么，你家乡的姑娘，也是脸色漆黑吧？”

“是呀，漆黑漆黑的，和我很般配。”

“那么，对于金田家，你打算怎么办？”

“没想怎么办？”

“那可有点儿说不过去。是吧？迷亭兄！”

“没什么。嫁给别人还不是一样。反正所谓夫妻，不过是摸黑撞头罢了。一句话，本来用不着撞头，却偏要瞎撞，真是多此一举。既是多此一举，管他谁和谁相撞，都无所谓。只是作《鸳鸯歌》的东风君可怜哪！”

“唉，鸳鸯歌嘛，看情况，转让给我也行啊！待金田小姐结婚时，我再另作一首。”

“不愧为诗人，多么落落大方。”

主人还是挂牵着金田小姐：“对金田家谢绝了吗？”

“没有。没有谢绝的必要。我从未向对方求婚，或是表示要娶她，所以，默不作声就蛮好……真的，默不作声就蛮好。即使现在，也有十名二十名密探盯着，会把我们的谈话一五一十全给告密的。”

主人一听密探二字，刷地板起面孔宣布：“哼！那就住口！”

主人似乎余意未尽，便又针对密探，煞有介事地大发议论：

“乘人不备，探囊取物者小绺也；乘人不备，巧窃心曲者密探也；神不知鬼不觉，撬门开窗拿走他人什物者盗贼也；神不知鬼不觉，诱人失言以窥其心境者密探也；将砍刀插在席上，硬是勒索他人钱财者强盗也；罗织恐吓言词强奸他人意志者密探也。因此，密探和小偷、盗贼、强盗本是一家，毕竟顶风臭出四十里。若是听他们的,就惯坏了他们。决不能服软。”

寒月说:“唉,即使有一两千名密探在上风头列队进攻,也没什么可怕。我可是磨玻璃球的著名理学士水岛寒月哟!”

迷亭说:“听啊,听啊!实在佩服!到底是新婚的学士,真个是神采奕奕!不过,苦沙弥兄,既然密探和小偷、盗贼、强盗都是一伙,那么,雇用密探的金田家是和什么人一伙呢!”

主人说:“不外乎熊坂长范之流吧!”

“比作熊坂,太妙了。戏词①不是说吗:‘只见一个长范,却成了两个,原来是身首异处。’像对面胡同的那个‘长范’,靠着放阎王债起家,贪得无厌,物欲横流,活一千年也不会毙命的。叫那些家伙抓住可是报应喽!一辈子要倒霉的。寒月,可要当心哟!”

寒月泰然自若,模仿“宝生派”②的腔调气焰万丈地说:

“怎么?好吧!戏词中还说:‘哎呀呀,你这凶恶的强盗!老子刀法,谅你早已知晓。如此还不知趣,胆敢破门而入,管叫你大祸临头喽!’”

独仙毕竟与众不同,他提出了一个与时局无关的比较超脱的问题:

“提起密探来,二十世纪的人,似乎大多数有成为密探的趋势。这是什么缘故?”

寒月回答说:“是由于物价上涨吧?”

东风回答说:“是由于不懂艺术情趣吧?”

迷亭回答说:“是由于人们长了文明角,像芝麻糖似的,麻麻癞癞的。”

轮到主人发言了。他装腔作势地开始发起如下的议论:

“这一点,我曾煞费思索。依我之见,现代人的密探化倾向,全怪个人自

---

① 戏词:日本谣曲《乌帽子折》的最后一句唱词。

② 宝生派:日本能乐唱腔五派之一。

觉意识太强。我所说的自觉意识，绝不是独仙君所说的什么‘修炼成佛’、‘与天地浑然一体’等等悟道之类……”

迷亭说：“哎呀，越说越玄虚了。苦沙弥兄，既然连你都鼓簧弄舌地讲那套大理论，迷亭在此，也不揣冒昧，接下来将对现代文明的不满，堂堂正正地议论上一番喽！”

主人说：“请便。你有什么可说的！”

“有。多得很。你们前此敬刑警如鬼神，而今日又把密探比作小偷和盗贼，这变化简直是前后矛盾。至于我嘛，打从没出娘胎，直到现在，始终一贯，不曾改变过自己的学说。”

主人说：“刑警是刑警，密探是密探；前此是前此，今日是今日。不改变自己的学说，这便是不发展的铁证。《论语》中说的‘下愚不可移[①]’指的就是你。”

“好厉害！密探如果这样正面进攻，倒也还有可爱之处。”

“我是密探？”

“正因为你不是密探，我才说你坦率得招人喜欢 。别吵，别吵！喂，且听你那番宏论的下文吧！”

“所谓现代人的自觉意识，指的是对于人际间存在着截然不同的利害鸿沟了解得过细。并且，这种自觉意识伴随着文明进步，一天天变得更加敏锐，最终连一举手、一投足都要失去天真与自然了。西方有个人叫亨利[②]，他批评史蒂文森说：‘他走进悬挂着玻璃镜的房间，每当从镜前走过，如不照一下自己的身影便不舒服。他就是这样一个刹那间也不肯忘记自我的人。’这番话生动地描绘了今日世界的趋势。睡时不忘我，醒时不忘我，我字无处

---

① 下愚不可移：《论语·阳货篇》：“子曰，唯上智与下愚不可移。”

② 威廉·埃内斯特·亨利（一八四九——一九〇三）：英国诗人、批评家，一条腿。史蒂文森的小说《金银岛》的主人公，就是以他身残志坚为模特的。

不缠身，弄得举止言行，无不矫揉造作，作茧自缚，使人间充满了辛酸，只得以年轻男女对面相亲时的那种忐忑心情挨过晨昏。什么'悠然自得'、'从容不迫'等等字样，变得徒有其名，毫无意义了。从这一点来说，现代人都密探化了，盗贼化了。密探干的是掩人耳目、只顾个人行乐的营生，势必加强个人意识。而盗贼，他们念念不忘是否会被捕或被发现，势必个人意识强。因为现代人不论是醒来还是梦中，都在不断地盘算着怎样对自己有利或不利，自然不得不像密探和盗贼一样加强个人意识。他们整天贼眉鼠眼，胆战心惊，直到进入坟墓，片刻不得安宁，这便是现代人，这便是文明发出的诅咒。简直是愚蠢透顶！"

独仙开口了："解释得十分有趣。"碰上这样问题，独仙是决不肯自甘落后的。"苦沙弥兄的解释深得我意。古人是敬人忘我的，而今，是教育人们不要忘我，完全翻了过来。一天二十四小时，全被我字占据了。因此，一天二十四小时没有片刻太平，永远是水深火热的地狱。若问天下的良药是什么，再也没有比'忘我'更奏效的了。所谓'三更月下人无我'①，就是吟咏这种最高境界。而今人，即使对人亲热，也有欠自然。连英国自吹的'绅士'行为，也意外地强化个人意识。听说英国国王去印度旅游时，曾和印度的皇族同席共餐。那些皇族没有意识到天子在场，以至拿出本国吃法，将手伸到盘子里去抓马铃薯吃。后来他们满脸涨红，羞愧难当。而英王却佯装不知，也伸出两个指头在盘子里抓马铃薯吃……"

寒月问道："这便是英国情趣吗？"

"我听过这样一个故事，"主人补充说，"也是英国，有一个大兵营，团部士官曾多人宴请一名下士。餐毕，端来了玻璃瓶装的洗指水。那名下士似

---

① 三更月下人无我：中国禅僧偃溪广闻的诗句：三更月下人无何。无何，即乌有乡，意为无心心境。

乎对宴会生疏,竟嘴对嘴地喝干了瓶中水。于是,团长边祝福下士身体健康,边将洗指钵里的水一饮而尽。据说同桌的士官也都争先恐后地举起洗指钵祝福下士的健康哩。”

“还有这样的笑话呢。”不甘寂寞的迷亭说,“卡莱尔第一次谒见英国女王时,由于这位先生是个不谙宫廷礼节的怪物,突然说了声:‘可以吗?’便扑通一声在椅子上落座了。这时,站在女皇身后的众多侍从和宫女都哧哧地笑起来。不,不是笑了,是禁不住要笑。于是,女王对身后的人们使了个眼色,众多侍从和宫女转眼也都在椅子上落座,卡莱尔才没有丢面子。竟有这样无微不至的关怀!”

寒月简评曰:“既然是卡莱尔,即使众人都垂手而立,说不定他也满不在乎呢。”

“关怀人者的个人意识倒是可敬。”独仙进一步说,“不过,正因为是个人意识,想关怀别人也很吃力呢。可怜!常人说:随着文明进步,杀机就会消失,个人之间的交往就会变得斯文,这就大错而特错了。自我意识这么强,怎么会平安无事呢?不错,冷眼看来,很像甚是平安无事的样子,然而,相互之间却极其痛苦。大概很像摔跤人在擂台上双方扭成一团,一动不动的样子吧?从旁看来,多么平平安安,但是,双方的内心里岂不怦怦在跳吗?”

讲话轮到迷亭的头上了。“就说打架吧!从前打架是以暴力进行压迫,反而不犯罪;迩来变得非常巧妙,这更是由于个人意识增强了的缘故。培根说过:‘顺从大自然的力量,才能战胜大自然。’今日争斗,正是遵循培根格言的产物,这可有点奇怪,恰如柔道一样:想的是利用敌人的力量消灭敌人……”

“还和水力发电一样。顺着水力,发挥巨大的作用……”寒月一开口,独仙立刻接下来说:

“所以呀，‘贫为锁，富为链，忧为网，喜为绊’。才子死于才，智者败于智。像苦沙弥这样脾气暴躁的人，只要利用你的暴躁，你立刻就会蹿出去，中了敌人的奸计……”

“对呀。对呀！”迷亭拍手叫好时，苦沙弥先生笑嘻嘻地回答说：“不过，人们不会那么如愿以偿吧？”全场人听了，一同大笑起来。

迷亭问：“不过，像金田老板那种人，会因何而亡呢？”

独仙说：“老婆因鼻子而毙命，老板因罪孽而丧生，下人因充当密探而消亡。”

“小姐呢？”

“小姐嘛，我没有见过，无从说起……不过，不外乎穿得捂死，吃得撑死，或是喝死之类吧！总不至于因恋爱而死的。弄不好，说不定会像坐过墓碑的小野小町那样死于路旁哩。”

“那可太惨了。”东风因为献上过新体诗，立刻提出抗议。

独仙仿佛众人皆醉我独醒似的，不住口地说：“所以，‘处处不失善良心’这句话很了不起。不入这种境界，人是苦不堪言的哟！”

迷亭说：“你别那么神气！像你这号人，说不定在电光影里两脚朝天而丧命呢。”

主人说：“总之，在这文明日益昌盛的今天，我是活腻了。”

迷亭立刻一语道破：“死吧！不必客气。”

主人混羼羼地说：“死，更不情愿。”

寒月说了一句冷冰冰的格言：“生来时，无人深思熟虑而后生；临死时却无人不烦恼。”

这时节，唯有迷亭才能应答如流：“这就像借债时漫不经心地把钱借到手，到了还钱的时候却心疼起钱来。”

独仙却以飘飘欲仙的姿态说：“如同借债不想还钱的人才幸福，同样，视死如归的人也是幸福的。"

迷亭说:"照此说来,干脆,厚颜无耻便是悟了道?"

独仙道:"是呀!这就是禅语中所说:'铁牛面者铁牛心;牛铁面者牛铁心。'"

迷亭问:"那么,你就是这号人的标本?"

"倒也不是。不过,以死为苦,这是人类发明了'神经衰弱'以后的事。"

"的确。像你吧,怎么看怎么像出现神经衰弱症以前的天民。"

迷亭和独仙言来语去,不断说些莫名其妙的话。这时,主人却对寒月和东风频频抨击文明。

"怎样才能借钱不还了事,这是个问题!"

"不成问题。借钱非还不可。"

"喂,讨论嘛,别吭声,听着。正如怎样才能借钱不还了事一样,怎样才能长生不死,也是个问题,不,已经成了问题。发明炼金术,正是为了这个,一切炼金术都失败了。无论如何人总是要死的,这已经清楚了。"

"远在发明炼金术以前,这一点就清楚了。"

"喂喂,讨论嘛,别吭声,你听着。懂吗?当明确了无论如何也非死不可时,又出现了第二个问题。"

"咦?"

"反正得死,怎样死才好呢?这就是第二个问题。'自杀俱乐部',就是命运注定将和这第二个问题同时诞生。"

"的确。"

"死,是痛苦的。然而,死不成,却更痛苦。神经衰弱的国民活着比死亡更加痛苦万分,从而,为死而受苦。并非怕死才以死为苦,而是忧虑怎样死才最好。只是一般人因智力不足,便在听天由命的过程中惨遭社会的杀戮。然而,有点个性的人,不会满足于社会上那种零刀碎割式的残杀,必然要对于死亡方式进行种种探讨之后，提出一个崭新的妙计。因此，未来世界的趋势，必然是自杀者不断增加，自杀者无不依照独家发明的方式辞别人间。”

“那可够热闹的了。”

“会的。一定会的。亨利·阿瑟·琼斯①写的剧本里，就有一个一贯主张自杀的哲学家……”

“他自杀了吗？”

“遗憾得很，他并没有自杀。不过，今后再过一千年，一定会全都采取自杀方式的。万年以后，提到死，人们就会想到，除了自杀，是不存在死亡的。”

“那还了得！”

“会的，一定会的。这样一来，对于自杀积累了大量的研究成果，成为一门科学。诸如落云馆那样的中学，就会讲授自杀学，作为一门正课代替伦理学。”

“妙极了。我几乎想去旁听哪！迷亭先生，苦沙弥先生的高论，你听见了吗？”

“听见了。到了那时，落云馆的伦理学教师会这样说吧：‘诸君，不许墨守所谓公德这种野蛮作风。作为世界青年，诸君首先要重视的义务是自杀。这等于说：己为所欲，施之于人。因此，为了扩大自杀效益，还可以进行他杀。尤其眼前那个穷酸臭的珍野苦沙弥先生，只见他活得十分痛苦，要争取早一天杀了他，这便是诸君的义务。诚然，与往昔不同，而今乃是开明时期，因此，不能再干那种舞刀弄枪或飞箭投矢等卑鄙手段，只能凭着高尚的讽刺技巧开开玩笑而置人于死地，这既对本人修好积德，也是诸君的荣誉。’”

“讲演实在太动人了。”

---

① 亨利·阿瑟·琼斯（一八五一——一九二九）：英国戏剧家。作品有《马尔加及其失去的天使》、《说谎者》等。

“还有比这更动人的哩。现代警察是以保护人民的生命财产为首要目的。但是,将来到了那一天,巡警就会抡起打狗的棍棒,到处打杀天下公民……”

“为什么?”

“为什么?如今的人珍惜生命,所以靠警察来保护;到了那时,因为国民活得痛苦,警察以慈悲为怀,才予以格杀的。当然,心眼快当些的人大多都已经自杀;要警察动手杀死的家伙们只有优柔寡断的人、缺乏自杀能力的白痴,或是残废。并且那些自愿被杀头的人都在门口贴上一张纸条。唉,只要写清‘有男(或女)自愿被杀’,贴在门口,警察在适当的时候巡逻到此,就会立刻应约处理的。尸体吗?照例由巡警拉车去拾掇。还有更有趣的事哪……”

东风非常激动地说:“先生的笑谈,说起来就没个完喽!”

独仙又捻着他那缕山羊胡慢条斯理地分辩道:“若说笑谈,也算是笑谈;不过,若说是预言,也许就是预言。不彻底掌握真理的人,总是被眼前的表面现象所束缚,爱把泡沫般的梦幻认定是永恒的真实;而稍微说得超脱些,便立刻被认为是笑谈。”

寒月肃然起敬道:“就是说‘燕雀安知鸿鹄之志’吧?”

独仙的神色仿佛在说:“正是如此。”然后,他又接着说:“从前西班牙有个地方叫做柯尔道巴……”

“今天还存在吗?”

“也许存在。暂且不管它的今昔吧!按那里的风俗,寺院一敲响晚钟,家家户户的女人都要出去跳进河里游泳……①”

“冬天也游泳吗?”

---

① 见法国作家梅里美的小说《嘉尔曼》第二章开头。

“这一点了解得不大确切。总之,没有老少尊卑之别,都要跳进河里。但是,男人一个也不参加,只是远远地眺望。但见暮色苍茫的浪波上,白花花的肌体在朦胧中跃动……”

东风只要听说有裸体出现,就往前挪动身子。

“多么富于诗意呀!可以写成一首新诗呢!那是个什么地方?”

“柯尔道巴呀!那里当地的小伙子们不能和女人一同游泳,可又不许远远看清女人们的身姿。小伙子们觉得很遗憾,便开了个小小的玩笑……”

迷亭一听开了个玩笑,非常高兴,说:“咦?耍的什么花样?”

“他们对寺院里的敲钟人行贿,将日落敲钟的规矩提前了一个小时。女人们都很浅薄:‘哟,钟响了。’纷纷聚集在岸边,只穿着小背心、短裤衩,噼里扑通跳进水里。水里倒是跳了进去,但是,和往常不同,天还没黑。”

“又是‘秋日烈焰火辣辣’?”

“她们往桥上一看,许多男人正站在那里瞧看。虽然害羞,也莫可奈何。据说臊得脸通红呢。”

“这……”

“这嘛,说明人只被眼前习俗所迷惑,忘却了根本原理。不当心些可不行哟!”

迷亭说:“深蒙教益,三生有幸。关于被眼前习俗所迷惑的故事,我也讲一个吧?最近阅读某某刊物,有一篇小说写了这样一个骗子手。假定我在这儿开了个书画古董店。门市里陈列着大家的书画、名人的遗物。当然没有赝品,全是地道的真货,不折不扣的上品。既然是上品,自然要卖高价。一个好奇的顾客走来,问道:‘元信①的这幅画多少钱?’我说:‘标价六百元,

① 元信:狩野元信(一四七六——一五五九),日本室町时代的大画家,在水墨画的基础上注入了浓彩技法,集新风之大成。

那就六百元吧！’顾客说：‘买倒是想买，只是手头没带那么多钱，很遗憾，只好作罢。’”

主人照例不善于逢场作戏，问道：“能肯定他是这么说的吗？”

迷亭佯作不知。“是啊！这是小说，我这么说，你就这么听。当时我说：‘哎，钱算得了什么。如果您中意，就请拿去吧！’顾客说：‘这怎么行？’他有些犹豫。我十分慷慨地说：‘那就按月付款吧！这样可以细水长流，反正今后您是我们的主顾……哎，您一点儿不用客气。每月付十元怎么样？如果不便，每月付五元也行。’后来我和顾客经三两个回合的磋商，结局以六百元的价格将法眼①狩野元信那一幅画卖给他，但是分期付款，每月十元。”

寒月说：“简直像读《泰晤士百科全书》呢。”

迷亭说：“《泰晤士百科全书》很精确，而我说得可太不确切了。以下慢慢儿就开始进行巧妙的欺骗了。你好好听着！六百元，每月十元，你算算，要多少年才能还清？寒月！”

“当然是五年吧？”

“当然是五年。不过，独仙君，你认为五年岁月，是长？还是短？”

“一梦千年，千年一梦。又短，又长啊。”

“说些什么？是道歌吗？真是缺乏常识的道歌。且说五年当中每月付十元，当然，对方要付款六十次才行。然而，这里有个可怕的习惯势力问题。假如同一件事情月月进行，重复六十次，那么，第六十一次也还想照例付款十元。第六十二次也还想付款十元。六十二次，六十三次……重复的次数越多，到期就非付款十元不可。人，似乎聪明。但是有个很大的弱点，就是泥于旧习，忘却了根本。利用这种弱点，我将无数次月月捡到十元钱的便宜。”

---

① 法眼：僧侣的级别之一。

“哈哈哈,是吗！总不至于那么健忘吧?”

寒月一笑,主人有点严肃地说:

“唉,那种事真的就有。我就曾月月不算账,寄款偿还大学时期欠下的债,以至最后对方谢绝再收。”他是把自己的丢人事当成千万人共有的丑闻来宣布。

“瞧,这种人就在场,可见是千真万确的呀！所以,对我刚才说过的‘未来文明记’,笑它是开玩笑的人,正是认为六十次可以还清的分月付款要毕生都付才对的家伙们。尤其是寒月、东风这样缺乏经验的诸位青年,必须牢记我的话,不要上当受骗!”

寒月说:“记下了。分月付款一定限于六十次。”

“噢,寒月君,这番话好像是开玩笑,实际上足以发人深省哟!”

独仙冲着寒月说:“比如现在苦沙弥兄或是迷亭兄忠告你说:‘你擅自和别人结婚,这有欠稳妥,快到金田家去请罪!’不知尊意如何?有心去请罪吗?”

寒月说:“请罪一事休提！如果是对方向我赔礼,那就另当别论。至于我嘛,没有这个意思。”

独仙又问:“假如警察要你去请罪,怎么办?”

寒月说:“更是对不起!”

“如果是大臣、贵族的命令,如何?”

“那就愈发地碍难从命了。”

独仙说:“瞧啊！过去的人和现代人发生了多么大的变化！过去是单凭官衙权势便可以恣意妄为的时代;继之而来的却是个纵然皇家也不能为所欲为的时代了。今日世界,管他是多么非凡的殿下或将军,想超限度地凌辱人格是办不到的。说得严重些,如今,压迫者的权势越大,被压迫者就越感到烦恼,要进行反抗。因此今非昔比,竟然出现了这样的新气象:正因为是权势显赫的官府，才落得莫可奈何。如今，若依古人看来，几乎不敢相信的事情竟然无可非议地通行。世态人情真是变幻莫测！迷亭君的《未来记》若说是笑谈，倒也算是笑谈；但是，假如说它有所启示，岂不确也韵味隽永吗?”

迷亭说：“既然有了这么好的知音，我就非把《未来记》的续篇讲下去不可了。如同独仙所说，在今日世界，如果还有人靠着官衔权势耀武扬威，仗着二三百条竹枪横行霸道，这犹如坐上轿子却急忙要和火车赛跑，是一些时代落伍者中的顽固家伙。不，是最大的糊涂虫！是放阎王债的长范先生！对这帮家伙，只要静观其变也就是了……

“不过，我的《未来记》却并非权宜之计的小事一桩，而是与人类命运攸关的社会现象。不妨仔细透视目前的文明倾向。预卜未来的发展趋势，便可知结婚将成为不可能。不要惊慌！我说‘结婚将成为不可能’，理由如下：如上所述，而今是以个性为中心的世界。从前是家长代表全家，郡守代表一郡，领主代表一国。那时，代表以外的人们几乎毫无人格。纵使有，也不被承认。如今则大变。人人都强调起个性来，个个都表现得心里有句潜台词：‘你是你，我是我！’如果二人路上相遇，会各自在内心吵嚷道：‘你小子是人，我也是个人！’在对骂中擦肩而过。个性已经强化到了这种程度。

“因为个性普遍地增强，所以实质上等于个性普遍地减弱。别人已经不那么容易贻害于我，从这一点来看，个人的确是强大了。然而，对别人不得任意干预，从这一点来看，个人的力量又明显地比以前弱了。强大起来都高兴；软弱下来人人扫兴。于是，一边固守强处：‘不许他人动我一根毫毛！’一边却又硬要扩大弱点：‘哪怕动他人半根毫毛也好。’这样一来，人与人之间就失却了空间，活得窘迫了。人们都尽可能地自我膨胀；直到胀得破裂，只得在痛苦中生存。剧痛之余，想出的第一个方案便是老少分居制。在日本，请您到山沟里去瞧瞧。一户一个门口，全家人都挤在一所房子里。他们没有值得强调的个性;即使有个性,也并不强调,如此也就一顺百顺了。但是,对于文明人来说,即使亲子之间,如不任其自我扩张,都觉得吃亏。因此,为了保证双方的安生,势必分居。欧洲由于文明发达,比起日本更早地实行了这一制度。即使百里挑一,有的人家二世同堂,儿子跟老子借钱也要纳利,像陌生人一样付给房租。正因为老子承认和尊重儿子的个性,才出现了如此良好风气。这种良好风气早晚也一定要传到日本的。

"亲戚早已分手,老少今日别居,一直被压抑的个性得到发展,以至随着个性发展而受到的尊敬将无限地扩展下去。因此,再不分居,就不会舒心了。然而,在父子、兄弟都已分居的今天,再也没有什么人需要分手,于是,最后的方案是夫妻分居。按现代人的观点,男女同居便是夫妻,但这是极大的判断失误。要想同居,必须在足够的程度上性情相投才行。假如是从前,那倒毋须赘言。当时讲什么'异体同心',看起来好像是夫妻二人,实质上不过是一人罢了。因此才宣称什么'偕老同穴',就是说,死了也变成一穴之狐。够野蛮的了。

"今天这一套就行不通。因为丈夫永远是丈夫,不管怎么说,妻子也还是妻子。为人妻者,都是在学校里穿着没有裆的和服裙裤,练就了坚强的个性,梳着西式发型嫁进门来的,毕竟不能对丈夫百依百顺。而且,如果是对丈夫百依百顺的妻子,那就不算是妻子,而是泥偶了。越是贤惠夫人,个性就越是发展得棱角更大;棱角越大就越是和丈夫合不来;合不来,自然要和丈夫发生冲突。因此,既然名之曰贤惠夫人,一定要从早到晚和丈夫别扭。这诚然是无可厚非的事;但越是娶了个贤惠夫人,双方的苦处就越是增多。夫妻之间就像水和油,格格不入,存在着不可逾越的铜墙铁壁。

"假如不出大事,那墙壁保持在一定的水平线上还要好些。但是,因为这水和油是双相发动的,家庭里就会像大地震一般颠得七上八下。于是,夫妻同床异梦,对于双方都不利这个道理,才逐渐地被人们所认识……"

寒月说:“如此说来,夫妻都要分手? 真令人担心啊!”

迷亭说:“要分手。一定要分手。天下夫妻都要分手。从前是同床共枕才是夫妻;今后,世人会把那些同床共枕的人看成没有做夫妻的资格。”

寒月在关键时刻暴露了自己的情肠:“照此说来,我这号人就该打进没有资格的一伙喽!”

迷亭说:“生在明治时代是幸运的哟! 像我呀,就因为写《未来记》,头脑比当前形势先迈了一两步,所以,现在就干脆过起独身生活了。有些人七言八语地说我这是失恋的结果等等,然而,近视眼的目光真是浅薄得可怜!这且不提,还是接下来谈《未来记》吧!

“那时,一位哲学家从天而降,宣传破天荒第一次发现的真理。其说曰:人是具有个性的动物。消灭个性,其结果便是消灭人类。为了实现人生真正的意义,必须不惜任何代价保持并发展自己的个性。那种囿于陋习,并非两厢情愿的婚姻,实在是违背自然法则的野蛮风习。姑且不谈个性不发达的蒙昧时期,即使在文明昌盛的今日,却依然沉沦于如此陋习,恬然不以为耻,这未免荒谬绝伦了。

“在文明开化已经登峰造极的今日世界,两种个性不会有任何理由以不寻常的亲密感情联结在一起。尽管原因十分显而易见,而一些没有受过教育的男女青年都在一时卑劣感情的驱使下,擅自举行新婚合卺之礼,其行径,实属悖德犯伦之极。吾等为了人道,为了文明,为了保护那些青年的个性,不能不全力抵制这种野蛮之风……”

“迷亭先生,这种学说我彻底反对!”东风君这时啪的一声用手心拍着膝盖,以破釜沉舟的语调说,“依我看,世界上什么最珍贵? 再也没有比得上爱与美了。多亏这二者,才使我们有了慰藉,生活美好,得到了幸福。多亏这二者,才使我们情操优美,品格圣洁,同情心纯净。因此,我们不论生在什么时候、什么地方,都不能忘记这二者。二者一旦降临人间,爱就化身为夫妻关系，美就分身为诗歌与音乐。因此我想，只要人类还生存在地球上，夫妻与艺术便绝不会消亡。”

“如果不至于消亡那当然很好；然而，现在按哲学家所说，都要彻底消亡的，又有什么办法？只好绝望啦。什么艺术？艺术也将落得和夫妻命运相同了。所谓个性发展，就是个性自由的意思吧？至于艺术嘛，岂不没有存在的可能了吗？所谓繁荣艺术，是因为艺术家和欣赏者之间个性上有些共同点吧？不管你是多么了不起的新诗诗人，不管你怎样咬牙坚持，假如读你的诗没有一个人觉得津津有味，尽管令人同情，但是你的新体诗毕竟除了你自己，再也不会有人欣赏了吧？任凭你作了多少篇《鸳鸯歌》也无济于事，幸而你生在明治时期，才普天之下都爱读你的诗吧？不过……”

“哪里，差得远哩！”

“假如现在就差得远，那么，到了文明的未来，就是说到了一位大哲学家出世，提倡‘非婚论’时，可就没人看了。不，并非因为是你写的才没人看，而是因为人人都有自己独特的个性，对别人的诗文压根儿不感兴趣。眼下在英国等等，这种倾向，已经表现得十足。你读读梅瑞狄斯的小说！读读詹姆斯①的小说！他们在今日英国小说家中最善于把人物性格鲜明地反映在作品当中。然而，读者不是少得可怜吗？难怪要少的。那种作品，如果不是那种富有个性的人读，是不会感兴趣的，有什么办法。这种倾向日渐发展，到了认为结婚不道德的时候，艺术也就彻底消亡了。是吧？你写的诗文我不懂，我写的诗文你不懂。到了那一天，你我之间，还有什么艺术可言呢！”

东风说：“说得倒是有理。不过，凭我的直感，总是不以为然。”

迷亭说：“你是凭着直感不以为然；而我是凭着曲感颇以为然。”

---

① 亨利·詹姆斯（一八四三——一九一六）：原是美国小说家，后居伦敦，晚年入英国籍，是心理主义文学的先驱。小说多写上层社会，追求形式。著有《一个妇女的画像》、《鸽翼》、《大使们》等。

"迷亭君也许用的是曲感。"现在独仙开口了,"总而言之,越是放宽个性自由,人与人之间就越是紧迫,这是肯定的。尼采之所以抛出超人哲学,就是因为这种紧迫感无处排遣,不得已才化身于哲学的。乍一听来,这仿佛是尼采的理想,但那不是理想,而是不平。喘息在个性得到发展的十九世纪,连对邻居都轻易不敢放心大胆地睡个好觉,因此,那位老兄才豁了出去,胡说八道起来。读那部著作,与其说痛快,莫如说可怜。那不是奋勇前进的呼喊,总觉得是深恶痛绝的声音。这也难怪。从前是'圣人出,天下翕然汇于旗下'。真痛快!既有如此快事成为现实,又有什么必要像尼采那样靠着纸笔的力量写在书本上呢?所以,不论是荷马,还是契维·柴斯①,同样是写超人性格,但给人的印象却截然不同,写得很明朗,很快活。这是因为有快活的事。把这些快活的事写在纸上,也就没有苦涩味。到了尼采的时代,可就做不到这一点了。没有一个英雄问世。即使有,也没有人推崇他是英雄。从前只有一个孔子,因此孔子也很有权威;而今却有多少个孔子,说不定天下人都是孔子。因此,尽管你神气十足地说:'我是孔子!'但也威名难振。于是,牢骚满腹。有牢骚才一味地在书本上卖弄超人哲学。

"我等盼望自由,也得到了自由;得到了自由的结果,却又感到不自由,因而烦恼。因此,西方文明似乎好些,但归根结底还是靠不住的。与此相反,东方自古讲求精神修养,还是这样正确。试看个性发展的结果,全都害了神经衰弱症,弄得不可收拾。这时,才能发现'王者之民荡荡焉'这句话的真正价值,才能醒悟到'无为而治'这句话不可轻侮。但是,到了那时,纵然醒悟,已经毫无办法,宛如酒精中毒以后才明白:'啊,若是不喝酒多好!'"

寒月说:"各位说的,大部分似乎是厌世哲学。但是我这个人真怪,装了

---

① 契维·柴斯:以英格兰与苏格兰边境丘陵为背景的英国古民谣。

满耳朵,却没有半点反应。这是怎么回事?”

迷亭立刻对他说明:“那是因为你娶了老婆嘛。”

这时,主人突然说起这么一番话:“娶了老婆,就认为女人真好,这是天大的错误。为了供你们参考,我念几句有趣的文字给你们听。都好好听着!”说着,他拿起早已从书房带来的一本古书,说:“这是一本古书,但是从那个年月起,就对女人的恶德了若指掌。”

寒月一听,说:“啊,惊人!那是什么时候的书?”

“作者名叫托马斯·纳西,是十六世纪的著作。”

“越说越惊人了。那时候就已经有人咒骂我的老婆啦?”

“咒骂了各种女人,其中也一定包括你的妻子。所以,你就听下去吧!”

“我听!太幸运了。”

“书中说:首先,应该介绍一下自古以来贤人哲士们的女性观。注意!都在听吗?”

东风说:“都在听哪!连我这个光棍也在听哪!”

主人读道:

“亚里士多德说:‘既然女子为尤物,则娶大女不如娶小女,因小尤物总比大尤物为患少也……’”

迷亭问:“寒月君的妻子是大女?还是小女?”

“属于大尤物之类哟!”

迷亭笑起来:“哈哈哈,这本书有意思。喂,往下念!”

“有人问:‘何为最大奇迹?’贤者答曰:‘贞妇……’”

“所谓贤者是谁?”

“没有署名。”

“反正一定是个被女人甩了的贤者。”

“其次，出来个第欧根尼[①]。有人问：‘应何时娶妻？’他回答说：‘青年还早，老年则迟。’”

“这位先生是在酒桶里思索的吧？”

“毕达哥拉斯[②]说：‘天下可畏者三，曰火，曰水，曰女人。’”

“希腊的哲学家们竟然出乎意料地说了些豁达的话呢。依我说：天下一切都不足惧。入火而不焚，落水而不溺……”独仙只说到这里便词穷了。

迷亭充当援兵，给他补充说：

“见色而不迷。”

主人迅速接着谈下去：

“苏格拉底说：‘驾驭女人，人间最大之难事也。’德摩斯提尼[③]说：‘欲困其敌，其上策莫过于赠之以女，可使其日以继夜，疲于家庭纠纷，一蹶不振。’塞内加[④]将妇女与无知看成全世界的两大灾难；马可·奥勒留[⑤]说：‘女子之难以驾驭处，恰似船舶。’贝罗塔[⑥]说：‘女人爱穿绫罗绸缎，以饰其天赋之丑，实为下策。’巴莱拉斯[⑦]曾赠书与某友，嘱咐说：‘天下一切事，无不偷偷地干得出。但愿皇天垂怜，勿使君堕入女人圈套。’又说：‘女子者何也？岂非友爱之敌乎？无计避免之苦痛乎？必然之灾害乎？自然之诱惑乎？似蜜实毒乎？假如摈弃女人为非德，则不能不说不摈弃女人尤为可谴。’”

寒月说：“够了！先生。恭听这么多咒骂我老婆的话，已经很不过

---

① 第欧根尼：古希腊犬儒学派哲学家。生于锡诺帕（今属土耳其）。布衣粗食，放浪形骸，传说住在一个大酒桶里。

② 毕达哥拉斯：古希腊数学家，唯心主义哲学家。首先提出勾股弦定理。他迷信灵魂转世，提出“肉体是（灵魂的）坟墓”之说。

③ 德摩斯提尼：古希腊诡辩派哲学家。

④ 塞内加：古罗马斯多噶学派哲学家，皇帝之师。因被疑谋反，自杀。遗著有悲剧九篇。

⑤ 马可·奥勒留（一二一——一八〇）：罗马皇帝，斯多噶学派哲学家。

⑥ 贝罗塔：罗马喜剧诗人。

⑦ 巴莱拉斯：一世纪末罗马通俗史家。

意了。”

主人说:“还有四五页,接着听下去,如何?”

迷亭开玩笑说:“大致念念算啦,已经是夫人快回来的时辰了。”

这时,忽听夫人在饭厅里呼喊女仆:“阿清!阿清!”

迷亭说:“这下子坏了!喂,夫人在家哪!”

“嘿嘿嘿……”主人笑着说,“管她呢!”

“嫂夫人!嫂夫人!什么工夫回来的?”

饭厅里悄然无声,没人答话。

“夫人,刚才念的文章你听见了吗?嗯?”

依然没人答话。

“刚才念的不是你那口子的想法,是十六世纪纳西的学说,你放心好了。”

“不懂啊!”夫人远远地回答,冷冰冰的。寒月咯咯地笑着。

迷亭也无所顾忌地笑了起来:“我也不懂。对不起喽!啊,哈哈哈……”

这时,房门哗啦一声拉开,有人既不知会一声,也不客气,就响起了沉重的脚步声。接着把客厅的纸门粗暴地一开,原来是多多良三平的一张脸在门口出现。

三平君今日不同往常,身穿洁白的衬衫、崭新的礼服,这已经令人有几分另眼相待,何况他右手还沉甸甸地拎着用绳绑的四瓶啤酒,往木松鱼旁一放,并不打招呼,扑通一声坐下,而且两腿伸开,简直一副非凡的武士风度。

“先生近来胃病好些吗?这样总是闷在家里,行吗?”三平说。

“看不出是好是坏。”主人说。

“我虽然没说,可是面色不佳呀!老师的脸色发黄哪。近来正好钓鱼。从品川租一条小船哪……上个星期天我曾去过。”

“钓了些什么?”

“什么也没钓上来。”

“钓不上来也还有意思吗?”

三平毫不客气地指着在场所有的人说:

“告诉你吧,养吾浩然之气呀!怎么样?你去钓过鱼吗?钓鱼可太有意思喽。在广阔的海面上,驾一叶扁舟,四处飘荡……”

迷亭搭话说:“而我,很想在小小的海面上驾起一条大船自由漂荡呢。”

寒月说:“既然垂钓,不钓上些鲸鱼或是人鱼,那就没意思了。”

三平说:“能钓上那些东西吗?文学家!缺乏常识哟!”

“我可不是文学家。”

“是吗?那,你是干什么的?像我这样的实业家,最重要的是常识。老师,近来我的常识极大地丰富起来了。还得说在那个地方,‘近朱者赤’,自然而然地就被熏陶成这样。”

“成了什么样?”

“就拿抽烟来说吧!抽‘朝日’牌‘敷岛’牌香烟,那就掉价了。”说着,他抽出一支金纸烟嘴的埃及香烟,美美地吸了起来。

主人问:“你有那么多钱胡花吗?”

三平说:“钱倒是没有,不过,立刻就会有的。一抽上这种烟,信誉可就大大提高了。”

“比起寒月君磨破玻璃球来,信誉来得更舒服,更便当,不费多大劲儿,堪称‘轻便信誉’喽!”

迷亭对寒月说罢,寒月一时无言以对。这当儿,三平说:

“您就是寒月先生吗?到底没有当上博士吗?因为您没有当上博士,所以,我就要了。”

“指的是博士?”

“不,是金田家的小姐。说真的,我觉得很不好意思。不是,对方一再求我娶了她吧,娶了她吧,终于这才下决心要她。不过,我觉得对不起寒月先生,正心里不安呢。”

“请不必介意!”寒月说。

主人的回答很暧昧:“你想娶,就娶她好了。”

迷亭照例又说得十分起劲儿:“这可是大喜事！所以说,不论养了个什么样的姑娘,也不必发愁。谁要？刚才我就说过不必发愁,这不是有了一位英俊的绅士要做佳婿了吗？东风君,有了新体诗的素材了,赶快写呀!”

三平说:“您就是东风君吗？我结婚时,你不给写点什么吗？我很快就去铅印,向八方散发,但愿也能投到《太阳》杂志社去。”

“好,那就写点什么吧！您几时用?”

“几时都行。从现成的诗里选一篇也行。有报酬,举行婚礼的时候请你去喝喜酒。请你喝香槟。你喝过香槟吗？香槟很甜哟……苦沙弥先生,举行婚礼时您打算请乐队来吗？将东风君的诗作谱成曲演奏如何?”

“随你的便!”

“老师,您不能给谱出曲来吗?”

“胡说!”

“列位当中有人会谱曲吗?”

迷亭说:“落榜的快婿候选人寒月君可是个小提琴高手哟！好好求求他！不过,只是香槟,恐怕他不会答应的。”

“虽说都是香槟,四五元钱一瓶的不好喝。我请人喝的可不是那种便宜货。您就给我谱一曲行吗?”

寒月说:“好的,谱吧！即使给我喝两角钱一瓶的,我也谱。如果不便,白谱也行!”

“不能白白地求你,会报答你的。如果不喜欢香槟,这玩意儿行吗?”三平说着，从上衣暗兜里掏出七八张照片，纷纷扔在床席上。有的是半身像，有的是全身像；有的站着，有的坐着；有的穿着和服裙裤，有的穿着长袖和服，有的挽着高岛田式发髻；全是些妙龄女郎。

迷亭说："先生，有这么多候选人！喂，为了表达谢意，不久我可以给寒月和东风君各介绍一名。这样如何？"说着扔给寒月一张照片。

寒月说："多美呀！求您一定费心周旋。"

"这个也美吧？"三平又扔过去一张。

"这个也美，请一定代为周旋。"

"哪一个？"

"哪一个都行。"

"你可真多情，先生！这位是博士的侄女呀！"

"是吗？"

三平自言自语："这一位性格特别温柔。年龄也好，现在才十七八岁……如果娶她，有上千元的陪嫁金哪……这一位是县长的小姐。"

寒月说："我都娶到家，不行吗？"

三平说："都要？这可太贪了。你是一夫多妻主义者吗？"

"那倒不是。可我是个肉食论者。"

主人大声申斥道："爱什么主义就什么主义！把你那一套赶快收起来不好吗？"

三平说："那么，一个也不要？"他边催问，边将照片一张张地装进衣袋里。

主人问："那啤酒是怎么回事？"

三平说："是我带来的礼品！为了提前祝贺，我在路口的酒馆买来的。请干一杯吧？"

主人拍拍手，叫来了女仆，启了瓶塞。主人、迷亭、独仙、寒月、东风，这五位毕恭毕敬地捧起酒杯,祝贺三平君的艳福。

三平似乎非常高兴地说:

“我邀请今天在场的各位都参加我的婚礼。都肯赏光吗?我想,会赏光的吧?”

主人立刻回答说:“我免啦。”

“为什么?这可是我一生当中只有一次的大礼呀!你不去吗?有点不通人情哟!”

“不是不通人情,可我不去!”

“没有衣服吗?短褂、裙裤总还是有的吧?先生,偶尔见见世面还是好的呀!给你介绍些名家。”

“碍难从命!”

“那会治好胃病的呀!”

“胃病不好也没关系。”

“既然如此顽固,也就不能勉强。您怎么样?肯赏光吗?”

迷亭说:“我呀,一定去。如果可能,还巴不得当个媒人呢。‘香槟九巡闹春宵’……怎么?媒人是铃木藤?不错,我心想也会是他的。这太遗憾了,但也没有办法。若有两个媒人,太多了吧?就算是个小人物,也要出席的嘛。”

“您意下如何?”

独仙说:“我呀,‘一竿风月闲生计,人钓白苹红蓼间’①。”

“说些什么?是唐诗选里的吗?”

“我也不知道是什么。”

“不知道?难缠!寒月君会赏光的吧?老交情嘛!”

---

① 套用陆游诗:一竿风月老南湖。

“一定出席。如果错过良机听不到乐队演奏我作的曲子。那太遗憾了。”

“就是嘛！东风君，你呢？”

“我呀，很想出席，在你夫妻面前朗诵我的新诗。”

“那太高兴了。先生，我有生以来也没有这么高兴过。所以，再喝一杯啤酒。”

于是他把自己买来的啤酒咕嘟嘟喝了起来。喝得满脸通红。

秋日短，转眼天黑了。看一眼横七竖八乱扔些烟蒂的火炉，才发现炉火早已熄灭。就连逍遥自在的诸公也似乎有些兴尽。独仙首先说：“太晚了，该走啦！”接连着也都说：“我也回去！”于是，客厅里像杂耍散场似的，变得冷冷清清。

主人晚餐后进了书房。夫人觉得冷飕飕的，紧了紧衬衫的领子，在缝补一件洗褪了色的便服。孩子们并枕而眠。女仆沐浴去了。

人们似乎悠闲，但叩其内心深处，总是发出悲凉的声音。

独仙好像已经得道，但是两脚依然没有离开大地；迷亭也许自在逍遥，但是人间并非画中美景；寒月不再磨玻璃球，终于从家乡领来了太太。这是正常的。然而，正常生活过得太久，也会感到无聊的吧！东风再过十年，也会懊悔今日胡乱献诗的勾当吧！至于三平，就难说他将钻进山，还是混进水。他只要平生能够请人喝几盅三鞭酒，牛哄哄的，也就满足了。而铃木藤先生会闯江湖的，闯来闯去，就沾了污泥。尽管沾了污泥，也比不去闯荡的人神气！

咱家托生为猫而来到人间，转眼已经两年多了。自以为比得上咱家这么见多识广的人还不曾有过。然而前此，有个叫穆尔①的素不相识的同胞，

① 穆尔：德国小说家霍夫曼的小说《雄猫穆尔的生活观》里的主人公名。

突然高谈阔论起来,咱家有点吃惊。仔细一打听,据说它原来一百多年前就已经死亡,由于一时的好奇心,特意变成幽灵。为了吓唬咱家才从遥远的冥土赶来。还听说这只猫曾经叼着一条鱼,作为母子相逢时的见面礼。可是它半路上终于馋得受不住,竟自己享用了。这么个不孝的猫!可是另一面,它又才华横溢,不亚于人类,有时还曾作诗,使主人惊诧不已。既然如此豪杰早已出现在一个世纪之前,像咱家这样的废物,莫如速速辞别人间,回到虚无之乡去,倒也好些呢。

主人早晚要因胃病而身亡。金田老板已经因贪得无厌而丧命了。

秋叶几乎全已凋零。死亡是万物的归宿,活着也没有什么大用,说不定只好尽早瞑目才算聪明。照几位先生的说法,人的命运,可以归结为自杀。如不提防些,咱家也非投胎到束缚太多的人世上去不可。可怕呀!心里总有些闷闷不乐,还是喝点三平先生的啤酒,提提神吧!

我转到厨房。秋风敲打着屋门,只见从缝隙处钻了进去。不知什么时候油灯灭了。大概是个月明之夜,从窗子洒进了清辉。茶盘上并排放着三个玻璃杯,两只杯里还残留着半杯茶色的水。放在玻璃杯里的,即使是开水,也令人觉得冰冷,更何况那液体在寒宵冷月下,静悄悄地挨着一个灭火罐,不等沾唇,已经觉得发冷,不想喝了。然而,不入虎穴,焉得虎子!三平喝了那种水,满脸通红,呼吸热乎乎的。猫若是喝了它,也不会不快活的吧!反正这条命不知什么时候就要死的。万事都要趁着有这口气体验一下。不要等死了以后躺在坟墓下懊悔:“啊,遗憾!”但是,追悔莫及,那也是枉然。咱家横下一条心,喝点尝尝!便鼓起劲来,伸进舌头去,吧嗒吧嗒舔了几下,不禁大吃一惊。舌尖像针扎似的,麻酥酥的。真不知人们由于何等怪癖要喝这种臭烘烘的玩意儿。猫是无论如何也喝不下去的。再怎么说,猫与啤酒没有缘分。这可受不了!咱家曾一度将舌头缩了回来。但是,又一想,人们常说:“良药苦口。”每当害了风寒,便皱着眉头喝那些莫名其妙的苦水。

至今还纳闷儿:到底是喝了它才好病?还是为了好病才喝它?真幸运,就用啤酒来解这个谜吧!假如喝下以后五脏六腑都发苦,也就罢了;假如像三平那样快活得忘乎所以,那便是空前的一大收获,可以对邻近的猫们传授一番了。唉,管它去呢!一命交天,决心干了,便又伸出舌头。睁着眼睛喝不舒服,便死死地闭上眼睛,又吧嗒吧嗒地舔起来。

咱家最大限度地耐着性子,终于喝干了一瓶啤酒。这时,出现一种奇怪的现象。最初舌头麻酥酥的,嘴里像从外部受到了压力,好苦!不过,喝着喝着,逐渐舒服起来。当喝光头一杯酒时,已经不怎么难受。没事儿!于是,第二杯又轻而易举地干了。顺便又把洒在盘子里的啤酒也舔进肚里,盘子像擦洗过一般。

后来,片刻之间,我为了视察自身变化,纹丝不动地蹲着。逐渐身子发热,眼圈发红,耳朵发烧,很想唱歌。"咱家是猫,咱家是猫。"很想跳舞。想大骂一声主人、迷亭和独仙:"胡扯鸡巴蛋!"想挠金田老头,咬掉金田老婆的鼻子。咱家什么都干得出。最后,踉踉跄跄地站起来。站起来又想摇摇晃晃地走。这太有意思了。我想出门!出得门来,想招呼一声:"月亮大姐,晚上好。"太高兴了。

我心想:所谓"怡然自得",大概就是这种滋味吧!我漫无目标,到处乱走,像似散步,又不大像,就怀着这样的心情胡乱地移动着软绵绵的双腿。怎么搞的!总是打瞌睡。简直搞不清我是在睡觉,还是在走路。我想睁开眼睛,但是眼皮重得很。这下子算完蛋了。管它高山大海,什么都不怕,只管迈着软颤颤的前爪。突然扑通一声。猛然一惊,糟了!究竟怎么糟了,连思索的工夫都没有。只是刚刚意识到糟糕,后事便一片模糊了。

清醒时,咱家已经漂在水上。太难受,用爪乱挠一气;但是挠到的只有水。咱家一挠,立刻就钻进水里。没办法,又用后爪往上蹿,用前爪挠。这时,微微听到咕嘟一声,好歹露出头来。咱家想了解一下这是个什么地方。

一看四周，原来掉进一个大缸里。这口大缸，直到夏末，密麻麻地长着一种水草，叫做“莼菜”。后来，不祥的乌鸦飞来，啄光了莼菜，就用这口缸洗澡。乌鸦洗澡，水就浅了。水浅，乌鸦就不再来。不久前咱家还在想：“水太浅，乌鸦不见了。”万万想不到，如今咱家代替乌鸦在这里洗起澡来。

水面距缸沿大约四寸多。咱家伸出爪也够不到缸沿，跳也跳不出去。满不在乎吧，只有沉底。挣扎吧，只有脚爪挠缸壁的声音咯吱吱地响。挠到缸壁时，身子好像浮起了些，但是爪一滑，立刻又扎了个猛子。扎猛子太难受，便又咯吱吱地挠。不久，身子就累了。尽管焦急，脚却又不怎么受使。终于，自己也弄不清是为了下沉而挠缸，还是由于挠缸而下沉。

这时，咱家边痛苦边想：遭到如此厄运，全怪我一心盼着从水缸里逃出命去。若能逃命，那是一万个求之不得。但是逃不出去，这是明摆着的。咱家腿不盈三寸。好吧！就算浮上水面，可是从浮出水面处尽最大努力伸出腿去，也无法搭在还有五寸多高的缸沿。既然无法将爪搭上缸沿，管你怎么乱挠啊，焦急啊，花上一百年粉身碎骨啊，也不可能逃出去的。明明知道逃不出去，却还幻想逃出去，这未免太勉强。勉强硬干，因此才痛苦。无聊！自寻烦恼，自找折磨，真糊涂！

算啦！听之任之好了。再也不挠得咯吱吱响，去它的吧！于是，不论前脚、后脚，还是头、尾，全都随其自然，不再抵抗了。

逐渐地变得舒服。说不清这是痛苦，还是欢快，也弄不清是在水中，还是在客室。爱在哪里就在哪里，都无妨了。只觉得舒服。不，就连是否舒服也失去了知觉。日月陨落、天地粉齑！咱家进入了不可思议的太平世界。咱家死了。死后才得到太平。太平是非死得不到的。

南无阿弥陀佛！南无阿弥陀佛！谢天谢地！谢天谢地！

经典译林

Yilin Classics

书名	单价	书名	单价
癌症楼	78.00 元	艾青诗集	35.00 元
爱的教育	39.00 元	爱丽丝漫游奇境	29.00 元
安娜·卡列尼娜	65.00 元	安徒生童话选集	42.00 元
傲慢与偏见	36.00 元	奥德赛	92.00 元
八十天环游地球	32.00 元	巴黎圣母院	42.00 元
白洋淀纪事	39.00 元	百万英镑	35.00 元
包法利夫人	38.00 元	悲惨世界（上、下）	98.00 元
背影	28.00 元	被侮辱与被损害的人	39.00 元
边城	36.00 元	变色龙：契诃夫中短篇小说集	39.00 元
变形记 城堡	38.00 元	草叶集：惠特曼诗选	39.00 元
茶馆	32.00 元	茶花女	35.00 元
查拉图斯特拉如是说	38.00 元	沉思录	29.00 元
城南旧事	29.00 元	吹牛大王历险记（插图版）	35.00 元
大卫·科波菲尔（上、下）	79.00 元	当代英雄	45.00 元
稻草人	29.00 元	地心游记	32.00 元
飞鸟集·新月集：泰戈尔诗选	39.00 元	飞向太空港	39.00 元
福尔摩斯探案集	58.00 元	复活	42.00 元
傅雷家书	49.00 元	富兰克林自传	36.00 元
钢铁是怎样炼成的	39.00 元	高老头	39.00 元
格列佛游记	35.00 元	格林童话全集	49.00 元

书名	单价	书名	单价
给青年的十二封信	38.00 元	古希腊悲剧喜剧集（上、下）	118.00 元
海底两万里	38.00 元	红楼梦	69.00 元
红与黑	49.00 元	呼兰河传	35.00 元
呼啸山庄	39.00 元	基督山伯爵（上、下）	108.00 元
纪伯伦散文诗经典	42.00 元	寂静的春天	35.00 元
假如给我三天光明	32.00 元	简·爱	39.00 元
金银岛	35.00 元	经典常谈	29.00 元
荆棘鸟	45.00 元	静静的顿河	128.00 元
镜花缘	49.00 元	局外人·鼠疫	38.00 元
菊与刀	35.00 元	克雷洛夫寓言	32.00 元
宽容	32.00 元	昆虫记	39.00 元
老人与海	32.00 元	理想国	45.00 元
聊斋志异	55.00 元	了不起的盖茨比	38.00 元
列那狐的故事	39.00 元	猎人笔记	38.00 元
林肯传	39.00 元	鲁滨逊漂流记	39.00 元
鲁迅杂文选集	36.00 元	绿山墙的安妮	36.00 元
罗马神话	16.80 元	罗生门	39.00 元
骆驼祥子	32.00 元	美丽新世界	35.00 元
名人传	39.00 元	拿破仑传	49.00 元
呐喊	29.00 元	牛虻	38.00 元
欧·亨利短篇小说选	36.00 元	欧也妮·葛朗台	32.00 元
彷徨	32.00 元	培根随笔全集	38.00 元
飘（上、下）	88.00 元	普希金诗选	42.00 元
骑鹅旅行记	36.00 元	乞力马扎罗的雪	39.80 元

书名	单价	书名	单价
热爱生命·海狼	38.00 元	人间草木：汪曾祺散文精选	49.00 元
伊索寓言：555 则	36.00 元	人性的弱点	39.00 元
人类群星闪耀时	36.00 元	儒林外史	42.00 元
日瓦戈医生	68.00 元	三国演义	59.00 元
三个火枪手	59.00 元	莎士比亚喜剧悲剧集	49.00 元
沙乡年鉴	42.00 元	神秘岛	48.00 元
少年维特的烦恼	28.00 元	十日谈	68.00 元
神曲（共三册）	128.00 元	双城记	45.00 元
世说新语（上、下）	89.00 元	四世同堂（上、下）	78.00 元
水浒传	69.00 元	苔丝	39.00 元
宋词三百首	39.00 元	谈美书简	36.00 元
谈美	35.00 元	汤姆叔叔的小屋	45.00 元
汤姆·索亚历险记	32.00 元	堂吉诃德	78.00 元
唐诗三百首	39.00 元	童年	38.00 元
天方夜谭	42.00 元	瓦尔登湖	36.00 元
童年·在人间·我的大学	49.00 元	乌合之众	35.00 元
我是猫	39.00 元	雾都孤儿	44.00 元
物种起源	42.00 元	西游记	62.00 元
西顿野生动物故事集	38.00 元	悉达多	32.00 元
希腊古典神话	49.00 元	乡土中国	36.00 元
小妇人	45.00 元	小王子	29.00 元
星星离我们有多远	35.00 元	喧哗与骚动	58.00 元
雪国　古都	39.00 元	羊脂球	38.00 元
一九八四	36.00 元	一间自己的房间	36.00 元

书名	单价	书名	单价
伊利亚特	82.00 元	尤利西斯	58.00 元
月亮和六便士	45.00 元	约翰·克利斯朵夫（上、下）	98.00 元
朝花夕拾	22.00 元	战争与和平（上、下）	108.00 元
子夜	49.00 元	中国民间故事	39.00 元
罪与罚	66.00 元	最后一课	36.00 元